Sur l'auteur

Anne Perry, née en 1938 à Londres, est aujourd'hui célébrée dans de nombreux pays comme la reine du polar victorien grâce au succès de ses deux séries, les enquêtes de l'inspecteur amnésique William Monk, et celles du couple Charlotte et Thomas Pitt – dont le fils, Daniel, a pris ensuite la relève à l'orée du XXe siècle. Elle s'est également intéressée à d'autres périodes historiques telles que le Paris de la Révolution française (*À l'ombre de la guillotine*), la Première Guerre mondiale (la saga des Reavley), ou encore Byzance au XIIIe siècle (*Du sang sur la soie*). Anne Perry partage sa vie entre Inverness (Écosse) et Los Angeles.

ANNE PERRY

MARÉE FUNÈBRE

Traduit de l'anglais
par Florence Bertrand

10/18

Grands détectives

créé par Jean-Claude Zylberstein

Titre original :
Dark Tide Rising

ISBN 978-2-264-07433-1
Dépôt légal : août 2019

À Clay Bunker et à Christina Hogue Bunker
Pour leur amitié

1

Assis au coin du feu, Monk sentait la chaleur se répandre dans son corps. Au-dehors régnait le genre de silence oppressant que seul le brouillard peut apporter. Le fleuve en était enveloppé comme d'un linceul en ce début de crépuscule, lequel survenait tôt à cette saison. Monk éprouvait une sensation aiguë et inhabituelle de bonheur, un profond sentiment de paix qui n'était pas dû au hasard. Il regarda Hester en face de lui et se surprit à sourire.

Il n'eut pas conscience du premier coup frappé à la porte. Ce fut seulement lorsque Hester se leva qu'il donna un sens au bruit qu'il avait entendu. Il se redressa aussitôt.

— Non, ne bouge pas. J'y vais.

À regret, il gagna le couloir et tira le verrou.

Sir Oliver Rathbone se tenait sur le seuil. Les gouttelettes qui constellaient son chapeau gris et les épaules de son pardessus scintillaient à la lueur de la lampe. Son visage mince ne portait pas la moindre trace de son ironie coutumière.

Il n'y avait pas un souffle de vent et pourtant, un air glacé le précéda à l'intérieur.

Monk se hâta de s'effacer pour le laisser passer.

— Entrez.

Rathbone s'exécuta et referma le battant derrière lui. Il frissonna, comme s'il venait de se rendre compte qu'il était transi. Il retira son chapeau et son pardessus, qu'il accrocha au portemanteau, avant de fourrer ses gants dans ses poches.

— Ce doit être grave, observa Monk.

Ils se connaissaient depuis des années ; à vrai dire, leur rencontre remontait à près de quinze ans, à la fin de la guerre de Crimée, en 1856. Les politesses d'usage n'étaient pas nécessaires.

— En effet.

Rathbone travaillait et vivait sur la rive nord de la Tamise. Pour qu'il eût décidé de traverser le fleuve afin de rendre visite à Monk chez lui, il fallait que l'affaire ne souffrît aucun retard, pas même jusqu'au lendemain matin.

Monk le conduisit au salon et ouvrit la porte sur la pièce chaude.

— Je suis désolé, dit Rathbone à Hester.

Eux aussi se connaissaient depuis longtemps. Leurs chemins s'étaient croisés à l'époque où, infirmière tout juste rentrée de Crimée, elle était encore convaincue qu'elle pourrait changer le traitement des patients, ainsi que les attitudes envers les infirmières et les femmes engagées dans la médecine en général. Cela semblait très lointain à présent. Et ce combat n'en était qu'à ses balbutiements.

— Vous avez l'air gelé, dit-elle sur un ton compréhensif. Désirez-vous un thé ?

Puis elle se ravisa :

— Ou un whisky ?

Rathbone eut un léger sourire.

— Non, merci. Il faut que je garde les idées claires.

Il se tourna vers Monk.

— Je sais que je vous dérange, mais c'est urgent…

Il s'assit dans un des fauteuils au coin du feu.

Hester resta silencieuse, intensément attentive.

Monk se contenta de hocher la tête et prit place en face de Rathbone.

— Un homme est venu à moi voilà une heure ou deux. Il était dans tous ses états.

La compassion se lisait sur ses traits.

— Sa femme a été enlevée. Sa vie est menacée s'il ne paie pas la rançon, qui se monte à une fortune. C'est un homme riche, et il a réussi à rassembler les fonds…

— Quand a-t-elle été enlevée ? coupa Monk.

— Je sais ce que vous pensez, répondit Rathbone avec un sourire sans joie. Vous vous demandez comment il a pu obtenir cette somme aussi vite. À moins de l'avoir eue dans un coffre quelque part, ce n'est pas possible. Elle a été enlevée hier. Vous vous souvenez sans doute que c'était une journée magnifique pour la fin octobre. On lui a accordé jusqu'à demain, vers cette heure-ci. L'échange doit avoir lieu…

— Pourquoi diable ne l'a-t-il pas signalé sur-le-champ ? interrompit Monk de nouveau.

— Il a l'intention de payer. Ce qu'il veut, c'est que nous…

— Nous ? S'il veut faire appel à la police, il aurait dû s'adresser à la métropolitaine, et hier, bon sang, quand la piste était encore fraîche.

Rathbone secoua la tête.

— Non. L'enlèvement a eu lieu sur les berges du fleuve, qui relèvent de votre juridiction. Et la rançon doit être payée sur l'île Jacob, qui…

— Je sais où elle est !

Monk frémit malgré lui à la pensée des images que ce nom faisait surgir dans son imagination et dans ses souvenirs. Il revoyait le gros homme s'enfoncer lentement dans la fange laissée par la marée, la bouche ouverte, hurlant, jusqu'à ce que la vase lui imposât silence et que, centimètre par centimètre, son corps fût englouti.

Monk revint au présent : aux flammes qui crépitaient dans la cheminée ; à Hester qui se penchait vers lui, la sollicitude sur ses traits ; au reflet de la lumière sur les cheveux de Rathbone, où les fils argentés se faisaient plus nombreux qu'avant. Sur l'île Jacob, on trouvait les taudis les plus misérables de Londres. Située au bord de la Tamise, ce n'était pas à proprement parler une île, mais un enchevêtrement de chenaux et d'anciens quais, où des entrepôts rongés par la pourriture se tassaient inexorablement sur leurs fondations et finissaient par s'effondrer les uns sur les autres. Par voie de terre, un seul pont y menait. Par voie d'eau, on pouvait y accéder de plusieurs pontons.

— Il veut que la brigade fluviale soit présente lors de l'échange de la rançon contre sa femme, Kate Exeter, murmura Rathbone. C'est pour cela qu'il est venu me voir. Il ne s'attend pas à ce que vous arrêtiez les ravisseurs, ni à ce que vous récupériez l'argent, seulement à ce que l'échange ait lieu et que Kate lui soit rendue saine et sauve.

— Kate Exeter, répéta Monk, songeur.

Le nom lui semblait familier, sans qu'il pût se souvenir pourquoi.

— L'homme s'appelle Harry Exeter, expliqua Rathbone. Sa première épouse est morte. Kate est sa seconde femme. Elle a environ vingt ans de moins que lui. Il lui est totalement dévoué.

Son visage exprimait une vive émotion. Lui-même remarié depuis peu, il connaissait une félicité qu'il n'aurait jamais osé imaginer après la déception et l'amère solitude qui avaient succédé à ses premières noces. Il savait combien le bonheur était précieux et fragile. Il s'efforçait de ne pas songer à ce qu'il éprouverait s'il le perdait, mais il était clair à son regard, à la rigidité de sa posture, que l'épreuve que traversait Harry Exeter le touchait personnellement.

Monk n'avait pas besoin d'explications. C'était un de leurs points communs.

— Par conséquent, il a passé la journée d'hier à réunir l'argent, résuma-t-il.

— Oui. Il a presque la totalité, et on lui a garanti qu'il aurait le reste demain. La somme représente le prix de cinq grandes maisons dans un quartier respectable de Londres, répondit Rathbone. Je suis venu vous voir ce soir parce que Exeter se trouve à mon cabinet en ce moment même. Je veux que vous le rencontriez. Que vous obteniez toutes les informations possibles. Vous aurez besoin de la journée de demain pour vous préparer. Il doit remettre la rançon en personne. Cela fait partie du marché.

— Et amener la police ?

Un faux pas, un seul, aurait des conséquences épouvantables.

— Peu importe, dit Rathbone. D'après leur message, les ravisseurs l'autorisent à avoir un homme au moins avec lui. C'est du bon sens. Il ne connaît pas l'endroit, et, seul dans ces bas-fonds, un sac plein d'argent à la main, ce serait un miracle qu'il arrive en vie au rendez-vous.

— Pourquoi ne pas avoir choisi un quartier plus raisonnable ? demanda Monk, devinant aussitôt la réponse.

L'île Jacob était un tel labyrinthe qu'un Londonien ordinaire s'y sentirait totalement perdu, effrayé, désorienté, redoutant à tout moment d'être piégé par la marée.

— Oui, je sais, dit-il, avant que Rathbone ait eu le temps de parler.

Il se leva.

— Je viens. Je tâcherai d'apprendre tout ce que je peux. Demain, je choisirai mes hommes et je leur parlerai. Certains connaissent assez bien l'île Jacob. Bien que ce fichu endroit change tout le temps.

Rathbone se leva à son tour.

— Merci.

Il se tourna vers Hester.

— Je suis désolé, répéta-t-il. Tout devrait être terminé d'ici à demain soir. Exeter sera considérablement appauvri, mais sa femme sera en sécurité, même si elle a des cauchemars pendant un temps.

— Ils viendront à passer, murmura Hester, gênée.

Monk la regarda avec sollicitude. Elle avait été enlevée, elle aussi, quelque temps plus tôt. Par la suite, elle s'était à plusieurs reprises réveillée en pleine nuit, haletante, se débattant dans les couvertures ; une fois, même, secouée de sanglots incontrôlables. Il avait cru alors que ces cauchemars étaient le résidu d'un passé lointain, des champs de bataille qu'elle avait connus en Crimée. Il l'avait serrée contre lui en murmurant des paroles de réconfort, sachant qu'il ne pouvait dissiper le chagrin enfoui en elle. Mais peut-être après tout avait-elle rêvé du dément qui l'avait enlevée, et non des soldats qu'elle n'avait pu sauver ? Et maintenant, elle songeait à cette autre femme qui avait été capturée et qui attendait, terrifiée, sur l'île Jacob, espérant que son mari puisse et veuille payer la rançon.

— Nous la ramènerons saine et sauve, promit Monk. C'est l'argent qu'ils veulent. Et Dieu merci, Exeter semble l'avoir et être prêt à payer.

Il jeta un coup d'œil par la fenêtre. La nuit était tombée. Le brouillard étouffait tous les bruits.

— Demain à cette heure-ci, tout sera terminé, répéta-t-il.

Hester sourit.

— Si elle a autant de chance que moi, ses ravisseurs seront arrêtés. Vas-y ! Ce pauvre Exeter doit être fou d'inquiétude. Rassure-le autant que tu le pourras.

Il sourit et se pencha vers elle pour lui donner un baiser léger sur la joue. Sa peau était chaude, douce comme toujours, et il respira le parfum de ses cheveux.

Rathbone l'attendait à la porte d'entrée. Il avait déjà remis son pardessus et son chapeau. Il souleva le loquet, grimaça en constatant que le brouillard était plus dense qu'avant, et s'y enfonça. Monk sortit à son tour après avoir enfilé son manteau, et sentit aussitôt l'humidité se cramponner à lui. Derrière lui, il entendit Hester tirer le verrou. Il suivit Rathbone le long de l'allée familière qui menait à la rue. Lorsqu'il l'atteignit et se retourna, la maison avait déjà été happée par les ténèbres.

Quelque part sur le fleuve, une corne de brume émit sa longue plainte lugubre. Aucun autre son ne leur parvenait. Même leurs pas étaient silencieux sur le trottoir.

— Il n'y aura pas de bacs, observa Monk. Nous allons devoir chercher un fiacre dans Union Street. Rotherhithe Road est presque au bord de la Tamise, et le brouillard y sera aussi épais qu'ici.

Rathbone régla son pas sur le sien sans répondre. Le pont le plus proche était à bonne distance à pied et Lincoln's Inn, qui abritait son cabinet, bien plus loin encore.

Il leur fallut une demi-heure pour trouver un fiacre, tout près du pont. Ils distinguèrent le claquement des sabots sur les pavés, assourdi et déformé par l'écho. Le véhicule était quasiment sur eux quand ils aperçurent ses lanternes. Monk se rua sur la chaussée et attrapa la bride du cheval afin de l'obliger à s'arrêter.

— Hé ! cria le cocher, levant son fouet, la peur dans la voix.

Monk esquiva.

— Police !

Il s'avança pour montrer son visage dans le cercle de lumière pâlotte.

— Nous voulons aller à Lincoln's Inn, s'il vous plaît. Double tarif.

— Payé d'avance ? grommela le cocher.

Monk fouilla dans ses poches, et Rathbone l'imita. Ils tendirent l'argent à l'homme avec reconnaissance et grimpèrent à l'intérieur de la voiture.

Le trajet prit près de trois quarts d'heure. Le cabinet de Rathbone était tout éclairé, et son clerc ouvrit la porte avant même que l'avocat eût eu le temps de tirer sur le cordon de la sonnette.

— Je vais vous chercher du thé, monsieur. Et des sandwichs. Du rôti de bœuf froid, cela vous ira ?

— Ce sera parfait, répondit Rathbone avec chaleur.

— Je me suis déjà permis de servir une collation à Mr. Exeter, monsieur. Il n'a pas bonne mine, le pauvre.

Rathbone le remercia puis s'engagea dans le couloir qui menait à ses bureaux. Il ouvrit la porte, Monk sur les talons.

Un homme se tenait devant l'âtre. Il pivota aussitôt vers eux. Plus grand que la moyenne, il possédait d'épais cheveux blonds généreusement striés de fils gris, surtout sur les tempes. Il aurait été séduisant n'eût été l'inquiétude gravée sur ses traits et la pellicule de sueur qui luisait sur sa peau.

— Vous êtes le commissaire Monk ? s'enquit-il en s'approchant. De la brigade fluviale ?

Sans attendre la réponse, il lui serra vigoureusement la main.

— Merci d'être venu. Il fait un temps abominable, je sais. Mais ceci ne peut attendre. Je m'appelle Harry Exeter…

— Oui, c'est bien moi, dit Monk en lui rendant une brève poignée de main. Rathbone m'a expliqué la situation.

Exeter grelottait en dépit de la chaleur qui régnait dans la pièce.

— J'ai rassemblé presque toute la somme. Je vais chercher le reste demain. Il faut que ce soit moi qui la remette. Ne cherchez pas à m'en dissuader. Ils ont insisté. Kate…

— Je n'en ferai rien, Mr. Exeter, assura Monk. J'aimerais entendre tout ce que vous pouvez me dire. Nous ne pouvons rien entreprendre ce soir. Dites-moi ce que vous savez et ce que vous soupçonnez. Si vous avez une idée de l'identité des coupables, ou de leur mobile. Et asseyez-vous, mon cher ! Tâchez de garder l'esprit aussi clair que possible. Je devine ce que vous ressentez…

— Comment pourriez-vous le deviner ? rétorqua Exeter d'une voix forte, comme envahi par une fureur soudaine. Qu'en savez-vous ?

— Ma femme a été enlevée voilà quelque temps. J'ai eu de la chance, je l'ai retrouvée. Nous ferons tout pour que la vôtre et vous soyez réunis.

— Oh !

Exeter baissa les yeux.

— Je suis désolé… je n'ai pas réfléchi. Quand ce genre de chose vous arrive, on se sent si impuissant… si seul. Tous les autres semblent à l'abri du danger et on… on pense que personne ne peut savoir ce qu'on éprouve…

— Je sais. J'étais anéanti, moi aussi. Mais nous l'avons sauvée, et elle va bien.

Exeter fouilla son visage, cherchant visiblement à jauger dans quelle mesure il disait la vérité, ou si ses propos visaient avant tout à l'apaiser.

Monk lui adressa un bref sourire crispé.

— Ne vous inquiétez pas, Mr. Exeter. Nous attendrons que votre femme vous soit rendue avant de tenter quoi que ce soit pour arrêter les ravisseurs. Soupçonnez-vous quelqu'un ? Pourquoi l'a-t-on enlevée, elle, plutôt que vous ? Est-ce l'œuvre d'un ennemi ?

— Kate n'a pas d'ennemis ! se récria-t-il.

— Je parlais de vous… de vos ennemis…

— Oh ! oui, j'en ai, je suppose. On ne peut pas réussir sans faire de mécontents. Je suis compétent dans mon domaine. Quand j'obtiens un contrat, cela signifie forcément que quelqu'un d'autre en est privé. Mais ce sont les affaires. Il m'arrive aussi de perdre. Je ne hais pas pour autant l'homme qui gagne. Je tire la leçon de mon échec !

— Si un incident quelconque vous revient en mémoire, dites-le-moi, conclut Monk. Maintenant, racontez-moi ce qui s'est passé.

— Kate a déjeuné avec sa cousine Celia. Elles sont assez proches. La journée d'hier était superbe, rappelez-vous, pas du tout comme aujourd'hui. Après midi, elles se sont promenées au bord de la Tamise.

— Où exactement ?

— Elles ont traversé Victoria Bridge, et puis elles sont entrées dans Battersea Park…

— Les lieux étaient-ils fréquentés ?

— Je suppose. Je ne sais pas au juste. Celia était bouleversée ! La malheureuse se sentait coupable. Elle avait du mal à parler clairement… Je suis désolé…

— Cela ne fait rien. Nous pourrons interroger votre épouse quand nous l'aurons retrouvée. Qu'a dit Celia ?

— Qu'un jeune homme les avait abordées pour demander son chemin, et qu'il avait engagé la conversation. L'attention de Celia a été détournée par un incident. Un groupe assez nombreux est passé et elle a été séparée des autres. Quand ces gens se sont éloignés, Kate avait disparu… et le jeune homme aussi. Celia a d'abord cru que ce n'était rien, que Kate lui avait fait une plaisanterie, mais en voyant qu'elle ne réapparaissait pas, elle a pris peur et elle a appelé à l'aide. La police est venue, mais elle n'a trouvé aucune trace de Kate.

— On l'a vraiment cherchée ?

L'expression d'Exeter refléta un mélange de colère à peine maîtrisée et de désespoir qui allait croissant. Il semblait se faire violence pour garder une voix calme.

— Il y avait d'un côté une jolie jeune femme... de l'autre Celia. Elle est plus âgée que Kate, elle a des traits quelconques, et elle boite. Le jeune homme qui les a abordées était séduisant, paraît-il.

Il eut un geste d'impuissance.

— Les policiers ont tiré leurs propres conclusions. Celia leur a dit que Kate était mariée, qu'elle n'aurait jamais fait une chose pareille. Elle était en larmes. Les agents ont pensé qu'elle se sentait seule, de trop, et ils ne l'ont pas crue. En cherchant à la rassurer, ils n'ont réussi qu'à l'insulter.

— Et ensuite ? demanda Monk.

— Elle ne pouvait rien leur apprendre de plus. Ils l'ont renvoyée chez elle...

Monk acquiesça, puis ramena la conversation sur les ravisseurs et la demande de rançon.

— Ils m'ont fait parvenir une boucle des cheveux de Kate et un fragment de sa robe, avec une note réclamant de l'argent.

Un instant, Exeter perdit le contrôle de lui-même et enfouit le visage dans ses mains.

Monk hésita, ne sachant s'il devait interrompre ses questions ou si Exeter ne serait que plus gêné par son accès momentané de désespoir.

— Leur avez-vous répondu ? Était-ce requis ?

— Non, répondit Exeter au bout d'un moment. Je n'ai aucun moyen de communiquer avec eux. Ils m'ont dit la somme d'argent qu'ils exigeaient, faute de quoi ils… tueraient Kate. Et quand et comment je devais les retrouver pour procéder à l'échange.

Il releva la tête.

— Sur l'île Jacob, pour l'amour du Ciel ! C'est un cloaque !

— Vous connaissez l'endroit ? s'étonna Monk.

Pour autant qu'il le sût, Exeter était promoteur immobilier. Il achetait des terrains coûteux, sur lesquels il construisait des maisons plus coûteuses encore.

— De réputation. Je n'y suis jamais allé. Pourquoi diable le ferais-je ? C'est une raison de plus pour laquelle j'ai besoin d'aide. J'imagine que vous devez connaître les lieux ?

Monk serra les dents.

— Oui. Quelles instructions vous ont-ils données ? Une heure précise ?

— J'ai reçu une espèce de plan. Il me semble qu'il y a des tunnels et des passages une fois qu'on a traversé le pont et qu'on a pénétré dans la pire partie…

— Avez-vous ce document sur vous ?

— Oui.

Exeter fouilla dans la poche de sa veste et tendit à Monk une feuille de papier en piteux état, écornée et à moitié déchirée. Une fois dépliée, elle révéla cependant un dessin assez net, ainsi que des indications pour accéder au point de rendez-vous par le fleuve, en traversant deux anciens entrepôts à demi effondrés, et en passant dans un tunnel qui bifurquait, une flèche indiquant le boyau à suivre. Il y avait des décombres à escalader et à contourner, puis des caves, des escaliers, et d'autres tunnels.

— L'heure ? demanda Monk, mais déjà un nœud se formait dans son estomac car il devinait la réponse.

Exeter l'interrogea du regard.

— Comment ?

— Laissez-moi deviner… environ trois heures et demie… quatre heures…

— Comment le savez-vous ? s'écria Exeter, incrédule.

Il regarda Rathbone, lequel paraissait tout aussi stupéfait.

— Ce sera le crépuscule, répondit Monk. Et marée basse. Vers cinq heures, la marée commencera déjà à remonter, et coupera l'accès à certains de ces tunnels.

Il prit une longue et profonde inspiration.

— Nous réussirons, Mr. Exeter. Mais il n'y a aucune marge d'erreur. Aucune.

— Oh ! mon Dieu !

Exeter se couvrit le visage de ses mains. Monk attendit qu'il se fût ressaisi avant de poursuivre :

— Je parlerai à mes hommes, déciderai qui amener, et nous nous donnerons rendez-vous à trois heures et demie…

— C'est un peu tôt, coupa Exeter.

— Il nous faudra ramer jusqu'à l'endroit indiqué sur votre… plan. Si nous sommes en avance, nous attendrons à une centaine de mètres de là. En revanche, nous ne pouvons pas nous permettre d'arriver en retard.

— Non… non, bien sûr. Excusez-moi.

— Retrouvez-moi au commissariat de Wapping. Vous savez où c'est ?

— Oui.

— À trois heures et quart. Avec l'argent… ou du moins, tout ce que vous aurez pu rassembler.

— J'aurai la totalité.

Exeter avait parlé sans hésitation, mais sa voix était rauque.

— Bien. Nous la retrouverons.

Monk lui tendit la main. Exeter la serra.

2

Le lendemain matin, Monk était debout longtemps avant l'aube, et déjà sur l'eau quand le jour se leva. La journée allait être longue, il devait régler les affaires courantes et préparer un plan d'action pour quinze heures. Le vent avait soufflé durant la nuit, dissipant presque entièrement le brouillard. Il ne restait plus que quelques voiles de brume au milieu du fleuve, et même ceux-là se déchirèrent quand l'étale céda la place à la marée montante. La houle poussait le bac sur lequel Monk se trouvait, empli d'appréhension. Dans moins de douze heures, ils seraient sur l'île Jacob, déjà conscients du temps qui pressait, de l'eau qui montait, s'immisçait dans les interstices, rendait la vase plus molle, plus vorace, faisait jouer le bois et soulevait les planches pourries.

Il frissonna alors que le bac passait dans l'ombre des énormes navires qui mouillaient dans le port de Londres, attendant leur tour d'être déchargés. Il était à l'abri du vent, et pourtant il avait froid. Encore quarante mètres et il débarquerait à Wapping, où était situé le commissariat de la brigade fluviale. Les hommes de garde cette nuit-là auraient alimenté le poêle rond, il ferait chaud à l'intérieur.

Les derniers mètres sur l'eau furent agités. Le passeur vira pour s'aligner à l'escalier. Monk le remercia, paya sa traversée et descendit. Si la barque était à peu près du même gabarit que celles utilisées par la brigade fluviale, la manœuvre exigeait néanmoins un certain sens de l'équilibre, et de la concentration. Quiconque glissait sur la pierre mouillée tomberait à l'eau et serait trempé jusqu'aux os en quelques secondes.

Il gravit les marches lentement, bien qu'il les connût toutes par cœur. En débouchant sur le quai, il sentit de nouveau la morsure de la bise et se félicita de porter son épais caban et une écharpe autour du cou. Il traversa d'un pas vif l'espace qui le séparait du poste et s'engouffra dans le bâtiment.

— Bonjour, monsieur ! lança Bathurst gaiement.

Il était jeune, enthousiaste malgré la fatigue qu'il devait éprouver après une nuit de garde.

— Vous êtes en avance, monsieur.

Une lueur d'anxiété passa sur ses traits. Il fit mine d'ouvrir la bouche, puis se ravisa.

— En effet, acquiesça Monk sur un ton sombre. Il y a une raison pour laquelle je suis ici de si bonne heure, et sans avoir pris de petit déjeuner. Avez-vous quoi que ce soit à signaler pour cette nuit ?

— Non, monsieur. Marbury et Walcott ne sont pas encore rentrés, mais tout a été calme. Je crois que le brouillard a incité tout le monde à rester chez soi. Inutile de voler si on ne voit pas ce qu'on prend.

— Dans ce cas, rédigez votre rapport, rentrez chez vous et dormez. Soyez de retour ici, bien réveillé et en pleine forme, à trois heures.

— Monsieur ?

C'était bien avant l'heure à laquelle son service commençait, et il était manifeste à l'expression de Bathurst qu'il se demandait s'il devait le faire remarquer à son supérieur. Il avait vingt-six ans, mais parfois Monk lui en aurait donné dix-neuf.

— Nous avons une opération ce soir, au changement de marée. Je veux mes meilleurs hommes dessus. Il reste du thé ?

Bathurst se détourna, mais pas avant que Monk eût vu ses joues rosir de plaisir.

— Oui, monsieur, je vais vous en apporter une tasse. Il y a du pain aussi. Je peux vous préparer des tartines grillées, si vous voulez ?

— Oui, je veux bien, merci.

Le pauvre diable. Bathurst serait bien moins content lorsqu'il saurait qu'ils devaient se rendre sur l'île Jacob. Il détestait l'endroit autant que tous ses collègues.

Monk avait mangé deux tartines et bu une grande tasse de thé brûlant et légèrement amer quand les deux agents revinrent de leur ronde. Hooper arriva à son tour, et Bathurst finit par s'en aller.

— Il a l'air de bonne humeur, observa Hooper en retirant son gros caban.

Il avait servi dans la marine marchande avant d'entrer dans la brigade fluviale, et savait s'habiller pour tous les temps. Il accrocha sa veste et se tourna vers Monk. Il avait un visage agréable, aux traits réguliers, des yeux bleus calmes, souvent étrécis pour se protéger du vent ou des reflets de la lumière sur l'eau. C'était un homme bien bâti, au sourire doux et rare.

— Vous êtes en avance. Il s'est passé quelque chose ?

Monk lui fit signe d'entrer dans son bureau et de fermer la porte. D'autres hommes n'allaient pas tarder à arriver, et il tenait à ce que l'affaire Exeter demeurât confidentielle jusqu'à ce qu'il eût décidé combien d'hommes seraient nécessaires et lesquels emmener.

Hooper referma la porte sans bruit puis, sans demander la permission, prit place en face de lui. Ils travaillaient ensemble depuis plusieurs années, en fait depuis que Durban était mort et que Monk lui avait succédé à la tête de la brigade. Quand Orme avait été tué, Hooper avait pris sa place comme second. Sa nomination n'avait jamais fait l'objet d'une décision officielle. La bataille avec les contrebandiers et l'incendie qui avait suivi avaient durement éprouvé les hommes[1]. Après, leur chagrin avait empêché toute réjouissance. Nul n'éprouvait de plaisir à remplacer un mort.

Hooper semblait avoir deviné qu'il était préoccupé et attendait.

— Ce soir, répondit Monk, répondant à la question qu'il n'avait pas posée. J'ai dit à Bathurst de revenir, mais je n'ai pas encore décidé qui d'autre emmener et je ne sais pas au juste de combien d'hommes nous aurons besoin.

Il regarda Hooper. Celui-ci n'était pas facile à déchiffrer. Il émanait de lui une force certaine, mais aussi une profonde bienveillance, et plus on le dévisageait, plus les cicatrices laissées par la pauvreté et les rigueurs de la vie en mer, par des expériences qu'il

1. Voir *Le Couloir des ténèbres*, 10/18, n° 5101.

n'avait racontées à personne, rendaient son expression impénétrable.

— Oliver Rathbone est venu chez moi hier soir, continua Monk. Il représente un homme dont l'épouse a été enlevée avant-hier après-midi. Les ravisseurs demandent une grosse somme d'argent, mais il peut la rassembler. Il veut que nous allions avec lui pour veiller à ce que l'échange se déroule sans encombre.

Hooper arqua les sourcils.

— Nous ? Vous voulez dire la brigade fluviale ? Pourquoi ?

Monk relâcha lentement son souffle.

— En partie parce que la femme a été enlevée sur la rive du fleuve, à Battersea.

Hooper se raidit.

— Mais surtout parce que l'échange doit avoir lieu à marée basse cet après-midi, juste avant le crépuscule.

Le visage d'Hooper s'altéra imperceptiblement, mais ce fut comme si, en lui, une lumière s'était éteinte. Peut-être Monk ne s'en aperçut-il que parce que c'était précisément le sentiment qui l'habitait.

Hooper prit une inspiration.

— C'est le mari qui vous a dit ça ? Comment sait-il qu'elle a été enlevée sur la berge ? Quelqu'un a assisté à la scène ? Qui ? Comment cette personne a-t-elle communiqué avec lui ?

— Oui, c'est lui qui me l'a dit. Il ne veut pas opposer de résistance. Il est plus que disposé à payer. Il veut seulement retrouver sa femme saine et sauve. Il s'appelle Harry Exeter. C'est un grand promoteur immobilier. Il a un projet en cours à Lambeth. Il a construit pas mal de choses.

— Il est riche ? Ou il fait semblant de l'être ?

— Il affirme qu'il va obtenir le reste de la rançon aujourd'hui. Il n'a pas l'air de s'inquiéter pour cela.

Monk se remémora l'indifférence d'Exeter face à la somme, pourtant équivalente à dix ans de salaire au moins pour la plupart des hommes exerçant une profession libérale. Il en avait parlé comme s'il ne s'agissait que d'un concept, et non d'une réalité. Monk se demanda ce qu'il avait vendu ou promis pour rassembler autant d'argent en si peu de temps.

Hooper fronça les sourcils.

— Vous ne m'avez pas dit comment il a été informé ?

— On a déposé un message dans sa boîte aux lettres.

— C'est ainsi qu'il a découvert les faits ?

— Non. Sa femme était sortie avec une cousine, Celia Darwin, quand elle a été enlevée. Apparemment, Miss Darwin souffre d'un handicap et n'a rien pu faire. Elle a averti la police mais bien sûr les ravisseurs et Mrs. Exeter étaient déjà loin quand les agents sont arrivés. On l'a presque à coup sûr fait monter dans une barque.

— Et cela suffit à nous charger de l'affaire ?

— Pas exactement, mais les ravisseurs exigent que l'échange ait lieu sur l'île Jacob.

Il vit la bouche d'Hooper se crisper.

— Exeter a sollicité Rathbone, reprit-il, et Rathbone est venu à moi. Je crois que c'était l'idée d'Exeter. Dieu lui vienne en aide.

Il était sincère. Sa compassion lui faisait presque oublier sa répugnance envers les taudis des quais, les ruelles obscures, les détritus laissés par la marée, le bois pourri, la puanteur. Il se mettait à la place d'Exeter et il imaginait ce qu'il aurait ressenti s'il s'était agi d'Hester ou de quelqu'un qu'il connaissait ! C'était le prix à payer pour l'amour, et l'amour était le moteur de l'existence. Il avait découvert cela lentement, pas à pas, depuis que sa vie avait pris un nouveau départ, lorsqu'il s'était réveillé après son accident, privé de passé hormis dans les souvenirs d'autrui. Il semblait n'avoir ni parents ni amis désireux de le réclamer. Jour après jour, il avait appris pourquoi, du moins en partie. Il n'avait perdu aucune de ses facultés physiques ou mentales. Il demeurait le meilleur enquêteur de la police métropolitaine. Cependant, il était aussi un homme qui avait des ennemis. Mérités, peut-être, pour la plupart. Il n'aimait ni n'admirait guère ce qu'il avait découvert à son propos.

En fin de compte, il avait été renvoyé de la police. Il avait travaillé comme détective privé pendant un temps, mais c'était un gagne-pain précaire. Puis une enquête l'avait amené à traiter avec la brigade fluviale et, l'affaire terminée, il était entré dans ses rangs.

Désormais, il connaissait le plaisir et le tourment inhérents à l'amitié, à l'amour, à la camaraderie. Sans rien savoir d'Harry Exeter, il se mettait à sa place.

Quatorze ans plus tôt, Hester avait été infirmière auprès de Florence Nightingale, durant la guerre de Crimée. Obstinée, courageuse, impulsive et loyale, elle avait aussi un franc-parler qui lui avait valu de nombreux ennuis. Elle tenait ses promesses, même les plus folles, et s'occupait de toutes sortes de gens, surtout ceux que le reste de la société préférait ignorer.

À supposer que Kate Exeter lui ressemblât, ne fût-ce qu'un peu, sa disparition laisserait un vide que rien ne pourrait jamais combler. Si Monk restait seul, il vivrait dans le silence, à jamais – et ayant connu l'amour, dans une solitude assez vaste pour le consumer.

— Monsieur…

La voix d'Hooper coupa court à ses réflexions.

— Quelqu'un a-t-il interrogé sa cousine ?

Monk eut un sourire sans joie.

— Pas encore. Il est un peu trop tôt pour lui rendre visite. Elle était bouleversée avant-hier, et les policiers ont jugé qu'elle ne leur serait pas d'un grand secours.

— Y a-t-il autre chose à tenter ?

— Non. Exeter demande simplement que nous l'aidions à remettre la rançon et à retrouver sa femme. Sur l'île Jacob, on ne peut présumer de rien.

Le visage d'Hooper trahissait son dégoût. Son expression avait à peine changé, pourtant la différence était évidente pour qui le connaissait aussi bien que Monk. Il était non moins certain de savoir quelles pensées traversaient l'esprit de son collègue.

— Nous ignorons si elle est toujours en vie, reprit-il. Je suis sûr qu'Exeter a songé à cela aussi.

Hooper lui décocha un regard perçant.

— Il est certes possible que les ravisseurs n'aient pas la moindre intention de lui rendre son épouse. Elle est peut-être déjà morte. Cela dit, ils veulent l'argent, donc c'est peu probable. Si elle n'est plus en vie, nous devrons les arrêter. En revanche, si elle est saine et sauve, notre priorité est de la ramener. C'est pour cela que nous y allons.

Il avait prononcé les mots avec lenteur, non pas de crainte qu'Hooper se méprît sur le sens de ses paroles ; il était trop avisé pour penser cela. Il s'adressait à lui-même. Il avait peur de laisser ses émotions l'emporter sur son bon sens et de parvenir à des décisions qu'il regretterait par la suite.

— Mais une fois que Kate sera en sécurité…

— L'île Jacob, soupira Hooper. Il y a une multitude de passages pour y entrer et en sortir, surtout à marée basse. Nous ne devons pas prendre de risques.

Ce n'était pas une question. Il rappelait seulement à Monk qu'il serait facile de perdre leurs propres hommes s'ils se retrouvaient piégés dans un des tunnels alors que la marée s'engouffrait à travers les ruines, créant des tourbillons ici et là, emportant planches, vase et débris.

— Je sais ! rétorqua Monk, abrupt.

Il n'avait pas besoin qu'on lui rafraîchît la mémoire. Il lui arrivait encore d'avoir des cauchemars où il se voyait prisonnier de poutres effondrées tandis que l'eau sale montait peu à peu.

— Qui emmenons-nous ? demanda Hooper, s'incluant d'emblée dans le groupe.

Monk réfléchissait à cette question depuis qu'il avait quitté Rathbone la veille au soir. Chaque fois qu'il s'était réveillé dans la nuit, elle s'était imposée à lui.

— Vous, moi, Bathurst, Laker…

Hooper soutint son regard sans ciller. Laker était jeune, arrogant, ambitieux, souvent désinvolte lorsqu'il aurait dû être grave. Au premier abord, il paraissait plutôt imbu de sa personne. Cependant, pour avoir été témoin de son courage et de sa loyauté lors de la fusillade à bord du navire des contrebandiers, et du chagrin qu'il avait éprouvé à la mort d'Orme, Monk ne doutait plus de sa valeur. Cela ne l'empêchait pas de le critiquer ni de le remettre à sa place à l'occasion, mais la confiance était là, et Laker le savait. Hooper aussi, naturellement. Il avait pris sa part des événements de cette nuit atroce, au moins autant que Monk.

— Il nous en faudra davantage, observa Hooper. Même si nous savions où trouver ces hommes, il existe au moins six sorties possibles. Et j'imagine que nous ignorons combien ils sont ?

— Nous n'en avons aucune idée, admit Monk. Quatre ou cinq, je suppose.

— Dans ce cas, nous avons besoin d'au moins… disons, six hommes. Judicieusement placés, ils devraient être capables de bloquer toute tentative d'évasion, répondit Hooper, songeur. Encore deux.

— Marbury ?… suggéra Monk, interrogateur.

Hooper côtoyait l'intéressé depuis plus longtemps que lui. Maigre et taciturne, originaire de la côte du Kent, Marbury avait travaillé dans l'estuaire de la Tamise et était habitué aux marais qui s'étendaient à perte de vue sous le ciel, au lacis de voies d'eau qui reliaient les rivières. Il était fasciné par les oiseaux migrateurs et leur parcours.

Hooper sourit.

— Oui, monsieur. Il est observateur. Capable de remarquer des détails minimes. Et il connaît bien la marée.

— Jones ?

Hooper hésita.

— Quoi ?

— Pas encore, répondit Hooper. D'ici deux ans, il sera compétent. Pour l'instant, il manque d'expérience.

— Il est prometteur, lui fit remarquer Monk. C'est un excellent rameur. Il peut guider une barque n'importe où.

— Il est trop impulsif, objecta Hooper. Il a besoin d'apprendre à réfléchir à deux fois avant d'agir.

Monk n'était pas convaincu. En outre, il était curieux de voir si Hooper allait persévérer dans son opinion.

— Parfois, il faut savoir agir vite, saisir sa chance au bon moment. Se montrer décisif quand on n'a pas le temps de tergiverser. Peser une action contre l'autre. Nous lutterons contre l'obscurité et contre la marée montante autant que contre les ravisseurs. Nous n'aurons pas le luxe d'attendre que quelqu'un se décide.

— Nous ne pouvons pas davantage nous permettre d'avoir un homme qui saute avant de regarder, répliqua Hooper. Vous m'avez demandé mon avis, monsieur. Je proposerais Walcott. Ce gars est têtu comme une mule. Il me fait penser à un terrier, un de ces petits chiens qu'on envoie dans les trous de renards. Une fois qu'il flaire une piste, il est intrépide.

Monk sourit malgré lui. La description était bonne.

— Il sait que vous le décrivez comme ça ?

Hooper rougit très légèrement, ce qui était rare chez lui.

— Non, monsieur.

Monk songea qu'être comparé à un bon chien était sans doute un compliment, du moins aux yeux d'Hooper.

— Bien ! Dans ce cas, c'est décidé. Marbury et Walcott, avec Bathurst, Laker, vous et moi. Nous devons être sur l'eau à trois heures et demie et à l'île Jacob avant quatre heures.

Il sortit une carte du large tiroir où elles étaient conservées et l'étala sur son bureau. Elle montrait la partie du fleuve où se trouvait l'île Jacob, les bancs de sable qui l'entouraient ainsi que les limites précises du flux et du reflux de la marée. Elle datait du printemps précédent. C'était la plus récente qu'on pût se procurer.

Hooper l'étudia en silence et Monk suivit son regard, notant les rampes à demi submergées, les poteaux d'amarrage qui émergeaient de la vase telles des dents cariées, les chenaux où l'eau était plus profonde et le courant plus rapide qu'ailleurs, les quais encore utilisables.

Certes, une marée plus haute que les autres, comme celles de l'équinoxe de printemps ou d'automne, pouvait modifier ces repères de manière radicale. Celle de la fin septembre venait d'avoir lieu, et elle avait justement atteint un niveau remarquable.

— Nous n'avons pas le temps de vérifier, déclara Hooper, les lèvres serrées. Personne n'a parlé de changements. Nous ne pouvons pas nous permettre de poser des questions. Ça se saurait. Ont-ils demandé à Exeter de se rendre seul au rendez-vous ? L'ont-ils menacé au cas où il amènerait la police ? ajouta-t-il, l'air troublé.

— Non.

Exeter avait tenu à ce qu'ils viennent, au contraire. Il avait insisté là-dessus, Monk s'en souvenait.

— Il a dit que tant qu'il avait l'argent, ça suffisait. Il m'a supplié de l'accompagner avec des hommes.

Tout ce qu'il veut, c'est retrouver sa femme. Il a peur que les ravisseurs ne cherchent à le berner au dernier moment.

— Ils n'auront pas envie de se faire prendre, observa Hooper. S'ils nous voient, ils risquent de la tuer. Il a réfléchi à cette possibilité ?

— Je ne sais pas. Je ne suis même pas sûr qu'il soit capable de réfléchir lucidement. Il est terrifié à la perspective d'aller là-bas tout seul et de ne pas pouvoir en ressortir sans aide. Je l'escorterai jusqu'à un endroit juste avant le point de rendez-vous, et puis ils pourront procéder à l'échange. Nous nous dépêcherons de repartir, à moins qu'ils ne tentent d'enlever Exeter à son tour au lieu de relâcher sa femme.

Monk avait la gorge nouée.

— Par certains côtés, l'enlèvement est le plus horrible des crimes.

Hooper ouvrit la bouche pour répondre, mais se ravisa.

— Six d'entre nous armés et déguisés en matelots ou en débardeurs, cela devrait suffire, poursuivit Monk.

— Plutôt en pirates du fleuve, ou en mendiants, répondit Hooper. Les matelots ont les moyens de vivre ailleurs que sur l'île Jacob. Si je ne savais pas où dormir, je préférerais choisir un endroit qui soit hors d'atteinte de la marée. Il faudrait être un imbécile pour faire le contraire.

Monk fut irrité contre lui-même. Il connaissait maintenant suffisamment le fleuve pour avoir songé à cela. Non que l'apparence d'un matelot fût très différente de celle d'un pirate, mais le comportement si : la manière de se déplacer, de se tenir, de s'abriter du vent, de se dissimuler à la vue d'autrui. Il fallait penser comme un voleur pour avoir la meilleure chance de ressembler à l'un d'eux.

Il se leva.

— Bien. Nous avertirons les hommes et déciderons par où entrer. Il faudra nous placer avec soin pour bloquer toutes les sorties. Allez voir si vous pouvez parler à Celia Darwin. Elle a peut-être remarqué quelque chose. C'est peu probable, d'après ce qu'Exeter a dit à son sujet, mais il serait stupide de notre part de ne pas nous en assurer. Quoi qu'il arrive, soyez de retour pour trois heures.

Il nota l'adresse qu'Exeter lui avait donnée sur un bout de papier et le tendit à Hooper.

— Ceylon Street, lut ce dernier. Où est-ce ?

— C'est une rue qui part de Battersea Dock Road. Pas très loin de l'endroit où Kate Exeter a été enlevée, mais ça ne ressemble pas du tout à Southwark Park, bien que ce soit tout près. D'après Exeter, Celia est issue d'une branche de la famille qui s'est mésalliée. Il n'a pas dit que la sienne avait été plus avisée, mais ce genre de remarque suggère que…

— … c'est un nouveau riche, compléta Hooper à sa place.

— Oui. Cela ne change rien au fait qu'il est une victime. Ou que sa femme en est une. Elle était, semble-t-il, plutôt proche de cette cousine. Elles étaient amies. Hooper…

— Oui, monsieur ?

— Soyez patient avec elle. Il est possible qu'elle soit…

— Très émue. Le contraire serait suspect… monsieur.

Pour la première fois, Monk sourit.

— Oui. Mais tout de même, peut-être se souvient-elle d'un détail.

Celia Darwin était chez elle, dans son très modeste domicile de Ceylon Street, quand Harry Exeter se présenta. L'avant-veille avait été la pire journée de sa vie. Toutes les peines et déceptions passées avaient été effacées par l'enlèvement de sa cousine, qui était à la fois une sœur et l'équivalent le plus proche d'une fille pour elle.

La peur que Kate eût disparu à jamais hantait ses pensées.

Devançant sa domestique, elle courut à la porte et ouvrit le battant à la volée. Exeter se tenait sur le seuil. Une seconde, l'espoir déferla en elle, et s'évanouit dès qu'elle vit son expression

Il entra, la bousculant presque au passage.

— Qu'y a-t-il ? Qu'est-il arrivé ? demanda-t-elle. Avez-vous des nouvelles ?

Elle le suivit dans le petit salon et referma la porte derrière eux.

Il pivota vers elle, le visage blême. Il semblait terrifié.

— Ils veulent de l'argent. Plus que je n'en possède… sinon ils la tueront.

Il était inutile de dire qu'elle n'avait rien. Il le savait déjà. Elle n'avait même rien à vendre. Les rares bijoux hérités de sa mère étaient dénués de valeur. Il le lui avait fait remarquer, un jour, lors d'une des conversations les plus déplaisantes qu'ils avaient eues.

— Que puis-je… commença-t-elle.

— Je sais que vous aviez de l'affection pour elle…

— J'en ai toujours !

Jamais elle n'aurait osé élever la voix face à lui avant, mais à présent, elle s'en moquait.

— Je…

— Je sais, coupa-t-il très vite. Et Kate le savait… le sait, elle aussi. J'ai un moyen de lever les fonds qu'ils réclament, mais je… je devrais demander votre permission, même si c'est en réalité Maurice qui a le pouvoir de décision… Celia… je vous en prie ?

Elle n'hésita pas. Il faisait allusion à l'héritage qui, selon les stipulations de la grand-mère maternelle de Kate, devait revenir à celle-ci le jour de son trente-troisième anniversaire, dans un peu plus d'un an. Si elle succombait avant cette date, l'argent serait divisé entre Celia et son cousin Maurice Latham, lequel était avocat. C'était lui qui, naturellement, avait reçu la somme en question en fidéicommis. On ne confiait pas de pareilles responsabilités à une femme.

— Bien sûr, dit-elle aussitôt. Cela suffira-t-il ?

Il se détendit. Tout son corps se relâcha comme si la douleur l'avait quitté. Il lui sourit à travers les larmes soudaines qui brillaient dans ses yeux.

— Oui, tout juste, avec ce que j'ai déjà. Merci, Celia. Je… je savais que vous seriez d'accord… mais il fallait que je vous pose la question.

— Et Maurice ?

Elle n'avait guère d'affection pour ce dernier, bien qu'elle le connût depuis presque toujours. Il la traitait avec condescendance, paraissant considérer qu'elle n'avait rien réussi dans sa vie, puisqu'elle n'avait ni activité utile, ni mari, ni enfant sur qui veiller. En un sens, il avait raison, elle l'admettait. Elle n'avait rien de tout cela. Elle appartenait à une classe trop élevée pour travailler comme domestique, et trop modeste pour avoir hérité de quoi que ce fût hormis de très faibles revenus. De plus, elle était affligée d'une légère claudication qui, sans être douloureuse, l'empêchait de marcher avec grâce.

Exeter hésita un instant.

— Oh ! Maurice sera d'accord, j'en suis sûr. Il fallait que je vous pose la question… en premier. Je sais que vous aimez beaucoup Kate et que vous feriez tout… Vous me soutiendrez, si Maurice fait des difficultés… n'est-ce pas ?

Était-ce pour cette raison qu'il était venu à elle d'abord ? Maurice était parfois pompeux, mais il ne refuserait jamais de sauver la vie de Kate ! C'était de son argent qu'il s'agissait, après tout… sauf si elle mourait avant de pouvoir en hériter. Néanmoins, c'était là une pensée épouvantable. Celia sentit le sang lui monter aux joues tant elle était gênée de l'avoir laissée naître en elle.

— Cela ne sera pas nécessaire, dit-elle.

— Non, acquiesça Exeter. Je ne voulais pas… Celia… je…

— Je sais, dit-elle aussitôt. Nous le sommes tous. Vous n'avez aucun besoin de vous justifier. Aucun. Allez parler à Maurice et faites ce qu'il faut. Ne perdez pas de temps en explications. Ramenez-la-nous, c'est tout !

— Je le ferai, affirma-t-il avec un sourire sans joie. Merci.

Il tourna les talons et sortit sans attendre d'être raccompagné. Elle entendit la porte se refermer derrière lui.

Tout allait s'arranger ! Kate leur serait rendue. Le cauchemar serait terminé. Elle remercia le Ciel.

Hooper remonta la Tamise de Wapping à la jetée située au sud de Victoria Bridge puis parcourut à pied le kilomètre et demi qui le séparait de Ceylon Street, songeant aux remarques que Monk avait faites à propos de Celia Darwin. Si celle-ci était sortie, il devrait patienter jusqu'à son retour. Demain, il serait trop tard pour obtenir des informations utiles. De toute façon, s'il fallait en croire la description qu'Exeter avait donnée d'elle, elle avait dû se réfugier sur son sofa pour se remettre du choc. Elle ne quitterait pas la maison avant d'avoir eu des nouvelles de sa cousine.

Hooper ne connaissait guère les femmes. Il s'était engagé tout jeune dans la marine marchande après avoir grandi dans un foyer sans chaleur : son père était un homme rude, plus habitué à s'exprimer avec ses mains qu'avec des mots. Quand sa mère était morte, Hooper avait été soulagé de s'échapper.

Au bout de vingt ans en mer, il était revenu à terre et ne ressassait pas le passé. Mieux valait ne pas s'attarder dessus. La police fluviale de la Tamise lui avait semblé un choix naturel. Il s'y sentait dans son élément, et avait été surpris de découvrir qu'il était compétent dans son travail. De plus, il aimait bien Monk. Si ce dernier, à certains égards, avait un caractère difficile, il était honnête dans ses actions comme dans ses paroles, et Hooper n'avait pas peur de lui.

Hester Monk était la seule femme avec qui Hooper fût à l'aise. Elle parlait trop franchement au goût de ceux qui aimaient une part de coquetterie chez les femmes. Hester ne savait pas être coquette, et elle en avait encore moins envie.

Comment serait Celia Darwin ? D'après Exeter, son témoignage ne lui servirait pas à grand-chose. Malgré tout, il devait tenter sa chance.

Le quartier était plaisant sans être cossu, différent de celui où il imaginait vivre Exeter. Hooper n'avait pas pris la peine de demander à Monk où il résidait, mais il savait que c'était sur la rive nord, où se concentrait la richesse. Avait-il dû hypothéquer sa maison pour rassembler l'argent de la rançon ?

Il atteignit Ceylon Street et s'y engagea. La rue était calme sous le soleil hivernal, vif et brillant. Il s'arrêta au numéro 26 et toqua à la porte, puis recula un peu pour ne pas gêner la personne qui viendrait ouvrir, à supposer qu'on vînt.

Une très jeune fille apparut sur le seuil. Âgée de quatorze ans, peut-être, elle était vêtue d'une robe marron uni et d'un tablier blanc.

— Oui, monsieur ?

Ses yeux s'étaient écarquillés de peur à la vue d'un inconnu, à la carrure imposante de surcroît.

— Bonjour, dit Hooper à mi-voix. Miss Darwin est-elle à la maison ?

L'adolescente ne sut que répondre, ce qui signifiait que Celia Darwin était bien là mais qu'elle ne désirait peut-être pas de visites.

— Je suis policier à la brigade fluviale, précisa-t-il. C'est au sujet de sa cousine, Mrs. Exeter. Miss Darwin pourra peut-être nous aider.

— Je vais lui demander si… elle se sent assez bien… pour vous recevoir, bredouilla la jeune fille.

Elle hésita, ne sachant visiblement pas si elle devait refermer la porte ou la laisser ouverte.

Hooper fit un pas en arrière afin de faciliter sa décision.

Elle lui offrit l'ombre d'un sourire et referma le battant.

Quelques minutes plus tard, elle était de retour et le faisait entrer.

Celia Darwin le reçut dans le salon. C'était une petite pièce, très ordonnée mais pleine de vie. Le canapé était agrémenté de coussins confortables, un soupçon élimés, un peu fanés. Le feu était déjà allumé, encore que peu fourni, une bonne quantité de poussier empêchant le charbon de brûler trop vite. Sur le manteau de la cheminée étaient disposés quelques bibelots sans rapport les uns avec les autres, hormis dans l'esprit de la personne qui les avait collectionnés : un bougeoir qui avait sans doute fait partie d'une paire autrefois, une salière ancienne en étain avec sa cuiller assortie, un vase en cristal très étroit qui n'aurait pu contenir qu'une seule fleur, une grenouille en porcelaine à la tête agréablement laide.

Celia Darwin se tenait au milieu de la pièce, debout sur le tapis à motif discret, aux couleurs patinées par le temps et l'usage. Elle était plus grande qu'il ne s'y attendait, et très pâle. Ses traits affirmés, énergiques, n'étaient pas au goût du jour, mais il décela en elle une sincérité qui lui plut.

Il se présenta.

— Je m'appelle John Hooper, dit-il. Je suis ici pour vous parler des événements d'avant-hier. Je suis navré d'avoir à vous demander de les relater de nouveau, mais tout ce que vous avez à nous dire pourrait avoir de l'importance.

Il devait veiller à ne pas lui souffler ses réponses. Il avait commis cette erreur par le passé et savait combien il était facile de tomber dans ce piège.

— Bien sûr.

Sa voix était douce, extraordinairement harmonieuse.

— Je comprends très bien que ce soit nécessaire. Asseyez-vous, je vous en prie, Mr. Hooper.

Elle prit place au milieu du canapé. Lui s'assit dans le fauteuil situé en face d'elle, un peu plus près de l'âtre. Après la bise qui soufflait sur le fleuve, la chaleur du feu était bienvenue sur ses jambes.

— Merci. Donc, vous marchiez le long du chemin, à quelques mètres de la rive ?

— Oui.

— Faites-vous souvent cette promenade ?

— Vous voulez dire… que quelqu'un aurait pu savoir que nous serions là ? Oui, c'est possible. Quand il fait beau, nous nous promenons là-bas une fois par semaine environ.

— Vers la même heure ?

— En général, oui.

Il remarqua qu'elle donnait des réponses aussi brèves que possible. Il ne vit là aucune marque de sécheresse. Au contraire, cela le détendit. Il s'abstint de lui demander si Kate et elle étaient proches. Si tel était le cas, il remuerait des émotions qu'elle serait peut-être incapable de maîtriser. Il se ferait une opinion d'après le ton de sa voix, son timbre.

— Vous bavardiez en marchant ?

— Oui, mais nous nous taisions aussi de temps à autre. Et puis… un homme lui a adressé la parole. Il s'est comporté comme s'il la connaissait. Il était respectueux, mais pas… timide.

Elle leva les yeux vers lui un instant, et il comprit combien elle était malheureuse. Puis elle baissa la tête et reprit :

— Je n'ai pas voulu me montrer indiscrète… m'immiscer dans une conversation qui ne me concernait pas. Je regrette tellement de ne pas l'avoir fait !

Soudain, elle était furieuse contre elle-même, et cela s'entendait dans sa voix.

— Dans ce cas, vous auriez peut-être été enlevée, vous aussi, observa Hooper.

Elle releva la tête.

— Au moins, elle n'aurait pas été seule !

Ses yeux s'emplirent de larmes et elle cilla rageusement pour les chasser, mais sans honte.

— C'est parce que vous en avez réchappé que vous pouvez nous aider, lui fit remarquer Hooper. Pouvez-vous le décrire ? Me dire ce que vous avez remarqué d'autre ?

— Il dépassait Kate de cinq ou sept centimètres, commença-t-elle. Pourtant, Kate est grande… aussi grande que moi. Il avait les cheveux bruns, les sourcils clairs. Cela m'a frappée, parce que c'est inhabituel. Le visage allongé, un nez long, un menton long, mais pas désagréable à regarder. Et il avait des gestes fluides, une certaine grâce.

— Merci. Voilà des signes très distinctifs.

— Il était élancé, ajouta-t-elle. Il portait des vêtements sombres. Très ordinaires. Je ne pourrais pas en fournir de description détaillée, je suis désolée.

— De quelle direction venait-il ?

— De la rive. Du fleuve.

— Et vous vous êtes éloignée. Pour leur accorder un peu d'intimité ?

Elle baissa les yeux sur ses mains, immobiles sur ses genoux. Au premier coup d'œil, elles paraissaient détendues, mais cette impression était contredite par ses jointures toutes pâles.

— J'aurais dû rester. Je m'étais écartée de quelques mètres, de façon à ne pas donner l'impression que j'écoutais leur conversation. Je regardais dans la direction opposée. Un groupe de gens m'a croisée. Six ou sept personnes, me semble-t-il. Et… quand je me suis retournée… ils avaient disparu ! Cela n'a duré que quelques secondes… ou peut-être un peu plus…

— Mais vous n'avez pas entendu Kate crier ?

— Non. Si je l'avais entendue, je me serais précipitée vers elle, battue avec lui, si nécessaire. J'avais un parapluie… j'aurais pu m'en servir pour le frapper.

— D'autres personnes se trouvaient-elles à proximité ? Disons, dans un rayon de cinquante mètres ?

— Seulement le groupe dont j'ai parlé, qui était déjà assez loin. J'ai regardé autour de moi pour voir si elle était partie dans l'autre direction, ou s'il y avait quelqu'un que je puisse interroger. Je n'ai vu personne.

— Dans ce cas, il a choisi son moment avec soin, conclut Hooper d'une voix douce. Vous n'auriez rien pu faire, hormis nous fournir la description que vous venez de nous donner.

Elle soutint son regard.

— Je vous en prie, n'essayez pas de me donner meilleure conscience. C'est… condescendant.

Il aurait dû être irrité, au lieu de quoi il sentit le rouge lui monter aux joues.

Elle s'en aperçut.

— Excusez-moi, Mr. Hooper. Je suis bouleversée, et j'ai peur. Ce n'est pas juste pour vous. Vous essayez de m'aider à me concentrer sur des faits qui sont douloureux. Au fond, j'aimerais pleurer, mais ce serait embarrassant et ça ne servirait à rien.

— Je ne voulais pas ajouter à votre détresse.

Pour la première fois, elle sourit, et son visage s'emplit d'une grande douceur.

— Je sais. Allez-vous essayer de la retrouver ?

— Oui. Mr. Exeter a réussi à rassembler l'argent.

Avait-il eu tort de le lui dire ? Quoi qu'il en fût, il n'avait aucun regret.

— Oh…

— Vous ne vous y attendiez pas…

Elle détourna le regard.

— Je ne sais pas… je ne suis pas sûre…

Il ouvrit la bouche, prêt à deviner ce qu'elle pensait, puis se souvint qu'il ne devait rien dire.

Elle demeura silencieuse un instant.

— Je ne l'aime pas, avoua-t-elle tout bas. Mais je suis heureuse qu'il ait réussi. Je vous en prie… aidez-le pour que l'échange se déroule sans encombre.

— Nous ferons tout notre possible. Les ravisseurs veulent l'argent, et lui veut que Mrs. Exeter soit libérée.

Il n'allait pas lui décrire l'île Jacob. Elle n'avait pas besoin de savoir.

Elle le dévisagea longuement.

Il n'allait pas non plus lui promettre que tout irait bien. Il avait les mots sur le bout de la langue, mais il était trop avisé pour céder à la tentation.

Bizarrement, le silence n'était pas gênant. Il savait qu'elle comprenait.

Enfin, il se leva.

— Merci, Miss Darwin.

— Cette description vous a-t-elle été utile ? demanda-t-elle en se levant à son tour.

— Elle le sera dès que votre cousine aura été retrouvée et que nous pourrons nous mettre aux trousses des ravisseurs sans l'exposer au danger.

Elle hocha imperceptiblement la tête.

— Merci, Mr. Hooper.

Il prit congé et ressortit dans l'air froid et clair, mais la chaleur de la pièce resta en lui.

Plus tard ce jour-là, Celia reçut un troisième visiteur. On était presque au crépuscule. Elle buvait un thé en s'efforçant de refréner son imagination galopante, se demandant comment allait Kate, si ces hommes avaient été cruels avec elle, s'ils l'avaient intimidée… ou pire.

— Miss Darwin, dit la domestique d'une voix timide.

Celia leva la tête.

— Oui… excusez-moi. Vous m'avez parlé ?

— Non, madame. Mr. Latham est ici, il dit que c'est important. Je ne savais pas si vous vouliez le voir… ou pas.

La jeune fille paraissait nerveuse. Elle adorait Celia et savait que la visite de Maurice allait lui être pénible.

— Ne vous inquiétez pas. Faites-le entrer. Je suppose que vous feriez mieux d'apporter une deuxième tasse. Le thé est encore chaud.

— Oui, madame.

Elle sortit et Maurice entra aussitôt, la frôlant presque au passage. Il était de taille moyenne, mais bien bâti, et n'avait pris que peu d'embonpoint au fil des années, bien qu'il eût à peu près le même âge que Celia. Kate était la plus jeune des trois cousins. Fille unique, elle était la seule héritière de sa grand-mère maternelle.

Maurice entra dans la pièce et referma la porte derrière lui, comme s'il craignait que la domestique n'écoutât la conversation. Il était soupçonneux sans avoir de raison de l'être, aux yeux de Celia. Elle s'abstint de tout commentaire, mais ne put s'empêcher de penser qu'il jugeait les autres d'après lui-même.

Ce jour-là, Maurice faisait grise mine, ce qui n'avait rien d'étonnant. Comment aurait-on pu sourire au vu de ce qui se passait ?

— Bonjour, Maurice, dit-elle à mi-voix. J'ai demandé une autre tasse pour vous, si vous désirez du thé. Il vient d'être fait.

— Comment pouvez-vous vous soucier de telles trivialités à un moment pareil ? rétorqua-t-il sans aménité. Vraiment, Celia, il ne sert à rien de se voiler la face. Vous pouvez nier autant qu'il vous plaira, cela ne changera rien. Nous sommes confrontés à une tragédie, à un crime épouvantable. Aucun doute que les journaux s'en délecteront demain.

Ses lèvres étaient crispées, d'une sévérité rare, même chez lui. Il aurait pu être assez séduisant si des années de tempérament irritable n'avaient pas tiré les commissures de sa bouche vers le bas.

Celia sentit le froid l'envahir. Elle tenta de n'en rien laisser paraître, mais savait qu'il lisait en elle.

— Si nous la retrouvons, cette histoire n'aura aucun intérêt pour eux, lui fit-elle remarquer. Quant aux bonnes manières, c'est une habitude. Il me semble naturel de vous offrir quelque chose.

Il ignora la pique.

— Harry m'a demandé, en tant qu'administrateur des fonds destinés à Katherine, la permission de les retirer en totalité de la banque Nicholson et de les remettre en guise de paiement pour la rançon. C'est une responsabilité majeure, mais je n'ai guère le choix. De toute évidence, c'est ce qu'elle souhaiterait.

Il eut un semblant de sourire.

— Cet argent ne lui sert à rien si elle… n'est plus en vie.

— Bien sûr que non, répondit Celia sèchement. La question ne se pose même pas. Vous devez le faire sur-le-champ…

— Il me semble seulement qu'il est de mon devoir de vous avertir ! rétorqua-t-il non moins sèchement. D'après les dispositions testamentaires, si Katherine devait trouver la mort avant d'avoir reçu son legs, l'argent serait partagé entre les cousins survivants – c'est-à-dire, comme vous le savez, vous et moi. Cependant, si elle meurt dans cette tragique affaire, c'est votre avenir et le mien qui auront servi de paiement…

Celia n'en croyait pas ses oreilles. C'était du pédantisme, sûrement ?

— Maurice, c'est son argent ! Il est inconcevable que l'un de nous refuse de le donner pour lui sauver la vie.

— Bien entendu. Néanmoins, il était nécessaire que je vous le dise. Après tout, si elle mourait, pour une raison ou pour une autre, vous toucheriez une somme énorme. Votre vie en serait transformée.

Vous seriez une femme riche, même avec votre moitié. Cela changerait vos perspectives d'avenir encore plus que les miennes. Vous... pour commencer, cela ferait de vous un parti intéressant. Même un homme venant d'un milieu adéquat pour que vous puissiez envisager de l'accepter comme mari ne ferait pas la fine bouche devant ce genre de fortune.

Celia avait les joues en feu. Il disait la vérité, et cela lui faisait mal. Elle eut envie de répliquer qu'aucune fortune sur terre ne ferait de lui un parti intéressant pour une femme de goût, mais ce n'était pas vrai. De plus, il saurait alors combien il l'avait blessée.

— Je suis plus que disposée à y renoncer pour sa sécurité, dit-elle froidement. Cet argent ne m'a jamais appartenu, et cette pensée ne m'a jamais effleurée. Je vous remercie d'avoir eu la courtoisie de m'informer. Harry l'avait déjà fait.

— Il n'est pas le fiduciaire, riposta Maurice avec un sourire crispé. C'est moi qui le suis. Grand-maman a veillé à ce qu'il n'ait aucun accès à cet argent. C'était sa volonté. Si j'autorise ce versement, c'est parce que, moralement, je n'ai pas le choix, et parce que la police s'occupe de l'affaire.

— Précisément. Eh bien, puisque vous ne désirez pas de thé, je ne vous retiens pas. Merci pour votre... délicatesse.

Il lui décocha un regard froid, soupçonnant le sarcasme, et prit congé en déclarant qu'il avait beaucoup à faire.

Quand il fut parti, Celia resta debout seule dans la pièce, soudain consciente d'avoir plus froid, comme si le feu s'était éteint. Elle ne s'était pas attendue à avoir cet argent, ne l'avait pas souhaité, mais cette conversation lui avait fait prendre conscience de sa solitude. Si Kate venait à mourir, elle lui manquerait terriblement. L'héritage serait un bien petit prix à payer pour sa libération.

3

Une fois Hooper rentré au poste, Monk exposa de nouveau le plan à tous les hommes concernés, hormis Bathurst, qui n'était pas encore de retour.

Non sans mal, Monk s'abstint de se livrer à des suppositions, de se demander si les choses devaient être faites autrement. Il savait d'expérience que les modifications de dernière minute pouvaient déboucher sur des erreurs, surtout lorsque la pression était à son comble. L'obéissance devait être instinctive. Ils n'auraient peut-être pas le temps de réfléchir, de peser, de jauger.

Bathurst arriva enfin. Son visage juvénile rappelait celui d'un écolier qui s'était levé trop tôt : pas tout à fait réveillé, encore un peu perplexe, mais l'œil vif et prêt à tout. Monk vit Hooper le prendre à part et lui expliquer le rôle qu'il devrait jouer. Même de l'autre côté de la pièce, il sut le moment où Hooper mentionna l'île Jacob. Le sourire de Bathurst s'éteignit et son corps se raidit, mais il acquiesça.

Monk se demanda s'il avait jamais été aussi jeune, aussi enthousiaste. Avait-il perdu ce souvenir en même temps que tous les autres ? Il lui plaisait de penser que oui, toutefois il en doutait. Né dans le Sud, Bathurst connaissait le fleuve depuis toujours. Monk, lui, se savait originaire du Northumberland, tout près de la frontière écossaise. Malgré tout, il n'avait pas d'accent. Il avait dû se donner du mal pour s'en débarrasser, perdre son intonation chantante. Comme il avait dû vouloir s'intégrer !

Exeter se présenta avec cinq minutes d'avance. Il portait de vieux habits et une grosse veste semblable à celles que mettaient les débardeurs pour se protéger du froid. Il tenait à la main une sacoche Gladstone en piteux état. Il surprit Monk à la regarder et acquiesça, les sourcils froncés.

— J'ai tout, dit-il. Vous êtes prêt ?

Sa voix était mal assurée et il était pâle. Même le vent âpre qui soufflait sur l'eau n'avait pas réussi à lui donner des couleurs.

— Oui, monsieur.

Monk ne savait pas au juste pourquoi il avait ajouté « monsieur ». Il n'avait pas pour habitude de se montrer si respectueux, cependant il éprouvait une profonde compassion à l'égard d'Exeter. Aucune marque d'estime ne serait de trop pour l'assurer de sa détermination, sur le plan professionnel et personnel, à retrouver Mrs. Exeter vivante.

— Nous partirons dans une demi-heure, peut-être un peu moins. La marée est avec nous, elle sera à son point le plus bas vers quatre heures.

— Et il fera sombre, ajouta Exeter.

Monk eut le sentiment qu'il voulait dire autre chose, et qu'il ne trouvait pas les mots adéquats.

Laker s'approcha d'eux.

— Excusez-moi, monsieur, voudriez-vous une tasse de thé ? Il est assez fort, peut-être plus que celui que vous buvez habituellement, mais au moins il est chaud.

Il regardait Exeter.

— Non, merci, répondit ce dernier, sur un ton un peu sec.

Laker se tourna vers Monk.

— Monsieur ?

— Oui, s'il vous plaît.

Il y avait un monde de différence entre le thé fort, tannique, qui avait été préparé sur le poêle et qu'on buvait trop sucré et souvent sans lait, et celui de la maison, léger, odorant, au parfum subtil, qu'on n'aurait jamais accompagné de sucre. Mais ce breuvage avait son utilité.

Laker s'en alla et revint quelques instants plus tard avec deux tasses. Il en donna une à Monk et offrit l'autre à Exeter.

— Merci, dit ce dernier en l'acceptant.

Il eut un sourire sombre par-dessus le rebord de la tasse émaillée.

— Est-il toujours aussi tenace ?

— Disons qu'il a passé plus de soirées sur l'eau en hiver que vous ne l'avez fait, répondit Monk.

— Pour des affaires d'enlèvement ?

— Non, Dieu merci. Mais lors d'autres enquêtes.

Exeter prit une gorgée de thé et tenta en vain de réprimer une grimace.

— Vous buvez souvent ça ?

Monk lui sourit.

— On s'y fait.

Exeter lui rendit son regard, fouillant son visage. Que cherchait-il ? Du réconfort ? Du courage ? Une promesse ?

Monk n'avait rien de tel à lui offrir. Au lieu de quoi il se tourna à demi et lui montra un plan grossier de l'île Jacob, lui expliquant par où ils comptaient y accéder afin d'atteindre le lieu indiqué sur le papier que les ravisseurs lui avaient envoyé.

— C'est à ça que ça ressemble ? murmura Exeter. Je comprends mieux pourquoi ils ont choisi cet endroit.

Il releva les yeux vers Monk.

— Vous n'allez pas essayer de les arrêter d'abord, n'est-ce pas ?

Sa voix oscillait entre le doute et la certitude.

Monk lui avait déjà donné sa parole à ce sujet.

— Non. Mais si l'occasion se présente après que nous aurons tiré Mrs. Exeter de là, nous la saisirons. Nous ne voulons pas qu'ils s'emparent de l'argent avant qu'elle soit en sécurité.

Exeter relâcha lentement son souffle, et une sorte de sourire revint sur son visage.

— Je suis désolé. Je n'aurais pas dû douter de vous. Excusez-moi.

— À votre place, j'aurais réagi de la même manière.

Ils burent le thé à petites gorgées, regardant les aiguilles de l'horloge avancer sur le cadran.

Exeter ne bougea pas d'un centimètre, hormis pour porter la tasse à ses lèvres. Les jointures de ses doigts étaient toutes blanches.

À trois heures et vingt-cinq minutes, Monk donna le signal du départ et ils sortirent, toujours en silence. Le vent se levait sur le quai à découvert et, à l'ouest, les derniers rayons du soleil embrasaient le ciel, prêtant au paysage une beauté quasi irréelle. Le fleuve était calme. Les étendues de vase lisse et luisante ressemblaient à des pans de chair dans la lumière fugace, crue. Vers l'est, où ils se dirigeaient, un voile d'obscurité se répandait rapidement.

Ils descendirent les marches pour gagner les barques et montèrent à trois dans la première, à quatre dans la seconde, laissant une dernière embarcation au cas où une autre urgence se produirait. La quatrième était déjà utilisée par une patrouille. On n'entendait aucun son hormis le raclement des semelles sur la pierre, le clapotis de l'eau qui venait heurter le quai.

Hooper partit avec Marbury et Walcott. Monk embarqua avec Bathurst et Laker, et fit signe à Exeter de s'asseoir à côté de lui à la poupe.

Ils s'engagèrent dans le courant presque inexistant, ses collègues ramant d'un geste lent et régulier, chacun maniant une seule rame. Ils étaient capables de tenir ce rythme des heures durant, et le faisaient souvent.

Monk se demanda quoi dire pour rassurer Exeter, et ne trouva rien. Toute conversation aurait paru artificielle, suggérant qu'il ne percevait pas la crainte et l'appréhension que son compagnon devait éprouver. Quelles avaient été les dernières paroles qu'il avait adressées à sa femme ? Des propos anodins ? Lui avait-il jamais dit combien elle comptait à ses yeux ? S'il avait eu des mots critiques, combien aurait-il été prêt à payer désormais pour les retirer ?

Monk songea à certaines des choses qu'il avait dites et qu'il aurait aimé retirer, s'il avait pu.

Le jour se ternissait déjà, perdait sa couleur. Malgré l'absence de vent, le froid était pénétrant. Monk, la peau du visage toute sèche, regrettait de ne pas pouvoir se réchauffer à la manœuvre. Il avait parfois eu le corps tout endolori à force de ramer, mais l'activité avait aussi été une source de réconfort.

Ils avançaient à vive allure. La marée ne leur opposait aucune résistance. C'était déjà l'étale. Il ne restait plus guère de lumière, toutefois Monk distinguait encore bien l'autre barque devant eux. Les grands navires à l'ancre arboraient leurs fanaux. Tout était étrangement immobile, comme si les bateaux étaient peints sur l'obscurité, avec la cité en toile de fond. Des lampes s'allumèrent en clignotant sur la rive, formant des chaînes le long des routes qui bordaient la Tamise. Quelques-unes bougeaient : des lanternes de fiacre. Sur l'eau, celles des bacs. Il n'était que quatre heures moins le quart, mais la journée de travail touchait à sa fin, car il était aisé de commettre une erreur lorsqu'on n'y voyait rien.

Devant eux, Monk vit la barque pivoter vers la rive. Laker cessa de ramer tandis que Bathurst redoublait d'efforts pour faire virer la proue.

— N'allons-nous pas dans l'autre direction ? Vers l'aval ? demanda Exeter, parlant pour la première fois. Pour arriver par l'autre entrée ? C'est à cela qu'ils s'attendent.

Il se tourna à demi sur le siège.

— Nous devons obéir à leurs instructions ! Sinon…

— Nous allons le faire, assura Monk. Il faut seulement qu'on s'arrête à l'abri du courant pour allumer le fanal.

— Oh ! Bien sûr. Excusez-moi.

— Nous allons procéder exactement ainsi qu'ils l'ont stipulé. Les autres vont passer par l'amont, comme nous l'avons prévu.

Il mit une main sur le bras d'Exeter et le sentit rigide sous ses doigts.

— Sommes-nous en retard ? demanda ce dernier.

— Non, et nous ne sommes pas davantage en avance. S'ils savent ce qu'ils font, ils sont arrivés bien avant nous.

— Kate sera transie… et terrifiée…

Monk resserra sa prise sur le bras d'Exeter.

— Si nous nous précipitons, nous risquons de commettre une erreur.

Exeter baissa les yeux sur les lanternes alignées au fond de la barque.

— Je suis désolé. Je… c'est dur. Je…

— Je sais, dit Monk tout bas. Il n'y en a plus pour longtemps maintenant. Aidez-moi à allumer ces lampes. Sans elles, nous n'y verrons rien du tout.

— J'imagine que même en plein jour, on n'y voit pas grand-chose par ici, observa Exeter sur un ton amer.

Ils s'engageaient dans un des chenaux qui entouraient l'île Jacob. La seconde barque avait disparu vers l'amont. Les maisons se dressèrent de part et d'autre de ce qui était une sorte de petit canal. Elles étaient perchées en équilibre précaire sur des pilotis pourris, penchant de-ci de-là selon le côté qui avait cédé le premier. Le fleuve recouvrait à peine la vase épaisse et visqueuse qui, tels des sables mouvants, aspirait tout objet un tant soit peu lourd.

Monk avait vu des hommes y tomber. Les corps n'étaient jamais retrouvés. Dieu seul savait ce qui se cachait sous ce cloaque. La surface bougeait à peine. Il n'y avait là ni tourbillons ni remous, rien pour déplacer la boue, que ce fût à marée basse ou à marée haute.

— Cet endroit me fait songer à la mort, lâcha Exeter d'une voix rauque. Peut-être l'enfer est-il ainsi. Pire que les flammes !

La lumière jaune des lanternes captait et magnifiait chaque ride de son visage, en soulignait chaque ombre. Monk l'observa, songeant qu'il devait avoir l'air aussi hagard que lui. Cependant, il n'était pas en proie à la même tension. Cette mission était son travail, elle se solderait au mieux par un succès, au pire par un échec professionnel. Exeter, lui, jouait tout ce qui comptait dans sa vie.

— Vous avez l'argent ? demanda Monk. Tout ce qu'ils ont exigé ? Ils doivent s'attendre à ce que vous ameniez quelqu'un. On ne peut accéder à l'endroit indiqué que par voie d'eau. Dès que vous aurez vu votre femme et que vous serez assuré qu'elle est saine et sauve, vous leur remettrez la rançon.

— Mais si…

Monk le regarda.

— Vous voulez vous raviser ?

— Non ! Non. Bien sûr que non. C'est juste que… j'ai hâte d'en finir. C'est la seule chose que je puisse faire, et… me poser des questions sans arrêt… ne sert à rien. Il va falloir aller encore loin avant de débarquer ? Tout ce que je vois, c'est de la vase, de l'eau et du bois vermoulu qui ne supporterait pas le poids d'une mouette, sans parler de celui d'un homme !

— Plus très loin, assura Monk. Il y a un mur en pierre à une dizaine de mètres dans cette direction, mais attention où vous mettez les pieds. N'allez pas marcher sur un rat.

— Cette fichue bête ne s'enfuirait donc pas ?

— Pas si elle est morte.

Exeter lâcha un juron.

Trois minutes plus tard, ils arrivaient à un ancien poteau d'amarrage près d'une volée de marches. Le bois se désagrégeait, mais la structure métallique dessous tenait bon.

— Où allons-nous ? s'inquiéta Exeter, l'air effrayé. Il n'y a rien ici !

— Par là, indiqua Monk. Il y a un quai de chargement et, derrière, l'entrée d'une cave et un tunnel…

— C'est inondé !

— Pas en ce moment, nous sommes à marée basse.

— Mais l'eau va se mettre à monter d'un moment à l'autre et nous serons noyés !

La tension perçait dans la voix d'Exeter ; une peur, un nerf à vif ? Le souvenir d'un autre incident ?

— Dans ce cas, nous avons intérêt à faire vite !

Monk lui tendit une des lanternes.

— Venez.

Il se mit debout avec précaution, veillant à garder l'équilibre, et posa le pied sur la mince dalle en pierre. Ensuite, il pivota et tendit la main à Exeter.

Celui-ci se leva à son tour, sans paraître avoir de difficulté à se maintenir en équilibre. Après une brève hésitation, il prit la main de Monk et s'appuya plus lourdement dessus que celui-ci ne l'escomptait. Les deux hommes ajustèrent leur posture, puis Exeter se hissa sur la dalle. Laker était à un pas derrière lui. Bathurst devait rester sur place et garder la barque prête pour leur retour.

Au bout d'un bref instant, Monk se retourna, tenant la lanterne devant lui, et, très prudemment, s'avança le long de la cale vers la gueule noire du tunnel. On eût dit un quai de chargement ordinaire, sauf que le bois était mouillé jusqu'à hauteur de la tête. À marée haute, l'endroit serait une rivière souterraine. Dans deux heures, ce serait déjà un marécage, plus profond de minute en minute.

À environ six mètres de l'entrée, la lumière du jour disparut. Monk se refusa à regarder en arrière. Il avait mémorisé le chemin et se concentrait désormais sur la route à suivre : il comptait ses pas, comptait les murs en ruine ou entiers. Il entendait les rats grouiller sur les poutres encore solides.

L'eau montait-elle à ses pieds, ou n'était-ce qu'un effet de son imagination ?

Devant eux, le passage bifurquait. Une volée de marches partait vers le haut puis disparaissait. Monk la dépassa. Il savait qu'elle ne menait nulle part. L'étage supérieur avait été emporté lors de l'effondrement de la charpente. À partir de là, le chemin, s'opposant à tous leurs instincts, descendait. Pour l'instant, le terrain était dégagé, mais ils devraient être de retour dans moins d'une heure, sans quoi il serait impossible de garder pied dans le courant créé par la marée montante.

Exeter s'immobilisa.

Monk se retourna.

— Il n'y a pas d'autre chemin. Venez.

Quelque part devant eux, un rat fila sur une poutre et tomba dans l'eau avec un éclaboussement sourd.

Monk leva la lanterne. La lumière éclaira le visage livide d'Exeter.

— Laissez-moi répéter ce que nous allons faire… dit celui-ci d'une voix rauque.

Il se racla la gorge pour la énième fois.

— Nous allons ensemble jusqu'à l'escalier. Vous attendez là, je monte avec l'argent. Le premier passage sur la droite mène à quelques marches qui descendent dans une salle plus vaste. Ils m'y attendront. Je dois leur donner l'argent mais d'abord m'assurer que Kate est là et indemne. Hooper sera prêt à entrer par l'autre côté si… si ce n'est pas le cas.

— C'est cela, confirma Monk. N'allez pas plus loin, sinon vous vous perdrez.

Le visage d'Exeter se crispa et il grimaça à cette pensée.

— Je sais ! Je sais. L'eau monte. Pouvons-nous continuer ? Cette attente me rend fou. Il faut que je la voie ! Que j'entende sa voix…

Monk acquiesça.

— Allez-y.

Exeter n'hésita qu'une seconde, puis redressa les épaules. Sans un regard pour Monk, il s'avança dans les ténèbres, la lampe vacillante dans une main, la sacoche Gladstone dans l'autre. Parvenu à l'escalier, il monta avec précaution en prenant garde à ne pas glisser sur les marches humides. Elles étaient recouvertes par l'eau encore une heure plus tôt et le seraient de nouveau bientôt. Au bout de quelques secondes, la lumière s'évanouit et Monk resta seul avec le bois qui gémissait, l'eau qui gouttait. Quelque chose bougea au-dessus de lui. Des chauves-souris ? Elles étaient presque invisibles. Peut-être y en avait-il des centaines au plafond.

Il savait que ses hommes n'étaient pas loin, pourtant il se sentait totalement seul. Le froid pénétrait jusque dans ses os, l'humidité imprégnait sa peau, il avait l'impression que ses mains, son visage, que toutes les parties de son corps étaient moites, qu'il était à la fois glacé et en sueur.

Les minutes s'égrenèrent. Le bâtiment se tassa sur lui-même, comme s'il capitulait, vaincu par la vase et par la marée. Il n'y avait pas de vent, pas le moindre râle d'air, mais Monk imaginait le niveau de l'eau qui montait inexorablement.

Combien d'hommes étaient mêlés à l'enlèvement de Kate Exeter ? Au moins trois, plus probablement quatre, afin de pouvoir la surveiller en permanence, mais pas davantage. Ainsi, la somme ne serait pas divisée en trop de parts.

Il changea de position afin d'éviter les crampes. Que se passait-il ? Si les ravisseurs étaient à l'endroit indiqué, Exeter aurait dû les atteindre à présent ! Peut-être n'étaient-ils pas là ? Mais seul un imbécile s'adonnerait à de tels jeux ici. Si ces hommes perdaient Exeter, il pourrait échouer n'importe où. S'il se trompait de chemin, glissait et tombait, laissait échapper la sacoche pleine d'argent, ils ne le retrouveraient peut-être jamais. Et la marée les noierait aussi aisément qu'Exeter ou Monk, ou n'importe lequel des agents.

Pourquoi n'entendait-il rien ? Non, c'était faux. Il entendait les rats, le clapotis de l'eau. Elle devait commencer à monter pour de bon maintenant ! Centimètre par centimètre. Lorsque le niveau atteindrait cinquante centimètres, un homme aurait du mal à tenir debout. À quatre-vingts centimètres, le flot l'emporterait, ou ferait tomber une bûche vermoulue qui bloquerait la sortie ou l'entraînerait par le fond, dans les ténèbres. Ce serait comme d'être dévoré. La puanteur était abominable. Qui savait quels cadavres gisaient dans cette vase, réduits à l'état de bouillie et d'ossements ? Quelque chose bougea dans le cloaque.

Un cri s'éleva devant lui, un son rauque, enroué, de surprise et de douleur.

Monk en fut galvanisé. Tenant la lanterne aussi haut que possible pour éclairer son chemin, il se rua d'un pas incertain dans les marches glissantes. Il tomba à genoux et rattrapa de justesse la lampe avant qu'elle ne se fracasse sur le sol. En haut, il déboucha sur un espace dégagé. Dans les décombres d'une pièce, un pan de mur écroulé surplombait l'eau noire et un enchevêtrement de débris qui crevait la surface trois mètres plus bas.

Il y eut un bruit derrière lui. Comme il pivotait, la lanterne fut projetée à terre, et on lui décocha un coup violent en pleine poitrine, suivi d'un second dans la mâchoire. Il tomba lourdement, bras en croix sur le plancher crasseux. Il esquiva une troisième attaque mais, privé de lumière à présent, il ne voyait pas son adversaire. Jaugeant d'où viendrait l'assaut suivant, il lança le pied dans cette direction. Il avait vu juste et sentit sa chaussure entrer en contact avec la chair. Un glapissement jaillit, suivi d'un juron, et un homme tomba de tout son poids sur lui. Monk batailla pour libérer une jambe et décocha des coups de pied dans le vide.

L'inconnu le frappa violemment à l'épaule. Monk lui enfonça le poing dans la gorge en retour. Il fut récompensé par un grognement et, presque aussitôt, toute résistance s'évanouit. Il roula sous son attaquant, plongea pour attraper la lanterne couverte de vase et la redressa. L'homme recommençait déjà à bouger. Monk le distinguait mieux maintenant. Comme les gens des bords du fleuve, il portait des vêtements épais, chauds, gris et marron, et un bonnet en laine enfoncé sur son crâne dissimulait une partie de son visage.

Monk revint à la charge avant qu'il eût pu recouvrer l'équilibre. Il retomba en arrière, mais son pied percuta le tibia de Monk, qui chancela et laissa échapper la lampe de nouveau. On entendit le son fluet et strident du verre qui se brisait, et puis ce fut l'obscurité totale. Monk recula et se décala sur la gauche ; et l'instant d'après, l'inconnu passa à l'endroit où il s'était tenu quelques secondes plus tôt. Inutile de chercher à l'attraper. Il devait continuer et trouver Exeter, ou au moins certains de ses hommes.

Il poursuivit dans la direction qu'Exeter devait avoir suivie. Des sons étouffés lui parvenaient, mais il ne discernait que des ombres sauf quand, ici et là, l'obscurité était trouée par la lumière du jour qui se reflétait sur l'eau.

Il entendait des gouttes tomber tout autour de lui. Il s'immobilisa et tendit l'oreille, à l'affût d'un mouvement. Rien ! Il fit quelques pas de plus. Toujours rien.

Soudain, il se figea. Quelqu'un boitait, là, devant lui. Il s'approcha aussi silencieusement que possible. Apparurent une lanterne et la silhouette sombre de celui qui la tenait. Son pas avait quelque chose de familier.

— Laker !

— C'est vous, monsieur ?

L'ombre se hâta vers lui, levant la lampe.

— Vous êtes blessé ? demanda Monk.

— Ce n'est pas grand-chose. Et vous, monsieur ?

— Moi non plus. Savez-vous combien ils sont ? Avez-vous vu Exeter ?

Seul un mètre les séparait maintenant. À la lueur de la lanterne, Monk distingua la joue contusionnée de Laker.

— Ils vous ont manqué, monsieur ?

— Non. Exeter est devant moi. Derrière vous !

— Dans ce cas, il a dû se tromper de chemin, répondit Laker en se retournant. Il va falloir qu'on aille le chercher.

Le désespoir s'entendait dans sa voix.

— Il n'a pas pu aller loin, affirma Monk, s'efforçant de rester positif. Ils veulent l'argent et ils connaissent cet endroit. Ils essaient seulement de ne pas se faire capturer !

Il était loin d'éprouver l'assurance qu'il affichait, pourtant il ne pouvait se permettre de le montrer.

Ensemble, ils revinrent sur les pas de Laker, braquant la lampe sur le sol jonché de débris pour éviter les obstacles. Quelque chose passa au-dessus d'eux, volant dans le noir.

Aucun signe d'Exeter.

Le jour déclinait. Le crépuscule venait lentement mais le soleil s'était couché depuis un bon moment déjà, et il n'y avait plus beaucoup de clarté dans le ciel d'hiver.

Laker se figea tout à coup, et faillit tomber.

— Bon sang !

Sa voix s'était emplie de tension. Il se pencha, tourna avec précaution le corps sur lequel il avait failli trébucher et retint un cri.

Monk s'avança, la gorge nouée, à peine capable de respirer.

Laker approcha la lampe et fit face à Monk, les yeux écarquillés, assombris par la peur. C'était Hooper, le visage dégoulinant de sang.

Monk eut l'impression que c'était lui qui avait été frappé. Il était comme engourdi par le choc, et sa première réaction fut le déni.

— Non ! Il ne peut pas…

Laker approcha encore la lampe, comme s'il espérait découvrir qu'il s'était trompé, qu'il ne s'agissait pas réellement de leur collègue mais de quelqu'un qui portait ses vêtements et lui ressemblait.

Hooper remua.

— Éteignez cette lumière, ordonna-t-il d'une voix hachée. Je n'y vois rien !

Monk sentit aussitôt des larmes lui brûler les yeux.

Laker éloigna la lanterne.

Hooper cilla et tenta tant bien que mal de se redresser.

— Bon sang, ma tête ! Où est Exeter ?

Il essaya de se tourner sur le côté, visiblement décidé à se relever.

Monk se pencha en avant et retint son geste.

— Vous êtes sûr que ça va ?

— Oui ! J'ai juste… pris un bon coup sur la nuque. Je n'ai même pas vu le salopard qui m'a fait ça. Où est Exeter ? Laissez-moi donc me lever, nom d'un chien !

Monk lui tendit la main et le tira. Hooper était lourd et encore étourdi, mais parvint à se mettre debout. Sans un mot, ils rejoignirent Laker qui tenait l'unique lanterne en état de marche et le suivirent sur le chemin par lequel Hooper déclara être venu.

Monk était désorienté. Il avait pensé qu'Exeter n'était qu'à six ou sept mètres de lui, dans la pièce où il était censé retrouver les ravisseurs. Il avait insisté pour accomplir seul les derniers mètres, et répété les instructions à suivre. S'était-il battu avec les hommes pour l'argent ? Ils étaient venus, c'était évident ! Ils avaient attaqué Monk, Laker et Hooper aussi. Voulaient-ils juste s'assurer que personne n'allait les suivre ?

— Écoutez ! ordonna Monk à Laker d'un ton sec.

Laker l'ignora. Il avançait aussi vite qu'il le pouvait à la faible lumière dégagée par la lampe et celle qui pénétrait par les toits crevés et les murs éventrés. Le gargouillis était plus distinct, et il devait être aussi conscient que Monk de l'eau qui montait constamment avec la marée.

Ils découvrirent Marbury, sonné et claudiquant. Un côté de son menton était tout bleu, mais il sourit jusqu'aux oreilles tant il était soulagé de les voir. Il laissa retomber le bout de bois qu'il tenait en guise d'arme.

— Avez-vous vu Exeter ? demanda Monk.

— Il doit être par là. C'est la seule issue qui reste.

Sans un mot, ils se dirigèrent vers l'endroit qu'il indiquait. Laker passa le premier, une lanterne à la main, et Marbury ferma la marche avec la seconde. Nul ne parla. Ils se concentraient pour éviter les ornières, les planches pourries, les poutres en travers du chemin. Tout était détrempé. Ils se trouvaient bien au-dessous du niveau qu'atteignait le fleuve à marée haute, et personne ne l'oubliait. Dans quelques heures, ce lieu serait rempli jusqu'au plafond d'eau croupie, noire, mortelle.

Ce fut la lanterne de Laker qui trouva le visage terrifié d'Exeter, souillé par le sang et la vase, un œil si enflé qu'il était presque fermé.

— Vous avez ma femme ? cria-t-il.

Sa voix se brisa et il prit une longue inspiration tremblante. Quand il regarda Monk, ce dernier vit l'espoir s'éteindre en lui. Ce fut comme s'il s'était ratatiné sous ses yeux, qu'il n'était plus qu'un homme vaincu, presque sans vie.

— Non, répondit Monk. Nous avons tous été attaqués. Elle doit être devant nous. Leur avez-vous remis l'argent ? Qu'ont-ils dit ?

Exeter paraissait anéanti. Il était difficile de jauger la gravité de ses blessures. Ses vêtements étaient maculés de taches sombres qui ressemblaient à du sang, mais ç'aurait pu être celui d'un des ravisseurs et non le sien. Tant qu'il pouvait se tenir debout, c'était tout ce qui comptait.

— Exeter !

— Oui… oui. Je me suis battu avec quelques-uns d'entre eux, plusieurs, je ne sais pas. Ils ont pris l'argent, mais je ne sais pas où est Kate. J'ai cherché… ils l'ont laissée, je vous en prie…

— Bien sûr. Donnez-moi votre lampe, je vais passer devant.

Sans mot dire, Exeter lui remit sa lanterne et se plaça derrière lui, réglant son pas sur le sien. Hooper, Marbury et Laker les suivirent, titubant dans l'obscurité, butant sur des bouts de bois, des fragments de meubles piqués par les vers, moisis, hors d'âge. Lorsqu'ils atteignirent le pied de l'escalier à l'autre bout du bâtiment, l'eau leur arrivait déjà aux chevilles. Dans une demi-heure, elle serait à hauteur de genou et le courant assez fort pour les déséquilibrer et les emporter, jeter leurs corps jusqu'à les briser contre les pilotis cassés. S'ils venaient à s'entraver dans des détritus, ils pourraient se noyer. Tous le savaient, sauf peut-être Exeter.

Monk perdit la notion du temps. Un quart d'heure s'était-il écoulé, ou bien à peine cinq minutes, quand, au détour d'un couloir, il déboucha dans une pièce qui était presque au sec ? Elle était complètement exposée aux éléments sur un côté, mais une bonne partie de la structure en bois était intacte.

Il se figea soudain, le souffle coupé par l'horreur à la vue de ce qu'ils verraient tous, dès qu'il se serait écarté. Le corps d'une femme était étendu sur le plancher, contre le mur opposé au leur, gisant dans une mare de sang. Les silhouettes sombres des rats s'approchaient, curieuses, flairant de quoi se repaître.

Un haut-le-cœur lui souleva la poitrine.

Derrière lui, dans un cri déchirant, Exeter se rua vers la femme et la toucha doucement, sanglotant son nom encore et encore.

Hooper dépassa Monk et s'approcha d'Exeter, mais n'essaya pas de le relever ou de l'éloigner. Un coup d'œil lui avait suffi pour comprendre qu'il ne pouvait plus aider sa femme ou lui faire du mal.

L'estomac retourné, la bouche sèche, Monk s'avança à son tour, s'obligeant à regarder au-delà d'Exeter la dépouille de son épouse. La seule consolation, c'était que sa mort avait dû être rapide. Elle n'avait sans doute pas eu le temps de souffrir de ses atroces blessures. Peut-être même n'avait-elle pas eu conscience de ce qu'il lui arrivait.

Il se détourna.

— Laker, allez chercher le médecin légiste. Vous allez devoir repasser par le tunnel et rejoindre Bathurst. Emmenez Marbury. N'essayez pas de traverser tout seul. Faites vite. La mer monte, vous devrez revenir côté terre.

— Oui, monsieur. Dois-je amener du renfort, monsieur ?

— Nous ne trouverons rien ce soir. Allez chercher le légiste et… quelqu'un… pour s'occuper de nous. Je ne sais pas qui est blessé, ni si c'est grave. Dieu sait combien ils sont et s'ils sont toujours dans les parages.

— Bien, monsieur, je ramènerai autant d'hommes que possible…

Laker parut désireux d'ajouter quelque chose, mais ne trouva rien. Il se détourna et partit en courant, Marbury sur les talons.

Monk baissa les yeux sur Exeter qui, accroupi, tremblait de tous ses membres, terrassé par le chagrin. Comment aider cet homme ? Qu'y avait-il à dire ? Il était prisonnier d'un calvaire et plus rien n'aurait d'importance à ses yeux désormais.

Hormis le sortir de là vivant, Monk ne pouvait rien pour lui. Aucune parole de réconfort n'apaiserait sa douleur.

4

La marée montait toujours. Ni Monk ni ses hommes ne pouvaient rien accomplir de plus sur l'île Jacob. Le médecin légiste avait fait emmener la dépouille de Kate. Il enverrait son rapport à Monk dès qu'il aurait quelque chose à lui apprendre.

C'était le noir total à présent, l'eau avait déjà envahi en partie caves et passages, et plusieurs des hommes, assez grièvement blessés, avaient besoin de soins plus poussés que ceux, sommaires, prodigués par le légiste.

Monk lui-même était perclus de douleurs, mais n'aurait su dire si celles-ci étaient causées par les coups qu'il avait reçus, ou par la torture de l'échec absolu. Par chance, les hommes qui avaient été chargés de garder les embarcations, Bathurst et Walcott, étaient indemnes, et pouvaient les ramener à Wapping.

Ils embarquèrent en silence. On n'entendait que le murmure de l'eau qui venait laper les flancs des barques, et le grincement régulier des rames dans les tolets. Nul ne parlait. Ils étaient trop à vif, leurs pensées trop complexes pour qu'ils trouvent les mots nécessaires pour les exprimer. Monk était assis à la poupe, Bathurst ramait. C'était une tâche ardue pour un homme seul et ses muscles se bandaient sous l'effort, même s'ils allaient dans le sens du courant. Laker tenait son bras blessé et était assis gauchement, sa jambe bandée étendue raide devant lui.

L'autre barque était devant eux, Monk voyait son fanal monter et descendre au gré de la houle. Il ne pouvait rien distinguer de plus.

Que s'était-il passé ? Ils avaient suivi le plan à la lettre, fait exactement ce que les ravisseurs avaient exigé, à la fois quant à l'heure et à l'endroit. Leurs exigences étaient précises et logiques. Un rendez-vous à marée basse, juste avant la tombée de la nuit. Une heure que n'importe qui aurait choisie. Exeter avait beau ne rien savoir de l'île Jacob, il avait obéi à leurs instructions, et plus Monk repassait les événements dans son esprit, plus il était persuadé qu'ils n'avaient pas commis d'erreur. Ils ne s'étaient pas écartés d'un iota de l'itinéraire prévu. Qu'est-ce qui avait mal tourné ?

Les ravisseurs s'étaient-ils mépris ? S'étaient-ils querellés ? Au sujet du partage de la rançon, par exemple ? Ce qui était certain, c'était qu'ils n'avaient pas tué Kate par hasard. Ses blessures ne pouvaient résulter d'un accident. Monk avait beau chercher à chasser l'image de son esprit, elle revenait encore et encore : les pieds de la jeune femme étaient liés. Par conséquent, elle n'avait pas tenté de s'enfuir. Cette boucherie avait été un acte délibéré ! Pourquoi ?

Il y avait de la haine, une haine profonde, presque démente, dans ce geste. Que pouvait avoir fait Kate Exeter pour éveiller un tel sentiment ? Monk avait supposé que l'argent était le mobile de l'enlèvement. Dieu sait que la somme exigée était suffisante pour assouvir la plus immense cupidité. Cependant, à l'évidence, son meurtre était infiniment plus viscéral que cela.

Était-ce bien elle qui avait été visée ?

Exeter apparaissait comme une cible beaucoup plus crédible. Sa femme n'avait été qu'une arme pour le faire souffrir. Savait-il qui était derrière tout cela ? Il s'était comporté comme s'il n'en avait pas la moindre idée et qu'il croyait lui aussi que la rançon était l'unique mobile. Mentait-il afin de dissimuler une raison dont il avait honte ? Ou son silence faisait-il partie du prix à payer ?

Dans ce cas, les ravisseurs avaient pensé qu'il parlerait une fois que Kate lui aurait été rendue. Que, contrairement à ce qu'il leur avait promis, l'histoire ne s'arrêterait pas là.

Il les traquerait désormais jusqu'à ce qu'ils soient morts ou jusqu'à ce qu'il meure, lui.

Une histoire ancienne et épouvantable devait se cacher derrière ce crime. Exeter la leur révélerait peut-être le lendemain. S'il s'obstinait à se taire, Monk devrait insister.

Il prit de nouveau conscience du froid qui l'habitait. Non seulement son visage, exposé à l'air humide du fleuve, était glacé, mais aussi ses bras, ses jambes et, malgré les couches de vêtements, son corps tout entier. Ses pieds étaient engourdis, ses mains douloureuses ; il ne sentait même plus les jointures de ses doigts là où il avait frappé son agresseur.

Certains des autres devaient souffrir davantage. Il avait vu la longue entaille irrégulière sur le bras et l'épaule de Marbury, les taches de sang sur ses vêtements. Hooper avait le visage assombri par les bleus. Tous étaient maculés de boue, la plupart trempés jusqu'aux os.

Le ciel était dégagé. Il apercevait les feux des navires ancrés autour de lui, les lumières sur les rives. Le dessin qu'elles traçaient lui était familier. Ce devait être Wapping en face d'eux.

Une demi-heure plus tard, ils étaient au poste. Le poêle ventru avait été chargé et la chaleur se répandait dans la vaste salle. Du thé brûlant fut distribué à chacun, les vêtements les plus mouillés furent changés. Il était à peine plus de sept heures et il faisait nuit noire. Tout s'était passé en moins de quatre heures, et pourtant, au lieu d'être arrivée à sa conclusion, l'affaire ne faisait que commencer. Comment les choses avaient-elles pu si mal tourner ?

Monk promena son regard sur ses hommes, sales, épuisés, quatre d'entre eux blessés plus ou moins gravement. Le moment était venu d'entamer la dissection des faits, un par un.

— Walcott ?

— Oui, monsieur ?

— Quelqu'un vous a-t-il croisé aux abords de l'île Jacob ? N'importe qui ?

— Non, monsieur. C'était l'étale, je l'aurais vu. Il n'y avait pas une âme.

Sa voix était ferme, dépourvue d'hésitation, et il soutenait le regard de Monk sans ciller.

— Bathurst ?

— Non, monsieur. Un bateau est passé à une dizaine de mètres de moi, mais il a continué. Les marins ont dû me voir à moins qu'ils n'aient été à moitié endormis, mais aucun n'est revenu. J'ai fait attention.

— Dans ce cas, soit ils étaient arrivés avant nous, soit ils sont venus par voie de terre, conclut Monk. Combien étaient-ils, d'après vous ? Laker, commençons par vous.

— Je n'ai vu qu'un homme, monsieur. Il m'a pris par surprise. Il a surgi de l'obscurité et je ne l'ai pas entendu au milieu des grincements et du bruit de l'eau. Il m'a frappé assez fort par-derrière. Je suis tombé, j'ai réussi à me relever et à riposter, mais il s'est enfui.

— Dans quelle direction ? demanda Monk.

Il ne savait pas si la réponse de Laker lui serait utile, mais il devait donner à ses hommes l'impression qu'il avait des idées, voire des solutions. Tous semblaient anéantis. Et c'était aussi le sentiment qu'il éprouvait.

— Marbury ?

— Je n'ai vu qu'un homme, moi aussi, monsieur. Je lui ai décoché un bon coup de poing et je l'ai assommé. Je crois que c'était après qu'il avait attaqué Laker, monsieur, parce qu'il était déjà amoché et couvert de boue. Et il faisait presque nuit à ce moment-là.

— Merci. Hooper ?

— Il est arrivé par un passage latéral, monsieur. Il m'a frappé avec une planche à moitié pourrie, très lourde parce qu'elle était mouillée. Il me l'a cassée sur le dos. Je suis tombé sur le côté, mais je me suis remis debout. J'ai roulé sur moi-même. On s'est battus comme des chiffonniers, il a fini par avoir le dessus. Je ne pouvais plus respirer.

Monk acquiesça et les regarda tour à tour.

— Il m'est arrivé la même chose. Ils nous ont tendu une embuscade. Ce qui signifie qu'ils nous guettaient.

— Ils ont eu quatre d'entre nous, monsieur, plus Exeter, et quelqu'un devait garder Kate… commença Laker.

— À moins qu'ils ne l'aient tuée avant, coupa Monk. Et qu'ils n'aient jamais eu l'intention de la libérer.

Il fallait le dire.

— Cela suppose tout de même qu'il y ait eu au moins trois hommes. Et ils ont dû arriver par la terre ferme, ou, de toute façon, s'enfuir par là. Walcott ? Bathurst ? Vous êtes certain de n'avoir vu personne ?

Les deux hommes réfléchirent un instant, puis hochèrent la tête.

— Oui, monsieur, affirmèrent-ils, presque à l'unisson.

— L'un de nous aurait vu quelqu'un s'enfuir par le fleuve, ajouta Bathurst. On ne peut pas manquer un bateau, même au crépuscule. Les yeux s'habituent à la pénombre.

— Par conséquent, ils sont partis côté terre. En emportant l'argent…

— Ils ont pu le laisser sur place, suggéra Laker. En projetant de revenir le chercher plus tard.

— Et s'attendre à le retrouver ? se récria Monk, incrédule. Toute l'île est instable, la terre se tasse, s'enfonce, se déplace en permanence. Sans parler du niveau de l'eau qui monte et descend deux fois par jour.

— Dans ce cas, ils l'ont emporté, déclara Walcott sur un ton sec. Et ils ne nous ont laissé que le cadavre de cette malheureuse.

Ses paroles furent accueillies par un silence.

Ce fut Hooper qui le rompit. Il leva la tête, un désarroi manifeste sur son visage perplexe.

— Pourquoi avoir fait ça ? On tue un animal avec plus de clémence.

Sa voix se brisait, et il luttait pour en garder le contrôle, le regard rivé sur Monk qui le sentait avec acuité. Leur plan avait paru bon, aussi bon que possible compte tenu des incertitudes. Il avait affirmé à Exeter que tout irait bien, et ce dernier avait obéi à ses ordres et tout perdu.

Monk considéra ses hommes de nouveau. Ils ressemblaient à une horde de chiens errants, meurtris et sanguinolents, trempés par la vase puante du fleuve. Mais surtout, ils avaient l'air d'hommes vaincus. Ils s'étaient fiés à lui et il les avait conduits au désastre.

Bathurst cilla.

— Pourquoi l'ont-ils tuée ? demanda-t-il, les traits crispés par la colère. Il allait leur remettre l'argent !

— Peut-être qu'elle les a reconnus, déclara Walcott, sur un ton suggérant que c'était une réponse évidente.

— Dans ce cas, pourquoi Exeter ne les connaîtrait-il pas ? rétorqua Bathurst. Il a dit qu'il ne les avait jamais vus.

— Et s'il avait menti ? avança Marbury. S'il savait parfaitement qui ils étaient, et qu'il se sentait coupable ? Ou que nier les connaître faisait partie du marché ?

— Quel marché ? intervint Hooper. Celui qui consistait à récupérer sa femme vivante ? Si oui, pourquoi continuerait-il à se taire maintenant ? Il n'a pas retrouvé sa femme et il a perdu tout l'argent. S'il sait qui sont les ravisseurs, il devrait être le premier à parler.

Personne ne le contredit.

Monk réfléchit. Il s'obligea à se remémorer l'expression d'Exeter, sa voix, le désespoir qu'il y avait perçu.

Son horreur quand il avait vu Kate ! Sa plainte resterait à jamais présente aux oreilles de Monk, comme si le silence venait seulement d'y succéder.

Hooper l'observait. Était-ce de la pitié que Monk lisait sur son visage ? Ils avaient bel et bien échoué cette fois-ci, et en tant que chef, il portait la responsabilité de cette déroute. Il n'aurait pas la possibilité de se rattraper, même si un coup de chance leur permettait de recouvrer l'argent : c'était Kate Exeter qu'ils avaient voulu sauver. Son mari avait été prêt à verser cette rançon et même davantage pour qu'elle lui soit rendue. Monk aurait éprouvé la même chose. Sa compassion l'avait-elle rendu timide ? Avait-elle affecté son esprit de décision ?

Pourtant, qu'auraient-ils pu faire différemment ?

Les ravisseurs s'étaient préparés à leur venue, les avaient attendus chacun dans les escaliers ou tunnels qu'ils avaient empruntés. Voilà le fait qu'il avait essayé de ne pas regarder en face. Les ravisseurs avaient choisi le lieu et l'endroit mais, indépendamment de cela, ils avaient su que Monk et ses hommes seraient là et par quels chemins ils viendraient. Ils étaient prêts et les avaient neutralisés un par un.

Mais pourquoi ?

Et pourquoi avoir tué Kate ?

Tout revenait à cette question.

— Quelqu'un haïssait Exeter au point de vouloir le dépouiller de tout, dit-il lentement. Ils avaient l'argent. Ils auraient pu le prendre et partir, nous ne représentions aucune menace pour eux. Il faisait presque nuit, on était à marée montante. C'était une situation idéale. Ils avaient toutes les cartes en main.

— Pourquoi ne nous a-t-il pas dit ça ? s'interrogea Hooper à voix haute. Nous ne savons pas toute l'histoire.

— Peu importe à présent, commenta Laker avec amertume. La pauvre femme est morte, et ils ont la rançon. Mais d'un autre côté, vu qu'ils lui ont pris tout ce qui comptait à ses yeux, il n'a plus rien à perdre à les traquer. Une fois qu'il aura assimilé ce qui s'est passé et surmonté un peu le choc, il sera furieux, et la colère atténuera son chagrin. Beaucoup de gens réagissent comme ça.

Les autres se tournèrent vers lui. Leurs visages reflétaient toute la gamme des émotions : la tension, l'assentiment, la pitié, et même la crainte de ce qu'une telle rage pouvait générer. Personne ne paraissait incrédule. Monk avait été trop absorbé par ses propres réactions pour songer à cela. Il ne voulait pas imaginer ce qu'Exeter ressentait. C'était trop douloureux, trop énorme pour qu'il puisse y faire face. Mais Laker avait raison. Ce qu'il n'avait pas dit, et ce qui taraudait Monk, c'était que les ravisseurs avaient été parfaitement informés. Il y avait cinq ou six entrées possibles sur l'île, et pourtant ils avaient su avec précision celles qui seraient utilisées, combien d'hommes seraient présents, et où ils seraient postés le long de ces passages. La question qu'il se forçait à se poser était de savoir qui le leur avait dit.

Le simple fait de penser ces mots était une souffrance, et pourtant ils étaient là, qu'il les prononçât ou pas. Certains changements avaient été apportés à leur plan à la dernière minute. L'un avait même été décidé alors qu'ils approchaient de l'île Jacob à la lumière déclinante ! Il n'aurait pas pu être révélé avant. C'était forcément un de ses hommes qui avait parlé. Cette certitude l'enveloppait tel un épais brouillard, aveuglant, aussi suffocant que l'air qu'il respirait, et lui nouait l'estomac, lui donnait la nausée.

Il ne pouvait l'affronter ce soir. D'autres tâches terribles l'attendaient, à commencer par informer Rathbone de ce qui s'était passé.

Ensuite, il devrait aller voir Exeter, mais après avoir réfléchi. Pour le moment, il avait l'esprit vide. Il n'avait rien à lui dire qui fût à même de l'aider. Il ne pouvait imputer cette débâcle à ses hommes, et ne pouvait davantage laisser Exeter penser qu'il était indifférent ou qu'il ne se rendait pas compte que tout était sa faute. Car ça l'était. Un des hommes que Monk avait choisis, en qui il avait confiance, les avait trahis.

Il les regarda. Ils étaient debout ou assis gauchement, conscients au moins en partie de l'ampleur du désastre. Ils avaient froid, ils étaient sales, et surtout, ils souffraient. La douleur physique était là, certaines émotions commençaient à apparaître. Leurs yeux étaient tournés vers lui, ils ne se regardaient pas les uns les autres, la suspicion s'installait.

— Très bien, dit-il tout bas. Nous ne pouvons rien faire de plus. Rentrez chez vous. Dormez autant que vous pouvez. Soignez-vous. Malheureusement, ceux qui sont en état devront travailler demain. Bonne nuit.

Il prit un fiacre pour se rendre au domicile de Rathbone. Il était assez tard, aussi ce dernier serait-il sans doute chez lui. Depuis son remariage, il ne fréquentait plus les soirées mondaines sinon par devoir. La compagnie de Beata le comblait. Ils ne manquaient pas de sujets de conversation, et leurs silences étaient confortables aussi. Un regard, un sourire, ou même une caresse suffisait pour communiquer tant de choses. Rathbone avait attendu longtemps ce genre de bonheur. Monk le connaissait aussi. Il s'était imaginé que Rathbone le trouverait auprès de sa première épouse, et n'avait jamais soupçonné la tragédie qui se profilait. Il savait aussi que, au tout début, Rathbone avait été amoureux d'Hester, et qu'elle avait choisi Monk. La longue amitié qui les liait, les luttes qu'ils avaient menées ensemble, les joies et les chagrins qu'ils avaient partagés rendaient ce qu'il s'apprêtait à faire plus pénible encore.

Il ne faisait pas particulièrement froid dans l'habitacle, et pourtant il avait les entrailles nouées, la tension raidissait son corps comme s'il était gelé.

Arrivé à destination, le fiacre se rangea le long du trottoir. Monk en descendit avec difficulté, son pied dérapant un peu sur le verglas. Quand il eut réglé la course, il gagna la porte d'entrée et tira sur le cordon de la sonnette.

La porte fut ouverte presque aussitôt par Rathbone en personne. Un regard sur Monk, et son visage se crispa. Les mots étaient superflus. Il recula pour le laisser entrer.

Le policier pénétra à l'intérieur et sentit aussitôt la chaleur le happer. Bizarrement, le bien-être soudain ne fit qu'aviver son malaise.

— Vous avez l'air glacé, murmura Rathbone. Vous avez besoin de vêtements secs. Venez au coin du feu. Je vais vous servir un whisky.

Il pivota et précéda Monk dans le salon.

Beata était déjà debout. Elle possédait une beauté discrète et sereine, des cheveux d'un blond très pâle, presque argenté. Cependant, c'était son calme intérieur qu'on remarquait avant tout. Ce qu'on percevait en elle, c'était non pas l'absence ni le mépris de la souffrance, mais le fait qu'elle l'avait surmontée. Rathbone n'avait jamais révélé à Monk ce qu'elle avait enduré, sinon qu'elle avait été longtemps mariée à un homme puissant et cruel.

Elle s'avança vers Monk.

— Oh ! William, vous paraissez transi et… et blessé ! Voudriez-vous un bol de soupe bien chaude ? Ou un cognac ? Vous voulez parler seul à seul avec Oliver ?

Elle le regarda de la tête aux pieds.

— Des vêtements chauds ? Je suis sûr que nous pouvons trouver des affaires qui vous iraient, du moins assez bien pour ce soir.

L'instinct de Monk le poussait à refuser. Il ne voulait pas la déranger et surtout, peut-être, il était réticent à admettre qu'il avait besoin d'aide. C'était ridicule. Il devait être on ne peut plus évident pour Beata qu'il avait cruellement besoin de toute l'aide qu'on pouvait lui apporter.

— Merci. De la soupe serait la bienvenue. Je suis tenté par le cognac, mais je n'en ai pas terminé pour ce soir, et il faut que je reste lucide.

— Je serai de retour dans un quart d'heure. Donnez-moi ce pardessus trempé. Je vais le mettre devant le feu, ordonna-t-elle.

Il obéit et, quand elle fut sortie, il resta debout devant l'âtre. Ses habits mouillés, maculés de boue risquaient de tacher le fauteuil s'il s'asseyait.

Rathbone resta debout aussi, une marque tacite de soutien.

— Que s'est-il passé ?

C'était de cela que Monk était venu lui parler, et ils le savaient tous les deux.

— Nous avions tout préparé dans les moindres détails, répondit Monk, le regard rivé sur les flammes. Nous avons même changé une ou deux choses au dernier moment, juste avant de débarquer. Je hais cet endroit.

Sa voix était enrouée, à cause de l'émotion, de sa mâchoire crispée, des efforts qu'il faisait pour l'empêcher de trembler.

— Il est froid et humide, tout y est aigre et pourri par la vase.

Rathbone se garda de l'interrompre, mais il pâlit et les petites rides au coin de ses lèvres se creusèrent. Il prenait conscience de la profondeur de la défaite, pour Monk au moins sinon dans l'absolu.

— C'est pour ça qu'ils l'ont choisi, bien sûr, dit-il. Et parce qu'ils savaient qu'Exeter y serait complètement perdu et incapable de se défendre ou de les suivre. Mais je pensais qu'il ne se souciait pas de garder l'argent, et encore moins de les arrêter !

— Je ne crois pas qu'il s'en souciait, rétorqua Monk sur un ton sec.

Maintenant que le moment était venu, c'était encore plus difficile qu'il ne l'avait escompté.

— En revanche, il tenait à ce que Kate soit libérée.

Il observa Rathbone, tandis que ce dernier devinait peu à peu ce qu'il pensait être la vérité.

— Vous voulez dire… qu'ils ont pris l'argent, mais qu'ils l'ont gardée ? Que veulent-ils ? Encore de l'argent ? Je ne crois pas qu'il le possède ! Je pense qu'il lui a fallu faire un effort extraordinaire pour lever ces fonds…

— Non, répondit Monk, se faisant violence pour articuler les mots. Ils l'ont tuée – horriblement. Ils l'ont transpercée de coups de couteau…

Sa voix s'étrangla.

Rathbone était devenu livide.

— Oh ! mon Dieu.

Il sembla sur le point d'ajouter quelque chose, avant de se rendre compte de la futilité de sa réponse. Monk n'aurait pas dit une chose pareille si ce n'avait pas été la vérité totale, irréfutable. Il avait à l'évidence lutté de toutes ses forces contre ce fait bien avant de venir.

— Il sait… commença-t-il.

— Oui. Il est entré juste derrière moi dans la pièce où nous l'avons trouvée. Il l'a vue…

— Avez-vous arrêté les ravisseurs ?

— Non. Certains ont dû être blessés assez gravement. Tous mes hommes le sont aussi, à divers degrés. Ils savaient où nous étions…

C'était l'aveu le plus pénible. Le problème qui lui restait à régler, et il ne savait pas par où commencer. Comment avait-il pu se fourvoyer à ce point au sujet d'un de ses hommes ? C'était comme une tache d'encre dans un verre d'eau. Elle salissait tout. Qui avait fait une chose pareille ? Et pourquoi ? Par cupidité ? Peur ? Haine ? À cause d'un effroyable malentendu ?

Rathbone secoua la tête.

— J'imagine que vous ne savez pas… qui…

— Pas encore.

Beata rentra dans le salon, chargée d'une brassée de vêtements.

— Allez les essayer, dit-elle à Monk. Voyez si quelque chose vous va. Si vous voulez un bain chaud, prenez-en un, je vous en prie. La soupe ne sera pas prête avant une dizaine de minutes au moins, et j'attendrai que vous ayez terminé pour la servir.

Il hésita. Un bain semblait un plaisir superflu à s'accorder.

— Si vous êtes emporté par une pneumonie, vous ne serez utile à personne, reprit-elle fermement. À en juger par votre expression, vous allez avoir fort à faire dans les heures à venir. Il faut que vous soyez le plus efficace possible.

Il plongea son regard dans ses yeux calmes, limpides, et y lut la compassion, mais pas un soupçon de faiblesse. Il sourit et prit les habits.

Vingt minutes plus tard, il était de retour au coin du feu, une assiette de soupe goûteuse devant lui. Il se sentait beaucoup mieux physiquement, et devait avoir meilleure mine maintenant qu'il s'était changé. Les vêtements de Rathbone lui allaient plutôt bien, à ceci près qu'il était plus grand et plus large d'épaules que ce dernier. Beata avait pris ses affaires et promis de les lui faire rapporter une fois nettoyées. Elle avait prononcé ces mots avec une petite grimace, et de la tristesse dans le regard. Pour le pardessus, avait-elle dit, il faudrait une semaine au moins.

— Dites-moi ce qui s'est passé, pria Rathbone lorsque Monk eut terminé sa soupe.

Le policier relata les événements de son mieux, à la fois d'après ses souvenirs et les récits de ses hommes.

— Je vois, dit enfin l'avocat. Est-il possible que les ravisseurs aient capturé un autre otage ?

— Que voulez-vous dire ? demanda Monk, perplexe.

— Quelqu'un d'autre, expliqua Rathbone patiemment. Peut-être un parent d'un de vos hommes ? Afin de s'assurer de sa coopération ?

Monk relâcha lentement son souffle. Cette éventualité ne l'avait pas effleuré. Comme c'était stupide de sa part ! Maintenant que Rathbone l'avait suggéré, c'était évident. C'était la seule raison susceptible d'expliquer pareille trahison.

— Je ne sais pas, avoua-t-il. Mais je vais le découvrir. Pauvre diable ! Je pourrais comprendre cela. Mais cela n'explique pas pourquoi ils ont tué Kate… et avec autant de sauvagerie. Nous cherchons quelqu'un qui était son ennemi, ou celui d'Exeter. On pourrait penser qu'un individu aussi bestial se distinguerait d'autrui, n'est-ce pas ? Qu'il devrait avoir les yeux rouges, des dents énormes ou un autre trait qui trahirait sa différence.

Rathbone eut un sourire gêné, mais son regard n'exprimait aucun reproche.

— Monk, vous savez aussi bien que moi que le visage du mal n'est pas si aisément reconnaissable. Les pires individus que j'ai connus ressemblaient à tout un chacun. Et ils ne croyaient pas être des monstres. Ils étaient parvenus à se persuader que leurs actes étaient justifiés et qu'ils étaient victimes d'une persécution quelconque. Un fou furieux se reconnaît facilement. Celui qui constitue le vrai danger, c'est celui qui est au centre de son propre univers et qui pense que, si tout le monde comprenait son point de vue, il n'y aurait pas de problème.

Il soupira.

— Pauvre Exeter. Il doit être anéanti.

— Oui… il faut que j'aille le voir, que je sache s'il a le moindre soupçon. En admettant qu'il soit en état de se creuser la cervelle. Je comprendrais qu'il s'enivre jusqu'à l'oubli.

— Faut-il que vous y alliez ce soir ? intervint Beata. Vous êtes épuisé.

— Demain, je commencerai à chercher des indices, à interroger des gens sur le fleuve pour savoir s'ils ont entendu ou appris quoi que ce soit. Et surtout, je devrai découvrir lequel de mes hommes nous a trahis… quelle que soit sa raison. Je déteste cela encore plus que…

Il n'acheva pas sa phrase ; peu importait, de toute façon.

Une demi-heure plus tard, il se força à se lever et à prendre congé. Ayant obtenu de Rathbone l'adresse d'Exeter, il se mit en quête d'un fiacre pour s'y rendre. La rue était calme. Une voiture le dépassa, dont les chevaux trottaient à vive allure. Un équipage s'engagea dans une allée qui menait à des écuries privées, ramenant son propriétaire à son domicile pour la nuit. Monk se surprit à l'envier.

Il commença à marcher, surtout pour ne pas se refroidir. Dans la rue principale, il y aurait plus de circulation, il serait plus facile de trouver un fiacre.

En effet, il ne lui fallut pas longtemps, et il arriva bien trop vite à destination. Il pria le cocher d'attendre au cas où il n'y aurait personne. Cela ne l'aurait pas surpris, et il n'en aurait pas davantage voulu à Exeter si ce dernier avait refusé de recevoir quiconque, et lui en particulier.

Cependant, un domestique vint ouvrir et le fit entrer dès qu'il déclina son nom. Il alla régler le cocher et revint, redoutant l'entrevue. Il n'avait pas de réponses à fournir. Il avait déjà été confronté à ce genre de situation, où il avait senti que des choses incroyablement importantes, fondamentales, lui avaient échappé, et qu'on allait lui demander des explications. Il avait conscience de porter des vêtements qui ne lui allaient pas : le pantalon était trop court, la veste légèrement tendue en travers de ses épaules. Au moins n'apportait-il pas la puanteur du fleuve avec lui.

On le fit entrer dans un bureau où un feu crépitait dans l'âtre. Exeter se tenait devant, un peu sur le côté, appuyé sur le manteau de cheminée comme s'il n'avait pas conscience de la chaleur. Peut-être n'aurait-il plus jamais chaud. Sa peau pourrait être brûlée sans que ses os fussent réchauffés. Son visage était grisâtre et le verre de whisky à moitié vide qu'il tenait ne semblait pas avoir aidé le sang à circuler dans ses veines. Il tenta de sourire, et échoua. On eût dit un rictus sur un masque mortuaire. Monk se sentit plus mal encore.

— Avez-vous du nouveau ? demanda Exeter, après s'être éclairci la voix.

— Non, admit Monk. Sauf que la seule conclusion possible est qu'un de mes hommes nous a trahis. Même si quelqu'un était au courant du plan avant, nous y avons apporté des changements de dernière minute. Ils savaient exactement où nous attendre.

Exeter hocha lentement la tête, comme s'il commençait tout juste à comprendre.

— J'ignore tout à fait de qui il s'agit, et pourquoi, poursuivit Monk. À moins qu'on n'ait aussi enlevé un membre de sa famille et menacé de le tuer pour obtenir ces informations.

C'était une explication logique, à défaut de constituer une excuse.

Exeter écarquilla les yeux.

— Je ne peux imaginer me plier à pareille vilenie… murmura-t-il d'une voix rauque.

Monk songea que lui, si. À supposer qu'Hester eût été enlevée, aurait-il cédé au chantage ? Il n'osait même pas y songer.

— Une vie contre une autre ?

Son hôte frissonna.

— Je suppose que je ne peux pas en vouloir à cet homme, souffla-t-il. Si on m'avait posé un ultimatum de ce genre, j'aurais peut-être trahi n'importe qui – hormis Kate. Ne cherchez pas à aller plus loin, Monk. Si c'est là ce qui s'est passé, le pauvre diable souffrira assez comme cela. Peut-être s'agissait-il d'un enfant ? Peut-on sciemment laisser mourir son enfant pour sauver une femme que l'on ne connaît même pas ?

Monk garda le silence. Il savait que tous ses hommes avaient une famille, Hooper excepté. Personne n'était mentionné dans ses papiers et il n'avait jamais parlé de quiconquc. Monk s'identifiait à cela, à la liberté comme à la solitude.

Un silence pesant s'abattit sur la pièce.

— Je vais le découvrir, déclara-t-il enfin. Quelqu'un saura peut-être quelque chose qui nous aidera ; des rumeurs circuleront sur le fleuve. Chacun a des amis et, surtout, des ennemis. Je les trouverai. Non que cela vous soit d'aucun réconfort. Je n'ai pas cette prétention.

Exeter lâcha un bruit qui ressemblait à un sanglot.

— Non, murmura-t-il. À cet instant, ça m'est bien égal que vous le trouviez ou non. Mais dans quelque temps, je m'en soucierai. Dans quelque temps, je voudrai lui passer la corde au cou et soulever la trappe moi-même.

Monk ne pouvait qu'être d'accord avec lui.

— Parlez-moi, pria Exeter en se levant lentement. Dites-moi quelque chose – n'importe quoi. Cela vous plaît-il de travailler sur l'eau ? D'être policier ? Si vous aimez le défi, je comprends cela…

Une immense solitude émanait de lui. Il devait être déchiré entre, d'un côté, le désir de s'isoler, de préserver son intimité, de ne pas être interrogé sur son chagrin, et, de l'autre, la soif de contact humain.

— Oui, je me plais sur la Tamise, répondit-il. Maintenant que j'y suis habitué, j'aime l'effort de ramer. J'aime les humeurs du fleuve, la sensation d'espace.

Exeter semblait l'écouter ; pour le moment, du moins.

— Avez-vous jamais navigué en mer ?

Monk répondit sans hésiter.

— Oui.

Il l'avait découvert peu de temps auparavant, lors d'une enquête qui lui en avait apporté la preuve, et qui avait aussi éveillé en lui des bribes de souvenirs : celui d'un soleil dur et vif, de la houle alors qu'il bataillait sur l'eau du large[1].

La curiosité se lut sur le visage d'Exeter.

— Où cela ?

— Sur la côte de Barbarie, en Amérique, expliqua Monk en souriant. Durant la ruée vers l'or. En 1848, 1849.

— Vous avez franchi le cap Horn, articula Exeter, comme si les mots étaient une incantation.

Monk ne se remémorait que quelques images de la tempête, des vagues aussi hautes que des montagnes, de l'immense paroi rocheuse de la Terre de Feu qui se dressait au loin. La violence sans fin du vent et de l'eau. On s'opposait à une force primitive que l'homme n'avait jamais conquise, à laquelle il avait seulement survécu, et encore, pas toujours.

1. Voir *Vengeance en eau froide*, 10/18, n° 5228.

— Moi aussi, dit Exeter à voix basse. Quand on a doublé le cap Horn, on est un homme – quoi qu'on ait été avant.

Il tendit la main et Monk la serra avec force, sans rien dire. Les mots n'auraient fait qu'affaiblir un sentiment incompréhensible à ceux qui ne l'avaient pas connu. Il rencontra le regard d'Exeter et hocha la tête.

5

Le lendemain matin, Hooper se réveilla courbaturé et encore fatigué. Il avait la tête lourde et douloureuse. Bouger les jambes lui demandait un effort. Ses épaules étaient raides, la droite surtout, et ses doigts si enflés qu'il pouvait à peine les remuer. Au souvenir des événements de la veille, il se sentit glacé jusqu'au tréfonds de lui-même. Même le tapis en tissu lui parut froid sous ses pieds nus lorsqu'il se leva. Il était habitué à l'inconfort physique. Les longues années passées en mer lui avaient appris à l'ignorer. Ce jour-là, il savait que son malaise venait d'une réticence à affronter la tragédie et à entamer la longue tâche qui consistait à démêler les faits. Il se lava et se rasa à l'eau froide, et revêtit ses habits de travail habituels. Ils étaient quelconques, ordinaires à regarder, mais chauds et confortables.

Il prit son petit déjeuner coutumier, du porridge épais, encore fumant, accompagné de deux tasses de thé.

Le nombre d'enlèvements était en hausse. Celui-ci était le troisième cette année. Lors des deux précédents, qui concernaient des hommes, la rançon avait été versée et les otages retrouvés. Dans un des cas, la victime avait été rouée de coups, mais elle allait se rétablir. Cette affaire était infiniment pire. En regard de la mort de Kate, la perte de l'argent, bien qu'il s'agît d'une somme colossale, était presque sans importance.

Qui les avait trahis ? Hooper s'était débattu avec cette question durant la moitié de la nuit. Il avait envisagé chaque homme tour à tour, et avait commencé par les éliminer l'un après l'autre. Cependant, quand l'épuisement avait eu raison de lui et que le sommeil l'avait emporté, les rêves l'avaient assailli, peuplés de visages changeants, de gens qui n'étaient pas ceux qu'on croyait, qui se transformaient sans cesse. Alors même qu'il les poursuivait et luttait contre eux, ils devenaient quelqu'un d'autre, des inconnus qu'il croyait connaître et qu'il ne connaissait pas. Voilà pourquoi il s'était réveillé transi. Ce n'était pas parce qu'il avait repoussé les couvertures ; le froid était en lui.

Il n'était pas l'homme qu'il paraissait être. Il en avait conscience et il faisait face à cette réalité depuis vingt ans, depuis la mutinerie. Une fois ou deux, à des moments où ils avaient été proches, et où il avait senti un lien rare entre eux, il avait failli tout dire à Monk. Mais il l'admirait, il avait confiance en lui, et il avait craint de détruire leur relation en révélant la vérité. Il ressentait ce silence comme une espèce de faiblesse qui lui nouait les entrailles : il ne trahirait jamais la confiance que Monk avait placée en lui, ne révélerait à personne la vulnérabilité secrète de ce dernier, le passé qu'il avait oublié. Et pourtant, il était incapable de confier à Monk son propre passé, dont il ne se souvenait que trop bien.

Pourquoi pas ? Pensait-il que Monk le dénoncerait ? Il ne ferait rien de tel, à moins que la vie d'Hester n'en dépendît. Hooper ne pouvait imaginer pareille éventualité. Il se taisait parce que Monk aurait alors une moindre opinion de lui, et que cela serait une blessure qu'il ne pourrait pas surmonter. Dans la vie d'Hooper, il y avait très peu de gens dont l'opinion pouvait le blesser. De fait, Monk était le seul.

Il débarrassa la table, mit la casserole du porridge à tremper, puis attrapa son caban et sortit. Il n'était pas loin du commissariat de Wapping. Il était plus facile d'y aller à pied que de chercher un fiacre, et moins cher aussi. Il remonta son col et marcha d'un pas vif. L'eau du fleuve scintillait au soleil, purifiée par le vent. De petites vagues ridaient la surface, quelques crêtes blanches apparaissaient ici et là. Ramer contre le courant serait pénible. Les mouettes criaient, en quête de nourriture. Elles étaient bruyantes, gourmandes, mais il adorait observer le reflet de la lumière sur leurs ailes, et leur manière tranquille, presque désinvolte, d'épouser le courant. Au début, il avait aimé la vie en mer ; la liberté, les voyages, la sensation que d'infinies possibilités s'offraient à lui.

Cependant, on était aussi condamné à vivre avec les membres de son équipage. Le destin choisissait vos compagnons pour vous. On n'avait pas son mot à dire. Vos besoins et votre sécurité dépendaient d'eux, et les leurs de vous. On ne pouvait échapper à cette réalité. On n'en avait peut-être pas conscience la plupart du temps, mais la pression, le danger, le désastre vous l'apprenaient mieux que l'imagination n'aurait pu le faire. Encore maintenant, lorsqu'il fermait les yeux, il revoyait les visages livides des autres hommes, la peur qu'ils ne savaient comment exprimer par des mots. La mer capricieuse, belle, impitoyable, comme un dieu primitif jamais apaisé. On ne pouvait conclure de marché avec elle. La mer était toute-puissante. Et pourtant, de ses profondeurs venait le souffle du monde. Hooper était issu d'une race d'insulaires. Il avait la mer dans le sang.

Il était presque arrivé à Wapping. Il était temps de chasser les vieilles loyautés de son esprit et d'affronter de nouvelles épreuves. L'une des plus amères allait commencer aujourd'hui, dans quelques minutes. Qui les avait trahis ? Pourquoi ? La vérité serait cruelle, elle l'est toujours. Mais serait-ce une surprise, ou bien une évidence qui aurait dû leur sauter aux yeux depuis longtemps mais qu'ils avaient éludée parce qu'elle était trop dure à accepter ?

Il atteignit le quai de Wapping, traversa l'espace dégagé qui menait au poste et pénétra à l'intérieur. Après avoir accroché son caban au portemanteau, il alla frapper à la porte de Monk.

— Entrez.

Hooper poussa le battant.

— Bonjour, monsieur.

Il entra et referma la porte derrière lui. Un regard sur le visage maigre de Monk, creusé par la fatigue, sur sa posture tendue, et Hooper comprit immédiatement ce qu'il éprouvait.

— Pas si bon que ça, répondit Monk d'une voix sèche. La presse en parle. Des journalistes sont allés voir Exeter à l'aube et des feuilles circulent déjà. Je suppose que les éditions de la mi-journée contiendront tous les détails. Pour le moment, on ne parle que d'enlèvement et de meurtre, mais le reste ne va pas tarder.

Hooper serra les dents. Il était inutile de suggérer que les journaux pourraient les aider. Dès les éditions du soir, la brigade fluviale serait en butte aux blâmes. D'abord, elle serait accusée d'incompétence, et puis la trahison serait exposée, même si aucun homme en particulier n'était cité. La question n'était pas de savoir si cela se produirait, mais quand.

— Nous ferions mieux de commencer à réfléchir à ce qui s'est passé.

— Si vous vous apprêtez à dire qu'un des nôtres nous a trahis, je le sais. Pourquoi, Hooper, pour l'amour du Ciel ? Pourquoi un des nôtres aurait-il fait ça ?

Il paraissait étourdi, comme s'il venait de se relever après une mauvaise chute et qu'il n'était pas encore certain d'avoir recouvré l'équilibre.

— Un de nos hommes peut-il avoir un besoin pressant d'argent ? Combien ? La moitié de la rançon ? Plus ?

Il secoua la tête.

— Ou est-ce une menace ? Une manière de nous dire : « Attention, la prochaine fois que vous êtes seul sur le fleuve la nuit, vous feriez mieux d'observer chaque ombre, d'écouter chaque pas ? » En sommes-nous arrivés là… au point d'avoir plus peur d'eux qu'ils n'ont peur de nous ?

— Non, monsieur, répondit Hooper, encore qu'en y pensant, il n'eût pas trop de mal à l'imaginer. Mais il y a eu un ou deux enlèvements ces derniers temps. Quel prix auriez-vous été prêt à payer pour Mrs. Monk ?

La question était brutale, mais appropriée.

— Je n'ai pas d'argent pour… commença Monk, avant de comprendre brusquement.

Le but n'était pas forcément d'obtenir une rançon. La motivation pouvait être tout autre : une rage aveugle, une affaire de corruption d'abord et, en fin de compte, un meurtre.

— Seigneur, Hooper ! Où cela nous mène-t-il ? Le seul homme qui soit en sécurité est celui qui ne tient à personne. Et qui veut d'un tel individu dans ses rangs ? Qui voudrait être ce genre d'homme ?

Une expression plus sombre encore se peignit sur ses traits, une douleur qu'Hooper n'y avait jamais vue. Songeait-il à son passé ? À cette période effacée de sa mémoire, au point qu'il ne savait même pas s'il avait aimé quelqu'un alors ?

— Je n'en sais pas assez long sur mes propres hommes, reprit Monk. Je n'ai que des détails insignifiants, des choses qu'on dit en passant. Rien de profond.

Ainsi, c'était du regret qu'il éprouvait. Peut-être même de la honte.

— Vous êtes le commissaire, monsieur, lui fit remarquer Hooper. Un peu de distance…

Monk le foudroya du regard. Hooper s'interrompit. C'était vrai, même si Monk ne voulait pas l'entendre. C'était lui qui donnait les ordres. Il était nécessaire que les hommes ne considèrent pas leur officier comme un égal. La solitude lui était peut-être pénible mais, dans une certaine mesure, elle s'imposait. Hooper se remémora le capitaine de son dernier voyage. Ledburn avait indubitablement été seul, inapprochable, inatteignable. Il chassa de son esprit la dernière vision qu'il avait eue de lui. Il ne voulait pas se confronter à cette histoire, et surtout pas maintenant.

Monk semblait figé.

— Je peux vous parler un peu d'eux, proposa Hooper d'une voix qui parut étrange à ses propres oreilles.

Les hommes étaient intimidés par Monk, il le savait. Ils avaient peur de révéler des faits personnels, d'exposer leurs faiblesses.

Laker, par exemple, nourrissait toujours l'espoir de réussir à impressionner son frère, ce qui l'incitait à prendre des risques inconsidérés.

Bathurst vouait une immense admiration à Monk, qui ne se doutait de rien. Il ne soupçonnait pas à quel point Bathurst avait besoin de quelqu'un à admirer, parce que son père avait disparu des années plus tôt, en laissant une épouse et trop d'enfants qui désormais dépendaient de lui, l'aîné, sur le plan financier mais aussi émotionnel. Il était essentiel que Monk le sût.

Marbury souffrait toujours de la mort de son fils. Plutôt que de le rapprocher de sa femme, ce deuil semblait les avoir éloignés l'un de l'autre – chacun des deux se réfugiait dans un monde où l'autre n'avait parfois pas sa place. Il acceptait les critiques de Monk en silence, sans chercher à s'expliquer pour ses actions.

Monk attendait. Peut-être était-il temps de lui révéler une part de vérité.

— Laker a un frère, commença Hooper. J'ignore s'il est plus âgé ou plus jeune, mais ils ne sont pas proches. Il y a une certaine rivalité entre eux. Je crois que le frère est plus… orthodoxe. Il n'a jamais trouvé Laker à la hauteur. Je ne pense pas qu'ils se fréquentent mais il est toujours présent à l'arrière-plan.

— Laker a besoin de son approbation ? demanda Monk, surpris.

— Sans doute. Même s'il ne l'admettrait jamais.

Hooper eut un mince sourire.

— Et il n'est certainement pas prêt à changer de mode de vie pour l'obtenir. Mais la loyauté envers sa famille est difficile à renier, en fin de compte.

— Vous voulez dire que si son frère avait des ennuis Laker ne le laisserait pas tomber ?

— Je pense que si c'était le cas Laker serait le dernier à qui il demanderait de l'aide.

Hooper songea à l'expression de Laker lorsqu'il mentionnait son frère, au mélange d'amertume et de colère qu'on y lisait.

— Ce qui est dommage, reprit-il, parce que Laker serait la meilleure personne pour l'aider, dans la plupart des situations. Peut-être même le seul qui serait assez courageux et assez imaginatif.

Monk fit une grimace.

— Bathurst est issu d'une famille nombreuse, continua Hooper. Il a perdu son père voilà un certain temps.

— Et si les ravisseurs avaient enlevé un membre de sa famille ? demanda Monk, visiblement tendu.

— Il serait venu vous voir, déclara Hooper sans hésiter. Il a une très haute opinion de vous… il s'attendrait à ce que vous compreniez… et à ce que vous l'aidiez. Dieu sait comment !

Monk se tassa un peu, comme si Hooper venait de placer un fardeau de plomb sur ses épaules, et lui jeta un regard bref. Hooper eut l'impression qu'il lisait dans ses pensées. Puis Monk se détourna.

— Walcott a une femme et un fils. Je ne sais pas grand-chose d'eux. Ni de Walcott, d'ailleurs.

La curiosité se lut sur les traits de Monk. Il ne prit pas la peine de formuler la question. Toute cette conversation était douloureuse.

— Il n'y a rien de suspect, affirma Hooper. Il n'est pas encore intégré. C'est trop tôt. C'est un homme qui prend son temps.

— Et Marbury ? Il est parmi nous depuis peu, lui aussi.

— Il est bon sur l'eau, répondit Hooper.

Cela l'avait surpris. Pour un homme qui n'était pas né sur le fleuve, Marbury était étonnamment à l'aise à bord d'une barque.

— Pas causant. Il n'y a pas de mal à ça.

— Pas de famille ?

— Si. Une femme et une fille. Il a perdu son fils voilà quelque temps. Je ne sais pas dans quelles circonstances. Il n'en parle pas et je ne lui pose pas de questions.

Monk réfléchit un instant.

Hooper attendit.

Le commissaire leva la tête.

— Qu'ignorons-nous ? Qui a des dettes ? Qui fait la cour à quelqu'un, et est vulnérable ? Qui a un secret quelconque et vit dans la terreur d'être dénoncé ?

Une ombre traversa son regard, des souvenirs perdus ou imaginés.

— Qui a peur de voir un être aimé coupé en morceaux par les salauds qui ont fait ça ? Il faut qu'on les arrête, Hooper, sinon ce sera sans fin !

— Je sais, monsieur. Et il faut qu'on maintienne la sécurité sur le fleuve. Cette affaire a peut-être pour but de nous déstabiliser au point que nous négligions tout le reste. Il est possible qu'un autre coup se prépare et qu'à force d'être tenaillés par nos doutes sur nous-mêmes et les autres, nous n'y voyions que du feu.

Il planta son regard dans celui de Monk et y vit une lueur soudaine de gratitude. Elle s'évanouit très vite, mais pas avant qu'il l'eût reconnue. Il eut un sourire attristé.

— L'opération prévue ce soir sur le *Queen of the Sea* tient toujours, n'est-ce pas ? Leur cargaison a déjà été volée à deux reprises. Cette fois, nous sommes au courant, et nous n'aurons aucune excuse si nous échouons.

— Je sais. Et oui, c'est toujours prévu, dit Monk avec fermeté. On ne peut pas tout laisser aller à la dérive à cause de ce qui s'est passé. Quelle erreur avons-nous commise, Hooper ? Pourquoi ont-ils tué Kate ?

— Je ne sais pas. Je me suis interrogé là-dessus aussi. Je vais peut-être retourner voir sa cousine. Voir ce qu'elle sait d'autre sur Kate… ou sur Exeter.

Il se sentit rougir légèrement.

— J'ai l'impression que c'est une vengeance personnelle. Il a mené beaucoup d'affaires. Gagné beaucoup d'argent.

— Oui, murmura Monk. Moi aussi, il me semble que ce crime a été inspiré par une profonde et terrible haine. C'est effrayant de penser qu'on a un tel ennemi.

— Exeter a des suggestions ? demanda Hooper.

— S'il en a, il les garde pour lui.

— Je le comprends. Je n'aimerais pas penser que quelqu'un me hait à ce point. Ou pire, que, d'une certaine manière, si détournée soit-elle, Kate est morte par ma faute.

Ainsi qu'il l'avait prévu, Hooper prit Clacton à part et lui expliqua sa mission alors qu'ils marchaient le long du quai, l'un près de l'autre, pour ne pas avoir à élever la voix.

— Tous, monsieur ?

Clacton était à l'évidence mal à l'aise. Il avait une cinquantaine d'années, et on lui trouvait un visage d'apparence quelconque jusqu'au moment où on remarquait sa bouche. Même immobile, elle souriait. En temps ordinaire il était détendu, mais à présent qu'Hooper lui avait annoncé qu'ils devaient enquêter sur tous les agents ayant pris part la veille à la désastreuse tentative de sauvetage de Kate Exeter, sa jovialité habituelle l'avait déserté.

— Oui, déclara Hooper avec fermeté. Si on en laisse un de côté, il sera sans défense…

— Sans défense !

Clacton cessa de marcher et pivota vers lui.

— Vous dites que l'un d'eux vous a trahis – ou plutôt, ce qui est plus important, a trahi cette malheureuse et causé sa mort. Et je suis censé enquêter sur eux tous pour déterminer lequel… lequel l'a fait ?

— Que feriez-vous, Clacton, si on avait enlevé l'être qui vous est le plus cher, et qu'on vous avait ordonné de trahir vos collègues sous peine qu'il ou elle soit tué… à petit feu ? Découpé comme un poulet cuit ?

— Arrêtez ! cria Clacton, en colère. J'avertirais Mr. Monk et…

— Ah bon ? En êtes-vous certain ? demanda Hooper. Croyez-moi, on en est moins sûr… si c'est à soi que ça arrive. Je ne sais pas ce que je ferais… si j'avais quelqu'un que j'aimais…

Clacton ouvrit la bouche, puis sembla saisir le deuxième sens derrière les paroles d'Hooper. Il venait de dire qu'il n'avait personne.

Hooper discerna un éclair de compassion dans le regard de Clacton. Il disparut aussitôt, mais Hooper l'en aima davantage pour cela.

— Oui, monsieur. Je vérifierai que leurs proches sont sains et saufs. Mais je n'aurai peut-être pas le temps de les voir tous aujourd'hui s'ils ne sont pas exactement là où ils devraient être.

— Soyez méticuleux, c'est l'essentiel. Quant à moi, j'irai m'assurer que Mrs. Monk va bien, et Scuff aussi… je voulais dire, Will.

Sa correction lui arracha un sourire malgré lui. Scuff avait été un tafouilleux, un gamin qui glanait des objets dans la vase déposée par la marée le long de la Tamise. Hooper ne savait pas au juste quel âge avait l'enfant lorsque Monk l'avait rencontré, mais il prétendait avoir onze ans et en avait donc environ douze quand Monk l'avait adopté. À dire vrai, c'était plutôt lui qui avait adopté Monk. Il était débrouillard, sur l'eau comme dans la rue. À l'époque, il savait déjà tout des tours que vous jouaient les marées et les tourbillons, les brusques changements de temps, et connaissait bien mieux que Monk les différentes catégories de gens qui gagnaient tant bien que mal leur vie sur les bords du fleuve. Il avait également vite compris que Monk ne se faisait pas prier pour lui offrir un sandwich au jambon et un thé bien chaud. De l'avis d'Hooper, Scuff avait alors plutôt neuf ans qu'onze. Mais des années avaient passé… quelle importance cela pouvait-il avoir maintenant ?

Non sans réticence, Scuff s'était installé chez Monk. Au début, il était très intimidé par Hester.

Il n'avait pas l'habitude de côtoyer des femmes et il avait peur de sa gentillesse. Il ne voulait pas montrer sa vulnérabilité, son besoin d'autrui. Au fil des années, il s'était adapté, et était même allé à l'école. Monk s'était attendu à le voir marcher sur ses traces et devenir policier lui aussi. Au lieu de cela, Scuff avait choisi avec détermination d'être médecin, ou du moins quelque chose d'approchant… comme Hester. Il était désormais l'apprenti d'un nommé Crow, lequel avait exercé la médecine illégalement parmi les pauvres des années durant. Depuis peu, sur l'insistance d'Hester, et avec son aide, il avait obtenu son diplôme officiel. Quant à Scuff, maintenant qu'il étudiait sérieusement la médecine, il avait décidé que son sobriquet n'était pas convenable pour un docteur. Ignorant son vrai prénom, il n'avait pas osé adopter celui de Monk, William, mais avait choisi Will.

Clacton savait tout cela. Il mènerait à bien la tâche qu'Hooper lui avait confiée. Ses pensées se lisaient sur sa figure, même s'il ne les formulait pas. Il comprenait que tout être qui aimait était fragile, et pouvait se trouver face à un dilemme déchirant.

— Oui, monsieur.

Hooper sourit, aussi satisfait qu'il pouvait l'être compte tenu des circonstances.

Il lui fallut le plus clair de la matinée pour s'assurer qu'Hester n'était pas en danger. Il découvrit qu'elle se trouvait au dispensaire de Portpool Lane et n'alla pas plus loin. Il mit plus longtemps encore à localiser Will… lui aussi était sain et sauf, et aidait Crow à soigner les victimes d'un accident survenu dans la rue.

Hooper en fut soulagé, mais ne put s'empêcher d'éprouver une pointe d'envie. Il n'y avait personne au monde qui eût influencé autant que Monk cet adolescent, personne qui lui fît autant confiance… non… qui l'aimât autant. Aimer était le mot juste. Personne ne l'aimait aussi entièrement que ce jeune homme aimait Monk. Quelles opportunités Hooper avait-il gaspillées en se repliant sur lui-même au point de n'autoriser personne à s'approcher ? S'était-il laissé enfermer par son histoire ? Il sut la réponse alors même qu'il se posait la question. Le passé de Monk était un livre clos. Il ignorait quels fantômes, bons ou mauvais, le peuplaient. Cependant, il ne niait pas le présent pour autant.

Hooper, si. Peut-être était-il temps de changer cela ?

Sauf que le passé pesait sur lui telle une ombre, et qu'il redoutait que celle-ci n'annonçât l'arrivée des ténèbres. Il avait refoulé la mutinerie dans un coin de sa mémoire, mais maintenant que Monk devait être informé des points faibles de tous ses hommes, elle s'imposait de nouveau à lui, emplissant l'horizon. Hooper avait gardé le silence si longtemps que c'était comme s'il avait menti. C'était un fardeau qui l'aurait empêché d'obtenir un emploi quel qu'il fût, à plus forte raison dans la brigade fluviale, à un poste qu'il adorait et dont il s'acquittait avec compétence. Une des raisons pour lesquelles il n'avait pas sollicité de promotion était la peur de susciter la curiosité, et par conséquent de provoquer l'exhumation de son histoire.

Cela étant, pourquoi se rendait-il chez Celia Darwin ? Parce qu'elle était leur unique source d'informations sur Kate et Exeter d'un point de vue personnel ? Ou parce qu'il voulait revoir cette femme singulière, douce et silencieuse, qui semblait avoir tant à dire si on se donnait la peine de l'inviter à parler ?

Et parce qu'il se surprenait à sourire à la perspective d'une nouvelle rencontre ?

Un conflit douloureux se livrait en lui, lui comprimait la poitrine, lui nouait la gorge… mais il y alla quand même. Ses pas semblèrent l'emmener chez elle sans qu'il en eût vraiment conscience. Debout sur le seuil, il s'interrogeait encore sur ce poids qu'il éprouvait lorsqu'elle vint lui ouvrir la porte.

— Bonjour, monsieur Hooper, dit-elle, surprise. Avez-vous déjà du nouveau ?

— Non, madame, je crains que non.

Il se sentit coupable d'avoir éveillé ses espoirs à tort, et se demanda tout à coup si Exeter lui avait fait part de la mort de Kate. Elle ne paraissait pas aussi bouleversée qu'elle eût dû l'être s'il le lui avait dit. Hooper n'avait pas d'autre choix que d'être honnête avec elle.

— Mr. Exeter ne vous a pas parlé ?

Elle le dévisagea, et blêmit. Ses yeux limpides, gris clair comme le ciel du soir, s'emplirent de larmes.

— Je suis désolé, dit-il dans un souffle.

Il n'ajouta rien. Ce n'était pas le moment d'exprimer la fureur qu'il ressentait contre Exeter qui n'était pas venu l'avertir en personne. Elle n'aurait pas dû apprendre cette nouvelle par un inconnu.

Elle secoua la tête lentement. Non pour rejeter ce qu'il avait laissé entendre, mais l'espoir qui subsistait peut-être en elle.

— Voudriez-vous vous asseoir ? suggéra-t-il. Si votre domestique n'est pas là, je peux vous préparer une tasse de thé. Dites-moi où est la cuisine.

— Non… je… je peux… Mary est sortie faire une course. Elle ne sera pas longue. Si vous n'êtes pas venu m'annoncer cela, vous deviez avoir une autre raison.

Celia Darwin recula, puis pivota et gagna le salon tant bien que mal, se cognant le coude contre le chambranle de la porte. Elle cilla mais ne dit rien, comme si elle avait à peine senti la douleur.

Hooper referma la porte.

Elle se laissa tomber dans un fauteuil.

— La cuisine ? demanda-t-il.

Elle leva les yeux, désarçonnée.

— Je vous demande pardon ?

— Je vais trouver, dit-il doucement en se détournant.

Pauvre femme. Elle était anéantie. Pour Exeter, pour Kate, ou parce qu'elle avait perdu l'unique parente et amie qu'elle avait ? Ou pour tout cela à la fois ?

Une théière était posée au milieu de la table de la cuisine. Il vérifia qu'il y avait de l'eau dans la bouilloire et la mit à chauffer. Il avait vécu seul toute sa vie d'adulte et était habitué à ces tâches : comme beaucoup d'hommes dans la marine marchande, il savait cuisiner et coudre un peu, en somme se débrouiller seul.

Dix minutes plus tard, il rentrait dans le salon, un plateau entre les mains. Son intention avait été non seulement de lui faire du thé, mais de lui donner le temps de se ressaisir. Maintenant, elle était assise très droite, les mains sur les genoux, le visage si pâle qu'il en paraissait exsangue.

— Mr. Hooper, voulez-vous me dire ce qui s'est passé, s'il vous plaît ? Mr. Exeter a-t-il été blessé ? Je ne lui serai peut-être d'aucune utilité mais je dois savoir ce qu'il en est. Kate l'aurait désiré.

Son choix de mots en disait peut-être plus long qu'elle ne l'avait souhaité.

Il servit le thé et lui tendit une tasse. Il se souvenait que, lors de sa première visite, elle avait pris un soupçon de lait mais pas de sucre, comme lui. Elle l'accepta et la posa sur la table entre eux, ses mains tremblant un peu.

— Nous avons fait exactement ce qu'on nous avait demandé de faire, commença-t-il, décidé à être honnête sans pour autant entrer dans les détails. Nous nous sommes rendus sur l'île Jacob. C'est un endroit épouvantable, plein de vieilles maisons à moitié englouties par la vase, reliées par des passerelles si délabrées, si pourries que certaines sections sont sous l'eau à marée haute. Nous avons suivi le chemin indiqué. Mr. Monk et Mr. Exeter sont passés devant avec une sacoche contenant l'argent.

Elle cilla.

— Eux seuls ?

— Cela faisait partie des instructions. Nous sommes restés en retrait, à divers endroits. Nous avons tous été attaqués, comme si les ravisseurs savaient où nous étions.

Soucieux de ne pas lui donner de précisions qui la troubleraient encore davantage, il se hâta de poursuivre :

— Personne n'a été grièvement blessé. On en a été quittes pour quelques bleus et des vêtements sales, voilà tout. Mr. Exeter a fait la dernière partie du trajet seul, comme on le lui avait demandé. Il a été attaqué, lui aussi, et on lui a pris l'argent.

Comment pouvait-il dire la suite en étant fidèle à la vérité, mais sans en révéler toute la brutalité ? Elle aurait dû être informée par quelqu'un qu'elle connaissait, quelqu'un qu'elle aimait et en qui elle avait confiance, quelqu'un qui aurait pu la tenir dans ses bras et la laisser pleurer.

Elle attendait, l'observait.

— Je suis désolé, dit-il avec douceur. Ils l'ont tuée quand même.

Celia resta immobile, le regard rivé sur lui.

— Peut-être Mr. Exeter essaie-t-il de trouver un moyen de vous l'annoncer…

Elle battit des paupières et les larmes roulèrent sur ses joues.

— Voudriez-vous que je m'en aille ? demanda-t-il, gêné.

— Si vous préférez…

— Pas du tout ! Je… j'ai seulement pensé que… vous ne me connaissez pas, bredouilla-t-il.

Elle fit un effort visible pour reprendre le contrôle d'elle-même, tendit la main vers sa tasse et but une gorgée de thé. À sa grande surprise, il n'était pas trop chaud. Elle le regarda d'un air interrogateur.

— Je l'ai fait avec de l'eau bouillante, dit-il. J'ai juste ajouté un peu d'eau froide après.

— Oh ! merci. Le thé devrait toujours être fait avec de l'eau qui commence à peine à bouillir.

— Oui, je sais.

— A-t-elle souffert ?

— Non, affirma-t-il.

— Cela a dû être très rapide. Merci…

Elle but une nouvelle gorgée.

— Je sais que ce n'est peut-être pas la vérité, mais je préfère le croire. Et cela me sera plus facile quand Mr. Exeter décidera de venir me le dire.

— Il va le faire, c'est certain. Dès qu'il se sera repris. Il était complètement anéanti.

— Bien sûr…

Sa voix et son visage étaient presque impassibles. Contrôlait-elle à ce point ses sentiments ? Ou éprouvait-elle à l'égard d'Harry Exeter des émotions déplacées en cette période de deuil ?

— Peut-être écrira-t-il, reprit-elle. Parfois, il est plus facile d'écrire. On peut se relire plusieurs fois pour s'assurer qu'on a dit ce qu'on voulait réellement dire. Et bien sûr, on n'a pas besoin d'être présent quand la lettre est lue.

— Vous ne l'appréciez guère, n'est-ce pas ? demanda Hooper brusquement.

— C'est très maladroit de ma part de l'avoir montré. Kate me manquera jusqu'à la fin de mes jours. Elle était la sœur que je n'ai jamais eue.

— Je suis désolé, dit-il. Le temps guérira peut-être la blessure, du moins en surface, sinon à l'intérieur. Mais même à l'extérieur, les cicatrices ne disparaissent pas toujours.

Elle sourit.

— On les voit dans le regard des gens, et on les entend dans leurs silences, vous ne croyez pas ?

Il ne répondit pas. Elle avait vu les siennes dans ses yeux ; du moins, il choisit de penser que tel était le cas. Il se contenta de siroter son thé. Il avait une multitude de questions à lui poser, et un bon détective aurait trouvé le moyen de le faire. Mais il n'en avait pas envie. Cela lui aurait fait l'effet d'une intrusion, et ce n'était pas pour cela qu'il voulait être là. Pourtant, il devait au moins essayer.

— Si je demande à Mr. Exeter, le moment venu, s'il a des ennemis capables d'avoir commis ce crime par vengeance, croyez-vous qu'il me dira quelque chose d'utile ? Il me déplaît de le déranger si tôt, mais nous devons arrêter les coupables s'il y a un moyen de le faire.

Elle parut surprise.

— Vous pensez que c'était personnel ?

— C'est possible. Il n'est pas le seul homme fortuné de Londres.

Elle réfléchit quelques instants.

— Ce serait pour une affaire d'argent, je suppose, ou de terres. Il a un projet de construction sur une vaste parcelle, quelque part sur la rive sud, je crois. Les gens sont parfois jaloux.

— Je me renseignerai à ce sujet. Et Kate ? Quelqu'un pouvait-il envier Exeter à cause d'elle ?

— Peut-être. Mais comment un être qui l'aimait aurait-il pu la tuer ?

Elle prit une brève inspiration.

— Oh ! Vous ne parlez pas d'amour, n'est-ce pas ? Vous voulez dire qu'on l'aurait considérée comme une possession. « Ma femme est plus belle, plus éblouissante que la vôtre. » Comme un cheval racé, un pur-sang arabe plutôt qu'un poney. Je ne sais pas. Elle n'a jamais parlé d'un autre homme… ainsi. Je crois…

Elle laissa sa phrase en suspens.

— Oui ?

— Je crois qu'elle était très seule, acheva-t-elle tout bas.

La porte de service se referma avec un claquement sec et des pas rapides s'entendirent dans le couloir. L'instant d'après, la domestique toqua et passa la tête à l'intérieur.

— Oh ! Miss, tout va bien ?

Harper se leva.

— Merci, Miss Darwin. Je suis désolé d'avoir dû vous annoncer de telles nouvelles. Merci pour le thé.

Il regarda la bonne avec insistance, afin de lui faire comprendre qu'une tragédie avait eu lieu.

Elle croisa son regard et il fut satisfait.

— Je vous en prie, Mr. Hooper, dit Celia. Je crois que ç'a été plus facile pour moi ainsi. Je vous remercie.

6

Après avoir passé la matinée avec la police métropolitaine afin de se renseigner sur les précédents enlèvements, Monk rentra chez lui en milieu d'après-midi. Les lampes étaient allumées, ce qui signifiait qu'Hester était à la maison. Qu'il lui parlât de l'affaire ou non, son sentiment d'isolement, et surtout d'impuissance, serait un peu atténué par sa présence.

Elle dut entendre le bruit de la porte qui s'ouvrait, peut-être l'avait-elle même guetté à demi, car elle sortit aussitôt de la cuisine. Elle ne portait pas de tablier. Sans doute avait-elle été occupée à remplir des papiers pour le dispensaire, comme elle le faisait souvent, en les étalant sur la table.

Elle ne lui demanda pas comment il allait. Au lieu de quoi elle regarda gravement ses vêtements, sa posture abattue, et puis son visage. Elle comprit, mais ne fit pas de commentaire.

— Il faut que tu repartes…

— Oui.

— Ils ne peuvent pas le faire seuls ?

— Si. Je n'y vais pas parce qu'ils ont besoin de moi.

— Par loyauté ?

— Non.

Il la suivit jusque dans la cuisine et s'assit sur une des chaises en bois tandis qu'elle rangeait ses papiers.

— Ce n'est pas par loyauté. En fait, c'est plutôt le contraire.

C'était difficile à dire, même à elle, qui avait une compréhension particulière du devoir et de l'importance de la solidarité lorsqu'on était en danger. Et pourtant, ce serait un soulagement de se confier à elle ; il le savait.

Elle attendait, percevant le combat qui se livrait en lui.

— Hester, quelqu'un nous a trahis, et Kate Exeter a été poignardée à mort. C'était l'un des nôtres, et cela l'isole de nous tous à jamais. Les ravisseurs peuvent l'obliger à faire n'importe quoi ! Il est leur pion – il le sait et eux aussi. Comment est-il possible que je ne devine pas qui c'est ? Que je ne le sente même pas ?

— C'est parce que tu ne cherches pas à le sentir, répondit-elle. Il faut que tu croies la plupart des gens sur parole. Ils ont confiance en toi. Qu'ils t'aiment bien ou non, ils savent que tu es courageux, honnête jusqu'à l'excès…

Elle eut un mince sourire.

— … soupe-au-lait, et rigoureux. Mais loyal envers eux et envers ton travail, coûte que coûte. Moi, c'est différent.

Son expression s'adoucit, et la tendresse se lut dans son regard.

— Je sais des choses qu'ils ignorent : ce dont tu rêves, ce qui te rappelle des moments tristes ou heureux, ce que tu regrettes et ce que tu ne pourras pas oublier. Ils ne sauront jamais ces choses-là à ton sujet, et toi, tu ne les sauras pas à propos d'eux.

Il se surprit à rougir légèrement, mais de plaisir autant que d'embarras. Il s'était donné à elle corps et âme, même s'il n'en avait pas tout à fait eu l'intention.

— Il faut que je les connaisse mieux, dit-il. L'un d'eux porte un fardeau insupportable. Après ce qui est arrivé à Kate, il doit être torturé par le remords. Qu'est-ce qui m'échappe ?

Le visage d'Hester se crispa.

— Sois prudent, William. Qui que soit cet homme, il a franchi le point de non-retour ! Il…

— Je sais, dit-il très vite. Je serai vigilant.

Elle le dévisagea sans rien dire pendant quelques secondes, puis se détourna et se mit en devoir de lui préparer à manger.

Quand Monk s'en alla, Hester resta debout quelques minutes, s'efforçant de dominer les émotions qui menaçaient de la submerger. Elle avait fait très attention à ne pas montrer combien elle était affectée en sa présence. Il n'avait pas besoin de voir reflété sur ses traits le chagrin qu'il ressentait, son sentiment d'échec pour la mort de Kate Exeter, et ce qui le déchirait plus encore, la peur qu'un de ses hommes eût trahi les autres, et surtout lui, Monk. Peut-être avait-il cru dissimuler ce qu'il éprouvait. En dépit de leur profonde intimité, des rires, des chagrins, de la tendresse, et même du désir qu'ils partageaient, il demeurait un homme fier et, à certains égards, très secret. Il n'avouait à personne, y compris lui-même, les doutes qui le tenaillaient parfois, ni la douleur qui le faisait souffrir au-delà du supportable.

Elle l'avait lu sur son visage, bien qu'il eût cru le cacher. Elle aspirait de toutes ses forces à le protéger, mais comment ? Si un de ses hommes les avait bel et bien trahis, à plus forte raison si c'était Hooper, par maladresse ou parce qu'il était soumis à des pressions intolérables, cela détruirait quelque chose en Monk qu'il ne saurait pas comment réparer.

Il devait y avoir un moyen de l'aider ! Les mots et les caresses ne le guériraient pas. Ils lui diraient combien elle l'aimait, combien elle était sensible à sa détresse, mais cela ne suffirait pas. Ce serait comme de mettre un pansement sur une plaie. Et les blessures du cœur, à l'instar de celles de la chair, exigeaient parfois qu'on excise la partie infectée, qu'on retire la balle ou la pointe cassée du couteau.

Elle ne révélerait pas à Monk ce qu'elle s'apprêtait à faire : il pensait toujours à Scuff – Will, désormais – comme à un enfant, à qui l'on devait cacher certaines réalités. Elle était plus lucide. Il apprenait le métier de médecin. Pour marcher sur ses traces et apprendre ce qu'elle avait elle-même appris dans l'armée, il devrait faire face à des amputations, et à toutes sortes d'opérations complexes, toujours éprouvantes. Parfois, les patients succombaient à cause du choc, mais si on ne tentait rien, ils seraient morts à coup sûr de leurs plaies infectées par la gangrène.

Il comprendrait que la vérité était nécessaire, quelle qu'elle fût.

Hester enfila son manteau et quitta la maison sur-le-champ. Elle descendit la côte pour gagner l'embarcadère de Greenwich et prit le premier bac à destination de la rive opposée. Elle ignorait où était Will, mais elle savait où commencer ses recherches. Le point de départ était toujours le dispensaire gratuit tenu par Crow, l'ancien médecin des rues qu'elle connaissait depuis des années.

Peu de temps auparavant, il avait accepté d'enseigner à Will tout ce qu'il savait. Il comprenait le rêve qu'avait l'adolescent de devenir médecin, et cela bien que les carences de son éducation l'empêchent de postuler une place à l'université. Jusqu'à présent, tout se passait très bien. Ils aviseraient quand viendrait le moment pour Will d'approfondir ses connaissances en chirurgie.

Crow était au dispensaire lorsqu'elle arriva. Comme toujours, il fut ravi de la voir et lui décocha son sourire lumineux. Comme toujours aussi, il était entièrement vêtu de noir, et très occupé. Néanmoins, il s'interrompit quelques instants pour lui dire que Will serait sans doute de retour d'ici dix ou quinze minutes.

— Puis-je faire quelque chose ? demanda-t-il après une brève hésitation. C'est grave ?

C'était moins une question qu'une opinion, forgée d'après l'expression d'Hester. Il avait toujours été capable de déchiffrer ses émotions. Cela faisait partie de sa nature, et de sa compétence.

Elle fut franche avec lui.

— Je voudrais emprunter Will… pour un jour ou deux, peut-être. C'est…

— L'enlèvement, acheva Crow. S'il peut vous venir en aide, je ne vais pas essayer de l'en empêcher, il ne me serait d'aucune utilité ici. Si vous avez besoin de moi, vous me le direz ?

Cette fois-ci, c'était une question.

— Oui, dit-elle aussitôt.

Elle ne savait pas si elle ferait appel à lui, mais il aurait été profondément blessé si elle avait refusé.

Will arriva peu de temps après, et un seul coup d'œil à Hester suffit à l'alarmer. Âgé de vingt ans, l'ancien gamin des rues dépassait Hester d'une bonne tête. Il était bien bâti, fort et sûr de lui. Néanmoins, elle discernait toujours en lui l'enfant fragile qui avait appris à survivre dehors, l'enfant dont personne ne voulait, qui avait rencontré Monk alors que ce dernier était un nouveau venu sur les rives du fleuve.

— Que se passe-t-il ? demanda-t-il aussitôt, en la regardant avec anxiété.

Ils étaient seuls dans une des pièces qui servaient de réserves. Ils ne seraient pas dérangés. Brièvement, et sans détour, elle lui expliqua ce qui était arrivé et pourquoi cela comptait autant.

Il l'écouta, on ne peut plus immobile. Il était habitué à côtoyer la maladie et les blessures, à affronter le froid, la faim et la solitude, mais l'appartenance à un groupe soudé, tel qu'une famille, en dehors de ses liens avec Monk et Hester, demeurait une nouveauté pour lui. Jamais jusque-là il n'avait été confronté à la désillusion ni à la trahison. Quand on n'a confiance en personne et qu'on ne croit en rien, on craint tout et, pourtant, d'une certaine manière, on ne craint rien. Il était encore en train de découvrir ce qu'il en était d'appartenir irrévocablement, de ne pouvoir s'en aller parce que les liens sont trop profonds, qu'ils sont tissés, avec tout ce qui est réconfortant et précieux à nos yeux, dans la trame de la personne qu'on est, qu'on veut être et qu'on a besoin d'être.

— En tout cas, ça ne peut pas être Hooper.

Sa phrase était une affirmation, mais son regard suppliait Hester de l'en assurer.

Devait-elle le faire ? Elle ne lui avait jamais menti, même dans les moments les plus difficiles.

— Il nous faut prouver que non, répondit-elle, choisissant ses mots avec soin.

Quand elle avait fait la connaissance de Will, c'était un petit garçon au cou mince et aux épaules étroites, mais tout à fait indépendant, et qui nourrissait une profonde suspicion à l'égard de tout le monde et des femmes en particulier. Sa mère l'avait mis à la porte pour plaire au nouvel homme entré dans sa vie, car ce dernier la protégeait, elle et ses enfants plus jeunes. Il avait mis du temps à s'autoriser à aimer Hester. Son attachement à Monk était venu plus facilement, peut-être parce qu'il avait pris plaisir à lui apprendre une foule de choses sur le fleuve qu'il connaissait depuis sa naissance.

Et pourtant, c'était dans les traces d'Hester qu'il avait choisi de marcher !

— Nous devons faire pareil pour les autres, ajouta-t-elle. Je vais me renseigner pour Hooper. Peux-tu te charger de Bathurst ? Quand nous saurons ce qu'il en est pour lui, nous pourrons rassurer William.

Will hocha la tête.

— Dis-moi tout ce que tu sais à son sujet. Je connais des gens. Je peux me renseigner.

— Merci. Et…

— Quoi ?

— Sois prudent. C'est terrible, ce qu'ils ont fait à…

Le visage de Will s'était crispé. Le jeune homme aimé, confiant, avait disparu, et son regard était redevenu celui de l'enfant effrayé, qui essaie à tout prix de prouver qu'il n'a besoin de personne alors qu'au contraire, il a une soif inextinguible d'affection.

— C'est promis, dit-il d'une voix ferme. Ne t'inquiète pas.

Après avoir quitté Hester, Monk regagna Wapping où Hooper et le reste des hommes l'attendaient.

Ce soir-là, ils allaient tenter d'arrêter des brigands qui avaient sévi à deux reprises et réussi à prendre la fuite. La brigade fluviale ne pouvait pas se permettre de les laisser filer une troisième fois.

— Prêts ? demanda le commissaire à voix basse.

Hooper le regarda calmement.

— Ils sont aussi prêts qu'ils peuvent l'être. Aucun de leurs proches ne manque à l'appel. Il n'empêche que les ravisseurs savaient par où nous allions passer, et qu'ils ont tué Kate juste avant qu'on arrive.

Monk serra les dents, réprimant un frisson.

— Je le sais ! Son cadavre était encore tiède.

— Et les autres le savent aussi, acquiesça Hooper. Alors, oui, nous sommes aussi prêts que possible. Mais on s'attend au pire…

Dix minutes plus tard, ils avaient embarqué et s'éloignaient de l'escalier de Wapping. Un vent froid soufflait et il allait être difficile de ramer contre le courant à marée montante. Monk mit tout son poids dans ses mouvements.

Devait-il parler aux hommes, s'efforcer de leur remonter le moral ou de renforcer l'esprit d'équipe ? Walcott et Marbury étaient avec lui ; Hooper, Laker et Bathurst à bord de l'autre barque, à quelques mètres d'eux. Les proues noires des embarcations fendaient les flots pommelés d'argent. La lune était haute dans le ciel, que seuls traversaient des nuages épars ; ce n'était pas une nuit idéale pour prendre des malfaiteurs par surprise. Pour quiconque était habitué au fleuve, ils ressemblaient exactement à ce qu'ils étaient : deux équipes de policiers, ramant à deux dans chaque barque, un troisième homme à la poupe. Aucun bac n'adoptait un tel arrangement et le bateau n'était pas muni d'une plate-forme servant à transporter une cargaison. Ils progressaient à vive allure, et avec détermination.

Pendant plusieurs minutes, le silence ne fut rompu que par le grincement des tolets et le chuchotis de l'eau. Cette fois, ils n'avaient pas droit à l'erreur. L'opération avait été préparée avec soin, et tout portait à croire qu'elle serait couronnée de succès. Et pourtant, depuis l'enlèvement, ils ne se faisaient plus confiance. Monk le sentait chez chacun d'eux. L'habituelle excitation contenue était absente. Ils ramaient à gestes réguliers contre la poussée de l'eau, mais avec colère plutôt qu'exaltation.

Monk le voyait aux épaules raidies de Marbury, assis sur le banc devant lui, et au visage crispé de Walcott qui, tourné vers la proue, évitait son regard. Tous attendaient la même chose, œuvraient pour le même résultat, mais séparément. Il connaissait leurs compétences, certes, et elles étaient nombreuses. Leurs points faibles étaient rares, mais il en avait conscience aussi. Laker, par exemple, pensait parfois en savoir plus long que ce n'était le cas. Malgré tout, derrière son apparente désinvolture, il vouait un respect considérable à Monk et à Hooper.

Quant à Bathurst, il était fougueux, désireux d'apprendre, sympathique, et aussi curieux – une qualité chez un policier : les gens curieux cherchaient des réponses.

Walcott et Marbury, eux, faisaient figure d'inconnues dans l'équation, et devenaient par conséquent suspects, que ce fût juste ou non.

Monk regarda Walcott assis à la poupe ; un homme de petite taille, mais pugnace. De temps à autre, quand il croyait que personne ne pouvait l'entendre, il chantait des extraits de vieux airs de music-hall, plutôt bien. Une fois ou deux, Monk l'avait surpris, et il s'était tu aussitôt. Dommage. Il avait une voix agréable. Pourquoi avait-il éprouvé le besoin de dissimuler ce talent ?

Ils passèrent dans l'ombre d'un gros navire à l'ancre. Soudain, il fit trop noir pour qu'ils puissent se voir, sans parler de distinguer une autre embarcation. C'était imprudent.

— On s'écarte ! ordonna Monk sur un ton sec, pesant sur sa rame pour la plonger dans le tourbillon du courant.

Surpris, Marbury obéit. Il était moins bon rameur que Monk, mais plus fort et plus lourd. La barque changea de cap et ils laissèrent les ténèbres derrière eux pour retrouver le clair de lune. Il n'y avait personne à proximité.

Monk ne dit rien.

Il leur restait quelques centaines de mètres à accomplir. Ils ramèrent en silence, se faufilant entre les ombres immenses des navires qui mouillaient, éclairés par leurs feux qui se reflétaient sur les eaux noires. Chaque homme était absorbé par ses pensées. Parvenus à l'escalier du Bull, ils accostèrent, rangèrent les rames et amarrèrent les barques.

Ils gravirent les marches en pierre l'un après l'autre, Hooper en tête.

Bathurst glissa. Walcott le retint.

— Regarde où tu mets les pieds, bon sang ! grogna-t-il. Tu vas nous faire tous tomber.

— Alors, cesse de me suivre d'aussi près ! riposta Bathurst.

— Bouclez-la, vous deux ! siffla Laker d'une voix tendue.

Monk monta le dernier, derrière Marbury.

En haut des marches, ils se séparèrent. Certains prirent par la droite en direction des grues et du quai de chargement, d'autres par la gauche, se dirigeant vers l'entrée de l'entrepôt. Ils se mouvaient lentement, leurs yeux assez accoutumés à la pénombre pour se passer de lanternes.

Devant eux, des silhouettes allaient et venaient. Tout comme Monk l'avait escompté, les voleurs faisaient main basse sur la cargaison. D'un geste, il ordonna à ses hommes de rester en retrait ; s'ils intervenaient avant que les malfaiteurs eussent chargé les marchandises, ceux-ci ne pourraient être condamnés pour vol. Enfin, quelque chose au moins se déroulait de la manière prévue.

Deux navires étaient amarrés. Sur lequel les hommes se rendaient-ils ?

Courbé en deux sous le poids d'une balle de denrées, l'un d'eux passa à moins de deux mètres de Monk, lequel demeura immobile. Au bout de quelques secondes, un autre individu passa à son tour.

Combien y en avait-il ? Le commissaire s'avança avec précaution, s'approchant autant que possible du mur de l'entrepôt. Il vit Marbury sur sa gauche et lui indiqua l'entrée latérale. La tension de l'agent était presque palpable. Savait-il que Monk se méfiait de lui ? Sans doute. Walcott et lui étaient en marge du groupe.

Marbury obéit. Quelques instants plus tard, ils contournaient sans bruit la porte béante de l'entrepôt et se glissaient à l'intérieur. Tout au fond du bâtiment, une lanterne était posée sur une pile de caisses. Ils distinguaient nettement deux silhouettes qui déplaçaient des fûts et des balles en communiquant par des signes. Le son étouffé de leurs pas, traînants à cause du poids qu'ils portaient, était à peine audible.

Les hommes passèrent à trois ou quatre mètres d'eux, ployant sous leur charge. Ils raflaient toute la cargaison. Monk réfléchit rapidement. Ils devaient projeter de se rendre dans un lieu équipé d'un treuil afin de la décharger, soit en amont, soit en aval.

Plus personne ne passait. Il était temps de partir. Monk longea sans bruit le mur de l'entrepôt et regagna le bord de l'eau. Les voleurs achevaient d'embarquer leur butin. Deux autres hommes se tenaient prêts. Malgré l'obscurité, Monk sut, rien qu'à leur démarche souple, que c'étaient des mariniers. Il fallait un remarquable savoir-faire pour manœuvrer ces embarcations à fond plat, à la proue et à la poupe carrées, et maintenir une allure régulière, surtout lorsqu'elles étaient chargées. Y avait-il au moins deux mariniers ? Ou étaient-ce aussi des voleurs ? Cela voudrait dire que ces derniers étaient plus nombreux que Monk ne s'y était attendu. Avait-il été mal informé ? Avait-il commis une nouvelle erreur ? Si oui, cela rendrait la tâche plus difficile encore pour ses hommes déjà mal en point.

Monk s'avança encore pour mieux voir ce que les voleurs faisaient. La première péniche était toute proche de la rive, le chargement presque terminé. Il en avait la certitude parce que le coin qu'il apercevait, par un rayon de lune qui se faufilait à travers les grues et l'ombre des navires amarrés, était quasiment à fleur d'eau. Une question de chance ou de précision ? Il lui vint à l'esprit que ces hommes n'en étaient pas à leur coup d'essai.

Leurs barques étaient à l'autre bout du quai, au pied des marches du côté opposé. Monk effleura le bras de Marbury et pointa le doigt dans cette direction. L'agent sur les talons, il combla la vingtaine de mètres qui les séparait de leurs bateaux et redescendit l'escalier. Ils embarquèrent à toute vitesse. Walcott prit la rame arrière, éloigna la barque du quai et la dirigea vers le large. Le courant avait forci.

Ils filèrent vers le milieu du fleuve, s'engageant dans le flot principal de la marée. Ils apercevaient la péniche devant eux. L'autre barque était invisible.

Walcott lui faisait face, dos à la proue, comme tous les rameurs. Entre les entrepôts et les quais, on distinguait quelques résidences aux fenêtres allumées ou, au bout d'un passage qui montait du fleuve, une série de réverbères le long d'une rue.

— Un coup de main ? proposa Marbury.

— Tu crois que je ne peux pas m'en tirer tout seul ? Parce que je n'ai pas des bras d'un mètre de long ? rétorqua Walcott.

Marbury l'ignora.

Monk scrutait le fleuve devant eux à la recherche de la barque qui transportait Hooper, Bathurst et Laker. Il ne les voyait pas.

On n'entendait que le claquement des rames, le bruissement de l'eau, et la voix d'un homme qui criait, au loin. Où étaient-ils donc ?

Soudain, Monk les aperçut à six mètres devant eux, presque à hauteur de la péniche. Pourquoi diable Hooper s'était-il approché autant ? Soudain, il comprit… ils abordaient une courbe du fleuve plus prononcée que les précédentes et le courant avait forci. Hooper s'était écarté afin d'éviter les tourbillons entre les piliers de London Bridge. Monk n'y avait pas prêté attention, et ils avaient fait beaucoup plus de chemin qu'il ne l'avait anticipé. Quelle était la destination des voleurs ? Sûrement pas un navire, mais un autre entrepôt.

La péniche passait dans l'ombre du pont. Déjà, elle était hors de vue. Et si elle franchissait le pont, virait de bord et revenait ?

— Ralentissez ! ordonna-t-il.

Ignorant l'ordre, Walcott plongea d'un geste vigoureux ses rames dans l'eau.

— Ils vont nous semer, avertit-il. Monsieur, la marée les aide.

Marbury se leva à demi, comme prêt à recourir à la force.

— Tu vas nous faire chavirer, imbécile ! s'écria Walcott. Mais c'est peut-être ça que tu veux ?

Il enfonça la rame gauche dans l'eau. La droite jaillit des flots, fendant la surface et aspergeant Marbury.

Ce dernier vacilla et tomba lourdement sur le plat-bord.

— Asseyez-vous ! siffla Monk, les dents serrées. Vous essayez d'attirer l'attention de tout le monde sur ce fichu fleuve, ou quoi ?

Il avait le cerveau en ébullition. L'incident avait-il été délibéré ? Qu'ils le disent ou non, les autres hommes soupçonnaient Walcott ou Marbury. Se soupçonnaient-ils mutuellement aussi ? Ou l'un d'eux feignait-il d'accuser l'autre parce qu'il se savait coupable et que sa survie en dépendait ?

C'était à Monk de déterminer lequel était coupable – et de sauver l'autre. La vie de cet homme était entre ses mains, dépendait de sa compétence, de son jugement qui était devenu si peu fiable.

Marbury se rassit et s'empara de la rame, la plongeant dans l'eau avec tant de force que la proue vira tout à coup à bâbord.

Monk étouffa un juron. Devant eux, la péniche se glissait dans l'ombre de Blackfriars Bridge, et les lumières des réverbères se reflétaient gaiement sur l'eau, déformées près des jetées par la violence des flots tourbillonnants. Monk ne savait que trop bien combien ces courants étaient puissants. De petites embarcations pouvaient être happées par eux et projetées contre les piles du pont, puis aspirées par les remous.

— Passez au large ! cria-t-il d'une voix anxieuse.

Il sentait le bateau se mettre en travers, hors de contrôle. Il était tout à fait impuissant. S'il prenait la rame à Walcott maintenant, il les enverrait droit vers le tourbillon. Ils seraient entraînés sous la surface et se fracasseraient contre les piles en pierre.

Quelques secondes s'écoulèrent. Walcott se cramponnait à sa rame, les doigts glissants. Marbury laissa filer la sienne, la sortit de l'eau une seconde, et Walcott reprit le contrôle. Le coup de rame suivant fut presque égal, celui d'après parfaitement régulier.

Monk sentait la sueur perler sur son corps, l'air glacé sur son visage.

Ils avaient dépassé les remous, et étaient dissimulés par l'ombre du pont. L'eau coulait toujours vite ; on voyait des crêtes d'écume là où les courants opposés se rencontraient. Devant, à bord de l'autre barque, Hooper ramait à tribord, Laker à bâbord. Bathurst était courbé en deux à la poupe. Sans doute était-il cramponné des deux mains au grappin, prêt à aborder la péniche dès qu'ils l'auraient rejointe. Ils avançaient à vive allure à présent.

Un marinier se tenait debout à la proue de la péniche, penché sur sa bourde. Un autre, à la poupe, était à demi tourné, observant la barque qui approchait. Il devait savoir désormais qu'il ne s'agissait pas d'un bac.

— Aussi vite que vous pouvez ! lança Monk pardessus le vacarme des flots et le grincement des tolets.

Ils obéirent en silence.

La lune se levait, déversant plus de clarté sur l'eau houleuse.

Devant eux, la péniche ralentissait, ses cinq occupants se préparaient à défendre leur cargaison. Monk vit l'un d'entre eux brandir la longue bourde à la manière d'un immense gourdin, balayant les airs. Si elle fauchait quelqu'un, il aurait peut-être le crâne fendu. Les bâtons et même les sabres ne serviraient à rien contre cette arme-là.

Hooper se leva, freinant à dessein leur embarcation, laissant les rames traîner dans l'eau. Laker était debout, juste hors de portée de la bourde. Il semblait en parfait équilibre, son corps épousant le balancement de la barque. Bathurst était penché en avant.

— L'autre côté ? demanda Marbury.

Monk se décida aussitôt.

— Non. Le même.

— Monsieur ? Vous ne voulez pas les forcer à se défendre des deux côtés ? protesta Walcott, l'air inquiet.

Il doutait de Monk et ne cherchait pas à s'en cacher.

Le commissaire devait sortir vainqueur de cet affrontement, plus encore pour ses hommes que pour recouvrer les marchandises dérobées et arrêter les voleurs.

— Ballast, dit-il brièvement, comme si cela suffisait.

Walcott comprendrait bien assez vite, dès que la péniche commencerait à s'incliner.

Hooper amena sa barque le long de la péniche, et Laker sauta à bord. Esquivant la bourde, il plongea et attrapa le marinier par les jambes. Celui-ci s'effondra sur les caisses, Laker avec lui. Ils roulèrent sur le pont en gesticulant.

Bathurst rangeait les rames. La bourde du second marinier fendit l'air en sifflant, mais elle manqua de quelques centimètres Hooper qui s'était levé.

Les autres voleurs accouraient. L'un d'eux sauta dans la barque, qui se mit à tanguer violemment. Hooper perdit l'équilibre et s'écroula, Bathurst dut faire un pas de côté sur le plat-bord avant pour l'éviter.

Alors que Laker commençait à prendre l'avantage sur son adversaire, deux autres se précipitèrent vers lui.

La péniche gîta soudain. Deux balles de marchandises glissèrent vers tribord, faisant pencher dangereusement le bateau.

Un des brigands cria quelque chose, un ordre ou un avertissement. Deux des hommes qui affrontaient Laker l'abandonnèrent aussitôt et tentèrent de déplacer les balles, en vain. Ils semblaient affolés. Les flots étaient rapides et puissants. Ils les emportaient inexorablement vers le pont suivant, et les remous dessous.

Monk eut un sourire sombre, il n'était que trop conscient du danger. Il n'avait pas prévu que la bataille serait aussi serrée. Un homme passé pardessus bord ne survivait pas souvent dans la Tamise. Le fleuve n'était pas particulièrement large, mais il regorgeait de courants contraires, qui revenaient sur eux-mêmes lorsqu'ils se heurtaient à des obstacles ; il était sale, gouverné par la marée et, à certaines saisons, l'eau était froide à vous couper le souffle.

Marbury comprit et pesa de tout son poids pour empêcher la barque de dériver. Ils avaient presque atteint la péniche. Walcott était déjà à la proue, le grappin entre les mains. En abordant du même côté que leurs collègues, ils obligeaient les voleurs à lutter sur deux fronts : en plus de se défendre contre eux, ils devaient tenter d'empêcher la péniche de chavirer.

Monk aurait aimé pouvoir restituer l'intégralité du chargement à ses propriétaires, mais il n'allait pas risquer la vie d'un de ses hommes pour le sauver.

— Restez ici ! ordonna-t-il à Walcott.

Marbury et lui s'écartèrent l'un de l'autre afin de ne pas déséquilibrer la barque, puis abordèrent. Monk se jeta sur l'homme le plus proche, usant du bâton que portaient tous les policiers. Bien que lourd, il était facile à manier et silencieux. À la différence d'un pistolet, il ne pouvait pas être à court de munitions ou faire long feu.

Il se battit comme un acharné, faisant fi du danger, avec une hargne qui le surprit. Il éprouva une satisfaction primitive à s'en prendre au voleur, à le frapper au bras qu'il avait levé pour terrasser Laker, à sentir l'os se briser sous l'impact.

Hurlant de douleur, l'homme perdit l'équilibre et atterrit brutalement sur le coin d'une des caisses. Laker lui échappa et le retint par la jambe pour l'empêcher de passer par-dessus bord.

Un des hommes fit tournoyer sa bourde autour de sa tête à la manière d'un long gourdin. Heurté à l'épaule, Monk sentit l'onde de choc se répercuter dans son corps tout entier. Marbury jeta son poids considérable sur l'attaquant, qui s'écroula, mais roula sur lui-même et se releva en titubant. Il revint à la charge, visant Marbury cette fois.

Laker, sur l'autre flanc de Monk, assénait des coups de poing à un des voleurs, lequel était plié en deux. Un cri s'éleva, suivi d'un gros éclaboussement, révélant que quelqu'un était tombé à l'eau. Poussée par la marée, la péniche dérivait toujours vers l'amont, mais en travers du courant, et glissait peu à peu vers le milieu du fleuve.

Les deux barques de la police étaient amarrées ensemble, l'une d'elles attachée à l'arrière de la péniche. Un homme, inconscient ou mort, était étendu sur une des balles de marchandises, tandis qu'un second gisait sur le pont, entre des caisses.

Monk scruta les silhouettes qui l'entouraient. Il reconnut Hooper à la forme de son crâne, Walcott à sa stature et à ses gestes rapides, précis, qui évoquaient ceux d'un boxeur professionnel. Ses coups, en revanche, étaient ceux d'un combattant des rues ; il n'hésitait ni à se servir de ses pieds ni à enfoncer les doigts dans les yeux de son adversaire. Les malfaiteurs se battaient de la même manière, sans obéir à d'autres règles que celle de la survie. Monk et ses hommes ne devaient pas oublier qu'ils étaient peut-être armés de couteaux. La plupart des mariniers en avaient, bien qu'en général, ils fussent destinés à un usage pratique, et non au combat.

Soudain, Monk fut frappé par-derrière. Il bascula en avant, se tournant dès qu'il le put. Un instinct surgi de son passé dévasté l'incita à s'accroupir. Il abattit son bâton sur son adversaire, sentit un choc violent à la tempe et riposta en enfonçant le genou dans l'entrejambe de son attaquant. D'un même mouvement, il le frappa à la gorge. L'homme tomba et ne bougea plus.

En se retournant, il vit Marbury aux prises avec un chauve. À la lueur de la demi-lune, on distinguait la pellicule de sueur sur la peau de l'homme, la tache de sang foncé sur son oreille. Son visage était déformé par la terreur.

Marbury cognait fort, en mettant tout son poids dans ses gestes, visant la tête.

Monk se rua en avant et déséquilibra Marbury, puis lui asséna un coup de poing, mesuré mais suffisant pour le déconcerter et couper son élan.

Le chauve recula, encore terrifié.

— Qu'est-ce qui vous prend, bon sang ? cria Monk à Marbury.

Ce dernier le dévisagea un instant, comme prêt à riposter, le regard empreint d'une telle fureur que Monk en éprouva lui-même une pointe d'effroi. Pendant un terrible moment, il songea à Kate Exeter. Avait-elle vu la même expression, juste avant d'être frappée à mort ?

Derrière Marbury, Hooper avait menotté deux hommes ensemble. À l'autre bout de la péniche, Bathurst avait fait de même avec deux autres.

Walcott semblait les pousser très lentement vers la rive à l'aide de la bourde, prêt à jeter l'ancre.

— Montez dans la barque et conduisez-nous à terre, ordonna Monk à Marbury d'une voix sourde. Tout de suite !

Peu à peu, la rage reflua sur le visage de l'agent, et il obtempéra. C'était un bon marin et, avec l'aide d'Hooper, il guida les péniches vers des eaux plus calmes. Ensuite, ils firent débarquer tous les voleurs, hormis bien sûr celui qui était mort et celui qui était tombé à l'eau.

Il fallut une heure pour arranger le transport des hommes jusqu'à Wapping, descendre le cadavre et le remettre au médecin légiste. Hooper s'en occupa pendant que Monk se dirigeait vers Marbury qui, debout sous un réverbère du quai, faisait mine de s'éloigner.

Monk l'appela sur un ton sec.

L'agent se retourna et le regarda. À la lueur du réverbère, son visage était hagard, ses yeux soulignés d'énormes cernes.

— Qui était cet homme ? demanda Monk.

Marbury fronça les sourcils.

— Vous l'auriez tué si je n'étais pas intervenu. Ne me mentez pas. Qui est-ce ?

— Il habitait dans la même rue que moi autrefois, admit Marbury, d'une voix mal assurée. Un jour, nous nous sommes querellés pour une peccadille et il a battu mon chien à mort. Et vous avez raison, je l'aurais tué.

Monk le dévisagea. Ses épaules s'étaient affaissées, mais il avait relevé la tête. Il était trempé, sale, épuisé, le corps meurtri, consumé de chagrin. Sa douleur était presque palpable.

— Dans ce cas, mieux vaut le faire hors de ma vue, dit Monk tout bas. Je ne veux pas avoir à vous arrêter pour ça.

Le visage de Marbury s'adoucit. Les larmes aux yeux, il pivota et s'esquiva, comme s'il éprouvait le besoin d'être seul.

Monk comprenait.

De retour au poste, ils dressèrent la liste officielle des chefs d'inculpation. Monk s'apprêtait à rentrer chez lui quand Hooper arriva, marchant d'un pas vif. Il s'arrêta devant le bureau.

— Monsieur, un de ces hommes a une histoire intéressante à… troquer.

— Troquer ? répondit Monk avec indifférence. Contre quoi ? On les a pris en flagrant délit.

— Il sait quelque chose au sujet de l'enlèvement de Mrs. Exeter. Il prétend y avoir participé…

— Quoi ? se récria Monk, soudain complètement réveillé. Comment ? Vous en êtes sûr ?

— Il a décrit Mrs. Exeter et Miss Darwin. Il les a vues, aucun doute là-dessus. Il n'a rien voulu me dire de plus. Et rien de tout ça n'était dans les journaux. Il était là, c'est certain…

Monk repoussa sa chaise et se leva. Il avait encore le dos et les articulations raides depuis qu'il s'était battu sur l'île Jacob.

Hooper le conduisit à un homme assis sur un banc. Ce dernier leva les yeux vers Monk, qui s'immobilisa devant lui.

— Bien. Qu'avez-vous à proposer, et que voulez-vous en échange ? demanda-t-il sèchement.

L'homme le regarda. Il avait une trentaine d'années, des cheveux clairs, une physionomie qui aurait été assez agréable s'il avait souri.

— Je veux sortir d'ici libre, sans être accusé de quoi que ce soit.

— Et qu'avez-vous à offrir, à part le fait que vous avez pris part à un enlèvement et à un meurtre pour lesquels vous serez pendu ? rétorqua Monk.

L'homme se raidit, mais ne capitula pas.

— J'y suis pour rien dans ce qui lui est arrivé, dit-il d'une voix un peu incertaine. J'étais là pour ramer, c'est tout. Je les ai embarqués, ils sont descendus à l'île Jacob et le type m'a payé. Il m'a dit que c'était une blague. Qu'il voulait prendre sa revanche sur son mari. Elle était vivante quand ils sont partis. Et je vous en dirai pas plus avant que vous me donniez quelque chose. Je suis passeur – c'est mon boulot. Je vole pas, je tue personne.

Monk le dévisagea calmement. Cela valait-il la peine de le laisser filer pour obtenir le nom et la description de celui qui avait enlevé Kate ? Comment pouvait-il avoir la certitude que cet homme disait la vérité ?

— Décrivez-moi la femme, ordonna-t-il.

— Jeune, grande, les cheveux bruns, très belle. Elle portait une robe à fleurs, surtout verte. Elle avait une petite tache sur la figure, ici.

Il désigna sa joue. Monk se souvint de l'avoir remarquée lorsqu'il s'était penché sur le visage de la morte.

— Et l'autre femme, celle qui l'accompagnait ?

Cet homme avait à peine dû apercevoir Celia. Que dirait-il ?

— Plus âgée. Elle boitait un peu. Je dirais qu'elle était à peu près de la même taille. Je ne l'ai vue qu'un petit moment, mais oui, je dirais que c'était la plus vieille des deux.

— Et vous n'êtes qu'un passeur, répéta Monk.

— Oui, c'est ça. C'est pas un crime. Vous pouvez pas prouver que j'en ai commis un, parce que c'est pas vrai.

— Bon, admit Monk. On ne va pas vous inculper pour cette fois. Comment s'appelait l'homme qui a fait monter Mrs. Exeter… où, au juste ?

— Sur l'Embankment, côté nord.

— Son nom ?

— Lister. Albert Lister.

— Décrivez-le.

— Maigre. Plutôt grand. Un visage allongé. Un long nez. Bien sapé quand il a les moyens. Il aime les belles vestes.

— Qui était là quand vous avez débarqué Mrs. Exeter sur l'île Jacob ? Vous dites qu'elle était consciente ?

— Oui. Je n'ai vu personne d'autre. Mais il aurait pu y avoir n'importe qui. Vous connaissez l'endroit ?

— Oui.

— Alors, vous savez qu'il aurait pu y avoir cent personnes là-bas sans que j'en voie une.

— Oui. Libérez-le, Hooper. Mais prenez son nom et son adresse. Nous ne l'oublierons pas.

— Bien, monsieur.

— Hooper !

— Oui, monsieur ?

— Merci.

7

Pendant que Monk était sur l'eau, Celia Darwin était assise au coin du feu dans son salon. Elle se sentait seule, et trop lasse pour pleurer. Kate lui manquait terriblement. Elles ne faisaient rien de spécial ensemble, mais elle prenait plaisir à ces moments partagés. Elles parlaient de tout et de rien, se remémoraient des choses amusantes, belles, ou simplement surprenantes. Elles évoquaient les endroits qu'il serait merveilleux de visiter, sans s'attendre à le faire un jour. L'important, c'était de partager leurs rêves.

Oui, l'important, n'était-ce pas justement tout ce qu'on partageait ? C'était d'avoir quelqu'un avec qui s'amuser du quotidien, de ses songeries et parfois de ses peurs ou de ses déconvenues. Quelqu'un qui ne portait jamais un regard critique sur vous, qui riait avec vous et non de vous.

Elle se rendait compte que penser ainsi à Kate ne faisait qu'accroître son chagrin, et pourtant, ne pas penser à elle était plus difficile encore et semblait être un reniement de l'affection qui les avait liées.

La cloche de la porte d'entrée tinta, interrompant ses pensées. Il n'y avait personne qu'elle eût envie de voir, et encore moins une quelconque amie bien intentionnée qui n'aurait rien d'utile à dire. Il n'y avait rien à dire. Elle espéra que ce n'était pas le pasteur venu par devoir chrétien. Si tel était le cas, elle pourrait prétendre être souffrante.

On toqua à la porte et Mary entra. La pauvre fille était embarrassée. Celia résolut d'être plus gentille avec elle.

— C'est Mr. Exeter, Miss, annonça Mary. Je ne peux pas le laisser dehors…

— Non, bien sûr que non.

Au prix d'un effort, Celia se leva. Sa jambe handicapée ne lui avait jamais fait mal. Elle était douloureuse à présent. Ou peut-être était-ce l'affliction qui la consumait tout entière.

— Entrez, Harry, dit-elle à son visiteur, qui attendait debout dans le couloir. Voudriez-vous un thé ? Ou… autre chose ?

Il secoua la tête et se laissa tomber plutôt qu'il ne s'assit dans le fauteuil en face du sien. Il semblait n'avoir pas fermé l'œil depuis que Kate avait été enlevée. Son visage était hagard et mal rasé, il avait de petites coupures au menton ici et là. Il était pâle et ses vêtements foncés pendaient sur lui, le dépouillant de forme et de couleur.

— Comment allez-vous ? demanda-t-il, d'une voix qui lui parut peu naturelle.

Elle songea à la dernière fois qu'il était venu là, à la seule fois qu'il était venu, en fait. Que répondre à pareille question ?

— Les jours passent lourds et lents, comme des rouleaux à vapeur.

Il la regarda avec surprise.

— J'ignorais que vous aviez un tel talent pour le langage.

Il eut l'ombre d'un sourire.

— Je me suis dit que je viendrais prendre de vos nouvelles, comme si je pouvais vous réconforter d'aucune manière. En réalité, je suis venu parce que je ne supportais plus d'être seul dans la maison. Chaque pièce est habitée par des souvenirs de Kate. Je m'attends à ce qu'elle franchisse le seuil d'une seconde à l'autre. Et les secondes passent, et elle ne rentre pas. J'ai dû me forcer à sortir, juste pour me rappeler que le reste du monde était encore là. Tous les êtres endeuillés ressentent-ils cela ?

— Je suppose que oui, répondit-elle. C'est ainsi que les choses m'apparaissent à moi aussi.

Il se pencha un peu sur son fauteuil.

— Je le savais, avoua-t-il doucement. Je suis venu ici pour moi-même. Cela vous semble-t-il inconvenant ? Je ne voulais pas l'être, je vous prie de m'excuser.

— Non, dit-elle aussitôt. Il ne faut pas vous excuser. C'est… exactement pareil pour moi. Il y a un grand vide au centre de tout. Cela… cela fait du bien de parler à quelqu'un qui éprouve cela aussi. C'est une terrible solitude que de ne pouvoir confier ses sentiments.

— Vous êtes très compréhensive, Celia. Je comprends pourquoi Kate vous aimait comme une sœur…

Il s'interrompit soudain et baissa la tête, la voix étranglée par les larmes.

— Je vais nous chercher du thé.

Elle se leva, désireuse de quitter la pièce et de lui laisser le temps de se ressaisir.

C'était une facette de lui qu'elle n'avait jamais vue. Elle n'aurait su dire si elle en était réconfortée… ou attristée.

Ce soir-là, Monk repartit chez lui fatigué, sale et meurtri. Cependant, aucun de ses hommes n'était sérieusement blessé et ils avaient capturé les voleurs et récupéré le gros des marchandises dérobées. Seule une caisse avait été perdue. Sans doute gisait-elle au fond de la vase qui tapissait le lit du fleuve.

C'était un bon résultat, mais pas celui que Monk espérait. Il n'avait pas fait le moindre progrès pour ce qui était de découvrir lequel de ses hommes les avait trahis, et était par conséquent responsable de la mort de Kate Exeter. Il avait sans conteste vu un aspect plus émotionnel de Marbury, qui était à l'évidence très seul, en dépit de sa famille. Peut-être n'était-il pas proche des siens ? À moins que la disparition de son fils n'eût creusé un fossé entre eux, exposé des différences bien dissimulées auparavant ? Cela arrivait. Les gens s'accablaient de reproches, poussés par la colère et la conviction que quelqu'un était forcément à blâmer. La colère était parfois plus facile à supporter que le chagrin. Peut-être le chien de Marbury avait-il été pour lui une source de confiance et d'amour inconditionnel dont il avait eu grand besoin.

Monk ne discernait rien là qui pût faire la lumière sur l'enlèvement.

Comment pouvait-il côtoyer des hommes, pour certains depuis des années, et les connaître si mal ?

Il remontait la côte qui séparait l'embarcadère de Paradise Place. Il était une heure du matin. La rue était raide, verglacée par endroits, et il se sentait à bout de forces. Il avait mal partout. Les coups lui avaient laissé des douleurs, mais la souffrance intérieure était plus persistante. Il avait de l'affection pour Hooper. Il en avait toujours eu. C'était seulement maintenant qu'il se rendait compte que ce sentiment n'était pas réciproque. Hooper lui faisait confiance en tant qu'officier, il le savait, mais pas en tant qu'homme. Monk en savait très peu sur lui. Son subordonné parlait rarement de lui-même et il commençait tout juste à en prendre conscience. Il se souvenait avec netteté du jour où, assis dans une barque, il avait révélé à Hooper son amnésie, évoqué le silence absolu des années qui avaient précédé le jour où il s'était réveillé à l'hôpital, après l'accident.

Des bribes de souvenirs lui revenaient de temps en temps. Les visions soudaines avaient cessé mais, parfois, un incident se produisait, quelqu'un le connaissait, l'appréciait ou le détestait sans qu'il sût pourquoi. Il avait découvert avec consternation pourquoi certains le haïssaient. Il avait dû l'avouer à Hooper car un de ces hommes avait un jour constitué un réel et très grave danger. Il se remémorait chaque détail de ce moment-là : la lumière sur l'eau, le balancement tranquille de la barque sur les flots, le murmure du courant autour de la coque, le visage d'Hooper.

Ce dernier avait compris. Il ne l'avait pas blâmé, certain de l'innocence de Monk alors que ce dernier lui-même en doutait. Et pourtant, Hooper ne lui avait pas fait de confidences en retour. La confiance n'était pas réciproque.

Monk parcourut courbé les derniers mètres de la rue pentue, se sentant seul et amer. Il ne se connaissait pas lui-même. Comment Hester pouvait-elle avoir confiance en lui ? À moins que ce ne fût pas le cas ?

Ravalait-elle des soupçons de temps à autre, était-elle trop généreuse pour le lui avouer ?

Il atteignit la maison et sortit sa clé. Hester aurait fermé la porte à la tombée de la nuit, mais elle n'aurait pas tiré le verrou avant qu'il fût de retour. Il ouvrit le battant, le referma et resta immobile dans le vestibule. Il y faisait bon, l'air sentait légèrement le citron et la cire d'abeille.

Elle avait dû l'entendre car elle apparut en haut des marches, enveloppée de sa robe de chambre. Elle écarquilla les yeux en voyant son apparence et descendit les marches en hâte.

— William, ça va ?

Il brûlait d'avouer : « Non. J'ai si mal que c'en est presque insupportable, et je ne sais pas comment mettre fin à ce supplice. » Au lieu de quoi, il dit :

— Oui. Je suis juste un peu contusionné… et trempé.

Sa voix était beaucoup plus calme qu'il ne l'était, lui.

Elle s'approcha sans rien dire et l'entoura de ses bras, indifférente à la boue qui maculait son caban.

Il la serra fort contre lui, presque au point de lui faire mal. Il le savait, mais ne pouvait s'en empêcher. Plusieurs secondes s'écoulèrent avant qu'il se décidât à la lâcher – trop pour qu'elle n'eût pas senti son émotion.

— Qu'y a-t-il ? demanda-t-elle. C'est Exeter ? As-tu appris autre chose ?

Elle ne lui demanda pas qui les avait trahis. Faisait-elle preuve de tact ou avait-il oublié de tout lui révéler ? À cet instant précis, il était incapable de s'en souvenir. Elle serait tellement déçue par lui.

Il fouilla son visage et y vit de la sollicitude, mais pas ce qui l'avait causée.

Elle était toujours loyale, n'est-ce pas ? Mais que pensait-elle en réalité ? Qu'il était incapable de commander d'autres hommes ? Qu'il savait démêler des faits, mais que les êtres humains demeuraient un mystère pour lui en dépit de toutes les années qu'ils avaient passées ensemble ? Qu'il ne pouvait pas juger les hommes parce qu'il ne se connaissait pas lui-même, qu'ils le sentaient et gardaient leurs distances ? Hooper en était la parfaite illustration.

Il se détacha d'elle, retira sa veste et l'accrocha au portemanteau. Inutile de la nettoyer maintenant. La boue partirait mieux lorsque le tissu serait sec, de toute façon.

— En un sens, dit-il, répondant à sa question. Nous pensons savoir combien d'hommes étaient impliqués, et nous avons l'œil sur un des ravisseurs. Nous allons le filer demain. Ce soir, nous avons arrêté six voleurs qui avaient dévalisé un entrepôt.

Elle continua à le regarder, attendant la suite. Quand elle comprit qu'il n'allait rien ajouter, elle se tourna vers la cuisine.

— Je t'ai gardé du ragoût de mouton et de la purée au chaud, si tu as faim ?

— Oui, s'il te plaît.

Il avait faim mais, surtout, c'était une façon de permettre à Hester de faire quelque chose pour l'aider, et elle en avait envie. De plus, pendant qu'il mangeait, il n'aurait pas à parler. Il lui emboîta le pas et gagna l'arrière-cuisine pour se laver les mains et le visage, se débarrasser de l'odeur du fleuve, au moins en surface.

Il songea à Rathbone et à Beata. Il les avait déçus. Exeter avait placé sa confiance en Rathbone et Rathbone en lui.

Exeter n'avait sans doute rien pu avaler ce soir-là. Était-il assis seul dans sa vaste demeure, entouré de souvenirs de Kate, un verre de whisky à la main ? En boirait-il un autre et encore un autre, au moins pendant un temps, jusqu'à ne plus ressentir la douleur ?

Le ragoût était bien chaud et, quand Monk prit la peine de le goûter, délicieux. Il mangea lentement, pour l'essentiel en silence. Il espérait qu'Hester allait l'interroger, lui demander quelles informations il avait obtenues concernant Kate Exeter. Hooper et lui projetaient de se mettre à la recherche de Lister dès le lendemain matin. Peut-être se révélerait-il être leur première vraie piste.

Ce fut un soulagement quand elle le questionna enfin, timidement d'abord, comme si elle avait peur de lui faire mal. Il était désireux de partager la nouvelle, de la répéter encore et encore, de croire qu'elle allait mener quelque part.

Le lendemain matin, Monk partit de bonne heure pour Wapping. Ses vêtements propres, son visage rasé de frais et ses cheveux bien peignés masquaient la fatigue qu'il éprouvait au fond de lui. Il gravit avec raideur les marches du quai pour gagner le commissariat. Hooper arriva avec un peu de retard, et n'avait pas meilleure mine que lui. Il était pâle et peinait visiblement à garder les yeux ouverts. Plusieurs autres hommes étaient déjà là, dont Walcott, qui semblait transi bien qu'il fût le plus proche du poêle. Son attention était focalisée sur le rapport qu'il rédigeait.

Les choses allaient-elles se dérouler ainsi jusqu'à ce qu'ils découvrent le traître parmi eux ? Et s'ils ne le découvraient jamais ? Pourraient-ils continuer malgré la suspicion, le sentiment d'avoir perdu leur solidarité, aucun n'osant tourner le dos à celui qui était censé les couvrir en cas de problème ? Pourraient-ils comprendre ce qui leur avait échappé, garder foi en eux-mêmes alors que le public ne voyait que leurs choix et leurs insuffisances ?

C'était impensable. Ceux qui en avaient la possibilité trouveraient un autre emploi, sans doute les meilleurs s'en iraient-ils. Qui resterait, alors ?

Hooper était un homme de valeur à tout point de vue. Serait-il le premier à partir ? Laker était jeune et ambitieux. La police métropolitaine serait ravie de le recruter.

Hooper se tenait devant le bureau de Monk.

Celui-ci leva les yeux.

— J'ai eu quelques informations, monsieur, annonça Hooper. Ça pourrait concerner ce Lister. Apparemment, il y a pas mal d'argent qui circule sans qu'on sache d'où il vient. On dirait que les ravisseurs se sont réparti la rançon – ils ne doivent pas avoir l'habitude de posséder pareille fortune. Ce ne sont ni des voleurs ni des receleurs, ni rien de ce genre. On parle de centaines de livres, pas d'un ou deux billets de cinquante. Le genre de somme qu'on s'attend à gagner dans des affaires vraiment violentes. Et du liquide, qui ne peut pas provenir de marchandises volées, à moins qu'il ne s'agisse d'une grosse affaire et qu'elle ait eu lieu voilà assez longtemps pour qu'on n'en parle plus.

L'attention de Monk était totale.

— Des noms ? Lister, par exemple ?

— Peut-être. Jimmy Patch, mon informateur, me dit que la somme suffirait pour payer un loyer jusqu'à la fin de ses jours.

— Si cet argent provient de l'enlèvement de Kate Exeter, la fin de ses jours pourrait bien arriver plus vite qu'il ne le pense, commenta Monk sur un ton aigre. Vous pensez que c'est une piste ?

Il espérait trop pour se fier à son propre jugement.

— C'est la meilleure que nous ayons, monsieur. J'ai interrogé une foule de gens le long du fleuve. Exeter n'est guère apprécié, mais personne n'a de véritable grief contre lui. En général, les gens lui en veulent d'être plus riche qu'eux et plus habile en affaires. Il a essuyé des échecs, aussi, comme tout le monde. Cela dit, personne ne peut l'associer à la moindre histoire louche. Il prend des risques et, dans l'ensemble, les autres l'admirent pour ça.

— Et Kate, sa femme ?

— Apparemment, c'était une riche héritière. Elle ne l'a pas épousé par intérêt. Je ne trouve rien la concernant, sinon qu'elle faisait des envieux. Et avant que vous me posiez la question, ce n'était pas le genre de femme à avoir une liaison. Quoi qu'elle eût éprouvé pour Exeter.

Monk se raidit.

— Que voulez-vous dire ?

Hooper n'hésita qu'un instant.

— Je suis retourné voir Miss Darwin. Il me semble qu'elles étaient très proches, comme des sœurs. Elle a laissé entendre que Kate n'était peut-être pas aussi amoureuse d'Exeter que lui d'elle.

— Serait-il possible que Miss Darwin projette ses émotions sur une femme qui semblait comblée par la vie ? N'est-elle pas la cousine pauvre, affligée d'une jambe raide de surcroît ? Peut-être d'une douleur constante dont elle ne s'est jamais plainte ?

Les traits d'Hooper se durcirent.

— Je n'ai pas eu ce sentiment, monsieur. Je l'ai trouvée remarquablement honnête. Pragmatique.

L'attention de Monk redoubla. Il était habitué au choix de mots d'Hooper, à sa manière de ne pas insister sur ce qu'il approuvait.

— Vous pensez du bien d'elle ?

Une légère couleur apparut sur les joues du policier.

— Elle m'a fait bonne impression, monsieur.

— Dans ce cas, nous ferions mieux d'aller trouver Jimmy Patch, conclut Monk en se levant. Peut-être pourra-t-il nous conduire à Lister.

Hooper resta là où il était, planté devant le bureau.

— Qu'y a-t-il ?

— Ça risque de mal tourner, monsieur. Avec autant d'argent en jeu, même s'il ne s'agit pas de notre meurtre, ce pourrait devenir une sale affaire.

— Avec autant d'argent en jeu, c'est déjà une sale affaire, répondit Monk. Et nous ferions mieux de nous en mêler.

Hooper ne bougea pas.

Monk le dévisagea.

— Eh bien ?

— L'un des nôtres est impliqué, monsieur, murmura Hooper. Aucun de nous ne sait à qui se fier, ni de qui se méfier. Vous devriez éclaircir ça, plutôt que d'aller sur l'eau où vous pourriez avoir un accident.

— Je peux avoir un accident dans une ruelle obscure, comme nous tous, rétorqua Monk entre ses dents. Ou avez-vous peur pour vous-même en partant sur le fleuve avec moi ?

La stupeur puis la colère effacèrent le sourire d'Hooper.

— Non, monsieur. Je pense que si on en arrivait là je serais de taille à me défendre contre vous. Et vous n'aimez pas l'eau noire et les courants plus que moi.

Pendant quelques secondes, Monk fut trop stupéfait pour répliquer, puis il éclata de rire. Son amusement était teinté d'amertume, mais il brisait une certaine tension en lui.

— J'aborde la question sous un autre angle, déclara-t-il. J'ignore qui diable est le traître, et peut-être que si nous attrapons un des ravisseurs, cela nous indiquera qui il est, Dieu lui vienne en aide. Venez.

Il s'éloigna du bureau et, cette fois, Hooper lui emboîta le pas.

Sur l'eau, absorbés par les mouvements et les sons du fleuve, ils gardèrent le silence, mais la question sans réponse demeura présente entre eux. La confiance que Monk avait placée en Hooper avait été quasiment instinctive. Ce dernier était la droiture même à tout point de vue, jusqu'à en être pénible. Il préférait se taire plutôt que d'être diplomate. Et pourtant, face à quelqu'un de blessé, il pouvait se montrer d'une extrême gentillesse, communiquer sa compréhension de la manière la plus simple qui fût. Quel souci le taraudait qu'il n'osait révéler à Monk ? Il devait s'agir de quelque chose que ce dernier ne voudrait, ou ne pourrait, garder pour lui. Quelque chose de si affreux que Monk avait peur d'y penser. Son affection pour Hooper tenait en partie au fait qu'il n'y avait rien de compliqué chez lui, aucun des secrets qui le hantaient, lui, Monk. Cela ne lui plaisait guère de se rendre compte qu'il avait un côté aussi superficiel.

Ils progressèrent d'abord à vive allure, profitant encore de la marée basse. Cependant l'étale était déjà passée et, comme ils arrivaient à hauteur de Limehouse, ramer exigea plus d'efforts.

L'humeur de Monk s'assombrit à mesure que le jour se levait, révélant les contours des quais et des bassins. Certains pontons s'avançaient loin sur le fleuve. L'eau tourbillonnait autour des poteaux cassés, et ici et là des planches avaient pourri et fini par tomber. Les bancs de vase, visibles pour l'instant, disparaissaient à marée haute. Ce tour de magie se produisait deux fois par jour. Tantôt on les voyait, tantôt ils n'étaient plus là. À marée haute, tout paraissait paisible, et même prospère, quand on voyait des hommes s'affairer à décharger les trésors de la terre entière, venus de tous les endroits imaginables et d'autres qui ne l'étaient pas.

Si Hooper les avait trahis, quel méfait avait pu l'y pousser ? Un être qu'il aimait avait-il été pris en otage aussi ? Pourtant, il n'avait jamais évoqué personne ! Il semblait être entièrement seul. Ses uniques amis étaient les hommes avec qui il travaillait. Monk, surtout. N'était-ce là qu'une mascarade ?

Monk songea à lui-même avant l'accident, à cet homme qu'il ne connaissait que de l'extérieur. Apparemment, il n'avait eu aucun véritable ami, allié, collègue, personne à qui il aurait pu confier ses rêves et ses craintes, ce qu'il y avait de vulnérable en lui. Peut-être son accident avait-il été une bénédiction, malgré tous les doutes qui l'avaient assailli par la suite, et l'angoisse qui l'avait submergé lorsqu'il avait cru être l'auteur du meurtre qu'il était chargé d'élucider[1].

Ils débarquèrent à l'escalier de Kings Arms, le long de Limehouse Reach, et montèrent sur le quai. Simplement vêtus tous les deux, ils auraient pu passer pour des matelots qui venaient de toucher leur solde et qui cherchaient un nouveau navire sur lequel partir, mais sans grande hâte. Monk imitait la démarche tranquille et chaloupée d'Hooper, comme s'il se trouvait sur le pont d'un bateau qui se balançait au gré de la houle. Sa casquette abaissée sur le front de façon à cacher ses yeux gris acier, qui ne s'oubliaient pas facilement, il laissa Hooper parler à ceux qu'ils rencontrèrent. Il observa d'un œil discret les hommes qui traînaient, écoutaient les conversations et surveillaient ce qui se passait sans en avoir l'air.

Ils restèrent un certain temps dans une taverne animée, devant des bières et des sandwichs, faisant mine de parler de tout et de rien. Quand ils eurent terminé leur repas et se furent attardés un peu, Hooper se leva.

— Devant le *Dancing Bear* dans vingt minutes, dit-il. Mieux vaut ne pas arriver en avance. On aurait l'air trop intéressés. Et ce serait trop évident. On ferait des cibles faciles, au cas où quelqu'un aurait une entourloupe en tête.

Ils arrivèrent comme prévu, juste avant l'heure dite. Cinq minutes plus tard, ils virent une ombre traverser l'espace dégagé et se faufiler non loin d'eux dans l'ombre du bâtiment. Aucun bruit ne leur parvint.

1. Voir *Un étranger dans le miroir*, 10/18, n° 2978.

— Du nouveau, Patch ? demanda Hooper d'une voix parfaitement détachée.

Son informateur lâcha un couinement bruyant, et demanda à Hooper s'il voulait sa mort.

— Vous m'avez fichu une peur bleue ! accusa-t-il.

— L'argent ? insista Hooper.

— J'en ai pas. Du moins, j'en ai pas à vous donner. Qu'est-ce que vous voulez savoir ? Je sais pas qui a lardé cette femme de coups de couteau. Un sauvage, à mon avis.

— Tu es au courant pour l'argent, répondit Hooper. Tu ne sais pas d'où il vient ? Tu connais les receleurs du coin. Les monts-de-piété. Et la plupart du temps, tu sais qui vient de faire un coup et s'est rempli les poches. Dis-nous qui est plein aux as en ce moment.

— Qu'est-ce que ça me vaudra ?

Ce fut Monk qui répondit.

— Ça te vaudra que je fermerai les yeux la prochaine fois que ça t'arrangera, rétorqua-t-il. Ce type est un misérable qui a poignardé une femme sans défense et empoché la rançon.

À peine eut-il prononcé ces mots qu'il sut qu'il avait commis une erreur tactique. Maintenant, Patch aurait plus peur du meurtrier que de lui. Comment pouvait-il se rattraper ? Il adoucit délibérément sa voix.

— Quelqu'un l'a payé. C'est lui que nous voulons.

— Comment est-ce que je le saurais ?

— Tu connais un gars qui a un tas d'argent et tu ne sais pas d'où il vient, répliqua Monk. Ça nous suffit comme début.

— Non, c'est pas vrai ! J'ai dit ça à Mr. Hooper parce que j'ai peur de lui. Et que j'ai une dette envers lui parce qu'il m'a laissé filer un jour.

— Exact. C'est rassurant d'avoir Mr. Hooper de son côté, hein ?

— Oui… c'est vrai ! Il est réglo, Mr. Hooper.

— Ce sera encore mieux de m'avoir de ton côté, surtout si j'ai une dette envers toi, crois-moi. Comme ça pourrait être très déplaisant dans le cas contraire. J'ai une bonne mémoire. Mais je peux facilement oublier aussi, quand ça me convient.

Patch hésita.

Seules les gouttes qui tombaient des avant-toits et le murmure lointain du fleuve brisaient le silence.

— Et je peux être discret, ajouta Monk. Ou pas…

— C'était Lister. L'air de rien. Il fait un boulot par-ci, par-là. Son truc, c'est les fringues. Je sais pas où vous pouvez le trouver, sûrement en aval d'ici. Sur l'autre rive. Du côté de Deptford, peut-être. Je vais pas y aller avec vous et vous pouvez pas me forcer.

— Il m'en faudrait un peu plus, commenta Monk tranquillement, maîtrisant son intérêt soudain.

— Comme quoi ?

— Son pub préféré ? Ses habitudes ? Quelque chose qui nous aide à le reconnaître. Il n'est pas le seul à s'appeler Lister.

— Le *Pig'n Whistle*. Mais il boit pas de bière. Il aime ce truc irlandais, la Guinée – ou quelque chose comme ça. Et je vous dirai rien de plus !

— Ça suffira, répondit Monk. Sauf si tu nous as raconté des histoires, évidemment.

— Non ! Vous avez une dette envers moi, Mr. Monk. Et je vous le ferai payer si vous tenez pas parole ! C'est moi qui vous le dis !

Monk et Hooper retournèrent à leur barque, ramèrent vers l'aval et traversèrent le fleuve afin de s'amarrer à l'escalier le plus proche de la taverne mentionnée.

Elle se trouvait à une assez longue distance à pied, et ils savaient que, une fois sur place, ils devraient peut-être attendre un bon moment avant de tomber sur Lister.

De fait, il leur fallut passer la matinée à prêter l'oreille aux potins avant de le trouver. C'était un homme mince, de taille moyenne, qui possédait la démarche souple et élégante d'un danseur, ou d'un lutteur.

— Intéressant, commenta Hooper. Vous l'aviez déjà vu ?

— Non. Je me demande d'où il vient.

— Je vous parie que cette veste est flambant neuve.

— Non, je dirais que c'est la deuxième ou la troisième fois qu'il l'a sur le dos.

— Achetée avec l'argent du sang ?

Hooper fit mine de se lever. Monk lui mit la main sur le bras pour le retenir.

— Observons-le un peu, voyons qui il connaît, ce qu'il fait.

Hooper se rassit.

— Mieux vaut le suivre que de se confronter à lui ici, acquiesça-t-il dans un souffle. Nous ne pourrions peut-être rien retenir contre lui. Si nous le surveillons, nous découvrirons qui sont ses acolytes. On pourra remonter jusqu'à celui qui tire les ficelles. Si on s'intéressait à ce qu'il a fait ces jours derniers ? C'est notre première piste prometteuse. Donnez-moi un équipier pour le filer.

Monk hésita. S'il refusait, Hooper en conclurait bien sûr qu'il ne lui faisait pas entièrement confiance.

— Bonne idée, murmura-t-il. Je me renseignerai autant que possible sur lui et je vous communiquerai ce que j'ai. Deux jours devraient suffire pour savoir si Lister est bien l'homme que nous cherchons. Mais qui est derrière lui ? Hooper…

Ce dernier le regarda.

— Nous avons affaire à des individus dangereux. Soyez prudent.

Hooper sourit.

Monk se leva et s'approcha du comptoir pour payer sa boisson et celle de son collègue.

Au début de la soirée, on toqua à la porte de Celia. Un instant plus tard, Mary frappa à la porte du salon et entra, affichant une mine stupéfaite.

— Une Miss Bella Franken demande à vous voir, Miss Darwin. Elle dit que c'est au sujet d'une question financière et… et de Miss Katherine.

— Une question financière ? En quoi diable cela peut-il me concerner ? répondit Celia, perplexe. Faites-la entrer, je vous prie.

La domestique se retira. Quelques secondes plus tard, une jeune femme se présenta. Elle était petite et bien mise, habillée presque tout en noir.

— Je suis désolée de vous déranger à pareil moment, Miss Darwin. Il me semble que j'aurais dû venir plus tôt, je ne suis pas certaine que ce que j'ai à dire vous intéresse à l'heure qu'il est, mais ce n'est pas à moi de décider à votre place.

— Décider quoi, Miss Franken ? Je vous en prie, asseyez-vous et mettez-vous à l'aise. Puis-je vous offrir quelque chose ? Un thé, au moins ? Il fait un froid mordant ce soir…

— Je me sens coupable d'avoir tardé autant, mais je n'étais pas sûre de moi. J'avais peur de…

— Qu'y a-t-il, Miss Franken ?

Celia désirait être courtoise envers cette jeune femme, néanmoins cette conversation mettait sa patience à mal. Son chagrin était trop violent pour qu'elle s'intéressât à autre chose.

— Je travaille sous les ordres de Mr. Doyle, à la banque…

Un instant, Celia ne vit pas le lien avec elle.

— … la banque où est placé l'argent du fonds destiné à Mrs. Exeter…

— Cet argent n'est pas à moi. Il ne m'appartient pas de le donner ou non, Miss Franken. Je ne m'en soucie pas le moins du monde. Mon cousin Maurice Latham en avait la responsabilité, et il est vrai qu'il m'a consultée…

Elle se tut, luttant pour rester maîtresse d'elle-même. La tragédie était encore une plaie à vif.

— Je… je me soucie guère de la perte de cet argent. Peut-être ne comprenez-vous pas, mais il ne m'a jamais appartenu.

— Je le sais, et je ne saurais vous dire à quel point je suis désolée, répondit Bella Franken d'une voix douce. Cependant, il faut que je vous parle. Je ne peux pas garder le secret. J'ai des raisons de croire qu'on a régulièrement procédé à des retraits illicites sur ce fonds, et ce, pendant plusieurs années. La somme concernée est considérable. Si je ne me trompe pas. Je… je ne peux pas déranger Mr. Exeter à ce sujet en ce moment…

— Dans ce cas, Mr. Latham…

Bella Franken demeura immobile, le dos rigide, la nuque crispée.

— Mr. Latham et Mr. Doyle, le directeur de la banque, sont les deux administrateurs du fonds.

— Oh !

La prise de conscience se fit par vagues dans l'esprit de Celia. Maurice ! Un voleur ! Ou Doyle, le directeur ?

— L'un d'eux… l'un d'eux a-t-il pu faire cela à l'insu de l'autre ?

— Pas si cette personne vérifiait les comptes, répondit Bella Franken. Naturellement, si elle avait négligé de le faire, les retraits auraient pu passer inaperçus.

Elle paraissait très mal à l'aise.

— Je dois avertir la police… je voulais vous en parler d'abord. Je suis navrée.

— Je comprends, murmura Celia. Vous devez avertir la police en effet, vous avez raison. On ne saurait fermer les yeux sur le vol. D'ailleurs, il est possible qu'il existe une autre explication. Peut-être s'agit-il d'une erreur.

Elle eut un faible sourire.

— Vous devez avoir froid. Voudriez-vous un thé ? Ou un chocolat chaud ?

— Avec plaisir… merci.

La jeune femme jeta un coup d'œil à la fenêtre, dont les rideaux étaient tirés, et Celia eut une conscience aiguë de l'obscurité et du froid qui régnaient au-dehors. Bella Franken avait dû obéir à une puissante impulsion en venant la voir.

— Excusez-moi.

Celia se leva, quitta la pièce et pria Mary d'apporter deux grandes tasses de chocolat chaud. Peut-être devrait-elle aller trouver Mr. Hooper le lendemain et lui parler de tout cela ? La perspective de le revoir lui était étrangement plaisante. Elle se surprit à sourire en regagnant le salon.

Après avoir raccompagné Bella Franken à la porte, elle regarda la jeune femme s'éloigner, seule dans le noir et le vent glacial, et la suivit des yeux pendant quelques secondes avant de rentrer. Debout dans le couloir, elle se ravisa à propos d'une éventuelle visite à Hooper. Qu'allait-il penser d'elle ? Que, lorsque Kate avait été tuée, elle n'avait songé qu'à l'argent dont elle aurait pu hériter s'il n'avait pas été dérobé par les assassins ? Cet argent avait disparu de toute façon. L'affaire exposée par Bella Franken avait-elle de l'importance ? Pas la moindre pour Celia. En revanche, l'opinion qu'Hooper avait d'elle comptait à ses yeux. Et une inquiétude concernant un héritage était plus que triviale. Que Bella Franken avertisse la police. Elle savait de quoi elle parlait.

8

Hooper resta à la taverne après le départ de Monk. Une pinte de bière devant lui, il parcourait la salle d'un regard vague, feignant d'être plongé dans ses pensées. Dans une certaine mesure, c'était la vérité, mais ses yeux ne cessaient de se reporter sur la silhouette vêtue de la veste bien coupée, aux revers fantaisie. Lister était-il un des ravisseurs ? Mince, plutôt fluet, il ne semblait guère musclé, et c'était pourquoi sa veste tombait si bien, toutefois cela ne prouvait pas qu'il était inoffensif. Hooper avait connu des hommes tels que lui en mer. Ils étaient beaucoup plus forts qu'il n'y paraissait et possédaient l'endurance qui faisait défaut à nombre d'hommes plus lourds.

Ne voulant pas se faire remarquer, il focalisa son attention sur une table non loin de Lister, de façon à continuer à le surveiller du coin de l'œil. Quoique ce dernier ne fût pas désagréable à regarder, Hooper lui trouvait des airs de prédateur. Ses lèvres minces souriaient largement, mais sans chaleur. On eût dit qu'il jubilait, comme s'il avait gagné quelque chose.

Il rappelait à Hooper un certain Mellis, un officier qu'il avait connu dans la marine marchande. Mellis était rarement injuste. Les règles étaient strictes et il veillait à ne les enfreindre que lorsqu'il était sûr de pouvoir le faire impunément. Il réussissait chaque fois. C'était la manière dont Lister tripotait le revers de sa veste qui le rappelait à Hooper. Mellis avait la même habitude : il aimait le toucher du tissu de qualité, il possédait une certaine vanité, il avait conscience de son apparence. Il savait bien juger les gens, la plupart du temps. La seule grosse erreur qu'il avait faite était au sujet d'Hooper. Et cela leur avait coûté cher à tous, en fin de compte.

Cependant, Hooper ne voulait pas se souvenir de ces moments-là. Il les avait complètement chassés de son esprit, des années s'étaient écoulées sans qu'il y songeât, sauf parfois le matin, lorsqu'il s'était réveillé après avoir fait un mauvais rêve. Il en avait encore, et alors les événements défilaient de nouveau dans sa tête. Et maintenant que cette question de trahison flottait si lourdement dans l'air, que Monk désirait tout savoir du passé de ses hommes, ces images revenaient plus souvent, plus facilement. Hooper se surprenait à tenir sa langue, à rester silencieux plutôt que de risquer un faux pas.

La ressemblance entre Mellis et Lister était-elle le fait du hasard, causée par un effet de la lumière, une manie commune ? Lister n'était-il qu'un homme parmi d'autres qui aimait bien s'habiller ?

Il se demanda qui Monk allait lui envoyer pour prendre la relève de la surveillance de Lister. N'eût été la suspicion qui pesait sur tous ceux qui avaient pris part à l'opération le soir de l'échange, il aurait opté pour Laker. Il avait fait trop sombre alors pour que les ravisseurs puissent les reconnaître, et vice versa. Les frôlements, craquements, éclaboussements qu'ils avaient entendus auraient aussi bien pu être causés par des rats. Puis ils avaient été attaqués, et il avait été trop tard. Hooper ne savait que peu de chose à propos de son agresseur : moins grand que lui, mais rapide et fort, il l'avait pris par surprise. Ç'avait été pareil pour ses camarades.

Lister se leva enfin, régla ce qui semblait être une addition considérable – il avait dû offrir une tournée générale – et sortit par une porte latérale qui donnait sur une ruelle. Se savait-il observé ? Ou était-ce par là qu'il passait d'ordinaire ? S'il s'agissait tout simplement de la sortie la plus proche du chemin qu'il voulait prendre, Hooper emprunterait la porte principale et aurait tôt fait de contourner le bâtiment par la gauche, de façon à le rejoindre avant qu'il ne s'engage dans une autre rue et le sème.

En effet, Hooper le rattrapa à une cinquantaine de mètres de là, mais veilla à rester bien en retrait. Si Lister avait conscience d'être surveillé, il n'en donnait pas l'impression.

Un quart d'heure plus tard, l'homme s'arrêta devant un mont-de-piété. Hooper attendit dehors, de l'autre côté de la rue. Au bout de près d'une demi-heure, Lister réapparut, tenant à la main une très belle montre à gousset, en or. Il l'admira à la lumière un instant avant de la glisser dans sa poche intérieure et d'attacher la longue chaîne à sa boutonnière. Si un pickpocket s'avisait de la dérober, il devrait faire preuve de rapidité et d'une grande adresse, et Hooper présumait quc Lister, préparé à cette éventualité, réagirait en conséquence. Manifestement ravi de sa nouvelle acquisition, ce dernier repartit comme s'il était le propriétaire des lieux, d'une démarche de conquérant.

Hooper le suivit jusqu'à ce qu'il retourne à sa pension, vers onze heures du soir. Il faisait noir et froid. Il y avait déjà du givre. Hooper rentra chez lui, projetant de se lever à six heures pour reprendre sa filature. Il doutait fort que Lister fût debout à l'aube après la quantité d'alcool qu'il avait ingurgitée. Un violent mal de tête était sans doute à prévoir.

Il mit longtemps à trouver le sommeil, l'esprit envahi par l'anxiété qui rôdait désormais en permanence au fond de lui. Lequel des hommes les avait trahis, et non seulement eux, mais Exeter, et l'épouse qu'il avait tant aimée ? Quels autres secrets l'enquête mettrait-elle au jour ? En comparaison d'un pareil chagrin, était-il égoïste de sa part de s'attarder sur des craintes personnelles qui ne se réaliseraient peut-être pas ? Pourtant il ne pouvait les repousser. Lorsqu'il était étendu seul dans le noir et le silence, rien ne pouvait leur faire obstacle. Qui d'autre serait peut-être affecté à jamais par une intrusion dans son intimité ?

En fin de compte, il refoula ces noires réflexions et laissa la paix nocturne le gagner. Il s'interrogea à propos de Celia Darwin. Elle possédait une grâce, une dignité calme dont même la mort de Kate ne l'avait pas dépouillée. C'était une femme qui pouvait rester debout l'esprit serein au milieu du chaos ambiant. Plus il y songeait, plus cela lui apparaissait comme une forme de beauté complète, plus durable que le charme, la perfection du teint ou des traits.

Cette pensée lui fut douce et il n'eut aucun mal à y croire. Il s'endormit un sourire sur les lèvres.

Le lendemain matin, à son réveil, il prépara son petit déjeuner. Il n'avait pas besoin d'une logeuse. Il était un cuisinier acceptable, et une femme venait faire le ménage et la lessive durant la journée. Elle avait une clé, de sorte qu'il ne la voyait que rarement. Cet arrangement lui convenait très bien.

Il commençait à manger quand on toqua à la porte de derrière. Non sans réticence, il se leva et alla ouvrir, prêt à repousser une attaque. Il se détendit en reconnaissant Laker éclairé par la lampe de la cuisine.

Son collègue portait des vêtements de travail très ordinaires, mais parvenait quand même à avoir l'air bien mis.

— Bonjour ! lança-t-il sur un ton tranquille. Désolé d'interrompre votre repas.

Il renifla, regardant les harengs séchés sur la table.

Hooper referma la porte et tira le verrou, puis retourna vers le fourneau.

— Du thé ?

— Je veux bien, merci, répondit Laker en s'asseyant. Et une tartine, si ça ne vous fait pas défaut ?

— Je suppose que vous voulez un hareng aussi, observa Hooper. Pourquoi êtes-vous ici, en dehors du petit déjeuner ?

— Ma logeuse ne prépare pas le petit déjeuner d'aussi bonne heure, répondit Laker en secouant la tête. Et je suis ici pour filer Lister avec vous, évidemment. Je n'ai pas pu vous rejoindre hier parce que je ne savais pas où vous étiez passé. J'ai pensé qu'il valait mieux avoir une bonne nuit de sommeil et commencer quand je saurais où vous trouver. Vous avez fait des découvertes intéressantes ?

— Il a dépensé une fortune, répondit Hooper, avant de lui relater ce qu'il avait vu.

Tout en racontant sa journée, il se demandait à demi pourquoi Monk avait choisi Laker. En le quittant, il avait parlé d'envoyer quelqu'un qui n'avait pas participé au sauvetage raté de Kate Exeter. Pourquoi ce revirement ? Y avait-il été contraint par les circonstances ? Ou n'avait-il jamais eu l'intention de faire cela ? Était-il possible qu'il eût trouvé une preuve de l'innocence de Laker ? Si oui, ce dernier le surveillerait au moins autant qu'il surveillerait Lister.

Hooper sortit un second hareng du garde-manger, le fit frire pour Laker et le lui servit, accompagné d'une tranche de pain grillé et d'une tasse de thé.

Il envisagea d'interroger son collègue sur ce changement de programme, mais il aurait été impossible de le faire sans paraître soupçonneux. Il n'était pas certain que tant de franchise fût souhaitable. Laker était lui-même assez direct pour lui poser des questions sur le passé qu'il n'évoquait jamais. Il était si facile de céder à la suspicion, à la peur et à la méfiance, et de perdre de vue tous les moments où ses collègues avaient été là pour le secourir, partager un risque, un triomphe, un désastre, une plaisanterie ou une simple tasse de thé. Il décida de se taire. En cas de danger, ni Laker ni lui ne pouvaient se permettre d'être en conflit ouvert, que celui-ci fût fondé sur une trahison réelle ou seulement sur la trahison morale qui consistait à se soupçonner l'un l'autre.

Doutait-il que Laker fût loyal ? Non, pas le Laker qu'il connaissait. Mais combien de facettes possédait-il dont Hooper ignorait tout ? Son propre passé recelait tant de choses que personne ne savait ; même pas Monk, et Laker encore moins.

Ils passèrent le début de la matinée à attendre que Lister sorte de chez lui. À dix heures et demie, il apparut enfin, ayant sans doute eu besoin de tout ce temps pour se remettre des excès de la veille. Il franchit le seuil d'un pas vif, descendit la rue en direction de l'artère principale et héla un fiacre. Hooper et Laker eurent la chance d'en dénicher un libre et s'engouffrèrent à l'intérieur pour le suivre. Par deux fois, ils faillirent le perdre de vue dans la circulation, et furent surpris quand leur homme mit pied à terre dans le sud de Kensington. Il marcha un moment et dépassa trois pâtés de maisons avant d'entrer dans un restaurant très élégant, où on le conduisit sans tarder à une table dans un coin, apparemment réservée à son intention.

Hooper jeta un coup d'œil à Laker. À choisir, c'était lui qui paraîtrait le plus à l'aise dans un tel endroit.

Le jeune homme se contenta de hocher la tête et entra à son tour. Hooper se posta sur le trottoir d'en face et patienta. Monk soupçonnait-il que Lister viendrait ici et avait-il opté pour Laker parce que, de tous ses collègues, c'était lui qui se ferait le plus aisément passer pour un gentleman (Monk excepté) ?

Quarante minutes à peine s'étaient écoulées quand Lister ressortit, flanqué d'un homme au crâne dégarni, d'âge moyen et sobrement vêtu. Ce dernier tenait une serviette à la main et paraissait nerveux. Il jeta un coup d'œil autour de lui, comme pour vérifier qui d'autre était dans la rue. Puis il échangea quelques paroles rapides avec Lister et secoua la tête, l'air un peu dégoûté.

Lister sourit et, pivotant gaiement, s'éloigna.

Laker sortit du restaurant et, après un seul regard à Hooper, partit dans la direction prise par Lister.

De son côté, Hooper suivit l'homme qui portait la serviette. Celui-ci marchait vite. Il traversa la rue à grands pas, évitant de peu d'être renversé par un omnibus. Hooper dut s'arrêter pour laisser passer le véhicule et fut forcé de courir pour rattraper sa proie.

Au bout d'un moment, ils arrivèrent devant une petite banque privée et l'homme pénétra à l'intérieur par une porte latérale. Hooper attendit près d'une demi-heure, mais il ne réapparut pas. En fin de compte, Hooper entra aussi, et prit une brochure posée sur une des tables. Elle faisait la réclame de différents services financiers. Il regarda par-dessus le livret les guichetiers et employés qui s'affairaient. Aucun ne ressemblait à l'homme qu'il avait suivi, sinon par la sobriété de la tenue.

Il demanda à voir le directeur.

— Mr. Doyle est très occupé, monsieur, l'informa un employé. Puis-je lui dire de quoi il s'agit et lui donner votre nom, monsieur ?

Hooper ne savait que peu de chose des établissements bancaires et ne souhaitait pas attirer l'attention sur lui et son ignorance. Cela risquait d'alerter l'homme qui avait rencontré Lister et qu'Hooper soupçonnait fort d'être le directeur, Doyle. Il nota le nom et l'adresse de la banque afin de la communiquer à Monk. Était-il possible que cette banque fût celle qui avait fourni à Exeter les fonds nécessaires à la rançon ?

Ne sachant où Laker et Lister se trouvaient, et n'ayant aucun moyen de le découvrir, il décida de regagner Wapping et de signaler à son supérieur le lien existant entre Doyle et Lister. Il avait fait la moitié du chemin quand il comprit qu'il voulait faire son rapport directement à Monk parce qu'il ne se fiait pas à Laker pour s'en charger. Cette subite prise de conscience fut douloureuse. Il avait douté de la compétence de certains hommes par le passé, mais jamais de leur probité. La colère lui noua l'estomac, dirigée contre celui qui les avait trahis, non seulement pour ce que son acte avait coûté à Kate Exeter et à ceux qui l'aimaient, mais pour ce qu'il avait coûté aux policiers de Wapping et à la solidarité qui les liait. Une solidarité qu'Hooper avait jusqu'alors tenue pour acquise et qui occupait une place fondamentale dans sa vision du monde.

Un seul homme avait détruit tout cela, mais il ignorait lequel. Pire, de son point de vue, un seul d'entre eux le savait : le coupable lui-même. Ce qui comptait le plus aux yeux d'Hooper, c'était l'opinion que Monk avait de lui. Il s'était donné du mal pour mériter son estime. Monk avait vite reconnu ses capacités. La confiance était venue après et avait été beaucoup plus difficile à obtenir, car le commissaire se méfiait de la vie elle-même. Hooper n'avait compris pourquoi que plus tard. Après son accident, Monk avait dû reconstruire ses relations une à une, n'accordant sa confiance qu'à ceux qui s'en étaient montrés dignes.

Hooper n'aurait pas affirmé connaître Hester, sinon d'instinct. Bien que parfois intimidante, souvent têtue, elle était toujours loyale envers les êtres les plus étranges et il percevait en elle une douceur, un désir de pardonner, de relever les âmes égarées, de les soigner, qui lui inspirait une foi totale. Perdrait-il l'amitié d'Hester si Monk cessait de croire en lui ?

Il aurait aimé penser que non, mais il ne voulait pas tenter l'expérience, il souffrirait trop s'il se trompait. Était-ce de la lâcheté ? Si oui, tant pis. Certaines blessures seraient trop profondes, trop lourdes de conséquences.

Vers la fin de l'après-midi, Hooper faisait un petit somme avant de se remettre à la recherche de Lister quand on tambourina à sa porte. Il se leva d'un bond et se hâta de descendre pour mettre fin au vacarme avant que cela dérange ses voisins.

Il trouva Laker sur le seuil. Ce dernier s'engouffra à l'intérieur dès qu'il eut ouvert la porte. Il paraissait sale et fatigué.

— Qui était l'homme que vous avez suivi ?

Hooper poussa la bouilloire sur le fourneau, puis se pencha et ranima le feu avant de pivoter vers lui. Il avait sans doute vingt ans de plus que Laker, et il sentait son âge, mais il avait aussi une conscience aiguë de la peur du jeune homme. L'anxiété se lisait clairement sur ses traits maintenant qu'il était trop las pour la dissimuler. Le Laker qui riait et plaisantait avait disparu. Ce n'était peut-être qu'une facette de sa personnalité, une sorte de bouclier. Cet homme était ambitieux, désireux de faire ses preuves. Il avait fait allusion à son frère sur un ton dégagé, mais Hooper avait perçu son profond besoin de prouver qu'il pouvait exceller, même si c'était dans un tout autre domaine que lui.

Il y avait autre chose aussi derrière ce désir de réussir, quelque chose que Laker devait se prouver à lui-même, mais Hooper n'avait pas la moindre idée de ce que c'était, et cela ne le regardait pas.

— Laker, dit-il.

— Quoi ?

— C'était un directeur de banque. Une petite banque, mais des locaux très élégants. Beaucoup d'argent là-dedans, je pense. Des gens très discrets, très bien habillés.

Laker l'écoutait avec attention.

— Qu'est-ce que Lister fabriquait avec lui ?

— Je ne sais pas si nous pourrons arriver à le savoir. La banque est un milieu très fermé.

— Nous ferions mieux d'avertir Monk. Il pourra peut-être faire quelque chose.

— C'est fait. Du moins, je lui ai laissé un message.

Une ombre traversa le visage de Laker, si fugace qu'elle fut presque invisible.

— Vous ne me faisiez pas confiance pour le lui dire ?

— Vous étiez en train de filer Lister. Vous n'aviez pas le temps.

Laker sourit. Il n'en croyait pas un mot, mais il choisit de ne pas insister. Peut-être n'avait-il pas confiance en Hooper non plus.

— Où Lister est-il allé ?

— Partout, répondit Laker sur un ton de regret. Je l'ai perdu à un moment, mais, le reste de la journée, il a pris du bon temps, il a dîné comme un roi, il s'est accordé du plaisir…

— Comment ?

— À votre avis ? Il pouvait se payer ce qu'il y avait de mieux.

Le visage de Laker reflétait un mélange d'envie et de dégoût.

— Pour finir, il est entré dans un bordel près des docks, et je l'ai perdu. J'ai pensé qu'il ne ferait plus grand-chose d'important aujourd'hui. Il faut que je mange un morceau et que j'aille dormir. J'ai l'impression d'être une épave ambulante !

— Je vois ça, ironisa Hooper. Vous voulez du ragoût ? Mouton, pommes de terre, carottes, navets ?

— Jaunes ?

— Vous plaisantez ! Des navets blancs, avec le mouton.

Pour la première fois, Laker éclata de rire.

— Ah bon ! Merci.

Ils reprirent la filature de Lister le lendemain, après avoir longuement patienté devant son domicile. Il semblait profiter au maximum de sa fortune, et notamment du luxe qui consistait à pouvoir faire la grasse matinée par cette froide et humide journée de fin novembre. Le brouillard montait du fleuve et, de temps en temps, on entendait le son lointain des cornes de brume.

— J'espère qu'on ne va pas faire le pied de grue ici toute la journée, grommela Laker en frissonnant. Dire qu'il est au lit avec une poule pendant qu'on est là à se geler les miches…

— Il va avoir faim tôt ou tard, observa Hooper, espérant de tout cœur ne pas se tromper.

Vingt minutes plus tard, la femme sortit, l'air satisfaite d'elle-même, les mains cramponnées à un manteau de qualité jeté sur ses épaules. Dix minutes après, Lister en personne apparut, le col de sa veste remonté, son chapeau bien enfoncé sur son crâne.

— Vous êtes sûr que c'est lui ? s'inquiéta Laker à voix basse.

— Oh oui. C'est sa démarche, il tourne le pied gauche en dedans.

— Il va falloir qu'on reste assez proches, observa Laker comme ils se mettaient en route.

Déjà, Lister était difficile à distinguer dans la brume.

— Fichu temps ! Si on le perd de vue ne serait-ce que quelques minutes, on risque d'arriver à mi-chemin de Gravesend avant de se rendre compte qu'on suit quelqu'un d'autre.

Hooper acquiesça sans rien dire.

Pendant plus d'une demi-heure, Lister chemina le long de rues étroites, empruntant parfois des passages qui faisaient office de raccourcis et débouchaient sur d'autres rues. Hooper se demanda s'il allait réellement quelque part ou s'il se savait suivi et s'amusait un peu. Se moquait-il d'eux ?

— Où est-ce qu'il va, bon sang ? grommela Laker.

Soudain, Hooper l'attrapa par le bras, l'obligeant à s'arrêter. La silhouette devant eux s'était immobilisée. Juste au-delà, dans la pénombre, Hooper distinguait deux autres personnes, une corpulente, l'autre beaucoup plus petite. Des voix leur parvenaient, mais pas de paroles distinctes. Tout était mouillé autour d'eux : le pavement des quais, les entrepôts sur leur gauche, les grues immobiles dont le sommet était invisible. Les caniveaux débordaient de la pluie de la nuit, les fûts et balles de marchandises attendaient d'être déplacés lorsque le brouillard se lèverait. On entendait les sons du fleuve qui coulait tout près, les tourbillons qui se formaient autour des poteaux cassés des pontons ou des marches du quai. Contrairement à l'obscurité, le brouillard vous désorientait complètement. Hooper ne situait les cornes de brume que parce qu'il savait où elles étaient.

Tout à coup, une bagarre éclata devant eux. Un cri déchira le silence, suivi d'une bordée de jurons. Les silhouettes se confondirent, vacillèrent, puis l'une s'effondra et ne bougea plus.

Les deux hommes restants se jetèrent l'un sur l'autre. L'un prit son élan, leva le bras et l'abattit sur son adversaire. Celui-ci glapit de douleur et de rage, et une lutte au corps à corps s'engagea.

Hooper se rua en avant, Laker sur les talons. Ils traversèrent l'espace dégagé entre eux et les combattants. Hooper avait sorti son bâton et s'apprêtait à frapper l'agresseur quand celui-ci fut assommé, et presque renversé, par une silhouette surgie de la brume.

Plus rapide, plus léger, Laker rattrapa Lister qui se relevait tant bien que mal. Pendant ce temps, le nouveau venu asséna à l'homme resté debout un violent coup de poing, aussitôt suivi d'un second. Le souffle coupé, suffocant, l'homme se plia en deux et se tassa lentement sur lui-même, incapable de riposter. Son attaquant se dirigea vers Lister encore étourdi.

L'espace d'une seconde, Hooper saisit un reflet de lumière dans sa main, aperçut un couteau et devina son intention. Il décocha un coup de pied dans le genou de l'inconnu. Pris par surprise, celui-ci bascula en arrière et tomba sur le côté en lâchant un gémissement. Tenant en respect le dernier protagoniste, Laker se tourna vers Lister, mais ce dernier entrevit sa chance. Vif comme une anguille, il se faufila entre eux deux et plongea dans l'ombre, aussitôt invisible.

Laker s'élança à sa poursuite, et ne fit que deux enjambées avant de se raviser. Il ne pouvait laisser Hooper seul avec trois hommes, même si deux étaient affaiblis. D'ailleurs, celui à terre tentait déjà de se relever.

— Allons ! cria Laker.

Lister s'était enfui, et c'était lui qu'ils avaient besoin d'attraper.

L'homme au couteau hésita. Quoique de taille moyenne, il était bien bâti, et un foulard dissimulait le bas de son visage.

Il resta immobile un instant, puis se jeta en avant. La lame du couteau manqua Laker de justesse. L'instant d'après, l'inconnu pivota sur ses talons et s'engouffra dans les ombres projetées par un empilement de fûts. Ses pas ne résonnèrent qu'un instant. Le brouillard tourbillonna sur son passage avant de se refermer sur lui, plus dense qu'avant.

Les deux hommes restants semblaient prêts à en découdre. N'était-ce qu'une tentative de vol qui avait mal tourné ? Ou avait-on essayé d'assassiner Lister ? Pour quelle raison ? Sans doute à cause de l'argent qu'il exhibait. Le connaissaient-ils ?

— Arrêtez-les ! ordonna Hooper.

Joignant aussitôt l'action à la parole, il attrapa le plus corpulent.

Laker mit les menottes au second et ils les emmenèrent au commissariat le plus proche. Ils eurent beau passer le reste de l'après-midi à les interroger, ils n'apprirent rien. Les deux hommes jurèrent avoir suivi Lister dans l'intention de le dévaliser. Ils ne s'étaient pas attendus à ce qu'il fût aussi fort ni aussi habile à se défendre.

Quant au quatrième homme, ils affirmèrent ne pas avoir la moindre idée de son identité, ni de ses intentions.

Lister n'étant pas là pour porter plainte et aucun vol n'ayant eu lieu, Hooper fit signe aux policiers de les relâcher.

— Que diable est-il arrivé à Lister ? demanda Laker alors qu'ils repartaient pour Wapping.

Le vent s'était levé et d'épaisses nappes de brouillard flottaient encore autour d'eux, se dissipant ici et là pour offrir un paysage dégagé sur une trentaine de mètres. L'eau dégouttait partout. L'air glacial semblait pesant, lourd de pluie.

— Je ne sais pas, admit Hooper. Ce quatrième homme n'était pas là pour l'aider.

— Plus j'en apprends sur cette histoire, moins j'en sais, avoua Laker.

— Ce que, moi, je sais, c'est que je regrette que le chemin d'Harry Exeter ait croisé le nôtre, déclara Hooper avec conviction.

Il était sincère, en proie à un immense chagrin. Cette affaire avait affecté son amitié avec Monk, ce qui comptait de plus en plus à ses yeux à mesure qu'il prenait conscience des dégâts causés. Elle lui avait ôté sa foi en ses collègues, qui pourtant, à l'exception d'un seul, étaient dignes de toute la loyauté qu'il pouvait leur accorder.

Malgré tout, elle lui avait aussi permis de rencontrer une femme dont il ne pouvait entièrement oublier la grâce intérieure. Et penser à elle lui faisait comprendre tout ce qui manquait dans sa vie, qui manquerait toujours, à cause d'un acte unique, commis sur un navire marchand vingt ans plus tôt.

S'il devait le refaire, sachant ce qu'il lui coûterait, il ne le commettrait peut-être pas. Et pourtant, il n'était pas sûr de le regretter non plus. Il avait encore le sentiment que ç'avait été la seule chose à faire pour continuer à dormir la nuit, être en paix avec lui-même, troublé par la peur mais pas par le remords.

Avec plus de sagesse, plus de courage, aurait-il trouvé une autre voie ?

— Chacun d'entre nous a des secrets, dit Laker brusquement. Un homme a le droit d'en avoir.

Hooper le regarda. Son visage paraissait plus âgé, dépourvu de l'humour qu'on y lisait d'ordinaire. Peut-être avait-il souffert, lui aussi, dans des circonstances qu'il ne pouvait révéler.

Il eut envie de dire qu'il était d'accord, mais ne voyait pas comment, pas sans risquer de poursuivre la conversation.

9

— Voilà qui ne nous aide guère, maugréa Hooper le lendemain, à Wapping.

Monk, pour sa part, semblait résolu à se montrer optimiste.

— C'est notre première piste. Et vous dites que Lister s'est enfui ?

— Oui. Peut-être que ses agresseurs n'en voulaient qu'à son argent. Il donnait l'impression d'être riche comme Crésus, lui fit remarquer Hooper. C'est un imbécile, il… il n'a pas de plomb dans la cervelle. Il a belle allure et il sait se battre, mais il n'est pas assez intelligent pour avoir monté ce plan.

— En revanche, il sait qui l'a fait, répliqua Monk. Et c'est probablement la raison pour laquelle on a essayé de le tuer. Vous êtes sûr que ce quatrième homme était là pour ça ? Pas pour le voler ?

— Non, il voulait le tuer.

Plus Hooper repassait la scène dans son esprit, plus il en était convaincu.

— Demandez à Laker.

— Vous avez confiance en Laker ? demanda Monk avec un sourire dépourvu d'humour.

Hooper discerna la douleur qui se cachait derrière cette question. Il réfléchit un instant. Avait-il confiance en Laker ? Il revit le visage de son collègue dans la brève lumière avant que le brouillard ne le dissimule de nouveau. Il se remémorait un incident, un malheur, peut-être, avec une sorte de honte, de gêne, comme s'il en souffrait toujours. S'il y avait de la culpabilité en lui, Hooper ne l'avait pas vue. Il se surprit à être sur la défensive. Parce que, à travers Laker, c'était lui-même qu'il évoquait ?

— Oui. Il est jeune, mais ça n'empêche pas qu'il ait été blessé une fois ou deux.

— Il a vingt-huit ans, précisa Monk.

— Eh bien, il est venu à mon secours hier soir alors qu'il aurait pu m'achever. Si le quatrième homme a bien manigancé l'enlèvement et si c'était Laker le traître, c'est ce qu'il aurait fait.

— Vous pensez que le quatrième homme est le cerveau ? Pas juste un type qui a vu Lister exhiber son argent et décidé de le dépouiller ?

— Je ne sais pas. Pourquoi le tuer, dans ce cas ?

— Vous êtes vraiment certain qu'il voulait l'éliminer ?

— C'est l'impression que j'ai eue.

— Admettons que vous ayez raison, concéda Monk. Nous n'avons que cela. Je vais en parler à Exeter.

— Voulez-vous que je vienne avec vous ? proposa Hooper.

Une partie de lui aurait donné très cher pour éviter d'être confronté de nouveau au désespoir du veuf. Il n'avait aucun moyen de soulager cet homme. Sa détresse faisait peine à voir, et il se sentait coupable.

N'avaient-ils pas échoué en tout point à tenir leurs promesses envers lui ?

Cependant, c'était de la lâcheté que de feindre de ne pas voir le chagrin d'autrui, que de ne pas reconnaître ses erreurs. De plus, Hooper était curieux de voir s'il pourrait déceler chez Exeter ce qui déplaisait tant à Celia Darwin. Était-ce une certaine arrogance ? Un manque de sensibilité ? Avait-il donné à Kate tout ce qu'il pensait qu'elle désirait, sans jamais lui demander son avis ?

Pourquoi diable avait-il besoin de savoir cela ? Parce qu'il voulait croire que Celia Darwin n'était pas mesquine ? Qu'elle ne critiquait pas simplement ce qu'elle ne pouvait avoir ?

Ridicule. Et pourtant, il se leva et suivit Monk au-dehors, sous la pluie fine qui semblait avoir chassé le brouillard, du moins pour un temps.

Ils prirent un fiacre et arrivèrent à la demeure d'Harry Exeter en fin de matinée. Ils s'attendaient à le trouver chez lui. Il était veuf depuis trop peu de temps pour participer à des mondanités, et ses affaires n'exigeaient pas sa présence dans l'immédiat. Ses employés viendraient le voir, lui, plutôt que le contraire.

La maison arborait encore tous les signes du deuil : les rideaux tirés, la couronne noire sur la porte, petite et discrète. À l'intérieur, peut-être les glaces étaient-elles tournées contre le mur, et certaines des horloges arrêtées, toutefois on n'avait pas répandu de sciure sur la chaussée pour assourdir le bruit des sabots.

Le majordome vint leur ouvrir, leur demanda en quoi il pouvait leur être utile, puis les conduisit jusqu'au salon, où un énorme feu était allumé. Harry Exeter était assis dans un fauteuil, le regard rivé sur les flammes. Il se leva à leur entrée et alla droit à Monk, sans prêter attention à Hooper.

Il tendit la main au commissaire. Celui-ci la serra et Exeter se cramponna à lui.

— Des nouvelles ? demanda-t-il. Je le vois à votre visage. Qu'y a-t-il ? Qu'avez-vous découvert ? Savez-vous qui c'était ? Dites-le-moi !

Hooper connaissait assez Monk pour lire son expression, le brusque renforcement de sa détermination, l'effort qu'il faisait pour imaginer ce qu'Exeter devait éprouver et y répondre, non par la pitié, mais par une honnêteté mesurée. Il avait vu cela par le passé, à des degrés moindres. Cette affaire était la première où ils étaient intervenus en pensant prévenir une affreuse tragédie, et qu'ils avaient échoué. Monk portait ce fardeau seul. Il ne s'attendait pas à ce qu'Hooper le partageât avec lui.

— Nous croyons avoir identifié un des ravisseurs, expliqua Monk sur un ton égal. Il a dépensé beaucoup d'argent ces derniers temps, ce qui ne lui est jamais arrivé avant. Il loue ses services pour des affaires violentes, et un informateur nous a dit qu'il s'était rendu sur l'île Jacob.

— Un informateur ? répéta Exeter, stupéfait. Cet homme aurait participé à d'autres enlèvements ?

— Il y a toujours des enlèvements, répondit Monk avec douceur. Pas comme celui de Mrs. Exeter. Pas aussi… brutaux. Le sien a été unique à cet égard. En général, les victimes sont libérées. Ne pas relâcher la victime va à l'encontre des intérêts des ravisseurs, car cela dissuade les gens de payer la rançon. Ces misérables jouent sur l'espoir.

Un mépris tranchant perçait dans sa voix.

Exeter dut l'entendre aussi.

— Dans ce cas, pourquoi Kate ? Croyaient-ils que je n'allais pas payer ? J'avais l'argent.

L'angoisse altérait ses traits.

— J'étais là ! Avec toute la somme ! S'imaginaient-ils que je ne pourrais pas la réunir, d'après vous ? J'ai pu le faire ! Je l'ai fait !

Il semblait désespérément vouloir qu'ils le croient.

— C'était une somme énorme, Mr. Exeter, mais ils ne vous auraient sans doute pas réclamé plus qu'ils ne vous jugeaient en mesure de rassembler. Ce serait absurde. Certains hommes n'essaieraient même pas…

— Mais je l'ai fait ! protesta Exeter de nouveau. J'ai fait exactement ce qu'ils m'ont demandé. Ils ne pouvaient pas s'attendre à ce que je vienne seul ! Je ne connais pas cette fichue île ! Je ne pouvais accéder à l'endroit indiqué que par le fleuve. J'avais besoin de vous pour me guider, ils devaient bien le savoir.

Il regarda Hooper, quêtant sa compréhension, voulant être rassuré peut-être, avoir la confirmation que ce n'était pas sa propre conduite qui avait mené au désastre.

Hooper tenta de communiquer par son expression que rien de mieux ou de différent n'aurait pu être fait.

— Vous aviez l'argent, dit Monk. Vous le leur avez remis comme ils l'ont demandé.

— Mais ils l'ont tuée… parce que j'avais commis une erreur ?

Exeter s'était forcé à prononcer ces mots. Essayait-il de rassembler le courage de se poser cette question depuis le soir de la tragédie ? Son regard suppliait Monk de lui donner la réponse dont il avait besoin.

— Qu'auriez-vous pu faire différemment ? demanda Monk. Vous avez suivi leurs instructions à la lettre.

Ils devaient avoir l'intention de la tuer dès le début. Peut-être l'ont-ils fait avant même que vous arriviez. Rien n'aurait pu empêcher ce drame. Ils savaient que vous aviez l'argent et que vous viendriez. Ce qui signifie qu'ils vous connaissaient…

Exeter ferma les yeux avec force et secoua la tête.

— C'est une pensée trop horrible. Croyez-vous qu'ils connaissaient Kate aussi ?

Soudain, ses yeux s'écarquillèrent, et fouillèrent le visage de Monk.

— Oui ? Et qu'ils ont tout de même pu lui faire cela ?

Monk exprima tout haut ce qu'ils pensaient tous.

— S'ils la connaissaient, peut-être que l'inverse était vrai aussi et qu'ils n'ont pas osé la libérer ?

Si les choses s'étaient passées ainsi, Kate avait dû pressentir ce qui allait lui arriver ! Il ne pouvait imaginer la terreur et la souffrance qu'elle avait endurées.

— Ce serait monstrueux, murmura Exeter, les dents serrées. Serai-je coupable devant la loi si je tue ces misérables ?

Il dévisagea Monk, comme s'il s'efforçait de décider s'il allait le faire ou non. Peut-être y songeait-il vraiment.

— Ne faites pas cela, conseilla Monk tout bas. Je vous en prie…

Le corps d'Exeter était rigide, il avait les muscles noués. On l'aurait dit prêt à attaquer sur-le-champ, si au moins il avait su à qui s'en prendre.

— Avez-vous jamais assisté à une pendaison ? reprit Monk tout doucement.

— Quoi ? se récria Exeter, atterré. Non, bien sûr que non. Pourquoi ?

— Ce n'est pas une belle mort, répondit Monk. Surtout si c'est la justice qui vous exécute. À vrai dire, c'est tout à fait barbare. Vous passez sans doute une nuit blanche. On vous envoie le prêtre ou le pasteur pour qu'il vous administre les derniers sacrements, etc. À ce moment-là, vous savez que vous n'avez plus que quelques heures à vivre. Ou pire, que vous allez être soumis au jugement, au châtiment éternel d'un dieu quel qu'il soit. Et vous resterez assis là, à regarder les aiguilles tourner sur l'horloge, à voir s'égrener votre vie, sans pouvoir vous bercer de l'illusion que vous irez au paradis !

Exeter frissonna.

— Où voulez-vous en venir ? rétorqua-t-il avec l'ombre d'un sourire. Je me rends compte que la pendaison serait une torture plus raffinée que celle que je pourrais lui infliger. Une mort lente… comme une pavane. Bien. Je m'en contenterai. Vous m'avez convaincu. C'est cela que vous êtes venu me dire ?

— Non. Je suis venu vous dire que nous sommes sur la piste de l'homme dont nous vous avons parlé. Celui qui pourrait, à notre avis, avoir été mêlé à d'autres enlèvements.

— Pourquoi ne l'arrêtez-vous pas ? Pensez-vous qu'il puisse vous mener à ses complices ?

— Nous allions l'arrêter, intervint Hooper, devançant Monk. Nous le suivions. Il a parlé avec deux individus, qui étaient peut-être ses complices, mais ils se sont mis à se battre et puis un autre homme a surgi et tenté de le tuer…

— Il est mort ? Maintenant vous ne saurez jamais…

— Non, nous l'avons secouru. Il s'est enfui pendant que nous nous battions avec ses adversaires, expliqua Hooper. Nous le retrouverons. Et la prochaine fois, nous l'arrêterons.

— Mais les autres vont le traquer, objecta Exeter. Ne serait-il pas plus en sécurité en prison ? Oh ! je vois. Bien sûr, si vous le faites juger et condamner, il sera pendu et il préférerait sans doute être assassiné sur les quais.

— Exactement, répondit Monk. Mais nous le trouverons. Nous connaissons les docks, nous aussi, et nous avons des informateurs.

— Vous croyez qu'il dénoncera ses complices ? demanda Exeter avec espoir. Pouvez-vous lui offrir un traitement plus clément en échange ? Seigneur, je veux savoir ! Il ne me reste plus rien à présent, hormis la justice. Je veux que ces hommes souffrent autant que Kate a souffert. Et ne me dites pas que c'est mal ! C'est peut-être vrai. Je m'en moque.

— Je pense que la plupart des gens comprendraient cela, affirma Monk. Et tant que vous ne les tuez pas vous-même, la loi n'aura rien à vous reprocher.

Il y eut un silence. Une bûche s'affaissa dans l'âtre, provoquant une pluie d'étincelles.

Exeter leva les yeux vers Monk.

— Merci. Si… Si vous avez l'occasion de leur parler, demandez-leur pourquoi. Pourquoi ils lui ont fait ça ? S'ils la connaissaient, si ce n'était pas une simple question d'argent, je veux le savoir !

— Je ne crois pas, murmura Monk en secouant lentement la tête. En revanche, s'il ne s'agissait que d'argent, alors, oui, je pense que vous voulez le savoir. Cela voudrait dire que le coupable n'était pas un ennemi personnel, qui aurait choisi cette manière de vous faire souffrir, et que rien de tout cela n'est votre faute.

Exeter demeura immobile, mais il sembla se tasser sur lui-même.

— Vous avez raison, dit-il d'une voix rauque. Je veux avoir cette certitude… j'en ai besoin. Je pense que vous me connaissez mieux que la plupart des gens. Vous êtes quelqu'un de bien.

Dans la rue, Hooper et Monk restèrent un long moment silencieux. Hooper était absorbé par ses pensées et supposa que son supérieur aussi. Ils avaient remué beaucoup d'émotions, de souvenirs chers et de regrets douloureux. Les erreurs commises ne pouvaient plus être réparées désormais. Peut-être n'auraient-elles jamais pu l'être.

Prévoyant que Lister essaierait d'échapper à la police et à l'inconnu qui l'avait attaqué la veille, Monk mit six hommes à sa recherche dans l'espoir de l'appréhender. Il n'en avait pas d'autres disponibles. Le brouillard s'était levé et la soirée était beaucoup plus clémente, éclairée par une lune aux trois quarts pleine. Hooper et lui entamèrent leurs recherches sur les docks, près de Limehouse Reach, dans les pubs que Lister fréquentait d'ordinaire. Les rues étaient encore humides et la marée montait, la brise apportant l'odeur du sel.

Ils marchaient séparément, de façon à ne pas trahir le fait qu'ils étaient ensemble. Lister devait désormais être plus que méfiant à l'égard de la police et de quiconque le suivait.

Il leur fallut deux longues heures de recherches fastidieuses pour le trouver enfin, bien au-delà de Limehouse, sur l'île aux Chiens. Il prenait du bon temps dans une des tavernes des quais, plus à l'est qu'ils ne l'avaient escompté.

Hooper entra, fit un tour à l'intérieur et vit Lister attablé devant une chope de bière pleine et entouré d'un groupe de débardeurs et de matelots qui buvaient tous aussi. Il semblait installé pour un bon moment, désireux de s'amuser, et se croyant en sécurité. Tant qu'il payait l'addition et qu'il avait de la compagnie, personne n'allait s'en prendre à lui, qu'il fût ravisseur, voleur ou policier.

Hooper ressortit. Monk était adossé à un mur dans l'ombre, l'air de s'ennuyer.

— Il est là, déclara Hooper tout bas. Il vient de payer une tournée à une demi-douzaine de grands costauds. Je ne me suis pas attardé, au cas où il m'aurait reconnu mais, à mon avis, il faut qu'on l'attende dehors et qu'on le suive jusqu'à ce que son escorte le lâche. On ne fera rien de bien là-dedans. Je ne voudrais pas qu'on se lance dans une bagarre qu'on ne peut pas gagner. Si on dit qu'on est de la police, il prétendra qu'on est venu le tuer. Ils nous attaqueront les premiers et, s'ils se rendent compte qu'on est vraiment des policiers, ils devront se débarrasser de nous ou faire face aux conséquences. Pas besoin de deviner ce qu'ils choisiront !

— Remontons un peu la rue, suggéra Monk. Trouvons un endroit à l'abri. Ce vent est glacial !

Ils s'éloignèrent sans se presser, tournèrent au coin de la première ruelle, puis tournèrent de nouveau et longèrent l'arrière des maisons. Ils passèrent des cours crasseuses, jonchées de poussière de charbon, de détritus et de fragments d'ardoise. Au bout d'un moment, ils découvrirent une sorte d'allée qui débouchait sur la rue qu'ils venaient de quitter, presque en face de la taverne, du côté de la porte de service.

— Aidez-moi à grimper sur le toit de cette cabane, dit Monk. Personne ne nous verra là-haut.

Hooper obéit, puis accepta le bras de Monk pour se hisser sur le toit à son tour. Ce n'était guère confortable, mais ils jouissaient d'un excellent point de vue.

Ils gardèrent le silence, observant les lieux, changeant de position de temps à autre. L'esprit d'Hooper se mit à vagabonder. Qui Lister attendait-il ?

L'enlèvement avait-il été motivé par la haine portée à Exeter ? Si oui, ce dernier n'avait-il réellement aucune idée de l'identité des coupables ? Les possibilités étaient-elles si nombreuses ?

Lequel des hommes de Monk avait été corrompu ? Il savait que ce n'était pas lui, et il n'avait jamais soupçonné Monk. Cette pensée ne l'avait pas effleuré. Et bien qu'il n'eût pas de raison concrète d'écarter Laker de la liste des suspects, il ne pensait pas que ce fût lui. Restaient Marbury, Walcott et Bathurst. Pourquoi l'homme avait-il trahi ? Pour de l'argent ? Parce qu'on l'avait fait chanter à cause d'une faiblesse ? Il frissonna soudain, comme si un vent froid s'était levé. Il n'était là que par la grâce de Dieu ! Personne ne connaissait son histoire. Mais si quelqu'un venait à l'apprendre et tentait de le faire chanter ? Aurait-il la force de dire : « Allez au diable, et faites votre sale besogne ! » S'enfuirait-il, prendrait-il ses jambes à son cou ? Ses actions sur le *Mary Grace* étaient-elles toujours passibles de pendaison, après tout ce temps ? Restait-il quiconque en vie sachant la vérité, la vraie vérité, derrière les apparences ?

Que penserait Monk de tout cela ? Hester, elle, comprendrait, n'est-ce pas ? Elle avait fait partie de l'armée, en un sens, en tant qu'infirmière militaire.

Et Celia Darwin ?

Pourquoi pensait-il à elle ? Sans doute ne la reverrait-il jamais. Sans le *Mary Grace* et son passé, le ferait-il ? Irait-il la trouver de lui-même ?

Il y songeait toujours, imaginait combien il en serait heureux, quand une main surgit de la rue pavée en contrebas et le saisit à la cheville. Il perdit l'équilibre, glissa, mais se rétablit de justesse avant de tomber du toit et atterrit gauchement. Aussitôt, on lui asséna un coup violent en travers du visage et il s'effondra sur le côté. Une seconde plus tard, une ombre passa devant lui et s'en prit à Monk. Ce dernier s'était déjà déplacé et un grognement s'éleva, suivi d'un juron. Hooper se releva en titubant et décocha à son agresseur un coup de poing sec et dur dans le ventre. Presque immédiatement, il fut lui-même frappé à la tempe. Une bouffée de nausée le submergea, tout devint noir et une douleur fulgurante lui transperça la cuisse.

Quelle négligence ! Il s'était laissé aller à rêvasser alors qu'il aurait dû tendre l'oreille, scruter l'obscurité, les nerfs à l'affût de tout signe suspect.

Il prit une profonde inspiration, écoutant intensément, puis se rua sur une silhouette qui s'approchait. Il n'avait pas la moindre idée de qui il s'agissait. En tout cas, ce ne furent pas les bottes élégantes de Monk qu'il heurta de toutes ses forces.

Quelqu'un émit un cri aigu et perdit l'équilibre, jurant comme un charretier.

L'instant d'après, Monk se dressa devant lui.

— Venez ! cria-t-il. Lister a filé ! Ve…

Il s'interrompit en voyant que le premier homme se relevait, prêt à en découdre de nouveau. Avant de se lancer aux trousses de Lister, ils devaient se tirer de ce mauvais pas sans encombre.

Dix minutes plus tard, ils étaient au bout de la rue, les yeux rivés sur l'artère principale et la taverne.

— Nous avons perdu Lister, dit Monk sur un ton amer. Par notre faute. Nous aurions dû être plus vigilants. Nous nous relâchons, Hooper. Où diable est-il allé ? Et qui étaient ces hommes ?

— D'autres ravisseurs ? suggéra Hooper.

— S'ils étaient tous ensemble, pourquoi a-t-il filé ? insista Monk.

Il pivota, jurant entre ses dents. Dans le noir, il était impossible de savoir quelle direction Lister avait prise, s'il allait continuer sur le même chemin ou revenir sur ses pas, ou même traverser le fleuve.

Hooper prit brusquement conscience du froid qui l'avait envahi, de ses articulations douloureuses, de sa chair meurtrie après les coups qu'il avait encaissés. Le lendemain matin, ce serait encore pire.

— Où est-il allé ? répéta Monk. Il ne s'est écoulé qu'un instant. Il est peut-être encore dans les parages.

— Les autres aussi ! répliqua Hooper sur un ton sec. Venez !

Il prit Monk par le bras et le tira fermement.

— S'ils sont mêlés à l'enlèvement, ils vont nous poursuivre.

Monk se dégagea d'un geste si brusque qu'Hooper faillit perdre l'équilibre.

— Nous pouvons attendre. Ils ne sont que trois, et cette fois nous les prendrons par surprise. C'est notre seule chance de les épingler tous !

Hooper savait que c'était risqué. Ces hommes étaient peut-être armés de couteaux. La nuit, sur les docks, ils n'hésiteraient pas à tuer un policier s'ils étaient acculés. À supposer qu'ils sachent que Monk et Hooper étaient de la police.

Il n'hésita qu'un instant. Son cœur se gonflait de joie. Monk ne s'en rendait peut-être pas compte, mais il n'aurait pu lui témoigner une plus grande marque de confiance que de se lancer dans une telle bagarre à ses côtés. Il ne lui vint à l'esprit que plus tard que le commissaire ne s'était pas une seconde posé la question de savoir si Hooper avait confiance en lui !

Ils avancèrent lentement et sans bruit, l'un près de l'autre, dans la rue principale, restant près du trottoir. Cela les rendait visibles si quelqu'un les cherchait, mais longer le mur les aurait empêchés d'anticiper une éventuelle embuscade.

Au bout d'une centaine de mètres, ils parvinrent à une rue transversale. Le côté droit menait à une impasse, le gauche conduisait au fleuve. Ils échangèrent un bref regard et optèrent pour le second. Ils passèrent devant une scierie et tentèrent d'ouvrir le portail, mais il était fermé par des chaînes. À l'extrémité du passage, des marches descendaient jusqu'à un étroit rebord qui donnait directement sur l'eau. Le courant était rapide, des tourbillons agitaient la surface. Un faux pas serait fatal.

Il n'y avait personne en vue vers l'aval.

Monk se tourna vers l'amont. Des feux brillaient plus haut.

— Trop loin, déclara-t-il, la voix tendue. Il n'aurait pas pu faire tout ce chemin en si peu de temps.

Hooper fixait le fleuve droit devant. Une barque se trouvait à une trentaine de mètres de là. Il aperçut brièvement une rame qui flottait, tout près de la rive.

— Personne ne rame !

Monk fit volte-face, suivant son regard.

— Bon sang ! Vous pensez que c'est lui là-bas ?

— Sans rame ? S'il l'avait laissée échapper, pourquoi ne l'aurait-il pas repêchée ? Il n'irait pas loin avec une seule.

— Il a traversé à la godille ? Depuis l'escalier ?

— Dans ce courant ?

Monk plissa les yeux vers l'embarcation.

— J'ai l'impression qu'elle ne bouge pas.

— Vous voulez dire qu'il est déjà mort ? demanda Hooper, la voix rauque, abattu par la perspective d'une nouvelle défaite.

Monk se détourna.

— Il faut qu'on se procure un bateau. Où est l'embarcadère le plus proche, à votre avis ?

Hooper regarda autour de lui. Il ne connaissait pas bien cette partie de la Tamise.

— L'entrepôt suivant en a peut-être un. Il y a un passage par ici.

Il pointa le doigt. L'allée était invisible de là où ils se tenaient, au bord de l'eau, mais il savait qu'elle se trouvait là, coincée entre les bâtiments.

— Il va falloir se méfier, au cas où on nous tendrait un piège.

Sur le point de conseiller à Monk de garder la main sur son sabre, il ravala ses paroles. Monk le savait déjà.

Ils traversèrent la rue en hâte et sans bruit, se faufilèrent dans le passage et le suivirent jusqu'au bout. Ils trouvèrent un canot rapide, léger, qui servait à transporter les matelots aux navires qui mouillaient dans le port. Ils le détachèrent et Hooper prit les deux rames. L'embarcation était trop étroite pour que deux hommes se tiennent côte à côte.

Ils mirent près de dix minutes à rattraper la barque qui, portée par la marée, dérivait vers l'amont. Un coup d'œil à l'intérieur, à la lueur d'une lanterne qu'Hooper tendit à bout de bras, leur montra tout ce qui importait dans l'immédiat. Lister était mort. Il avait eu la gorge tranchée de part en part, ses épaules et son torse étaient couverts de sang. Sa blessure n'était pas de celles qu'un homme pouvait s'infliger seul.

Il leur fallut deux bonnes heures pour ramener la barque et déposer le corps. Ils laissèrent la première au commissariat de Wapping et le second au médecin légiste, même s'ils soupçonnaient que ce dernier ne leur apprendrait pas grand-chose. Lister avait été égorgé à l'aide d'un grand couteau très aiguisé, voire d'un rasoir droit, généralement connu sous le sobriquet de coupe-chou, bien que nul ne se fût senti d'humeur à faire de l'humour noir à ce sujet. Il avait dû mourir presque sur le coup, même si, à en juger par l'expression d'horreur figée, presque digne d'une gargouille, sur son visage, il avait eu le temps de voir venir son sort, et avait su exactement ce qui l'attendait.

C'était déjà presque le matin quand Hooper rentra chez lui. Il était gelé, épuisé, et il avait mal partout. Il se déshabilla, se lava juste assez pour ne pas salir les draps, et enfin, alla se coucher.

Il dormit d'un sommeil haché et se réveilla tard, la tête lourde, comme s'il avait porté un chapeau trop petit pour lui. Il fit sa toilette et se rasa, puis partit pour Wapping sans même avoir pris le temps de boire un thé. Il était de son devoir d'être là-bas, et il en avait besoin. Y avait-il du nouveau ? Il se remémora avoir regardé le corps la veille au soir, fouillé les vêtements et les poches du mort, et même ses chaussures. Une paire d'yeux neuve avait-elle remarqué ce matin un détail qui leur avait échappé, à Monk et à lui ?

L'air était vif, le ciel dégagé et un éblouissant soleil d'automne déversait sa lumière trop crue sur le monde. Ses collègues paraissaient aussi exténués que lui. Quelqu'un avait acheté un tas de sandwichs au jambon à un vendeur ambulant, et du thé brûlant venait d'infuser dans la théière. Il éprouva une bouffée d'émotion. La chaleur et la camaraderie d'antan semblaient présentes, mais ce n'était qu'un faux-semblant. Ils essayaient de faire comme si rien n'avait changé. C'était impossible… ce serait impossible tant qu'ils ne connaîtraient pas le nom de celui qui les avait trahis. Et même lorsqu'ils l'apprendraient et qu'ils auraient réglé cette affaire, ils sauraient que ce genre de chose pouvait se reproduire. Que la sécurité avait été une illusion.

Bathurst se chargea de préparer encore du thé et ils partagèrent les sandwichs. Monk arriva quelques minutes plus tard, accompagné du médecin légiste. Laker et Marbury furent envoyés examiner la barque. Monk annonça qu'il irait informer Exeter dès que l'heure serait convenable. Peut-être la nouvelle lui apporterait-elle un peu de réconfort.

— Pensez-vous que Lister ait été victime d'un crime crapuleux ? demanda Hooper. Si oui, cela signifie-t-il que ses assassins étaient les autres ravisseurs ? Ou seulement qu'il a été assez stupide pour faire parade de son argent ?

— Je ne sais pas, avoua Monk, dont le visage s'était assombri. J'ai du mal à croire qu'il ait été assez intelligent pour être l'instigateur de l'enlèvement. Il était...

Il ne prit pas la peine d'achever sa phrase.

Hooper savait ce qu'il voulait dire : Lister était un homme imprudent, impulsif, plus prompt à agir sur un coup de tête qu'enclin à monter minutieusement une affaire. Et l'enlèvement avait été préparé jusque dans les moindres détails.

— C'est peut-être lui qui a enlevé Mrs. Exeter, monsieur, dit-il.

— C'est possible, admit Monk. Il pouvait avoir une allure respectable. Nous ne le saurons jamais.

— Sauf si Miss Darwin le reconnaît, suggéra Hooper.

Monk le dévisagea.

— Avec la gorge tranchée ? Vous n'y pensez pas, Hooper ! Vous voudriez qu'elle aille à la morgue et qu'elle le regarde de près pour nous dire si c'est lui qui a enlevé sa cousine ? D'après Exeter, c'est une femme très timide, qui ne parle guère et qui... n'est pas très fiable. Pourquoi la mettre dans tous ses états en lui demandant un témoignage dont nous ne pourrions pas nous servir de toute façon ?

— Cela nous serait utile de le savoir, rétorqua Hooper, sur un ton un peu plus sec qu'il n'en avait eu l'intention.

La description que Monk avait faite de Celia avait éveillé en lui une irritation palpable.

Monk le considéra avec plus d'attention.

— Exeter se trompe-t-il à son sujet, selon vous ?

— Oui, monsieur, répondit Hooper sans hésiter. Elle ne parle pas beaucoup, c'est vrai. Mais cela ne signifie pas qu'elle n'est pas fiable, plutôt que... que c'est quelqu'un de réfléchi.

Il donnait l'impression qu'elle était fastidieuse, assommante, et ce n'était pas du tout vrai. Elle avait beaucoup souffert, voilà tout. Il y avait de la lumière en elle, et de la délicatesse...

Monk eut un léger sourire.

— Dans ce cas, allez la voir et demandez-lui si elle peut venir le reconnaître. Cela dit, soyez prudent, Hooper. On rendra cet homme aussi présentable que possible, mais le fait est qu'il a connu une mort violente. Elle n'a peut-être jamais vu de cadavre, sans parler du cadavre de quelqu'un qui a été assassiné.

— Oui, monsieur. Je ne l'oublierai pas.

Hooper partit immédiatement, en se demandant si Celia Darwin serait chez elle. Il ignorait tout de ses occupations au quotidien et pourtant, il lui semblait la connaître, ce qui était ridicule. Ils étaient à l'aise l'un avec l'autre mais, en dehors de sa relation avec Kate Exeter, il ne savait rien de la vie qu'elle menait, de ses désirs et de ses rêves, de ce qui comptait à ses yeux. Et elle ne savait rien du tout de lui, sauf qu'il appartenait à la brigade fluviale. Elle ne lui avait sans doute pas accordé une seule pensée depuis la dernière fois qu'il était sorti de chez elle.

Il toqua à la porte et attendit dans la rue ensoleillée. Il aurait presque été soulagé qu'il n'y eût pas de réponse. Il ne savait que dire, comment lui exposer la raison de sa venue.

Trop vite, la domestique apparut, et il dut s'expliquer.

— Oh ! oui, monsieur. Si vous voulez vous donner la peine d'entrer, monsieur ?

Elle recula d'un pas et l'invita à pénétrer à l'intérieur. L'espace d'un instant, il craignit de ne s'être fait passer pour quelqu'un de plus important qu'il ne l'était en réalité. La conversation s'annonçait difficile.

Assise devant un secrétaire en acajou, Celia était occupée à rédiger des lettres. Elle leva les yeux à son entrée, annoncée par la servante.

Elle se mit debout aussitôt, les joues un peu empourprées. Se demandait-elle ce qui le ramenait chez elle si vite ?

— Bonjour, Mr. Hooper, dit-elle précipitamment. Avez-vous des nouvelles ?

Il avait répété dans sa tête ce qu'il allait dire, pourtant ses paroles lui paraissaient inadéquates à présent, trop guindées, presque froides.

— Oui, Miss Darwin, nous avons trouvé un homme que nous croyons impliqué. Malheureusement, il a été tué aussi, peut-être par ses complices qui voulaient s'approprier sa part de la rançon.

Le visage de Celia était impénétrable.

— C'était une très grosse somme, me semble-t-il. Malgré tout, je pense que cela n'a plus d'importance pour Harry à présent. Et si, comme vous le dites, cet homme est mort, il ne peut plus rien nous apprendre.

Sa voix était teintée de déception, ainsi que son visage.

— Nous ne sommes pas absolument certains de sa culpabilité, avoua-t-il à regret. Mais cela pourrait être l'homme qui a enlevé Kate sur les bords de la Tamise.

Il se rendit compte qu'il avait appelé la victime par son prénom, comme s'il la connaissait, et qu'il en eût le droit. Il était trop tard pour se rattraper, et il ne ferait qu'attirer l'attention sur sa maladresse en s'excusant.

Elle le dévisagea, soutenant calmement son regard.

— Vous voulez que je vous dise si c'est bien lui, si je le reconnais ?

— Accepteriez-vous de le faire ?

— Oui.

Elle prit une profonde inspiration.

— Oui, bien entendu. Je ne sais pas si je pourrai être catégorique... mais j'essaierai.

— Merci... Miss Darwin.

Maintenant, il avait endossé la responsabilité de lui montrer Lister. Une responsabilité plus lourde encore qu'elle n'en avait conscience. C'était lui qui avait suggéré à Monk de le lui demander. Pour rien au monde, il n'aurait voulu lui causer du chagrin, voire de l'embarras si jamais elle venait à s'évanouir. Mais elle avait deviné qu'il allait lui exposer cette requête, et elle ne s'était pas dérobée. Il aurait aimé pouvoir la protéger.

Elle sortit une lourde cape du placard du vestibule et, après avoir donné des instructions à la domestique et lui avoir indiqué l'heure approximative de son retour, elle se dirigea vers la porte. Elle avait parlé sur un ton très normal et on aurait pu croire qu'elle allait faire une promenade habituelle, déposer une lettre à la poste, par exemple, mais Hooper décelait la raideur de sa posture. Il admirait sa maîtrise d'elle-même. Il se méfiait des femmes qui cherchaient à produire un effet, qui s'abandonnaient entièrement à leurs émotions. Une fois de plus, il fut frappé par sa grâce. Elle était agréable à contempler, sereine comme l'aube en été.

Refoulant ces pensées ridicules, il lui emboîta le pas et la rattrapa en quelques enjambées.

Ils partirent en direction de l'artère principale. Il ne voulait pas lui demander d'attendre un omnibus et, d'ailleurs, il ne connaissait pas les lignes du quartier.

— Avez-vous toujours vécu ici ?

Il s'en voulut aussitôt. Sa question était déplacée. Il l'emmenait voir un cadavre ! Ce n'était pas un événement mondain.

— Ici ou dans le Kent, beaucoup plus au sud, répondit-elle. La campagne y est si verdoyante ! Elle me manque parfois.

Elle lui lança un regard de biais.

— Mais vous n'êtes pas originaire du Kent, n'est-ce pas.

C'était une constatation, et non une question.

— Non. Je viens de l'Essex, au bout de l'estuaire de la Tamise, près de la mer. La côte est plate là-bas. Certains la trouvent ennuyeuse.

Tout en parlant, il songeait aux cieux dégagés qu'il avait adorés enfant. Ils l'avaient incité à rêver d'autres horizons, des merveilles qui se cachaient peut-être au-delà.

Elle le dévisageait.

— Pas vous.

Elle avait parlé comme si elle le savait.

— Quelquefois, c'est dommage de tout connaître, chaque colline, chaque falaise, chaque plage. On ne peut plus se les imaginer puisqu'elles sont déjà là.

Elle se détourna.

— Excusez-moi. Ce sont des rêveries. J'essaie de ne pas penser à ce misérable. Rêver offre une sorte de sécurité… la plupart du temps.

Il brûlait de la réconforter, ne fût-ce qu'en lui effleurant le bras. Cependant, c'eût été une intrusion.

Il s'avança sur la chaussée et héla un fiacre. Quand le véhicule s'arrêta, il aida Celia à monter, puis la suivit. Il donna au cocher l'adresse à mi-voix, sans préciser que c'était celle de la morgue.

— Vous aspirez à la sécurité ? demanda-t-il, revenant à leur conversation. À ne jamais être surprise ?

— À vous entendre, ce serait d'un ennui… mortel ! Oh ! je suis désolée. C'était un choix de mot malheureux compte tenu de l'endroit où nous allons…

Elle s'interrompit, embarrassée.

Il réprima un sourire.

— Je crois que le terme d'hibernation conviendrait mieux.

— Vous êtes très gentil, commenta-t-elle. S'endormir pendant un temps est très différent de ne s'être jamais réveillé. Cependant, nous ne pouvons pas choisir de dormir pendant les mauvais moments. D'ailleurs, si on le faisait, comment saurait-on qu'on ne les a pas rêvés ?

— Le froid vous manquerait, observa-t-il.

— Et les sillons d'hiver peuvent être si magnifiques dans les champs labourés, pleins de neige fraîchement tombée, et… et…

Sa voix s'étrangla.

— Elle me manque déjà, et quelques jours seulement ont passé. Il y a tant de choses dont il est impossible de parler à… n'importe qui…

— Quand on a eu quelqu'un à qui parler, ne serait-ce qu'une fois dans sa vie, on a de la chance, affirma-t-il. Et quand on peut partager ses pensées avec une personne, on peut le refaire avec une autre. Il existe des gens qui sont incapables de sincérité.

Elle leva la main, comme si elle allait la poser sur son bras.

Il se contraignit à rester immobile, espérant qu'elle le ferait. Puis elle prit conscience de son geste et se ravisa.

Ils firent le reste du trajet dans un silence paisible. Il songea aux vastes cieux de l'estuaire, aux oiseaux portés par les bourrasques, aux mouettes toutes blanches, aux formations d'oies. Le son grinçant de leurs battements d'ailes ne ressemblait à aucun autre. Un jour, peut-être, il lui en parlerait.

Une fois à la morgue, il régla la course, descendit et lui offrit sa main pour l'aider. Elle y posa la sienne, sans paraître du tout s'appuyer sur lui.

À l'intérieur, il l'emmena dans une salle où elle patienta pendant qu'il allait chercher le médecin légiste. Ils l'accompagnèrent tous les deux. Le corps de Lister avait été bien arrangé ; presque tout le sang avait disparu. Son visage était couleur de cendre à présent, presque bleuâtre.

Elle le considéra calmement, mais elle se tenait très près d'Hooper. S'il avait osé, il aurait aimé passer un bras autour de ses épaules.

— A-t-il les yeux bleus ? demanda-t-elle.

Hooper n'en avait pas la moindre idée.

— Oui, déclara le médecin légiste.

— Dans ce cas, c'est bien lui qui a enlevé Kate. Il… avait le teint plus vif alors. Il avait des gestes gracieux.

— Vous en êtes sûre ? demanda Hooper.

— Oh ! oui. Il a cette drôle de petite marque sur le nez. J'ai pensé qu'elle empêchait son visage d'être trop parfait. Pauvre homme. Il est trop tard pour réparer quoi que ce soit maintenant, n'est-ce pas ?

Pouvons-nous partir ? Je n'aime pas cela… c'est si… inutile.

— Bien entendu.

Cette fois, Hooper lui prit le bras, qu'elle jugeât son geste hardi ou non. Il voulait la soutenir car elle lui paraissait un peu chancelante.

— Nous allons boire un thé bien chaud…

— Nous ?

Elle eut l'ombre d'un sourire.

— Vous n'êtes pas responsable de moi, Mr. Hooper…

— Nous, répéta-t-il fermement.

10

À six heures et demie, Monk travaillait toujours, penché sur le rapport du médecin légiste et les informations rassemblées au sujet de Lister. Plusieurs marques sur son corps suggéraient qu'il avait récemment été mêlé à quelques altercations. Aucune n'avait dû être très grave, néanmoins elles lui avaient laissé des ecchymoses assez importantes, qui toutes dataient de quelques jours avant sa mort. Celle-ci semblait avoir été rapide. Il avait suffi d'un seul coup de couteau pour trancher la gorge presque jusqu'à la colonne vertébrale. Rien ne portait à penser qu'il se fût défendu.

Sans doute ses agresseurs l'avaient-ils pris par surprise. Du moins telle était la déduction de Monk.

Une soudaine bouffée d'air froid le saisit, en même temps que la porte s'ouvrait, livrant passage à une jeune femme. Elle portait un long manteau noir et avait remonté son col pour protéger son visage de la morsure du vent. Elle s'immobilisa dans l'entrée et le regarda.

— Que puis-je faire pour vous ? demanda-t-il en s'avançant vers elle.

Elle déglutit. Elle était assez petite, mince, presque entièrement vêtue de noir. Elle paraissait fragile et, à cet instant, en proie à une extrême tension.

— Qui êtes-vous ? Je suis le commissaire Monk et je dirige la brigade fluviale de la Tamise, qui a son siège ici, au commissariat de Wapping. C'est bien ici que vous vouliez venir ?

— Oui. Oui, en effet.

Elle prit une profonde inspiration.

— Je m'appelle Bella Franken. Je suis aide-comptable à la banque Nicholson. Je… je pense savoir certaines choses concernant l'argent utilisé pour la rançon. Je pense…

La jeune femme s'interrompit et se mordit la lèvre, guettant la réaction de Monk.

Nicholson était le nom de la banque où Doyle s'était rendu. Cela signifiait-il quelque chose ? L'argent était-il la clé de tout ce qui s'était passé ?

— Je vous écoute, Miss Franken. Venez vous asseoir dans mon bureau. Il y fait plus chaud et je vais préparer du thé.

Elle le suivit docilement. Lorsqu'elle se fut assise en face de lui, elle posa un sac souple sur ses genoux et l'ouvrit. Elle en sortit une liasse de papiers qu'elle étala sur le bureau. Au premier coup d'œil, c'étaient des feuilles remplies de colonnes et de chiffres, toutes rédigées avec soin, de la même écriture, et avec la même encre.

Elle les poussa vers lui.

— J'ai fait des copies des livres de comptes au cours de ces derniers mois. Cela vous intéressera peut-être de voir tous les chiffres, mais j'ai mis de petites marques à côté de ceux qui sont importants.

— C'est votre écriture ?

— Oui.

Il baissa les yeux sur les documents. Après quelques minutes passées à les examiner, il crut déceler des incohérences. Cependant, elles pouvaient fort bien être dues à des erreurs de recopiage.

Le visage grave, elle attendait sa réaction.

— Que sont ces chiffres, Miss Franken ? Que représentent-ils ?

— Des entrées et des sorties d'argent sur le compte de Mrs. Exeter…

— Mrs. Exeter ? coupa-t-il. Mrs. Exeter possédait un compte personnel ?

L'expression de Bella Franken était grave.

— Il s'agissait d'un compte en fidéicommis, Mr. Monk. Elle n'y avait pas accès, pas plus que Mr. Exeter. Elle aurait dû avoir cet argent à ses trente-trois ans, c'est-à-dire dans plus d'un an. Jusqu'à cette date, il est administré par son cousin, Mr. Maurice Latham. C'est un avocat en droit civil.

Elle faisait si attention à garder l'air impassible que Monk en conclut qu'elle n'appréciait pas ce dernier.

Bella prit une nouvelle inspiration et reprit :

— Le jour de son anniversaire, Mrs. Exeter aurait hérité de la totalité de la somme. En cas de décès avant cette date, il était stipulé très précisément que son mari ne serait pas l'héritier, mais que la somme serait divisée entre les deux cousins survivants, les enfants des sœurs veuves de la mère de Mrs. Exeter.

— Qui sont-ils ?

— Mr. Maurice Latham et Miss Celia Darwin.

— Sont-ils au courant de cette disposition ?

— Bien entendu.

— Sont-ils…

— Il n'y a aucune rancœur, répondit-elle avant qu'il eût pu trouver une formule délicate pour exprimer sa question.

— Que sont ces chiffres au juste et pourquoi me les avez-vous apportés ?

— Parce que quelqu'un a très soigneusement retiré de petites sommes, sur une période de trois ou quatre ans, et a tout dissimulé par une habile tenue de compte. J'ai dû passer plusieurs heures à les éplucher pour m'en apercevoir.

— La seule personne à avoir accès à ce compte était Maurice Latham ?

— Et le directeur de la banque, Mr. Doyle, confirma-t-elle sans hésiter.

— Tout ceci a été rédigé de votre main.

Il parlait sur un ton d'excuse.

— L'un ou l'autre pourra affirmer que ces chiffres sont erronés, que vous vous êtes trompée en recopiant et que les livres de comptes sont exacts. Je suis navré…

— Bien sûr que c'est mon écriture, répondit-elle. L'original aussi. Je suis aide-comptable. C'est moi qui tiens les livres de comptes. Mais dans l'original, Mr. Doyle a contresigné chaque page. Il les vérifie toutes, même si bien sûr ce n'est pas lui qui les écrit. Cela prend des heures de recopier les reçus et tous les documents nécessaires pour tenir des comptes exacts. Ces pièces ne sont pas censées être des preuves, Mr. Monk, elles sont un moyen de vous aider à consulter les originaux. Ainsi, vous pourrez constater par vous-même que l'argent ne se trouve pas là où il devrait être, et cela sans qu'il y ait d'explication.

Il baissa les yeux de nouveau. Sans les indications qu'elle avait laissées, il doutait fort qu'il se fût aperçu de l'anomalie.

— Avez-vous montré ces papiers à la police métropolitaine ? Ou à un employé de la banque ?

— Non. Je…

Il était inutile qu'elle avoue à Monk qu'elle avait peur. C'était écrit sur son visage, dans la raideur de sa posture sous son manteau noir, dans la blancheur des jointures de sa main gauche crispée sur ses genoux, tandis que la droite lui tendait d'autres documents.

Il était tout aussi inutile de lui dire qu'elle se mettait en danger en lui révélant tout cela. Il aurait aimé pouvoir lui affirmer qu'elle serait protégée. Qu'il veillerait à ce qu'elle fût en sécurité, mais il était hanté par le poids ténébreux de promesses passées. Il avait promis à Exeter qu'ils obéiraient au plan à la lettre et que Kate serait délivrée, or il avait perdu l'argent et Kate aussi. Presque par miracle, il avait été mis sur la piste de Lister. Ils étaient allés l'arrêter et avaient trouvé son cadavre. C'était seulement grâce à son identification par Celia qu'ils avaient la certitude qu'il avait été le ravisseur. Et au fond, en étaient-ils sûrs ? Le témoignage de Celia aurait-il été retenu par une cour de justice ? Elle ne l'avait vu que pendant quelques secondes sur la rive du fleuve. Elle avait été surprise, effrayée. Plus tard, on lui avait demandé de regarder un corps mutilé, affligé d'un trou béant à la place de la gorge. Elle avait déclaré que c'était lui, mais aurait-elle fait pareil face à n'importe qui, pour la seule raison qu'elle voulait que ce fût lui ?

Hooper l'espérait, lui aussi. Dans quelle mesure l'avait-il influencée ? En temps ordinaire, Monk n'aurait pas douté de lui, mais peut-être son collègue voyait-il des progrès là où il n'y en avait pas tant il était désireux de découvrir celui qui les avait trahis, et de punir l'homme qui avait assassiné Kate et infligé à Exeter une blessure si profonde. Et Monk, qui tenait tout autant à élucider cette affaire, pour exactement les mêmes raisons, répugnait à l'admettre.

— Miss Franken, avez-vous vu ou entendu quelque chose hormis cela ? Y a-t-il eu des rencontres, par exemple ?

— J'ai vu Mr. Exeter trois ou quatre fois à la banque au cours de ces dernières semaines. J'ai essayé de me souvenir des dates exactes, mais je ne peux pas. Je suis désolée. J'imagine que Mr. Doyle pourrait vous fournir cette information. Je n'ai pas accès à son agenda. Je n'entre pas souvent dans son bureau. Parfois, je lui porte des registres, s'il me les demande.

— Travaillez-vous pour lui depuis longtemps ?

— Cela paraît longtemps. Huit ans, et depuis trois ans, je suis la comptable principale.

— Vous avez un collègue ?

Les erreurs venaient-elles de là ?

— J'en avais un. Mr. Ernshaw est parti voilà un peu plus de deux ans. Nous n'avons encore trouvé personne pour le remplacer.

— Cela doit être une lourde charge de faire le travail de deux personnes, observa-t-il.

Elle esquissa un sourire charmant, empreint d'ironie amusée.

— Je ne suis pas débordée, Mr. Monk. Je ne m'use pas les yeux à remplir des colonnes de chiffres à la lueur de la bougie. En m'organisant bien, je m'en tire sans difficulté. Et pensez-vous que si j'avais commis une erreur j'aurais abouti exactement à ces chiffres ? J'ai le sentiment, à en juger par votre expression, qu'ils ont peut-être plus de sens pour vous que pour moi.

— Vous êtes très observatrice, Miss Franken. Quelle a été votre impression de Mr. Exeter ? A-t-il confiance en Mr. Doyle ?

Gênée, elle baissa les yeux.

— Il ne m'appartient guère d'avoir des impressions concernant Mr. Doyle ou ses clients. J'ai beaucoup de peine pour Mr. Exeter. J'ai lu les journaux, bien sûr, et c'est une des histoires les plus affreuses dont j'aie entendu parler.

— Mr. Exeter est-il venu à la banque depuis ?

— Oui, une fois. Il avait l'air d'un spectre, le pauvre homme.

— Vous pensez qu'il a obtenu l'argent de la rançon avec l'aide de Mr. Doyle ?

— Oui…

— Ce serait naturel, puisqu'il s'agit de sa banque. Pourquoi redoutiez-vous d'enfreindre le secret professionnel en m'apportant ces informations ?

Monk répugnait à lui poser cette question, mais elle ne semblait ni sotte ni frivole, et elle était manifestement persuadée qu'il y avait eu malversation. Elle avait très peur, et pas simplement de trahir la confiance de quelqu'un. Sinon, elle aurait pu aisément éviter cela en ne disant rien.

— J'adore les chiffres, Mr. Monk, expliqua-t-elle en levant les yeux vers lui de nouveau. Cela peut paraître étrange pour une femme, mais quand on les comprend, il y a en eux une certaine beauté. Ils sont entièrement dénués d'émotion, et pourtant, ils possèdent une musique, une raison et, parfois même, de l'humour. Je…

Elle s'interrompit, embarrassée par l'enthousiasme qu'elle avait montré face à un inconnu.

— Et ils vous révèlent certaines choses, acheva-t-il à sa place.

Il avait saisi ce qu'elle voulait dire et, l'espace d'un instant, l'avait entrevu aussi : un univers où la raison et la beauté ne faisaient qu'un, où les bizarreries des constructions vous faisaient parfois sourire. Cette femme, qui s'était embarquée dans une aventure solitaire de l'esprit et qui y trouvait du plaisir, lui était sympathique.

— Oui, dit-elle en désignant les papiers étalés entre eux. Les sommes sont presque toujours bonnes à la fin des calculs, mais des transactions étranges ont eu lieu, des choses ont été cachées. Il reste moins d'argent qu'il ne devrait y en avoir à certains endroits, plus à d'autres. Il existe peut-être une explication qui m'échappe, mais…

— Vous pensez vraiment que des fonds ont été détournés ?

— Oui. Quelque chose ne va pas. Certains mouvements sont… répréhensibles !

— Qui soupçonnez-vous ?

Elle se mordit la lèvre.

— Il ne peut s'agir que de Mr. Latham… ou de Mr. Doyle.

— Lequel des deux, à votre avis ?

— Je ne sais pas. Si ce pouvait être Mr. Exeter, je le soupçonnerais d'avoir voulu lever des fonds pour la rançon. Mais ces chiffres remontent à beaucoup plus longtemps. Tout a été très bien dissimulé. Je ne m'en suis aperçue que parce que j'ai remarqué une erreur, qui m'a incitée à en chercher d'autres. De plus, Mr. Exeter n'a pas accès à ces comptes…

— Vous savez à combien la rançon se montait ? Comment ?

— L'argent est apparu sur le compte de Mr. Exeter, et puis a disparu en l'espace de quelques heures – le jour où… où a eu lieu la tentative de paiement.

Elle était toute pâle, comme si elle soupesait ses paroles avant de les prononcer.

Si Exeter avait volé cet argent pour sauver la vie de Kate, Monk l'aurait compris. Il l'aurait fait pour Hester.

Il reporta son attention sur les documents, et la raison pour laquelle Bella Franken était venue à lui.

— Miss Franken, ce que vous venez de faire a dû exiger un grand courage. Je vous en prie, veillez à ne révéler à personne que vous m'avez transmis ces informations, et n'en cherchez pas davantage. Ne dites rien à personne. Je vais m'occuper de cette affaire et déterminer si elle nous aide. Je vous en prie…

Elle se leva.

— Je serai prudente. Merci, commissaire.

— Je vais vous raccompagner à la rue principale et vous trouver un fiacre, dit-il. Et merci…

Monk ne connaissait pas d'expert en fraude ou détournement de fonds dans la brigade fluviale, du moins aucun qui fût capable d'analyser les documents complexes de la banque. Cependant, Rathbone lui en indiquerait un. De toute façon, il devait aller voir ce dernier. Il avait repoussé ce moment, car il l'appréhendait. La visite de Bella Franken lui avait fourni l'élan dont il avait besoin.

Il arriva chez Rathbone à huit heures moins le quart, presque sûr de le trouver chez lui. Depuis qu'il était marié avec Beata, Rathbone sortait beaucoup moins souvent qu'autrefois, préférant rester à la maison en compagnie de son épouse, qui semblait en tirer tout autant de plaisir. Peut-être avait-elle eu sa part de soirées mondaines avec son premier mari, un juge arrogant, brutal, dont la plupart des amis évoluaient dans la haute société. Toute sortie alors avait dû être préférable à un tête-à-tête avec cet homme au caractère imprévisible. À la suite d'une crise d'apoplexie déclenchée par un paroxysme de fureur, il avait été alité pendant plus d'un an avant de mourir. Il s'était cramponné à l'existence le plus longtemps possible, résolu à empêcher sa femme d'épouser Rathbone. Durant cette longue et difficile période, celui-ci s'était refusé à compromettre la réputation de Beata ou la sienne : il soupçonnait que certains étaient au courant de son amour pour elle, et il n'était pas dépourvu d'ennemis. En effet, il avait plaidé lors de nombreux procès controversés, vaincu la plupart des avocats les plus en vue, que ce fût pour la défense ou pour l'accusation, et tous ne l'avaient pas bien pris. Il avait aussi commis des erreurs qu'il avait payées cher.

Il avait été un ami pour Monk quand ceux-ci étaient rares.

Non existants, aurait dit l'intéressé, avant de se rendre compte qu'il se trompait. Runcorn, à sa manière, avait été un ami, puis un ennemi, avant de redevenir un ami. Et Monk avait été au moins autant responsable que lui de leur éloignement. Orme avait été un ami, à sa façon silencieuse, et Hooper aussi, lui qui était un être beaucoup plus complexe qu'il ne l'avait estimé. Il n'avait pas confié son secret à Monk, qui en était blessé. Et si c'était sa faute plus que celle d'Hooper ? Cette possibilité ne lui était pas venue à l'esprit avant.

D'autres personnes encore avaient illuminé sa vie d'un éclat vif et bref, avant de disparaître pour leurs propres raisons.

Enfin, il y avait Hester. Aucun ami plus sincère n'existait. Harry Exeter avait-il perdu une telle amie en Kate ?

Chez Rathbone, il fut accueilli avec chaleur. Cinq minutes plus tard, il était assis au coin du feu, un verre de cognac à la main. Beata, dans la cuisine, préparait un plat de saucisses accompagnées de pommes et de purée, lequel serait suivi d'un pudding chaud, servi avec un sirop de mélasse.

Rathbone avait appris la mort de Lister dans les journaux, par le biais d'entrefilets qui n'avaient fait aucune allusion à sa possible implication dans le meurtre de Kate Exeter.

— Eh bien ? demanda-t-il.

Il était confortablement installé dans son fauteuil, les jambes croisées, attentif et intéressé, à son aise. Il était à sa place dans tous les sens du terme, peut-être pour la première fois de sa vie.

— C'est Lister qui l'a enlevée, expliqua Monk. Du moins, c'est ce que nous pensons. Mrs. Darwin, la cousine qui accompagnait Kate Exeter, l'a identifié.

— Doutez-vous de son témoignage ? s'enquit Rathbone, haussant les sourcils.

— Je la crois honnête, répondit Monk. Mais il se peut que son désir de nous aider l'ait influencée. Ce sont des choses qui arrivent.

— Et si elle a raison ? insista Rathbone en fouillant son regard. Cela vous aide-t-il ?

— Je ne sais pas. C'est une satisfaction, je suppose. S'il avait l'argent, ou l'essentiel de l'argent, il est ironique qu'il ait été imprudent au point de se trahir.

Bien sûr, on ne peut exclure qu'il ait tout bonnement été assassiné par des voleurs, sans aucun lien avec l'enlèvement. Si tel est le cas, nous ne les retrouverons sans doute jamais, à moins d'un heureux hasard.

— C'est regrettable, admit Rathbone, avec une douceur qui révélait qu'il avait conscience de la douleur de Monk. Qu'en est-il de l'homme que vous soupçonnez d'avoir révélé votre plan aux ravisseurs ?

Monk se figea. Il fixa l'avocat comme si ce dernier s'était subitement transformé en monstre. Une vague de nausée déferla en lui, suffocante, lui coupant le souffle.

— Monk !

La voix de Rathbone lui parvenait de très loin.

— Monk ! Vous allez bien ?

Il sentit la main de Rathbone se refermer sur son poignet, assez fort pour lui faire mal.

Il se fit violence pour se concentrer.

— Je n'y ai même pas pensé, avoua-t-il d'une voix étouffée. Dieu nous aide…

— Pensé à quoi ?

Rathbone se penchait vers lui, l'inquiétude gravée sur son visage.

— Que voulez-vous dire ? Vous savez qu'un de vos hommes les a informés ! C'est vous qui me l'avez dit.

— Il ne m'était pas venu à l'esprit qu'un de mes hommes avait pu assassiner Lister pour l'empêcher de révéler le nom du traître.

Il avait parlé d'une voix étranglée, qu'il reconnut à peine.

— Non ! protesta Rathbone. Non, bien sûr que non ! Monk, que vous arrive-t-il ? C'est une pensée… abominable ! Si un de vos hommes vous a trahis, ce devait être par mégarde ! Réfléchissez ! Dites-moi ce qui s'est passé, en prenant votre temps et sans rien omettre, sans céder à l'hystérie.

L'hystérie ! Le mot suffit à ramener brutalement Monk au présent et à une colère froide, concentrée. Il méprisait l'hystérie. Il relata les faits à Rathbone exactement comme il s'en souvenait, évoquant le vent glacial, les coups reçus, l'inattention qui leur avait valu d'être pris par surprise, le soulagement qu'il avait éprouvé en comprenant qu'Hooper n'avait pu être impliqué. Il s'abstint d'avouer que ce dernier continuait à lui cacher quelque chose. Parce que le secret appartenait à Hooper seul ? Ou parce qu'il s'était tu jusqu'alors et que parler eût été gênant à présent ?

— Bon, dit Rathbone d'une voix ferme. Vous savez quand Lister a été tué. La fourchette de temps est étroite. Vérifiez où se trouvaient vos hommes à ce moment-là, et vous pourrez en exclure certains de la liste des suspects, sinon tous. Et reprenez-vous ! Vous avez traversé des épreuves plus dures que celle-ci.

— Jamais je n'ai soupçonné mes hommes, répondit Monk calmement. Et jamais je ne m'étais rendu compte que je les connais très peu – et que l'inverse est peut-être tout aussi vrai.

— Vous n'avez pas le droit de tout savoir sur tout le monde, Monk. Vous devez juger la situation en vous basant sur les faits. Vous ne connaissez personne parfaitement, ni Hester ni moi ni vous-même. Acceptez-le, mon cher. Il n'y a pas d'autre solution. Maintenant, allez-vous me donner ces papiers dont vous m'avez parlé, ou vous contenter de les promener dans votre poche ? Beata va apporter le souper d'une minute à l'autre.

Monk sortit les documents de sa poche.

— Une jeune femme me les a remis ce soir. Ce sont des copies exactes, d'après elle, des registres de la banque Nicholson. Ils concernent le compte en fiducie qui était destiné à Kate Exeter. Elle affirme qu'il y a eu des irrégularités, que des retraits ont été effectués, de petites sommes mais sur une longue période. Connaissez-vous un expert en finance qui puisse me dire s'il y a bel et bien quelque chose qui cloche ? Ou si elle a mal compris ?

— Je vais me renseigner.

Rathbone prit les feuillets au moment où Beata entrait, apportant son repas sur un plateau. Monk était incapable de se rappeler s'il avait déjeuné ou pas.

— Merci, dit-il, profondément reconnaissant.

11

Hester ne se trouvait pas chez elle quand Will vint la voir, mais au dispensaire de Portpool Lane. Debout dans la réserve de médicaments, elle faisait l'inventaire de leurs stocks et dressait la liste des fournitures dont ils avaient besoin. Comme d'habitude, il leur fallait des pansements, de l'alcool pour stériliser les instruments, les plaies, et du vin convenable pour les patients qui avaient tout juste la force de boire une gorgée de liquide. Certains couteaux et ciseaux avaient également besoin d'être aiguisés, mais il serait facile de remédier à cela.

Elle devina une présence derrière elle et se retourna. Voir Will lui fit plaisir, mais le fait qu'il était venu lui parler ici plutôt qu'à la maison éveilla en elle une soudaine pointe d'anxiété. Voulait-il que Monk n'entendît pas ce qu'il avait à lui dire ?

Will avait tout d'un homme à présent, pourtant le sourire qu'il lui adressa recelait encore un peu de l'enfant qu'il avait été.

— Ce n'est pas Bathurst, annonça-t-il aussitôt. S'il disparaît de temps à autre et qu'il répugne à dépenser son argent, c'est parce qu'il est l'aîné d'une famille nombreuse qui n'a pas un sou. Le père est mort, et le salaire de Bathurst est le seul revenu régulier. Une de ses sœurs travaille, mais les femmes, les filles, ne sont pas bien payées. Il vit dans la hantise qu'elle ne se laisse entraîner à faire le trottoir tant ils ont besoin d'argent. Je suppose que c'est aussi pour ça qu'il est gentil avec les femmes des rues. Il comprend d'où elles viennent.

La compassion se lisait sur ses traits. Quelques années plus tôt, il aurait peut-être éprouvé une pointe d'envie envers quelqu'un qui avait une grande famille, si pauvre fût-elle. Désormais, il avait trouvé sa place et s'y sentait trop bien pour envier quiconque.

Hester lui rendit son sourire.

— Merci.

Malgré tout, elle ne pouvait s'empêcher de se demander à quel point cette pression constante rendait le jeune Bathurst vulnérable. Quelle urgence, même minime, risquait de menacer l'équilibre précaire de la survie.

— Je sais, dit Will très vite.

— Ah bon ?

Elle réprima la tentation de cacher ses doutes. Elle l'avait fait par le passé, et il l'avait percée à jour. Il avait été à la fois blessé et en colère.

— Oui. Crow a soigné des membres de sa famille. Tu n'as aucune raison de penser du mal de lui.

Il attendit sa réaction, soutenant calmement son regard. Quand avait-il tant mûri ? Elle connaissait la réponse à cette question. C'était en travaillant auprès de Crow, et surtout en s'occupant de Fitz, qui avait été l'ami d'Hester durant la guerre de Crimée et qui avait subi d'horribles blessures, dans son corps et dans son âme. Soudain confronté à la réalité de la guerre et du deuil, Will avait bien surmonté l'épreuve.

Cette fois, elle lui sourit sans retenue.

— Merci beaucoup.

— Je n'ai pas pu apprendre grand-chose sur Laker, sauf qu'il a servi dans l'armée pendant un temps. Peut-être connais-tu quelqu'un qui l'a rencontré à l'époque. Il a quitté l'armée… dans des circonstances obscures. Je n'en sais pas davantage.

Ainsi, c'était pour cette raison qu'il était venu à Portpool Lane et non à la maison. Il ne voulait pas l'admettre, mais il avait peur de ce qu'elle pourrait découvrir. Avait-il peur pour Monk aussi ? Avait-il perçu sa vulnérabilité, et compris qu'il était infiniment plus sensible qu'il ne feignait de l'être ?

Leurs regards se rencontrèrent. Will sourit, puis détourna les yeux. Il n'était pas prêt à partager cela. Par loyauté envers Monk, juste au cas où elle ne se serait doutée de rien ? Des larmes soudaines picotèrent les yeux d'Hester.

— Merci, souffla-t-elle, espérant qu'il ne saurait pas à quoi elle faisait allusion.

Sa liste terminée, elle la mit dans sa poche et s'en alla. Elle irait faire les courses le lendemain. Dans l'immédiat, elle devait s'acquitter d'une autre tâche.

Elle avait déjà décidé à qui s'adresser pour avoir des renseignements concernant Laker et la tragédie qui avait pu être la sienne. Le major Carlton connaissait ou avait connu presque tous les hommes qui avaient servi dans l'armée régulière à compter du début de la guerre de Crimée, surtout s'ils étaient originaires des comtés situés autour de Londres, ceux qu'on appelait les *Home Counties*.

Il était là où elle s'attendait à le trouver, assis dans son salon au coin du feu, en train de lire des récits militaires choisis parmi sa vaste collection. Elle l'avait soigné alors qu'il se relevait d'une blessure des plus douloureuses et il n'avait pas oublié sa patience, et encore moins sa discrétion. Jamais elle n'avait fait allusion aux moments de faiblesse ou d'indignité qu'il avait traversés.

Après avoir fait entrer Hester, son valet disparut, ayant reçu l'ordre d'apporter du thé et des tartelettes aux fruits. Il n'était pas encore quatre heures de l'après-midi, mais des exceptions pouvaient être faites. Un homme ne devrait pas être prisonnier des conventions.

Carlton se leva, non sans difficulté, pour la saluer. Elle s'abstint de lui dire que ce n'était pas nécessaire. Il détestait par-dessus tout qu'on lui rappelât qu'il n'était pas tenu aux règles générales de la courtoisie. Il lui déplaisait d'en être exempté. Chacun le savait. Nul n'en parlait.

— Comment allez-vous ? demanda-t-elle avec chaleur. Vous avez bonne mine.

Ce n'était pas l'infirmière qui parlait, mais l'amie. L'infirmière décelait la tension et la douleur sur ses traits, la raideur accrue de sa posture, son amaigrissement progressif, et en devinait les causes. L'amie non.

Elle s'assit tout de suite, afin qu'il pût l'imiter.

— J'ai besoin de votre aide, déclara-t-elle, allant droit au but.

Leurs rapports avaient toujours été francs.

Il s'efforça de dissimuler sa surprise.

— À quel propos ?

Elle avait longuement réfléchi à la manière d'aborder cette conversation. Même en étant d'une honnêteté rigoureuse, elle ne pouvait en présenter tous les aspects.

Il attendait, intrigué, désireux de se rendre utile de nouveau, quel que fût l'objet de sa requête.

— Mon mari dirige la brigade fluviale de la Tamise…

— Je sais.

— Ah bon ?

— Je me tiens au courant de ce que vous devenez… vous et ceux qui vous sont proches.

Son visage s'assombrit.

— Je sais qu'il enquête sur un crime épouvantable.

Cet aveu rendait la tâche d'Hester plus difficile, et pourtant, elle était touchée d'apprendre qu'il s'intéressait toujours à sa vie. N'avait-il pas de famille ? Elle ne se rappelait pas qu'il eût jamais mentionné un parent. Peut-être aurait-elle dû venir lui rendre visite plus souvent ?

— L'un des jeunes gens qui travaillent sous ses ordres a servi dans l'armée. Il est l'objet de certains soupçons et je… j'aimerais beaucoup les dissiper. Il évoque rarement son passé ou sa famille. Il refuse de dire pourquoi. J'imagine un incident malheureux plutôt qu'un délit. Des faits sans rapport avec la présente affaire.

Carlton la dévisagea, sans feindre de la croire.

— De quoi le soupçonne-t-on, au juste ? Pas d'avoir été mêlé à cette… atrocité tout de même ?

— De dissimuler quelque chose, peut-être par pudeur, la sienne ou celle de quelqu'un d'autre, répondit-elle. Si je savais de quoi il s'agit, cela pourrait suffire à le blanchir entièrement.

— Et sinon ?

— Cela pourrait disculper ses collègues qui sont aussi suspectés.

— Je vois. Qui est ce jeune homme ?

Elle lui donna les nom et prénom de Laker en précisant sa date de naissance, et lut sur son visage qu'il n'avait nul besoin de réfléchir.

— Oui, je me souviens de lui, bien entendu. Un garçon un peu impulsif. Émotif, aussi. Mais quelqu'un de bien. Je crois qu'il réussira mieux dans la brigade fluviale que dans l'armée. On peut davantage... y exprimer sa personnalité.

— Qu'a-t-il fait ? Je me fie à votre jugement, mais le commissaire aura besoin d'informations précises.

— C'est une longue histoire. Je vais essayer de vous la résumer.

Il fut interrompu par l'arrivée de son valet qui apportait leur collation. Il reprit le fil de son récit dès qu'ils furent restés seuls.

— Et c'est la vérité...

— Merci. Cela... cela ressemble au Laker que je connais. Arrogant, insolent, courageux et... fragile. Merci, major Carlton. Ces tartelettes à la confiture sont excellentes.

Elle regarda l'énorme bibliothèque.

— Avez-vous découvert des secrets intéressants dernièrement ?

— Oh oui ! Oui... je ne saurais vous dire...

Elle rapporta à Monk sa visite au major. Il se faisait tard et il était las, de sorte qu'elle se contenta d'un récit assez bref.

— Par conséquent, tu n'as aucune raison de douter de Laker, conclut-elle.

— Merci, dit-il tout bas, trop épuisé pour manifester de la surprise, des doutes, ou la bombarder de questions.

Elle lui effleura le visage d'une main douce.

— De rien. J'aime bien Laker.

— Je m'occupe des comptes, déclara Monk à Hooper le lendemain matin. Laker va continuer à rassembler des informations sur Lister. On devrait pouvoir dégoter quelque chose d'utile. Un cambriolage a été signalé à l'entrepôt Johnson, sur la rive sud. Il faut que j'envoie Marbury et Walcott sur les lieux. Quant à vous, je vous charge de découvrir tout ce que vous pouvez au sujet de Doyle, le directeur de la banque. Cela dit, soyez discret, inventez une histoire de façon qu'il ne se doute de rien.

Il se tut, le visage blême.

— Il est possible qu'il soit derrière tout cela mais, d'un autre côté, c'est peut-être une autre victime potentielle. Ou d'ores et déjà une victime !

— Oui, monsieur…

— Tout ce que vous pouvez découvrir, répéta Monk. Où habite-t-il ? A-t-il d'autres revenus que son salaire ? Est-il propriétaire de sa maison ? Est-il marié, a-t-il une maîtresse occasionnelle, une liaison plus sérieuse ? S'il est marié, comment est son épouse ? Dépensière ? A-t-il des enfants ? La famille a-t-elle des obligations financières, des dettes contractées par le passé ? S'adonne-t-il au jeu ? À la boisson ? A-t-il fait des dépenses ces derniers temps ou réduit son train de vie ? Qui sont ses amis ? De quelle couleur sont ses chaussettes ?

— Pardon ?

— Je veux tout savoir sur cet homme. Bella Franken a raison. Il semble qu'il ait maquillé les comptes et fait disparaître la somme exacte de la rançon exigée pour la libération de Kate Exeter. Il ne peut s'agir d'une coïncidence. Il est impliqué d'une manière ou d'une autre, en connaissance de cause ou pas, de manière intentionnelle ou pas. Il faut qu'on en ait le cœur net.

— Oui, monsieur.

Hooper se réjouissait d'avoir une mission précise, susceptible de déboucher sur des progrès. Tous les hommes étaient à cran. Personne n'évoquait l'enlèvement ni le meurtre, mais ils étaient sous-jacents, présents dans de minuscules exemples de méfiance, dans des remarques peut-être anodines qui, au lieu d'apparaître comme des plaisanteries, étaient mal interprétées. Il n'y avait plus de taquineries, plus de mots d'humour irrévérent, en fait, presque plus d'humour tout court. Personne ne se montrait ouvertement soupçonneux. Au contraire, chacun faisait preuve d'une prudence excessive à cet égard, mais c'était dans l'air. Hooper haïssait celui qui était responsable sans le connaître. Ces hommes lui avaient tenu lieu de famille et voilà que, pour la première fois depuis des années, il avait une sensation aiguë de solitude. Il se découvrait gêné lorsqu'il leur témoignait la moindre marque de gentillesse, et les trouvait étrangement réservés avec lui, comme s'il essayait de dissimuler une réalité, alors que la réalité était l'amitié, le besoin de contact avec autrui, ne fût-ce qu'en pensée.

La douceur de Marbury avec les chiens lui paraissait moins amusante, et plus compréhensible. Il lui parlait sans la légère pointe d'ironie qui, il s'en rendait compte, avait teinté sa voix auparavant.

Concernant Doyle, tout fut facile au début. Il apprit sans peine où celui-ci habitait. Sa maison était jolie, plus grande qu'Hooper ne s'y attendait, mais il y avait eu plusieurs enfants, tous partis à présent. L'endroit avait dû être un cadre plaisant où grandir, peut-être un soupçon au-delà des moyens de Doyle à l'époque.

Avait-il contracté des dettes pour l'acquérir ? De l'extérieur, c'était le foyer confortable d'un homme prospère.

Ses entrevues avec les voisins et commerçants du quartier durèrent jusqu'en début d'après-midi. Doyle paraissait être un homme quelconque. Il n'y avait rien d'exceptionnel chez lui, hormis son zèle au travail. Il était ambitieux et avait gravi les échelons jusqu'à devenir directeur, attirant de nombreux clients fortunés par sa discrétion et sa fiabilité, autant de qualités indispensables chez un banquier. C'était un individu sans histoire, qui se fondait dans la foule : en un mot, ennuyeux.

Hooper fut surpris de constater qu'il avait, en un sens, jugé cet homme à partir de la description que les autres faisaient de lui. Si quelqu'un se renseignait à son sujet, quelles réponses obtiendrait-il : le décrirait-on comme un policier compétent, mais terne ? Quelqu'un qui n'avait rien accompli de spécial, que rien ne rendait intéressant ou différent, qui ressemblait plus ou moins à ce qu'il était, un matelot de la marine marchande ? Il aurait pu s'élever dans la hiérarchie, mais ne l'avait pas fait. Personne ne saurait pourquoi. Il n'avait pas de passe-temps extravagants, pas de défauts criants, pas de relations bizarres, rien chez lui ne sortait de l'ordinaire. Comme il était facile de décrire quelqu'un ainsi ! Il savait combien il était complexe en réalité, combien il débordait de rêves, de regrets, de désirs qu'il ne pouvait partager, d'espoirs qu'il ne réaliserait peut-être jamais. Et de solitude.

Peut-être Doyle était-il non moins compliqué, car tout aussi incapable de révéler cette part de lui-même que la majorité des hommes dissimulent, cet intérieur fragile qui pouvait si aisément être blessé.

Il résolut de s'intéresser à Doyle de nouveau, en faisant preuve d'imagination, cette fois ! D'effectuer son travail avec sérieux, de ne pas se contenter de remplir les blancs sur un rapport de police qui pouvait s'appliquer à dix mille hommes et ne rien révéler de la personne qu'ils étaient réellement. De considérer Doyle comme s'il l'aimait bien, avec le regard bienveillant qu'il avait porté sur chacun de ses collègues, en redoutant ce qu'il pouvait trouver, au cas où l'un d'eux aurait été celui qui avait trahi Exeter, et Kate, et eux tous.

Il travailla jusque tard dans la soirée, cherchant avec plus d'attention, écoutant d'une oreille attentive ce qu'on lui disait, et surtout, ce qu'on taisait. Il bavarda avec une serveuse à la taverne où il était arrivé à Doyle de boire un verre en rentrant du travail.

— Je l'ai pas vu depuis quelque temps, mais il venait toujours à la même heure, déclara Betty qui, accoudée au bar, lui souriait avec gentillesse.

Il lui rendit son sourire.

— Les habitudes peuvent être réconfortantes, observa-t-il, espérant qu'elle comprendrait ce qu'il voulait dire.

Ils avaient déjà établi une sorte de lien, ayant découvert qu'ils aimaient tous les deux faire de longues promenades sur la plage lorsque l'occasion s'en présentait.

— Vous êtes gentil, mon chou. Mais c'est pas pour moi. Un peu trop régimenté, si vous voyez ce que je veux dire ? Un peu comme de régler ses repas sur les jours de la semaine. Rôti le dimanche, viande froide et restes le lundi, hachis Parmentier le mardi, saucisses le mercredi, et ainsi de suite.

Il émit un petit grognement, sachant qu'elle en comprendrait le sens.

— Exactement, acquiesça-t-elle. Parfois ça paraît rassurant, comme quand on verrouille la porte le soir pour que personne ne puisse entrer.

— Ou sortir ? suggéra-t-il.

Elle soupira.

— Vous êtes un homme sage, vous !

— Avait-il envie de s'évader ?

— Je crois que oui, parfois. Du moins, il rêvassait à ce sujet.

Hooper se demanda à quel sujet il rêvassait au juste.

— Il aurait aimé faire le tour du monde ? Avoir une vie pleine d'aventures ?

— Plutôt fréquenter des clubs chics au centre-ville. Des clubs pour messieurs, je veux dire.

Elle roula les yeux.

— Faut être quelqu'un de haut placé pour être membre.

Hooper imagina le très ordinaire Doyle rêvant d'accéder à un tel endroit. Peut-être Harry Exeter lui en avait-il décrit un, ou l'avait-il invité ?

— Je suppose qu'il en a entendu parler par ses clients. Ou même qu'il en a visité un.

— Vous auriez dû voir la tête qu'il faisait quand il m'en a causé.

Elle sourit, mais son visage était empreint d'une certaine pitié, d'une douceur : elle pressentait que Doyle n'y serait jamais à sa place et elle avait sans doute raison.

— J'imagine, murmura-t-il. Je ne suis, pour ma part, jamais entré dans un de ces clubs. Je suis plus à l'aise ici !

Elle sourit, rougit très légèrement et lui proposa une autre boisson. Il accepta, et elle s'affaira à le servir.

Hooper passa la matinée du lendemain à compléter les divers renseignements qu'il avait obtenus. Doyle semblait avoir peu d'amis, et ceux-ci, pour l'essentiel, travaillaient dans le secteur bancaire. C'étaient des gens qu'il avait rencontrés par le biais de son travail. Il dînait avec eux de temps à autre, toujours dans des lieux prévisibles, tels que les clubs de sport locaux, ou la société historique.

Il appréciait la bonne cuisine, mais essayait rarement de nouveaux plats. Il avait traversé la Manche une fois pour se rendre en France, plusieurs années auparavant, cependant il n'y était pas retourné depuis.

Il fréquentait le théâtre, surtout pour voir des pièces de Shakespeare, jamais des œuvres modernes.

De ces informations se dégageait le portrait d'un homme seul, prisonnier d'une carrière dont il s'acquittait bien, en marge des plaisirs dont jouissaient ses principaux clients et qu'il enviait de loin sans pouvoir y goûter.

Était-il assez vulnérable à la tentation pour y céder ? Avait-elle d'une manière ou d'une autre échappé à son contrôle, l'entraînant dans une violence qu'il n'avait jamais envisagée ?

Hooper songea à tenter de le rencontrer sans lui avouer sa véritable identité, mais il y renonça. Ce serait délicat et périlleux. Il ne pouvait pas se faire passer pour un homme assez fortuné pour être client de la banque Nicholson. Et si Doyle était impliqué, fût-ce par un hasard malheureux ou par négligence, il était néanmoins coupable, et ce, depuis le début. La moindre erreur de la part d'Hooper lui mettrait la puce à l'oreille. D'ailleurs, il était possible qu'il connût les hommes de Monk de vue. Si l'un d'eux lui avait servi de mouchard, c'était presque certainement le cas.

En fin de compte, Hooper se décida à aller s'entretenir avec Harry Exeter, dans l'espoir de découvrir une facette de son caractère qu'il ne montrait pas en présence de Monk. Ce dernier avait de la sympathie pour l'aventurier qu'il voyait en lui, pour l'homme qui adorait sa femme. Peut-être Hooper saisirait-il quelque chose de différent.

Une visite à l'heure du déjeuner serait déplacée. L'après-midi était plus approprié. Si Exeter n'était pas là, Hooper pourrait patienter jusqu'à son retour.

Ce ne fut pas nécessaire. Exeter était chez lui et parut content de le voir. Il le fit entrer et lui offrit un verre.

— Non, merci, monsieur, répondit Hooper.

La question était de pure forme, on ne s'attendait pas à ce qu'il acceptât.

— Que puis-je pour vous, Mr. Hooper ? Avez-vous du nouveau ? demanda Exeter en fronçant légèrement les sourcils.

Le ton de sa voix suggérait que, si tel était le cas, il serait offensé que Monk ne fût pas venu en personne.

— Non, monsieur. Je n'ai que quelques questions supplémentaires à vous poser.

— À quel sujet ? demanda Exeter, l'air intrigué.

Hooper eut le sentiment d'être un peu dépassé. Exeter irradiait le pouvoir. Il ne cherchait pas à en faire étalage, sauf en évoquant avec désinvolture les biens qu'il avait accumulés, ou l'argent qu'il dépensait sans compter. Il demandait des faveurs en homme habitué à ce que les autres montrent de l'empressement à le satisfaire et acceptait cela avec courtoisie, mais sans surprise. Ce jour-là, il paraissait las, tourmenté par des émotions qui, bien qu'enfouies profondément en lui, demeuraient aussi présentes que le soir du drame.

Comment aurait-il pu en aller autrement ? Il devait encore lui arriver d'oublier par moments, avant d'être terrassé par les souvenirs et le fardeau d'un chagrin renouvelé. Combien de temps fallait-il à un homme pour prendre conscience d'avoir perdu sa femme à jamais ? Exeter était-il habité par la foi ? La plupart des gens gardent-ils la foi quand celle-ci est soumise à la pire des épreuves ? C'est probable, sous une forme ou une autre. Mais la nuit, quand il était seul dans le noir, et que, peut-être, il se tournait vers son épouse, il n'y avait qu'un vide, un drap froid à sa place.

Hooper avait toujours dormi seul ou, lorsqu'il était en mer, avec d'autres hommes d'équipage. Non par choix. Il n'avait pas le droit d'inviter une femme à affronter les fantômes de sa vie, et le risque toujours présent qu'ils ne resurgissent, accompagnés du déshonneur. Il n'avait pas le droit de demander à un être aimé de partager cette existence-là.

Exeter attendait.

— Nous pensons qu'il est possible que le directeur de la banque, Mr. Doyle, détienne certaines informations sans en avoir conscience.

Il observait Exeter avec attention. Il saisit le raidissement infime des muscles de son visage, la lenteur de son inspiration.

— Ah bon ? demanda-t-il, arquant les sourcils. Comment cela ?

— Tout à fait accidentellement, répondit Hooper, choisissant ses mots avec soin. Me semble-t-il.

Exeter, tout à fait immobile, respirait toujours aussi lentement.

— Accidentellement ? En êtes-vous sûr ?

— Je n'ai aucune raison de croire le contraire. C'est une possibilité à examiner, voilà tout. Je suppose que le mobile de cette affaire est l'argent, monsieur. Vous nous avez assuré que Mrs. Exeter n'avait pas d'ennemis personnels. Tout au plus la jalousait-on un peu ici ou là parce qu'elle était belle, charmante et mariée à un des… meilleurs partis de Londres, pour parler franc.

Là encore, il utilisa les mots exacts qu'il avait en tête, et le visage d'Exeter refléta tour à tour la compréhension, l'amusement, l'appréhension et, enfin, la réflexion.

— Je crois que c'est vrai, oui. Je… cette pensée me répugne, mais il me faut y faire face : il est possible en effet qu'on ait voulu s'en prendre à moi. J'ai des ennemis.

Il attendit, comme pour voir comment Hooper allait réagir.

Le policier devait rester impersonnel, se conduire avec le respect de rigueur, la retenue qui montrait qu'il n'avait pas l'audace de se croire l'égal d'Exeter.

— Bien entendu, monsieur, dit-il avec gravité. Beaucoup d'hommes doivent vous envier, et l'envie est parfois le début de la haine.

— De quoi soupçonnez-vous Doyle, au juste ?

— De rien, j'espère. Cela dit, il est votre banquier. Vous avez pu vous tourner vers lui afin de rassembler une grosse somme rapidement, en espèces plutôt qu'en titres, lesquels sont moins négociables.

Exeter parut songeur.

— C'est vrai, répondit-il enfin. Vous avez tout à fait raison. Je me suis adressé à Doyle. Je le connais depuis des années. Je l'ai toujours trouvé… fiable. Mais je suppose que le pauvre homme n'a jamais été confronté à pareille situation par le passé. Dieu merci, il n'y a pas beaucoup d'enlèvements à Londres. Ou du moins, on ne réclame pas une telle rançon.

Il hocha la tête, un semblant de sourire sur les lèvres.

— Il a levé les fonds pour moi. Il a immédiatement liquidé certains biens. A usé de son influence et de sa parole pour obtenir l'argent au plus vite. Je… je pensais que nous avions répondu à toutes leurs exigences…

Il eut un rapide clignement d'yeux et se détourna, évitant le regard d'Hooper.

— Nous avons respecté toutes leurs instructions, ajouta-t-il d'une voix assourdie par l'émotion. Et pourtant…

— Je sais, monsieur. Vous n'étiez pas en faute, se hâta de dire Hooper, voulant lui épargner l'épreuve de revivre les terribles événements. Si quelque chose a mal tourné, c'est de leur côté…

— Seigneur, mon brave ! s'indigna Exeter, furieux. Si… si quelque chose a mal tourné ?

Hooper demeura parfaitement calme.

— Il est possible, monsieur, qu'ils n'aient jamais eu l'intention de libérer votre épouse.

Son hôte le regarda comme s'il venait de le frapper.

— Je suis navré, monsieur, mais c'est une hypothèse. L'autre hypothèse, qui est peut-être plus plausible, c'est que Mrs. Exeter a reconnu l'un d'entre eux et que soit cet homme, soit un de ses complices l'a tuée afin de l'empêcher de les identifier tous tôt ou tard.

Exeter le dévisagea, comme s'il prenait pour la première fois la mesure de l'homme qui se trouvait en face de lui. Ce marin d'apparence ordinaire était arrivé à ce raisonnement avant lui.

— Peut-être avez-vous raison, dit-il lentement, tout juste assez fort pour que Hooper puisse l'entendre. Oui, bien sûr. Et si Doyle était impliqué, Kate l'avait rencontré. Elle était douée pour parler aux gens ordinaires… aux ouvriers, etc., elle n'oubliait jamais leur nom. C'est un talent…

Hooper songea à part lui que c'était plus une politesse qu'un talent. Et Doyle n'était pas un ouvrier, mais là n'était pas la question. Si elle le considérait ainsi, cela n'avait pu que renforcer le sentiment d'exclusion qu'il éprouvait.

— Pensez-vous vraiment qu'il ait pu faire cela tout seul ?

Exeter fronçait les sourcils.

— Comment aurait-il connu des gens tels que… l'individu que vous avez trouvé dans la barque, la gorge tranchée ? Êtes-vous certain d'ailleurs que cet homme ait été impliqué ? Ce n'est qu'une déduction, n'est-ce pas ?

— Cela semble fort probable, monsieur. Il avait dépensé d'énormes sommes d'argent, ce qui n'était pas dans ses habitudes. Il était aussi connu pour se montrer violent parfois et, quand nous l'avons suivi, il fréquentait des personnages peu recommandables.

— Ce ne sont pas des éléments décisifs… lui fit remarquer Exeter. Doyle, c'est une autre affaire… il était au courant de l'enlèvement. Seigneur ! Je me souviens de sa compassion, de son choc apparent lorsque je l'ai informé ! Il semblait… atterré… mais c'est logique. Avez-vous établi un lien entre Doyle et ce… comment s'appelait-il ?

— Lister.

— Eh bien. L'avez-vous fait ?

— Miss Darwin l'a reconnu, monsieur.

— Quoi !

— Miss Darwin l'a reconnu, monsieur, répéta Hooper.

— Que voulez-vous dire par là ? Quand diable l'aurait-elle vu ?

Hooper sentit le rouge lui monter aux joues. Avait-il commis une erreur en révélant cet élément de l'enquête ?

— Elle était avec votre épouse au moment où l'homme l'a enlevée…

— Je sais bien ! coupa Exeter. Mais quand l'a-t-elle revu, pour l'identifier ?

Hooper réfléchissait à toute allure.

— Elle ne l'a pas nommé, monsieur.

Il allait devoir admettre qu'il avait emmené Celia à la morgue et lui avait montré le cadavre. Exeter serait furieux contre lui. C'était compréhensible. À sa place, il aurait ressenti la même chose.

— Elle a identifié l'homme comme étant celui qu'elle avait vu sur la rive, précisa-t-il.

Exeter pâlit.

— Dieu tout-puissant, mon brave ! Vous avez emmené Celia voir un cadavre, un homme qui a été égorgé, celui qui a enlevé sa cousine sous ses yeux et puis l'a taillée en pièces ? Avez-vous perdu l'esprit ? Vous… vous… je ne trouve pas de mots pour…

— On avait préparé le corps, monsieur, et la blessure à la gorge était cachée. Elle n'a vu que son visage…

— Et cela arrange tout ? Quel genre d'homme êtes-vous ? Peut-être les femmes de votre milieu sont-elles habituées à ce genre de choses, mais Celia est une dame ! Elle a beau être pauvre, issue de la branche la moins prospère de la famille, à tous les égards, elle est…

Hooper se maîtrisa avec difficulté. Cela s'entendit dans le timbre de sa voix, sinon dans les paroles qu'il prononça.

— Miss Darwin s'est conduite avec une extrême dignité, Mr. Exeter, comme toute dame l'aurait fait, d'après mon expérience. L'épouse de Mr. Monk, que j'ai le privilège de connaître, a été infirmière en Crimée avec Florence Nightingale, et a vu plus de corps ensanglantés que toutes les forces de police réunies, et certainement plus que vous ou moi. Ni elle ni les autres dames qui étaient avec elle, dont nombre étaient issues des rangs de la noblesse, n'ont poussé des cris ou se sont évanouies. La naissance et la mort sont toutes les deux sanglantes, et ce sont en général les femmes qui officient dans ces moments intimes et douloureux.

Exeter prit une brève inspiration, puis son visage redevint impassible.

— Vous avez parfaitement raison, admit-il sur un ton stupéfait. Je n'avais jamais envisagé que Celia puisse se rendre utile d'aucune manière, mais peut-être possède-t-elle au moins cette qualité. Soit cela, soit elle n'a pas assez d'imagination pour être horrifiée. J'espère simplement qu'elle n'a pas affirmé reconnaître ce malheureux pour vous satisfaire.

Cette pensée était venue à l'esprit d'Hooper, et il l'avait rejetée. Il en voulut à Exeter de l'avoir formulée, et pourtant il n'avait aucun droit de lui en tenir rigueur.

— Moi aussi, monsieur. Je l'espère de n'importe quelle identification. Elle ne l'a pas vu pendant très longtemps sur la rive, mais je la crois. Elle est observatrice…

— Vous ne la connaissez pas assez bien pour en juger, Mr. Hooper, rétorqua Exeter, dont le visage s'altéra soudain. À moins, bien sûr, que ce n'ait pas été leur première rencontre ? Est-ce là ce que vous suggériez ?

Tout d'abord, Hooper ne comprit rien à ce qu'Exeter voulait dire, puis la lumière se fit dans son esprit, accompagnée d'une profonde bouffée de colère. Il lui fallut un instant pour la dissimuler. Exeter ne devait pas savoir en quelle estime il tenait cette femme qu'il n'avait vue que trois fois, et fort brièvement. Il inspira et expira lentement, feignant d'être pensif alors qu'il s'efforçait de contrôler ses émotions.

— Je ne suggérais rien de tel, monsieur. Je n'ai aucune raison de supposer qu'aucun de vous ait rencontré Lister avant, à l'exception, peut-être, de Mr. Doyle. Et si vous en aviez la preuve, je suis sûr que vous me l'auriez dit ?

— Comment aurais-je pu le faire ? répliqua Exeter. Je n'ai jamais vu ce… Lister !

— Non, monsieur. Je l'avais oublié. Si vous vous rappelez quoi que ce soit d'autre qui puisse nous aider à reconstituer le parcours de l'argent entre les mains de Mr. Doyle…

— Oui, je vous le dirai, assura Exeter. Merci. Je suis désolé d'avoir été… un peu sec. C'est terriblement éprouvant pour moi. Rien n'est comme… comme je le croyais. C'est si…

Il secoua la tête.

Hooper se leva.

— Affreux, monsieur, dit-il tout bas. Je n'ose même pas imaginer.

12

Monk écouta attentivement le récit qu'Hooper lui fit de sa visite à Harry Exeter. Ils étaient assis dans le bureau de Monk, la porte fermée. L'enlèvement demeurait présent dans tous les esprits. La tragédie avait laissé une plaie profonde, lancinante. Ils ne manquaient pas d'autres enquêtes à mener : des vols, des affaires de contrebande, de recel de marchandises qu'on déplaçait constamment, des accès de violence ici et là, en général des bagarres de comptoir qui allaient trop loin, de temps à autre une attaque au couteau, un corps jeté dans le fleuve. Cependant, le meurtre délibéré, gratuit, de Kate Exeter demeurait leur échec. Monk avait besoin d'entendre le point de vue de quelqu'un d'autre, une opinion qui ne reflétât ni sa perplexité ni sa tendance, par moments, à s'identifier à Harry Exeter.

Il restait tant de questions sans réponse ! Qui les avait trahis et pourquoi ? C'était une pourriture qui s'étendait, une tache vivante qui ne cessait de s'élargir, qui finirait tôt ou tard par tout corrompre.

— Mais pensez-vous que l'identification de Lister par Miss Darwin ait été correcte ? s'enquit-il pour la seconde fois, étudiant l'expression d'Hooper.

Sans être séduisant au sens conventionnel du terme, celui-ci avait un visage agréable. Il s'en dégageait une force tranquille ; il n'y avait rien de grossier chez lui. Monk fut soudain submergé par une vague de haine envers l'individu qui les avait trahis et qui avait semé la graine de cette noirceur. Des hommes de valeur étaient injustement l'objet de suspicion, dépouillés d'une loyauté qu'ils avaient gagnée, souvent plus que gagnée dans des moments de danger, d'ennui, de douleur et d'effort physique. La veille, il avait vérifié le rapport effectué par Bathurst après l'arrestation d'un voleur, et Marbury l'avait vu faire. Le rapporterait-il à Bathurst ? Ou penserait-il simplement que son collègue avait besoin d'être guidé davantage ?

Un de ses hommes l'avait lâché mais, en un sens, il les avait tous lâchés. Il réitéra sa question à Hooper, en la formulant un peu différemment.

— Vous ne pensez pas qu'elle s'est trompée, qu'elle a juste voulu se rendre utile, faire quelque chose pour Kate, sans réfléchir à la portée de ses actions ?

— Elle est très… sensée, déclara Hooper lentement. Si vous la rencontriez, vous comprendriez ce que je veux dire. Elle sait que la vérité est la seule chose qui puisse nous aider.

— Vous en êtes sûr ?

Hooper réfléchit avant de répondre.

— Oui.

Hooper savait bien juger les gens. Au fil du temps, Monk en était venu à se reposer de plus en plus sur lui. Il songea à la confiance qu'il avait placée en Orme, lorsque celui-ci était encore en vie. Ils étaient toujours affectés par ce deuil-là. Son ombre traversait le visage de chacun d'eux, de temps à autre. Parfois une expression qu'Orme utilisait lui revenait soudain en mémoire ; parfois il passait devant l'endroit qu'Orme préférait sur le fleuve.

— Qui est le traître, Hooper ? demanda-t-il de manière abrupte. Lister aurait-il pu nous le dire ? Est-ce pour cette raison qu'on l'a tué ? Avant que nous ayons pu le capturer !

Hooper écarquilla les yeux. Parce que cette idée ne lui était pas venue ? Ou parce que la question de Monk prouvait qu'il ne doutait pas de lui ? Monk comprit, alors que cette pensée se précisait dans son esprit, que tel était bel et bien le cas – même si l'inverse n'était pas vrai !

— Je ne sais pas, répondit Hooper. Je sais que ce n'était ni vous ni moi. Et je suis sûr de Laker. Il est insolent et ambitieux, mais j'ai confiance en lui. Il veut être comme vous, ajouta-t-il avec un sourire. Ou encore mieux. Et ça veut dire être franc avec tout le monde, que ça plaise ou non.

Monk accusa le coup et sentit le rouge monter à ses joues. Il n'avait pas fait grand-chose pour mériter un tel compliment dernièrement et il se rendit compte avec surprise combien il était précieux à ses yeux.

— Et Bathurst ? demanda-t-il. Êtes-vous sûr de lui ?

— Oui, répondit Hooper. Cela laisse Marbury et Walcott. C'est là que nous en sommes ? Mais Exeter a essayé de me faire douter de la parole de Miss Darwin. Tout semble pouvoir être mis en question.

Monk attendit. Il voyait qu'Hooper luttait contre l'émotion. Quoi qu'Exeter eût dit, cela le troublait, et l'emplissait de colère aussi. Était-ce parce qu'il éprouvait quelque chose pour cette femme ?

Hooper releva la tête.

— Il a pour ainsi dire suggéré qu'elle n'était pas un témoin fiable, qu'il était probable qu'elle se soit laissé submerger par l'horreur ou par l'émotion, et que son jugement en ait été affecté.

— Et ce n'est pas envisageable ? demanda Monk, étonné qu'Hooper ne s'en rende pas compte lui-même.

— Parce que c'est une femme ? se récria Hooper, incrédule. Et par conséquent troublée, émotive à l'excès ? Comme Hester ?

Il l'avait d'instinct appelée par son prénom, comme si c'était ainsi qu'il pensait à elle.

— Et les autres femmes qui travaillent avec elle au dispensaire, ou qui étaient en Crimée ?

Une fois de plus, Monk se sentit rougir. Il réprima les paroles qui s'apprêtaient à jaillir de ses lèvres : elles n'auraient exprimé que des sentiments, pas des réflexions.

— Donc, Exeter voit les femmes comme des êtres faibles, influençables ? Je me demande si c'est ainsi qu'il considérait Kate.

Il avait du mal à le croire. Il se remémorait le visage du veuf les rares fois que ce dernier avait évoqué sa femme devant lui. Était-il pétri de contradictions ? Voyait-il Kate d'une certaine manière, et les autres femmes différemment ? D'ailleurs, en connaissait-il d'autres, à part Celia Darwin, qui était une parente, et qui ne l'intéressait guère plus qu'une domestique ? Ce n'était pas la première fois qu'il parlait d'elle avec condescendance. Peut-être une facette de sa nature, inconnue de Monk, pouvait-elle expliquer ce point de vue conflictuel sur les femmes ? Celles de sa famille, du moins ?

— Il a mis en doute la parole de Miss Darwin, insista Hooper.

— Peut-être veut-il croire que le ravisseur est toujours en vie, soit pour obtenir des informations, soit dans l'espoir de le voir châtié, suggéra Monk.

— Je crois que Doyle est impliqué ! lança Hooper, revenant sur ce point. Il aspire à un mode de vie qu'il ne peut atteindre, pas sans avoir beaucoup plus d'argent qu'il n'en gagnera jamais à la banque. Exeter l'a emmené dans un club, d'après la serveuse de la taverne qu'il fréquente…

— Qui ? Exeter ou Doyle ?

— Doyle, encore qu'il semble qu'Exeter y soit venu lui-même deux ou trois fois. Histoire de montrer qu'il se mêle aux gens du peuple !

Le visage d'Hooper exprimait un mélange de dérision, de dégoût et de pitié.

— L'imbécile ! maugréa-t-il entre ses dents.

Ils eurent beau continuer à discuter, passant et repassant diverses hypothèses en revue, aucune idée nouvelle ne leur vint. Finalement, Hooper s'en alla et, quelques instants plus tard, Monk partit à son tour et prit un bac pour rentrer chez lui.

Il fut heureux de retrouver Hester et de s'asseoir dans la chaleur du salon. Il aurait aimé pouvoir lui dire qu'il avait fait des progrès ou, du moins, qu'un de ses hommes lui avait apporté la preuve irréfutable de son innocence. Cependant, il n'était pas doué pour faire semblant et, avec elle, il en était incapable. Pas à cause d'elle, à cause de lui. Il fallait qu'il eût au moins une relation où tout mensonge, toute dissimulation, toute manœuvre visant à se présenter sous un jour meilleur étaient exclus. Chaque aspect de la vie serait différent, plus brillant mais aussi plus superficiel sans les ombres qui le rendaient réel.

Il se coucha de bonne heure, trop fatigué pour essayer de faire la conversation. Il espérait que le sommeil pourrait apaiser ses nerfs à cran.

Cependant, il ne dormit pas. Le corps rigide, mal à l'aise, il écouta la respiration d'Hester devenir peu à peu plus profonde, plus silencieuse. Quelque part au-dehors, dans le lointain, une cloche d'église sonna minuit, puis une heure, puis deux. Le vent se leva et gémit autour du pignon. Il devait faire un froid épouvantable là, à quelques pas de lui, au-dessus des ardoises. La chaleur de la pièce n'en semblait que plus douce.

Il avait envie de réveiller Hester et de la prendre dans ses bras, de l'entendre lui affirmer qu'aucun de ses hommes ne l'avait trahi. Que le bien auquel il avait cru était toujours là. Comme c'était puéril ! Il se retourna, dos à elle, pour s'empêcher de commettre un geste aussi égoïste.

— William ? murmura-t-elle.

Bon sang ! Il l'avait réveillée. Devait-il feindre de dormir ?

— William ? répéta-t-elle.

Il ne répondit pas. Il sentit qu'elle bougeait à côté de lui, qu'elle repoussait les couvertures et se levait. Elle traversa la pièce et prit sa robe de chambre accrochée à une patère sur la porte. Elle l'enfila et, serrant les pans étroitement autour d'elle, sortit sur le palier.

Il attendit pendant ce qui lui sembla une éternité. Il se refusait à s'endormir avant qu'elle revienne.

Quand elle réapparut, elle avait allumé la lumière sur le palier. Elle entra et alluma dans la chambre aussi. Elle apportait deux tasses de thé sur un plateau.

— Nous allons en discuter, dit-elle comme si elle reprenait le fil d'une conversation interrompue.

Il envisagea de protester, mais c'eût été ridicule de nier et de jouer la comédie alors qu'il n'aspirait qu'à la vérité. Il se redressa, repoussa ses cheveux tout ébouriffés et accepta le thé fumant. Il en but une petite gorgée prudente, surpris d'en apprécier autant le goût.

Elle posa sa tasse, se recoucha à côté de lui, puis but une gorgée à son tour.

— Tu continues à penser qu'un des vôtres vous a trahis ? demanda-t-elle au bout d'un moment.

— J'aimerais pouvoir aboutir à une autre conclusion, mais mes hommes étaient les seuls à savoir précisément par où nous allions passer.

— Les ravisseurs auraient-ils pu être assez nombreux pour couvrir toutes les entrées possibles ?

Il réfléchit un instant.

— La part de chacun en aurait été réduite d'autant. Et cela aurait augmenté les chances que l'un d'eux soit un mouchard. Mais je suppose qu'ils auraient pu être plus nombreux que je ne le pensais…

— Est-il possible qu'Exeter vous ait trahis sans le faire exprès ? Quelqu'un a dû l'aider à rassembler l'argent. Tu as dit qu'il s'agissait d'une somme considérable. Il ne l'avait pas chez lui !

— Son banquier, Doyle, l'a aidé.

— Exeter lui a-t-il dit à quoi cet argent était destiné ?

— Oui. Il n'avait pas le choix, vu l'importance de la somme et l'urgence. S'il avait vendu tous ses biens, il aurait dû le faire à perte, et dans la plus grande hâte.

— A-t-il confiance en ce Doyle ?

— Je crois qu'il lui faisait confiance, oui. Non qu'il ait vraiment eu le choix…

Il la regarda.

— Penses-tu que celui qui l'a enlevée savait qu'il s'adresserait à Doyle ?

— Eh bien, il n'est pas nécessaire d'être un génie pour y songer, n'est-ce pas ? demanda-t-elle, raisonnable.

— Non…

Plus l'idée s'installait dans son esprit, plus elle semblait concorder avec les faits qu'ils connaissaient.

— Aurait-il pu mettre Doyle au courant des dispositions prises sans se rendre compte des informations qu'il donnait ? poursuivit Hester. Il devait vouloir à tout prix cet argent, et dans les délais qu'on lui avait imposés. Le temps jouait contre eux tous…

— Eux tous ? répéta-t-il en sirotant son thé.

Sa chaleur le détendait étrangement, même s'il ne faisait pas froid dans la chambre.

— Contre les ravisseurs aussi, répondit-elle. Plus la détention de Kate durait, plus ils couraient le risque que quelque chose ne tourne mal. Peut-être est-ce en fait ce qui s'est passé…

— Ils l'ont assassinée, Hester. Poignardée…

— Je ne l'oublie pas. Peut-être a-t-elle tenté de s'enfuir ? Ou reconnu l'un d'eux ? Ce n'étaient pas forcément des pirates ou des contrebandiers. Nous ignorons qui ils étaient, n'est-ce pas ? Mis à part l'homme de la barque, celui qui dépensait son argent avec ostentation ?

Il la dévisagea.

— Tu penses que c'était quelqu'un qu'elle connaissait ? Qu'ils connaissaient tous les deux ? Un ennemi d'Exeter, quelqu'un issu du même milieu que lui ?

— C'est possible, non ?

— Mais peu probable. Les ravisseurs connaissaient l'île Jacob comme leur poche.

— Eux, oui, mais ils ont pu être engagés par quelqu'un. Que sais-tu du passé d'Exeter ?

— Il n'a pas été élevé parmi les pirates et les bandits !

— Il est vraiment très riche ?

— Oui.

— Sais-tu comment il a fait fortune ? Comment il a gagné tout cet argent ?

— Tu te laisses emporter par ton imagination ; il travaille dans les affaires, la construction, l'assèchement des terres, le commerce et… il est tout à fait respectable. J'ai vérifié !

— William, dit-elle patiemment. La respectabilité s'achète, et souvent à un prix raisonnable ! Il suffit de mettre de l'argent au bon endroit, et tu serais surpris de voir que les portes s'ouvrent pour toi. Du moins, une grande partie d'entre elles. Certaines ne sont pas à vendre.

Il prit soudain conscience du gouffre qui séparait son passé de celui d'Hester. Issus de la petite noblesse, les parents de sa femme connaissaient les usages et les idées de l'aristocratie mieux que quiconque ne peut le faire de l'extérieur, hors du cercle des relations. Elle avait de temps à autre reçu des oncles, tantes, cousins titrés. De plus, lors de son travail avec Miss Nightingale, elle avait souvent rencontré des membres des classes privilégiées, parfois soigné leurs fils dans la désolation du champ de bataille, où tous les hommes sont également vulnérables face aux blessures et à la mort.

Lui, en revanche, ne savait rien de sa famille – hormis que c'étaient des pêcheurs, d'après les bribes de souvenirs qu'il avait gardés. La mémoire ne lui était jamais revenue, sinon par images fugitives. Peut-être son jugement d'Harry Exeter reposait-il trop sur l'être qu'il était désormais, et n'avait-il pas pris en compte le fait qu'il aurait pu être très différent.

— Penses-tu que Doyle ait pu être soudoyé par quelqu'un qui avait un vieux compte à régler ?

— C'était un acte brutal, répondit-elle. S'il ne s'agissait que d'argent, pourquoi ne pas avoir libéré Kate une fois la rançon versée ? Il y a autre chose derrière tout cela, William.

— J'ai posé la question à Exeter, mais il ne paraît pas savoir…

— Et s'il avait une idée très précise de l'identité du coupable, mais qu'il a l'intention de se venger lui-même ? Ce ne serait pas anormal. Ou bien s'il s'agit d'une affaire qu'il ne peut pas se permettre de révéler à la police ? Je t'en prie… quand tu sauras qui est le coupable, sois prudent ! Fais très attention à ce qu'Exeter ne se serve pas de toi pour le conduire à celui qui tire les ficelles et se venger avant que tu aies pu l'en empêcher.

Son visage était las et effrayé à la lueur de la lampe, ses cheveux défaits étaient déployés sur ses épaules. Elle paraissait fragile. Soudain, Monk put imaginer sans peine que si quelqu'un lui faisait du mal, sans parler de ce qu'on avait fait subir à Kate Exeter, il voudrait tuer cet individu de ses propres mains, le mettre en pièces comme la carcasse d'un animal.

— William !

— Je t'écoute, murmura-t-il. Oui, je serai prudent. Mais j'ai une dette envers lui, Hester. Je lui ai fait une promesse et j'ai lamentablement échoué à la tenir.

Elle prit une inspiration pour répondre ; il devina ce qu'elle allait dire. Il posa sa tasse, se pencha et l'embrassa, tendrement d'abord, puis passionnément.

Le lendemain, il se réveilla tard et alla droit chez Exeter.

Ce dernier était sur le point de sortir. Il se trouvait dans le vestibule, vêtu de son pardessus, une lourde canne à la main. Le soulagement se lut sur ses traits lorsqu'il reconnut Monk.

— Je venais vous voir. J'ai longuement réfléchi à ce que vous avez dit. C'est une chose difficile à affronter, commissaire, mais vous aviez tout à fait raison. Et Dieu sait que je l'ai fait.

Il regarda Monk en cillant dans la lumière vive du vestibule.

— Quand on est décidé, on prend la vie par la peau du cou et… on se bat. Tantôt on gagne, tantôt on perd. Mais il y a toujours des gens qui brûlent de vous imiter et n'en ont pas le courage. Ils ont trop peur de la défaite, de l'humiliation, pour prendre un risque. Par conséquent, ils ne gagnent pas non plus… du moins jamais assez. Vous comprenez ce que je veux dire, n'est-ce pas.

C'était une affirmation plus qu'une question.

— Un homme ne hait pas votre succès, il se hait lui-même parce qu'il n'aurait jamais été capable d'y parvenir, mais qu'il ne peut l'avouer. N'avez-vous pas découvert cela, sur la côte de Barbarie ? Si… je le vois sur votre visage. Que Dieu me vienne en aide… je n'ai jamais pensé que réussir aurait ce prix !

Un instant, il se détourna, et Monk resta immobile, sachant exactement ce qu'il voulait dire, et qu'il avait besoin de ce moment de chagrin.

Exeter se retourna vers lui.

— Kate était différente. Elle n'avait aucun ennemi – personne à qui un tel acte ait pu venir à l'esprit, sans parler de savoir comment s'y prendre pour l'accomplir.

Il eut un sourire triste et remit la canne à sa place, puis accrocha son chapeau.

— Entrez, je vous en prie.

Monk retira son manteau et le suivit dans le salon d'apparat, où une domestique vidait les cendres de la cheminée.

— Excusez-moi, monsieur. Je n'en ai que pour quelques minutes. Le feu est allumé dans le petit salon.

Exeter indiqua la pièce à Monk, qui s'y rendit et se tenait devant l'âtre quelques minutes plus tard lorsque Exeter réapparut. Sans son pardessus, il paraissait plus maigre, et même un peu voûté. Il avait vieilli de manière visible depuis le meurtre. Il semblait s'être vidé de sa vitalité. Sans inviter Monk à s'asseoir, il se laissa tomber sur un fauteuil devant le feu.

Monk fut envahi par un sentiment de culpabilité, et sa poitrine se comprima.

— Qu'y a-t-il ? demanda Exeter. Vous avez appris quelque chose, sinon vous ne seriez pas revenu aussi vite. Vous savez, je ne vous tiens pas pour responsable.

Il eut un semblant de sourire.

— Peut-être un de vos hommes nous a-t-il livrés, mais il nous arrive à tous de nous méprendre sur quelqu'un, à un moment ou à un autre. Il faut accorder à chacun le bénéfice du doute jusqu'à ce qu'on ait des preuves. J'imagine qu'il a cédé à l'intimidation plutôt qu'à l'appât du gain. C'est une chose terrible que d'avoir peur pour sa vie.

Sa voix s'assourdit un peu.

— Mais c'est encore pire d'avoir peur pour un être qu'on aime et qui a foi en vous. Un enfant ? Une mère ou une sœur ? On peut blâmer un tel homme sur le coup, dans l'aveuglement du deuil, mais quand on y repense après, la plupart du temps, du moins, notre cœur nous incite à voir les choses sous un autre angle.

Exeter demeura un instant silencieux, observant Monk tandis qu'il bataillait pour trouver une réponse qui ne parût pas convenue, qui communiquât sa compréhension et même son respect pour un point de vue si plein de compassion, de pardon. Il n'était pas sûr que, dans des circonstances similaires, il eût pu dépasser ainsi son propre tourment.

Exeter le regardait toujours. Son visage se crispa, son corps devint rigide, et il se pencha vers lui :

— Vous avez quelque chose à me dire, n'est-ce pas ? demanda-t-il d'une voix rauque. Vous savez qu'il ne s'agissait pas seulement d'argent ou de Kate, c'était de la haine envers moi. La rançon était un subterfuge ! On a voulu m'empêcher de me creuser les méninges pour penser à tous ceux qui m'en ont voulu à un moment ou à un autre, parce que j'ai réussi là où ils ont échoué. Quelqu'un a nourri contre moi une haine qui est devenue monstrueuse, hideuse, au point de consumer tout ce qu'il y avait de bon en lui.

— Non… je… commença Monk.

— N'éludez pas, dit Exeter, une soudaine douceur dans la voix. Ça n'est pas une gentillesse à me faire. Je dois accepter que… qu'un individu venu de mon passé a laissé la jalousie le dévorer, détruire son bonheur et même sa santé mentale. Je l'ai senti ces derniers temps… je n'ai pas fait qu'y penser, même si j'y ai pensé aussi, bien sûr. J'ai été suivi parfois, j'ai eu l'impression qu'on m'espionnait. Je suppose que c'est logique. Si j'avais haï quelqu'un autant et été témoin de son deuil, mais que je l'avais laissé en vie, anéanti et conscient de l'être, je serais venu voir ce que j'avais accompli. L'imaginer n'aurait pas suffi. En fin de compte, il aurait fallu que je le voie, que je perçoive sa souffrance, voire que je lui fasse comprendre que c'était moi qui l'avais causée.

Il secoua légèrement la tête, comme pour se débarrasser d'une pensée.

— Peut-être même aurais-je voulu l'effrayer, pour qu'il se demande ce que j'allais faire à présent.

Monk écoutait, partagé entre la stupeur et l'inquiétude. Exeter était-il en train de perdre prise sur la réalité ? Cela se comprenait, en un sens. Monk était venu lui demander si certains noms lui venaient à l'esprit, notamment ceux d'individus susceptibles de connaître Doyle. La demande de rançon avait joué un rôle central dans l'affaire puisque Exeter en avait conclu que l'enlèvement était motivé par la cupidité et qu'il pourrait retrouver sa femme en la payant. C'était une cruauté supplémentaire.

Monk regarda Exeter de nouveau et décela la peur sur son visage et dans sa posture, le désespoir dans son regard. Que pouvait-il faire ? Il n'avait pas d'hommes en qui Exeter aurait confiance et, même s'il en avait, il ne pouvait guère le faire garder nuit et jour ad vitam æternam. La seule solution était de découvrir la vérité, l'identité du donneur d'ordres de Lister, qui devait être aussi celui qui l'avait tué et qui avait tout manigancé !

— La réponse passe par Doyle, déclara-t-il. Je vais étudier ses registres et le prouver. Dans l'intervalle… est-ce une canne-épée que vous avez dans le vestibule ?

Exeter cilla.

— Oui. Comment le savez-vous ?

— Par son poids, la manière dont vous vous en serviez, sans vous appuyer dessus. Gardez-la à portée de main. Et je vous conseille de ne pas sortir sans raison, surtout de nuit. Je sais que ce n'est pas idéal, mais avec un peu de chance cela ne durera pas longtemps.

Exeter soupira.

— Merci, Monk. Vous êtes quelqu'un de bien.

13

Monk quitta Exeter habité par une détermination renouvelée à remonter la piste de l'argent. La seule manière d'y parvenir était d'aller voir Doyle. Il avait obtenu du notaire d'Exeter une lettre lui donnant accès à certains de ses comptes, de façon à se prémunir d'un éventuel refus de la part du directeur.

Il se rendit à la banque en milieu d'après-midi et fut informé que Mr. Doyle était occupé pour l'instant, mais que, s'il désirait patienter, il serait reçu dans une demi-heure environ.

On le fit attendre dans une pièce aux murs nus, sans doute moins par égard pour son confort personnel que par souci de dissimuler la présence d'un policier aux clients de l'établissement. Pourtant, il veillait à maintenir une apparence respectable, voire élégante, même si c'était moins aisé maintenant qu'à l'époque où il travaillait dans la police métropolitaine. Il avait toujours eu un faible pour les vêtements de qualité. Il se rappela avec un sourire en coin la consternation qu'il avait éprouvée le jour où, de retour chez lui après son accident, ignorant tout de sa vie passée, il avait trouvé les factures de son tailleur. Dieu merci, elles avaient toutes été réglées !

Le travail de la brigade fluviale était différent, plus physique et souvent plus salissant, car les docks étaient par nature des lieux où l'on trouvait du sel, de la poussière, de la sciure et du bois ancien, en plus ou moins bon état. Le commissaire avait revêtu un meilleur costume que ceux qu'il portait habituellement, mais son visage anguleux, ses yeux gris ardoise, sa démarche souple, tout chez lui suggérait la menace. Il détonnait parmi les hommes d'affaires en redingote et pantalon à rayures qui fréquentaient la banque.

Enfin, un employé vint le chercher pour le conduire au bureau de Doyle, et lui ouvrit la porte. Le directeur était assis et ne se leva pas. Monk était dans son domaine, et ce n'était pas un client potentiel.

— Bonjour, Mr. Monk.

Doyle avait ponctué ses paroles d'un signe de tête poli, mais il n'avait pas utilisé son titre.

— Que puis-je pour vous ?

Monk s'assit sans en avoir été prié.

— Bonjour, Mr. Doyle. Je suis ici concernant l'enlèvement et le meurtre tragiques de Mrs. Exeter.

Une ombre traversa le visage de Doyle. Il se raidit un peu.

— J'ai peur de ne rien avoir à vous dire à ce sujet, Mr. Monk.

Ce dernier sentit qu'il se crispait à son tour. Cet homme faisait obstacle à son enquête et la raison de sa conduite lui semblait plus évidente à chaque instant qui s'écoulait.

— J'ai la permission de Mr. Exeter de consulter toutes les archives dont vous disposez, Mr. Doyle. Je sais que vous l'avez aidé à rassembler une très grosse somme d'argent pour la rançon, et dans un délai trop court pour vendre ou hypothéquer ses propriétés.

Vous lui avez rendu un excellent service. Cela dit, je pense qu'il n'aurait pas laissé sa fortune considérable dans votre banque si vous aviez refusé.

— C'est une suggestion honteuse ! rétorqua Doyle, furieux. Et totalement dénuée de fondement. Je ne peux imaginer de motif honorable qui puisse vous inciter à insinuer cela !

— Et puisque j'ai la permission de Mr. Exeter, je ne peux imaginer de motif honorable qui puisse vous inciter à refuser de me montrer les comptes.

— Il ne s'agit pas uniquement de Mr. Exeter, mais des sommes qu'il a versées à des tiers, qui n'ont rien à voir dans cette affaire, et bien sûr, des versements qui lui ont été faits par d'autres gens, lesquels ne vous ont pas donné leur permission, Mr. Monk.

— N'est-ce pas probable, Mr. Doyle, que cette demande de rançon exorbitante ait été faite par quelqu'un qui était au courant de la situation financière de Mr. Exeter ? Qui savait que toute sa fortune était placée dans cette banque ? Et que, en manœuvrant un peu, vous pourriez retirer l'argent requis, très vite ? Ce n'est pas de notoriété publique. En fait, si cela l'était, pourquoi vous donneriez-vous tant de mal pour le dissimuler à la police ?

Le visage de Doyle, encore rouge de colère quelques instants plus tôt, était désormais tout blême.

— M'accusez-vous de quoi que ce soit, monsieur ?

— Seulement d'être pompeux et d'entraver mon enquête, répliqua Monk. Jusqu'ici !

Doyle repoussa sa chaise. En se levant, il se cogna le genou contre un tiroir et grimaça de douleur.

— Je vais devoir aller les chercher dans mon coffre-fort, et choisir ceux qui vont vous servir sans révéler les affaires privées d'autres individus.

— J'attendrai, déclara Monk en se calant dans son fauteuil.

— En effet, monsieur. Mais pas dans mon bureau !

D'une démarche claudicante, il gagna la porte et la tint ouverte pour que Monk s'en aille.

Le commissaire sortit : il n'avait guère le choix. Il n'aurait pas fouiné dans les dossiers de Doyle en son absence, mais un autre que lui aurait pu avoir moins de scrupules. D'ailleurs, s'il avait pensé que la clé du meurtre de Kate s'y trouvait, peut-être l'aurait-il fait aussi. De toute façon, il n'aurait eu ni le temps ni l'expertise financière suffisants pour en avoir le cœur net. Il incombait à Doyle de garder ses documents en sécurité et Monk aurait eu une piètre opinion de lui s'il s'était comporté autrement.

Il patienta dans le couloir, devant le bureau, dans un siège assez confortable. Il n'était là que depuis quelques instants quand Bella Franken passa devant lui, vêtue de noir, une pile de livres de comptes dans les bras. L'un d'eux lui échappa et atterrit sur le sol, presque aux pieds de Monk.

Il se pencha pour le ramasser.

Elle rougit légèrement.

— Merci, monsieur. Excusez-moi.

Puis elle baissa la voix.

— Retrouvez-moi rive sud, près de l'escalier de Greenwich, à sept heures et demie ce soir. J'aurai les originaux pour vous.

Avant qu'il eût pu lui poser la moindre question, elle ajusta ses registres et reprit son chemin. Elle disparut au coin sans s'être retournée.

Doyle revint, quelques feuilles à la main, et ouvrit la porte de son bureau.

— Je vous en prie, dit-il d'un ton sec en invitant Monk à entrer. Voici les documents qui vous permettront de comprendre comment l'argent a pu être obtenu aussi vite. Ce sont des copies exactes. Nous ne pouvons laisser les originaux sortir d'ici. Si un procès a lieu, vous en aurez peut-être besoin. Je ne vois pas pourquoi ni comment, mais je présume que vous connaissez votre métier. Ou que vous employez quelqu'un qui le connaît !

Il remit les documents à Monk, qui le remercia. Cinq minutes plus tard, le commissaire était dans la rue, les papiers glissés dans sa poche intérieure, et cheminait tête baissée contre le vent qui se levait.

Au commissariat, Monk étudia les chiffres que Doyle lui avait donnés, mais dut admettre qu'ils n'avaient guère de sens pour lui. Il avait des notions de comptabilité, pourtant il ne voyait là que de simples additions qui, pour autant qu'il pût en juger, étaient correctes.

Naturellement, l'héritage destiné à Katherine ne figurait pas parmi les documents. Il s'agissait d'un fonds distinct, auquel Exeter n'avait pas accès. Cette requête avait été stipulée dans le testament. Monk supposait qu'Exeter avait jugé cette disposition insultante, mais sans conséquence pour lui. Il gérait des sommes immenses, et il jouissait d'une fortune plus que confortable. Cela, au moins, était évident.

Quand arriva la fin de l'après-midi, Monk était las et avait le sentiment de ne pas avoir accompli grand-chose. Il rentra chez lui de bonne heure, de manière à manger un morceau avant de redescendre à l'escalier de Greenwich pour son rendez-vous.

À sept heures et quart, il sortit et referma la porte derrière lui. Le vent était tombé un peu et la température était assez agréable, néanmoins l'air demeurait vif et il ne voulait pas que la jeune femme prît froid sur la jetée en patientant.

Il lui fallut dix minutes pour descendre la côte. Il était sept heures et vingt-cinq minutes quand il atteignit les marches qui menaient au fleuve. Deux personnes se trouvaient à l'embarcadère, un homme qui, le col remonté contre le froid, faisait les cent pas, et une femme enveloppée d'un châle qui dissimulait le plus clair de son visage. Ils se saluèrent d'un simple signe de tête. Personne ne dit mot.

Sept ou huit minutes plus tard, un bac accosta. Un homme en tenue d'ouvrier débarqua, mais il n'y avait aucun signe de Bella. L'homme et la femme qui attendaient montèrent à bord. Le passeur interrogea Monk du regard.

— Non, merci, dit-il poliment. J'attends quelqu'un.

— Très bien, monsieur.

Il le salua d'un geste et s'éloigna. Sur quelques mètres, les lampes de la jetée firent scintiller l'eau qui dégoulinait sur ses rames et illuminèrent le léger sillage qu'il laissait. Puis il s'évanouit dans l'obscurité. Tout redevint silencieux, on n'entendit plus que le chuintement du vent qui poussait des détritus sur le quai, le murmure de la marée autour de la jetée.

Huit heures moins le quart. Où était Bella ?

Il se demanda ce qu'elle voulait lui révéler, ou lui montrer. Des pages d'un livre de comptes différent de celui qu'il avait vu ? Voulait-elle juste expliquer les chiffres qu'on lui avait donnés ? Doyle le trompait d'une manière ou d'une autre, il en avait la certitude.

Il commençait à avoir froid à force de rester sans bouger. Il se mit à marcher de long en large d'un bout à l'autre de la jetée.

Doyle était-il un intermédiaire, quelqu'un qui servait d'indicateur aux ravisseurs, qui leur suggérait des cibles potentielles ? Savait-il qui avait la possibilité, avec son aide, de mettre la main sur de grosses sommes d'argent, et qui, loin d'ergoter sur le montant d'une rançon, la paierait sans discuter pour que son épouse lui soit rendue au plus vite tant il l'aimait ? Les hommes dans cette catégorie n'étaient pas si nombreux. Premièrement, rares étaient ceux qui possédaient la fortune d'Harry Exeter et, si tel était le cas, leur argent était souvent prisonnier de placements qu'il était impossible de liquider rapidement, même en cas d'urgence.

Doyle était-il consentant ou l'avait-on fait chanter ? Il était joueur, apparemment. Son addiction au jeu était-elle plus sévère que Monk ne l'avait soupçonné ? S'il couchait avec des femmes de la rue, quelle importance ? Il n'était pas le seul. Cela n'était pas suffisant pour l'amener à trahir un client au profit d'un éventuel ravisseur.

L'espace d'un instant, il songea à d'autres affaires, où des gens soumis au chantage s'étaient livrés à des actes consternants. Oliver Rathbone et lui avaient lutté contre les pires individus imaginables.

Huit heures ! Où donc était Bella Franken ? Avait-elle eu un empêchement ? Même si elle avait eu du mal à trouver un bac, elle aurait dû être là à présent ! Il décida d'attendre encore un quart d'heure, et puis de s'en aller.

Sans en avoir vraiment conscience, il observait le fleuve, y voyait le reflet des feux des navires à l'ancre, les petites embarcations qui venaient vers la rive sud ou filaient vers le nord. Où était-elle ?

Il s'approcha de nouveau de l'escalier et baissa les yeux. La marée montait, on comptait une marche de moins entre le niveau de l'eau et le quai. Des débris flottaient, heurtant la paroi. Il discerna quelque chose qui ressemblait à du tissu, à un sac qu'on aurait jeté.

Son estomac se noua brusquement. Un instant, il crut qu'il allait vomir. Il vit le reste de l'objet alors que celui-ci se retournait dans l'eau. C'était un corps – le corps d'une femme, habillé de vêtements sombres. Il aperçut une bottine. Le visage n'était qu'une tache floue, juste sous la surface.

Il dévala les marches tant bien que mal, sans se soucier de glisser ou de se mouiller et atteignit la ligne d'eau au moment où la femme passait, déjà presque hors de portée. Monk se jeta en avant pour l'attraper, comme si elle était peut-être encore en vie, alors que tout en lui savait que non.

Ses doigts agrippèrent le bas de sa jupe et il tira. Le corps tourna, retenu par lui d'un côté, poussé par la houle de l'autre. Il n'aurait servi à rien d'appeler au secours ; il n'y avait personne sur la jetée. Refusant de lâcher prise, il fut entraîné au-delà des marches, dans l'eau profonde. Son manteau entravait ses mouvements et les poteaux de la jetée lui raclaient l'épaule, lui meurtrissaient le bras. Il n'avait plus pied du tout.

Où étaient les marches suivantes, où pouvait-il espérer trouver un appui, quelque chose où s'accrocher ? Le courant était puissant, glacé, et Monk était déjà trempé jusqu'aux os. Quelle incroyable stupidité de sa part ! Il n'était même pas tout à fait sûr qu'il s'agît de Bella ! Mais il le savait. Il en était certain, alors même qu'il se cramponnait à elle, qu'il enroulait les mains dans le tissu de sa robe afin que la force de la marée ne l'arrachât pas à lui. À quoi bon ? Il ne pouvait plus l'aider à présent.

Soudain, il eut la sensation qu'une ombre s'approchait de lui, puis un objet en bois heurta ses épaules.

— Tenez ! Attrapez ça ! cria une voix.

L'objet lui heurta l'épaule de nouveau. C'était une rame. Un passeur la lui tendait pour qu'il s'y agrippe. Il l'attrapa d'une seule main, gardant l'autre sur Bella au cas où le fleuve l'emporterait. Il tira sur le manche et devina qu'il s'approchait du flanc du bateau.

— Tenez bon, mon gars ! répéta la voix. Je vais embarquer la fille d'abord, cramponnez-vous au plat-bord.

Il sentit bouger le corps de Bella alors que l'homme bataillait pour la sortir de l'eau. Cela sembla prendre une éternité. Les mains de Monk devenaient de plus en plus froides, de plus en plus faibles ; il ne pouvait plus tenir Bella, elle lui échappait.

Enfin, un bras s'enroula autour de lui. Rassemblant ses dernières forces, il se hissa par-dessus le plat-bord et, pantelant, roula sur le plancher du bac.

Le passeur le laissa tranquille. Il consacra ses efforts à rapprocher le bateau des marches et à l'amarrer.

Encore sonné, Monk se redressa lentement et mit quelques instants à remuer les bras et les jambes. Il grelottait.

Le passeur beuglait, réclamant de l'aide.

— Levez-vous, mon gars, et allez vous mettre au sec, vous m'entendez ? Sinon, vous allez mourir de froid. Je suis désolé, mais la dame est morte. Je crois que vous n'auriez rien pu faire de toute façon.

Il regarda quelqu'un derrière Monk.

— Allons, espèce de grand nigaud ! Venez m'aider à la monter sur le quai ! Je ne vais pas laisser celui-là mourir de froid après m'être donné tout ce mal pour le repêcher !

Monk eut à peine conscience des bras qui l'aidaient à se relever. Il semblait y avoir deux autres hommes au moins, en plus du passeur.

— Merci, dit-il avec une sincère gratitude.

La voix de l'homme était empreinte de pitié.

— Je suis désolé, mon vieux, vous ne pouvez plus rien pour elle.

— Je sais, souffla Monk. Je l'ai vue dans l'eau. Je ne pouvais pas la laisser là… ballottée par le courant comme un vulgaire détritus.

— Vous savez qui elle est ?

Sa main se posa sur le bras de Monk, forte et calme, comme s'il craignait qu'il ne s'effondre.

— Oui. Elle s'appelle Bella Franken. Je… je crois qu'elle a été assassinée.

— Dans ce cas, vaudrait mieux avertir la police. Et vous devriez rester ici. D'accord ?

— D'accord.

Monk eut un semblant de sourire. L'émotion montait en lui, voisine de l'hystérie.

— Allez chercher Runcorn. Je crois que c'est son secteur.

— Vous connaissez Mr. Runcorn ?

— Oui. Dites-lui que c'est Monk…

— Bon sang ! Vous êtes le Monk de la brigade fluviale ? J'aurais jamais cru que vous soyez assez fou pour vous jeter à l'eau pour rattraper un cadavre. Dites… c'est pas…

Il se tut, la voix assourdie par la compassion.

— Non, répondit Monk, radouci. Je ne la connais pas vraiment. Elle avait des informations à me donner au sujet de l'enlèvement…

— Dieu nous aide !

La voix du passeur s'étrangla.

— Envoyez quelqu'un chercher Runcorn, répéta Monk. Et dégelez-moi avant que je meure, moi aussi !

— Oui ! Oui, monsieur. Tenez bon, hein.

Monk se recroquevilla sur lui-même, s'efforçant de trouver un minuscule foyer de chaleur dans son corps.

Le batelier s'éloigna, et, l'espace d'un instant, Monk ne sut pas où il était passé. Quelques minutes plus tard, d'autres hommes étaient là, des agents de la police métropolitaine. On l'aida à se relever. Il tremblait sous le poids écrasant et glacé du manteau mouillé qui s'accrochait à lui, presque comme un être vivant. Il sentait à peine ses pieds, malgré tout, il parvint à se tenir debout. Les hommes le firent marcher. Il n'aurait su dire sur quelle distance. Pris de vertige, il s'appuya sur eux pour ne pas s'effondrer.

Finalement, il se rendit compte qu'il était à l'intérieur et qu'on lui retirait son pardessus, sa veste et son pantalon. On lui tendit une serviette rêche, une espèce de chemise et un pantalon sec. Il avait une tasse de thé chaud entre les mains et on l'aidait à boire, maintenant la tasse en équilibre pour lui.

Il entendit d'abord la voix de Runcorn, puis vit sa silhouette massive s'encadrer dans l'embrasure de la porte et s'approcher de lui.

— Qu'est-ce que vous fabriquez, Monk, bon sang ? Vous avez une mine épouvantable. Qui est-ce ? Et qui l'a tuée ?

— Elle s'appelle Bella Franken. Elle était comptable à la banque Nicholson, elle travaillait pour le directeur, Mr. Doyle. Elle avait rendez-vous avec moi. Elle avait des papiers à me donner, mais j'imagine qu'ils ont été emportés par le courant. Des chiffres, je pense.

— Seulement, on l'a trouvée avant, murmura Runcorn. Vous feriez mieux de m'en dire davantage. Vous n'êtes pas en état de vous occuper de cette affaire – et ne discutez pas. Elle s'est échouée dans mon secteur, et vous aussi.

— Mais…

Monk s'interrompit, s'efforçant tant bien que mal de porter la tasse à ses lèvres.

Runcorn la lui prit et la stabilisa afin qu'il puisse boire.

— Vous n'êtes pas assez bien pour enquêter dans l'immédiat, déclara-t-il pendant que Monk sirotait le thé. Vous allez attraper la mort si vous ne rentrez pas chez vous prendre un bain bien chaud et mettre des vêtements secs. Et cette affaire a besoin d'être suivie dès maintenant. Il nous faut des témoins si possible. Au moins le passeur qui vous a repêché, les gens qui ont emprunté les derniers bacs, à supposer qu'on puisse les retrouver. Tous ceux qui sont passés par ici au cours des deux dernières heures. Beaucoup sont des habitués, sans doute.

Il aida Monk à prendre une nouvelle gorgée de thé. Pour un homme imposant, d'ordinaire maladroit, il avait des gestes étonnamment doux. Son mariage rapide, inattendu, l'avait métamorphosé. Il s'était mis à croire en ses qualités. Auparavant, Monk avait eu une piètre opinion de lui et ne s'en était pas caché, ce qu'il regrettait à présent. Mais peut-être avaient-ils tous les deux changé depuis lors.

— Pourquoi au juste aviez-vous rendez-vous avec cette femme ? s'enquit Runcorn.

— Comme je vous l'ai dit, elle travaillait pour Doyle, à la banque Nicholson. Elle avait découvert des irrégularités.

Runcorn eut une moue incrédule.

— Et vous l'auriez retrouvée sur la jetée de Greenwich, en pleine nuit ? Pour l'amour du Ciel, Monk ! Vous avez besoin d'aide, que vous le souhaitiez ou non. Cette affaire Exeter vous mine. Cela se comprend. C'est horrible. Mais on ne donne pas rendez-vous à une jeune comptable de nuit sur un quai pour une mesquine histoire de fraude. D'ailleurs, vous n'y connaissez rien en comptabilité. Et la banque est à des lieues du fleuve.

Monk était trop las et trop transi pour protester. En dépit des différences qui les séparaient, il était soulagé de pouvoir se reposer sur Runcorn. Ce dernier n'était pas aussi vif d'esprit que lui, certes, mais cela ne l'irritait plus. Runcorn possédait d'autres qualités, comme le bon sens, et Monk avait toute confiance en lui.

— C'est en rapport avec l'affaire Exeter, dit-il sans tergiverser. Doyle était son banquier, et je pense qu'il a peut-être été le complice des ravisseurs…

— Ce serait abominable ! s'indigna Runcorn avec dégoût. Qu'est-ce qui vous porte à le croire ?

— Quand on y réfléchit, il n'y a que peu d'hommes, même riches, qui soient à même de réunir une somme pareille en argent comptant dans un très court délai.

Levant les yeux, il lut la compréhension sur le visage de Runcorn.

— Il aurait été choisi non seulement par hostilité, mais parce qu'il avait accès à cet argent, résuma-t-il. Et cette jeune fille le savait ?

— C'est ce qu'on dirait.

De nouveau, Monk fut submergé d'émotion à la pensée du sort de Bella. Encore glacé jusqu'à la moelle, il revoyait son visage sans vie dans l'eau, qu'il eût les yeux ouverts ou fermés.

— J'ai fait un sacré gâchis jusqu'ici. J'aurais dû au moins lui fixer rendez-vous dans un endroit plus sûr !

— Qui a suggéré la jetée de Greenwich ?

— Elle, mais j'aurais pu proposer autre chose ! rétorqua Monk d'un ton sec.

Le remords et le chagrin le transperçaient ; il songeait à cette jeune femme, à la personnalité si affirmée.

— Comment vous a-t-elle fait part du lieu et de l'heure ? insista Runcorn.

— Pendant que j'étais à la banque pour interroger Doyle. Que cet homme aille au diable ! J'aurais dû insister pour qu'elle me retrouve ailleurs, répéta-t-il. Dans un endroit sans danger, plus fréquenté. J'aurais pu faire en sorte de lui transmettre un message.

— Où, par exemple ? demanda Runcorn, l'air soucieux.

— Je ne sais pas ! Dans une rue principale, près de l'endroit où elle vit ! Dans une taverne. Ou chez moi. Ce n'est pas loin de la jetée.

— Elle n'est même pas arrivée jusqu'à la jetée, lui fit remarquer Runcorn. Monk, il l'aurait attaquée de toute façon. C'est un homme aux abois. Si elle détenait réellement des preuves de fraude, ou de vol pur et simple, il ne pouvait se permettre de la laisser vous les remettre. Le meurtre de Kate Exeter a été un des pires que Londres ait connus depuis très longtemps. Son assassin sera envoyé droit à la potence. Il n'y aura pas de pitié, pas d'excuses. Et sûrement pas d'égards non plus.

— C'est un double meurtre, intervint Monk. D'abord, celui de Kate Exeter, puis celui d'un des ravisseurs. Il ne valait pas cher, mais c'était tout de même un être humain.

— Et maintenant triple, avec cette malheureuse, ajouta Runcorn. Cela importe-t-il de savoir qui l'arrête, tant que nous y parvenons ? Et je déteste vous le rappeler, mais nous ne pouvons ignorer le fait que quelqu'un vous a trahi sur l'île Jacob. Vous ne serez pas en paix avant de l'avoir découvert, lui aussi.

— Je sais, répondit Monk d'une voix tendue, enrouée. Allons, laissez-moi tenir ma tasse de thé. Vous n'avez plus besoin de le faire, je vais bien maintenant.

— Vous n'allez pas bien du tout, protesta Runcorn. Rentrez chez vous. Vous allez être dans nos jambes ici et nous avons besoin de vous en vie, et non souffrant d'une pneumonie ou du croup demain matin. Sanders va vous raccompagner, comme ça je serai sûr que vous êtes arrivé sans encombre.

— Le passeur… commença Monk.

— Oui, je l'interrogerai. Je lui demanderai s'il l'a vue ou s'il a remarqué quoi que ce soit d'autre. Et je le remercierai de vous avoir repêché. Vous me prenez pour un malotru ?

Monk ne prit pas la peine de répondre. Par le passé, il avait précisément porté sur Runcorn ce jugement aussi hâtif qu'erroné.

— Il faut que je regarde si elle a des papiers sur elle, murmura-t-il. C'est ce qu'elle devait m'apporter.

— Je m'en occupe, déclara Runcorn en se levant avec lenteur. Je ne la connaissais pas. Ce sera moins difficile pour moi. Restez ici…

Monk fut tenté de protester, mais c'était une gentillesse que Runcorn lui faisait, un pansement de plus sur une vieille plaie, et il ne voulait pas la rejeter. Il ne tenait pas non plus à regarder le visage mort de Bella. Il acquiesça et suivit Runcorn des yeux alors qu'il sortait de la pièce.

Celui-ci revint un quart d'heure plus tard, un paquet à la main.

— Enveloppé dans de la soie huilée, annonça-t-il. Encore mouillé, mais c'est de l'encre de Chine. Imperméable… enfin, assez pour rester lisible. C'était une jeune femme intelligente… C'est…

Il hésita puis, renonçant à trouver des mots appropriés, il tendit les documents à Monk.

Ce dernier hocha la tête.

— Merci.

14

Hooper leva les yeux et vit Monk debout devant le bureau qu'il partageait avec Laker. À la lumière crue du matin, il avait une mine affreuse. Il portait son manteau de rechange, et non son meilleur, et un cache-nez gris autour du cou qui montait jusqu'à son menton. Il ne s'était pas rasé avec le soin qu'il y mettait d'ordinaire et son teint semblait dépourvu de couleur. Il eût été stupide de lui demander si quelque chose n'allait pas : c'était une évidence.

— J'avais rendez-vous avec Bella Franken à Greenwich hier soir, expliqua le commissaire avant qu'il eût pu l'interroger. Elle avait d'autres renseignements à me donner sur Doyle. Ce doit être le nœud de l'histoire… avec l'argent…

La première pensée d'Hooper fut que la jeune femme lui avait révélé l'identité du mouchard parmi eux. Bien sûr, ils devaient le découvrir, mais tant qu'ils n'en savaient rien, ils pouvaient considérer chacun des hommes individuellement comme innocent. Une profonde détresse l'envahit. Ces temps-ci, il ne pouvait rien imaginer de plus douloureux au monde que la trahison.

— Qu'a-t-elle dit ?

Sa voix lui sembla étrangère à ses oreilles, sans aucun lien avec ses pensées.

— Rien, coupa Monk. Elle était morte. Dans l'eau. Je l'ai sortie, mais il était trop tard… bien trop tard.

Il le regardait comme s'il lui présentait ses excuses, l'air coupable et bouleversé.

— Un passeur nous a repêchés…

— Nous ? répéta Hooper.

Déjà, il sentait le froid que Monk portait en lui. On eût dit que sa douleur pouvait se communiquer à tous ceux qui l'entouraient.

— J'ai vu sa robe qui flottait. Je n'avais rien pour la tirer à part mes bras. Sinon, la marée l'aurait emportée, peut-être coincée dans des débris et, en fin de compte, elle aurait eu le corps brisé, méconnaissable, elle aurait peut-être même été entraînée jusqu'à la mer.

Hooper ne protesta pas. Il savait que c'était vrai. La Tamise rendait de nombreux cadavres, mais nul ne savait combien elle en gardait.

— On a appelé la police, reprit Monk, toujours debout au même endroit. Runcorn. Il va nous aider à enquêter. Je lui ai dit qu'elle travaillait dans la même banque que Doyle et qu'elle devait m'apporter des papiers. Ils sont trempés, bien sûr, mais encore lisibles.

— Vous pensez qu'ils pourraient prouver que Doyle avait l'argent ? demanda Hooper, sceptique. Il ne l'aurait tout de même pas placé dans sa propre banque ? Et pourquoi avoir tué Kate ?

La réponse à cette question-là était évidente.

— Vous pensez qu'elle l'a vu et que, bien sûr, elle l'a reconnu tout de suite. C'était stupide de sa part. Si elle ne l'avait pas reconnu, il l'aurait libérée et il aurait pu prendre la fuite.

Cela n'avait pas de sens.

— Il a dû se passer quelque chose…

Monk bougea enfin. Il se dirigea vers le fourneau, souleva la théière et se servit, puis revint, sa tasse à la main.

— Je ne crois pas que Doyle ait pris tout l'argent. Peut-être juste une partie. Pour le rôle qu'il a joué…

— … comme quoi ? répliqua Hooper, incrédule. Gros bras supplémentaire pour la bagarre sur l'île Jacob ? Lui, un directeur de banque ?

Monk était trop las pour se montrer sarcastique. Il se laissa tomber sur la chaise libre et sirota son thé sans paraître remarquer qu'il était trop infusé.

— Non. Je crois qu'il a trouvé la victime idéale pour les ravisseurs. C'est pour cela qu'on l'a payé. Sauf qu'il a aussi pu être rémunéré par Exeter, en contrepartie de son aide avec la rançon…

Sa voix s'éteignit, assourdie par le dégoût.

— Pourquoi Kate Exeter ? insista Hooper.

— Harry Exeter pouvait mettre la main sur une grosse somme en argent liquide. De plus, il aimait trop sa femme pour chercher à négocier le montant de la rançon ou tenter de capturer les ravisseurs. Il ne faisait pas de doute qu'il obéirait sans poser de questions.

Hooper réfléchit.

— Dans ce cas, Doyle savait que Bella Franken avait compris son petit jeu, et c'est lui qui l'a suivie et qui l'a tuée. En avez-vous parlé à Exeter ?

— Non, mais je crois qu'il ne sera guère surpris. Il a perdu sa femme, sa fortune et une amitié sur laquelle il pensait pouvoir compter, le tout en l'espace d'une seule nuit.

La pitié se lut dans le regard de Monk.

— Et nous ne savons toujours pas qui nous a trahis. Il ne peut s'agir de Doyle. Nous étions les seuls à savoir précisément ce que nous allions faire.

Hooper ne répondit pas immédiatement. Les papiers apportés par Bella Franken étaient désormais entre les mains d'un comptable. Il n'était pas encore certain qu'ils fussent utilisables après leur séjour dans l'eau. Sans eux, les éléments dont ils disposaient, bien que logiques, n'étaient pas suffisants pour leur permettre d'arrêter quiconque. Il manquait des éléments cruciaux, susceptibles de transformer leur hypothèse du tout au tout.

— Allons à Greenwich voir Runcorn, lança Monk, interrompant ses réflexions. Il aura peut-être trouvé quelque chose.

En passant par la Tamise, le commissariat de Greenwich n'était pas très loin. Il suffisait, une fois sur la rive opposée, de remonter la rue qui partait de la jetée. Néanmoins, il leur fallut une bonne demi-heure, même en marchant d'un pas vif, pour accomplir le trajet. Un soleil fade se levait sur l'eau, baignant l'horizon de couleurs pastel, lorsqu'ils arrivèrent à destination. Runcorn les attendait, flanqué de plusieurs autres hommes. Greenwich étant au bord du fleuve, ils coopéraient souvent, et il était assez rare qu'il y eût des conflits de juridiction. Ce jour-là promettait d'apporter une collaboration fructueuse. Chacun était au courant de l'affaire de l'enlèvement sur l'île Jacob et des critiques dont la brigade fluviale avait fait l'objet pour avoir échoué à capturer les responsables. Tout le monde se trouve un jour ou l'autre en butte à de tels reproches, mais ils ne deviennent pas pour autant plus faciles à supporter, surtout quand on éprouve déjà un lourd sentiment de culpabilité.

Les policiers burent du thé chaud et mangèrent d'épaisses tartines de pain grillées dans le poêle ouvert.

— Bien, commença Runcorn. Le médecin légiste n'a pas grand-chose à nous apprendre. Cette malheureuse était en parfaite santé.

Sa voix s'assourdit un instant et il déglutit avant de poursuivre.

— Elle a eu le cou brisé. Il n'y avait pas d'eau dans les poumons. Je suppose que c'est une consolation, si mince soit-elle. Pas d'autres blessures apparentes, de sorte qu'il semble qu'elle ne se soit pas défendue. Elle a été prise par surprise, comme si…

— … comme si le meurtrier était quelqu'un en qui elle avait confiance, coupa Monk.

— Intéressant, monsieur, l'interrompit Hooper à son tour. Parce que, si elle apportait les documents dont elle avait parlé, elle ne pouvait pas avoir confiance en Mr. Doyle.

La plupart des hommes réunis dans la pièce se tournèrent vers lui. Cela ne se faisait pas de couper la parole à son supérieur, mais il avait raison.

— Elle a pu être attaquée par-derrière, suggéra quelqu'un, en regardant Monk. Cet homme est-il du genre à confier une telle besogne à un tiers, pour ne pas se salir les mains ? Il faut avoir une confiance absolue en la personne pour lui donner une telle arme contre vous.

Hooper le dévisagea. Les inflexions de sa voix éveillaient un vague souvenir en lui : il avait l'impression qu'elle lui était connue, mais ne savait pas où il l'avait entendue. La physionomie de l'homme ne lui disait rien. Il avait des traits taillés à la serpe, des cheveux couleur sable, des yeux enfoncés dans leurs orbites. Son nez était de travers, comme s'il avait été cassé et qu'on ne l'avait pas remis droit.

— Je n'aurais pas pensé cela, répondit Monk. Cela dit, jusqu'à ces deux derniers jours, je ne le croyais pas impliqué.

— Que s'est-il passé pour que vous changiez d'avis ? s'enquit Runcorn.

Monk n'hésita pas.

— Je me suis rendu compte que Doyle était le mieux placé pour savoir précisément qui aurait les moyens de verser une telle rançon, et qu'il pourrait s'en occuper lui-même, de sorte qu'il saurait exactement comment l'opération devrait se dérouler. Et je crois qu'Exeter l'a compris aussi, pour la première fois. Cette affaire grouille de trahisons.

Personne ne le contredit.

— Croyez-vous que le mobile soit exclusivement l'argent, ou qu'il touche à des questions plus personnelles ?

Celui qui avait parlé regarda Monk d'abord, puis Hooper. C'était l'individu qu'il avait remarqué un instant plus tôt, l'homme au nez tordu. Avait-il déjà travaillé avec lui ?

Hooper jeta un coup d'œil à Monk, se demandant s'il allait répondre. Apparemment, non.

Hooper réfléchit à toute allure. Il songea à ce que Celia Darwin avait laissé entendre, mais qu'elle avait évité de dire, à propos des sentiments de Kate.

Tous attendaient, l'homme au nez tordu surtout.

— Êtes-vous en train de demander s'il peut y avoir un tel désastre, une femme bien-aimée taillée en pièces, une rançon énorme envolée, l'unique ravisseur identifié et la jeune femme qui pouvait détenir un secret concernant cet argent assassinés l'un et l'autre… sans que de profondes émotions soient en jeu ? lâcha Monk d'une voix amère.

— Sans parler de celui qui, parmi vos hommes, a révélé aux ravisseurs les détails de votre plan sur l'île Jacob, ajouta Runcorn. A-t-il agi par cupidité, par peur ou était-il motivé par un obscur désir de vengeance ?

Une vision soudaine s'imposa à Hooper. Le pont d'un navire balayé par le vent, la mer miroitant au soleil, le claquement des voiles alors que le bateau virait de bord, le rugissement des flots, le tout accompagné d'une sensation aiguë de peur. L'image s'évanouit aussitôt. À un moment donné de son passé, il avait délibérément chassé ce souvenir de sa mémoire. Il le savait. C'était son unique certitude.

Il s'obligea à se concentrer pour répondre à Runcorn. Monk ne devait pas percevoir son désarroi, ni son angoisse.

— Rien n'est sûr, dit-il sur un ton abrupt. Nous sommes en train d'éliminer les…

— Ça ne doit pas être facile, commenta l'homme au nez de travers. Ce n'est pas agréable de soupçonner des gens avec qui on a travaillé, à qui on a confié sa vie, de vous avoir trahi. C'est un lourd fardeau à porter.

Son regard demeurait rivé sur Hooper.

Celui-ci avait l'impression qu'ils étaient seuls dans la pièce – ou sur le pont ! Était-ce lui ? Était-ce Fisk ?

Vingt années avaient passé depuis la mutinerie sur le *Mary Grace*.

Un silence s'était fait. Est-ce que tout le monde le fixait, se demandant pourquoi il ne répondait pas ?

— Oui, dit-il lentement. Et c'est terrible de soupçonner quelqu'un à tort. Même si on découvre qu'il est innocent et qu'on lui accorde de nouveau notre confiance, il saura que nous avons douté de lui. Pourra-t-il jamais l'oublier ?

Maintenant, tous les hommes le dévisageaient. Il avait conscience de l'attention de Monk surtout, mais de celle de Runcorn aussi.

— Je suppose que vous continuez à chercher, observa l'homme au nez tordu. Enfin, si vous attrapez ce banquier, il pourra peut-être vous le dire.

— Peut-être, intervint Runcorn sur un ton sec. Mais c'est le travail du commissaire Monk. Le nôtre consiste à découvrir qui a tué cette pauvre femme, et à l'arrêter.

— Avec assez de preuves pour faire pendre ce salaud, ajouta un autre. Elle était sans défense. On aurait pratiquement pu la soulever d'une seule main, avant qu'elle soit toute mouillée. Les vêtements noient une femme plus vite qu'un homme.

Il avait fait partie de ceux qui avaient transporté le corps de Bella, et la pitié étranglait sa voix.

Personne ne répondit. Si près du fleuve, tous se remémoraient des gens qui s'étaient noyés. Le fait que la jeune femme était morte avant d'être jetée à l'eau ne faisait aucune différence à leurs yeux.

— Bien ! lança Runcorn, réveillant leur attention. La question est la suivante : a-t-elle été tuée de ce côté-ci du fleuve, ou sur la rive opposée ? Parlez aux passeurs, à tous ceux qui étaient sur l'eau au crépuscule. Vous connaissez les gens qui traversent régulièrement vers cette heure-là, et les mariniers du secteur. Trouvez-les. Il faut qu'on sache si quelqu'un a remarqué quoi que ce soit. Peut-être peuvent-ils vous apprendre quelque chose. Elle avait rendez-vous à sept heures et demie. Si elle venait de la rive nord, elle a dû traverser vers sept heures. Interrogez les cochers, les marchands ambulants, les débardeurs. Au travail !

— Bien, monsieur.

Les hommes sortirent, certains donnant des ordres aux autres.

Runcorn se tourna vers Monk, le visage empreint de compassion.

— Je vais aller voir le médecin légiste au cas où il aurait des informations supplémentaires susceptibles de nous aider à identifier l'assassin. Si des ecchymoses sont apparues après la mort, ce genre de choses. Vous devez vous charger de surveiller Doyle, trouver le moyen de savoir combien d'argent il a dérobé et comment. Cet enlèvement est le pire gâchis que j'aie jamais vu. Exeter est sûrement quelqu'un de bien, et je crois que vous avez de la sympathie pour lui, mais…

— C'est sans rapport avec la question ! coupa Monk avec irritation. Personne ne devrait subir ce qui lui est arrivé ! Je n'ai pas besoin de vous demander ce que vous ressentiriez à sa place ! Vous seriez aussi anéanti que moi s'il s'agissait d'Hester…

Runcorn pâlit, comme si cette pensée lui portait un coup si rude qu'il ne savait comment réagir.

Était-ce cela qui rongeait Monk ? se demanda Hooper. La prise de conscience de la fragilité du bonheur ? Un coup de couteau, un pied qui glissait sur des pavés mouillés, et il pouvait s'évanouir à jamais. Il fallait presque tout son courage pour le saisir. Il était bien moins risqué de ne pas tant aimer. Mais pour certains, ce n'était pas une option. Cela ne l'était pas pour Monk. Pour lui non plus, songea Hooper. Avoir peur d'aimer revenait à nier la vie elle-même.

— Hooper !

Il se redressa.

— Oui, monsieur ?

— Allez voir ce que vous pouvez dégoter sur Doyle, ordonna Monk. Où était-il hier soir ? Où habite… où habitait Bella Franken ? Est-il possible qu'il soit allé l'attendre et qu'il l'ait suivie jusqu'au bac ? Quelqu'un l'a-t-il vu aujourd'hui ? Vérifiez à quelle heure il est arrivé à la banque ce matin, s'il s'est présenté. Voyez si quelque chose suggère qu'il est sorti hier soir. N'importe quoi.

— À vos ordres, monsieur.

Hooper était soulagé d'accepter la première tâche venue qui l'éloignerait de Greenwich et des hommes de Runcorn. Et il désirait tout autant que Monk arrêter l'assassin de Bella Franken. Même s'il ne l'avait jamais rencontrée, il était touché par son courage et sa vulnérabilité.

Hooper se rendit d'abord à la banque informer Doyle de la mort de Bella. Peut-être avait-elle des parents en dehors de la ville. Il devrait le découvrir, car il faudrait aussi leur faire part de sa disparition ; c'était toujours ce qu'il y avait de pire dans une mort. C'était plus affligeant encore que de trouver le corps ou de chercher la cause du décès. L'on pouvait puiser en soi pour affronter l'horreur ou le chagrin qu'on éprouvait, mais le malheur des autres n'avait pas de solution.

Il prit le bac et retraversa le fleuve, puis héla un fiacre afin de se rendre à la banque Nicholson. Il pénétra dans l'établissement par la porte de service. Aucun client n'était en vue. Il s'approcha d'un jeune employé qui portait une pile de livres de comptes.

— Je suis le sergent Hooper, dit-il à voix basse. J'ai besoin de m'entretenir sans délai avec Mr. Doyle. Pouvez-vous me conduire jusqu'à lui ? Je suis sûr qu'il est occupé, mais il s'agit d'une affaire tragique, et elle ne peut attendre.

Le jeune homme ouvrit la bouche pour protester, cependant l'expression d'Hooper fit mourir les mots sur les lèvres.

— Bien, monsieur. Si vous voulez me suivre.

Il le précéda au bureau du directeur. Ce n'était manifestement pas là qu'on gardait l'argent. Il devait y avoir un coffre, auquel l'accès était restreint. Il toqua à la porte et, dès qu'on répondit, sur un ton plutôt péremptoire, l'employé entra.

— Un policier demande à vous voir, monsieur. Il dit que c'est au sujet d'une tragédie et que c'est urgent.

Sur quoi, il ouvrit grand la porte et s'effaça devant Hooper.

Doyle paraissait irrité, mais calme.

Il regarda Hooper et ordonna à l'employé de ne rien répéter de ce qu'il avait entendu sous peine de perdre son emploi, et de refermer la porte derrière lui.

— Bonjour. Que puis-je faire pour vous, Mr… ?

— Sergent Hooper, monsieur.

— Très bien, sergent Hooper. Quelle est cette tragédie dont vous devez m'informer ?

Le policier avait réfléchi en route à la manière d'aborder le sujet. Il avait décidé de ne pas prendre de gants. Il souhaitait que, coupable ou innocent, Doyle fût confronté à la brutalité des faits. S'il était innocent, il serait horrifié. Dans le cas contraire, il aurait peur. La violence de l'émotion trahit souvent le menteur potentiel.

— Je suis navré de vous annoncer cela, monsieur, mais une de vos employées a été agressée et assassinée hier soir...

Doyle fit une ou deux tentatives pour articuler un son, mais le sang se retira si totalement de son visage qu'Hooper redouta qu'il ne fût terrassé par une attaque. Il se leva à demi, prêt à le soutenir s'il perdait connaissance et s'effondrait.

— Miss... Miss Franken n'est pas encore arrivée... dit-il d'une voix étranglée.

Ainsi, il savait de qui il s'agissait ! L'avait-il deviné ? Ou le savait-il déjà ?

— Est-ce inhabituel pour elle ?

— Quoi ? Oh ! oui. Elle est très... ponctuelle... consciencieuse... fiable.

Doyle paraissait vouloir en dire davantage, mais il suffoquait. Il regardait partout sauf Hooper.

— Très... Pour l'amour du Ciel, que s'est-il passé ? Où l'a-t-on trouvée ? Pas à... où ?

— Où pensez-vous qu'elle a été trouvée, Mr. Doyle ?

— Quoi ? Que voulez-vous dire ?

— Où imaginez-vous qu'elle a été trouvée ? répéta Hooper.

— Oh... Je ne sais pas.

— Pensez-vous que sa mort a un lien avec le meurtre de Mrs. Exeter ?

— Non ! protesta Doyle, l'air atterré. Elle… c'était une jeune femme agréable, un peu têtue… mais enfin, mon cher, elle est morte ! Tout ceci est…

— Et si elle n'était pas morte, que diriez-vous ?

— Rien… Rien du tout. C'était une employée !

— Où vous attendiez-vous à ce qu'on la découvre ? insista Hooper.

— Je ne souhaite pas…

Doyle rougit de gêne. Ce qu'il avait supposé n'était que trop évident.

— Vous ne souhaitez pas le dire ? termina Hooper à sa place. Pourquoi pas ? Cherchez-vous à protéger sa réputation plutôt qu'à nous aider à identifier son meurtrier ? Elle a été tuée, Mr. Doyle. Assassinée. Elle a eu le cou brisé… par les mains d'un homme…

— Taisez-vous ! Si elle a été trouvée avec les marques des mains d'un homme autour du cou, vous avez votre réponse, non ? rétorqua Doyle. Il est inutile de vous montrer cruel avec moi. Je n'y suis pour rien ! J'ignorais tout de sa vie privée. Si elle avait un amant ou je ne sais qui, je n'en savais rien. J'ai toujours pensé qu'elle était plutôt austère, ce qui n'est pas une qualité particulièrement attirante chez une jeune femme. De mon point de vue, l'aptitude à additionner et à soustraire est un atout chez un aide-comptable, mais pas chez… une compagne.

Il ajusta son col et son nœud papillon et se redressa un peu sur son siège.

— Bref, vous avez l'affaire en main et vous m'en avez informé. Je vous remercie. Je ferai part au personnel de la nouvelle moins brutalement que vous ne l'avez fait avec moi. Je suppose que les journaux vont avoir vent de cette histoire ? Ils adorent le scandale. Il faudra que je songe à la manière d'y réagir. J'apprécie que vous m'ayez averti. C'est tout ce que j'ai à dire.

Hooper lui adressa un mince sourire.

— Je ne suis pas venu que par politesse, Mr. Doyle. Il faut que je vous pose un grand nombre de questions. Vous semblez avoir tiré des conclusions erronées des circonstances de son décès. Elle a été étranglée et a eu le cou brisé, mais le coupable n'était pas sur les lieux lorsque nous l'avons découverte. Elle a été jetée dans le fleuve comme un vulgaire débris. C'est le commissaire Monk qui l'a vue… et qui, avec l'aide d'un passeur, l'a repêchée.

Il observait Doyle avec intensité et vit les couleurs revenues sur son visage le déserter de nouveau, une colère mêlée de peur sur ses traits.

— Que… que faisait-elle sur le fleuve ? balbutia-t-il. Et Monk ? Pourquoi se trouvait-il là ? Je pense avoir le droit de le savoir.

Hooper prit une décision.

— Oui, monsieur, peut-être en avez-vous le droit. Si Miss Franken n'a pas de famille dans la région, vous êtes sa plus proche relation. Vous étiez son employeur et, en un sens, son tuteur. Elle était assez jeune, et apparemment seule. Or vous paraissez supposer de sa part une turpitude morale…

— Non ! Non, pas du tout ! s'indigna Doyle, mal à l'aise, en changeant de position sur sa chaise. C'est vous qui avez dit qu'elle était seule dans la rue en pleine nuit et qu'elle avait été assassinée…

— Certes. Elle avait donné rendez-vous à Mr. Monk en début de soirée. Il était à l'endroit fixé à l'heure juste, mais elle ne s'est pas présentée.

Il a vu son corps dans l'eau et l'a repêchée, au péril de sa vie. Malheureusement, il n'y avait plus rien à faire pour elle, la pauvre.

Il attendit.

Doyle n'y tint plus.

— Que… pourquoi allait-elle voir Monk ? Le lui avait-elle dit ?

— Oui. Il s'agissait d'irrégularités dans les comptes de la banque, semble-t-il. Elle pensait que cela pourrait nous aider à démasquer l'individu responsable de l'enlèvement et du meurtre de Mrs. Exeter.

Doyle déglutit.

— Comment diable les dires d'une simple aide-comptable telle que Miss Franken pourraient-ils être pris au sérieux ? Vous semblez insinuer que Mr. Exeter s'est rendu coupable de je ne sais quoi au lieu de verser une rançon énorme, exorbitante, pour sauver la vie de sa femme. Cette jeune personne est… était écervelée… hystérique, si vous préférez…

— Vraiment ?

Hooper s'était raidi, révolté par l'attitude de cet homme envers quelqu'un qui avait risqué sa vie, et l'avait perdue, pour faire éclater la vérité.

— J'ai plutôt l'impression qu'elle était extrêmement perspicace… enfin, nous pourrons le déterminer à l'examen des livres de comptes. Je tiens à préciser que les preuves qu'elle apportait n'ont pas été détruites. Dieu merci, c'est Mr. Monk qui l'a tirée de l'eau et non pas quelqu'un qui ne prenait pas la mesure de l'importance des documents en sa possession. Je suis désolé d'être le porteur de telles nouvelles.

Il toisa Doyle d'un œil critique.

— Dois-je demander à un employé de vous apporter une tasse de thé, peut-être ? À moins que vous n'ayez un peu de cognac à portée de main.

— Sortez d'ici ! siffla le directeur, serrant les dents.

Hooper consacra son après-midi et presque toute la journée suivante à reconstituer l'emploi du temps de Doyle. Veuf, il vivait toujours dans la maison qu'il avait partagée avec son épouse. Ses enfants, désormais adultes, s'étaient installés dans d'autres régions du pays. Il maintenait un personnel au grand complet et il lui arrivait d'organiser des dîners, comme par le passé, lorsque sa femme était en vie.

Il fréquentait son club au moins deux fois par semaine. C'était un endroit agréable, où l'on ne trouvait pas d'aristocrates, mais où l'on pouvait néanmoins exhiber sa respectabilité et sa fortune croissante. Le maître d'hôtel confirma la présence de Doyle au moment où Lister avait été égorgé. Il avait participé ce soir-là à une partie de cartes de plusieurs heures. En revanche, il n'était pas là le soir de l'enlèvement, ni celui où on avait tenté de remettre la rançon. Ni la veille, lorsque Bella Franken avait été assassinée.

Le majordome de Doyle se révéla discret et loyal, mais les autres membres du personnel mentirent de manière moins efficace. Face à leurs récits contradictoires, Hooper ne sut qui croire. Ils redoutaient sans doute de perdre l'emploi dont ils avaient besoin et de se retrouver à la rue, sans références ni lettres de recommandation.

Hooper relata tout cela à Monk avant de rentrer chez lui, trop épuisé pour y réfléchir clairement.

Il était à mi-chemin de son domicile lorsqu'il se souvint que Celia Darwin avait laissé entendre, indirectement, que Kate n'était pas aussi heureuse qu'on pouvait le croire. Qu'avait-elle voulu dire par là ? Avait-elle reçu des confidences, qu'elle avait tues par discrétion ? Il se souvenait très bien de son expression. Il la revoyait aussi nettement que s'ils venaient de se quitter. Elle affichait un air presque embarrassé, une rougeur quasi imperceptible sur les joues. Elle avait le teint pâle, trop clair au goût de certains, sans doute. Aux yeux d'Hooper, il était pur, pareil à une toile vierge sur laquelle on pouvait tout peindre. Il avait lu la compassion sur ses traits, et puis le besoin de la cacher car elle trahissait le secret d'autrui. Elle avait détourné les yeux et changé de sujet, afin d'effacer sa remarque.

Y avait-il autre chose à propos de Kate qui pût expliquer, en partie du moins, les circonstances de sa mort ?

Il aurait aimé pouvoir aller demander à Celia ce qu'elle avait voulu dire. Il ralentit même le pas, hésitant. Pourrait-elle réellement lui révéler quoi que ce fût ? Y serait-elle prête ? En y réfléchissant, il était certain qu'elle mettrait encore plus de ferveur à garder les secrets d'une autre personne que les siens.

Leur accorderait-elle davantage d'importance, avec le recul, maintenant que Kate n'était plus ?

Le visage de Fisk s'imposa à lui, aussi net qu'il l'avait vu, comme illuminé par le soleil, l'espace d'un instant, dans le bureau de Runcorn. Ce genre de lumière ne survenait qu'en mer, où le miroir de l'eau intensifiait son éclat, et le répétait à l'infini. La mer des tropiques. La réponse était là, dans son esprit.

La seule question qui se posait était celle dc savoir si c'était lui ou juste quelqu'un qui réveillait des images à fleur de mémoire, si proches de la surface qu'elles la crevaient trop aisément. Il accéléra le pas de nouveau. Il ne voulait pas revoir Celia Darwin. Elle éveillait en lui des désirs impossibles à réaliser, et qu'il valait mieux laisser tranquilles, même en rêve.

Malgré tout, il se rendit chez elle. Il était tard, l'heure était inconvenante pour une visite. Il le savait, mais il y alla quand même.

La servante devait être de repos, car ce fut Celia en personne qui vint ouvrir. Avec méfiance, d'abord, puis avec soulagement lorsqu'elle le reconnut.

— Entrez, Mr. Hooper.

Elle recula pour le laisser passer avant de refermer la porte et de tirer le verrou, par habitude plutôt que par précaution : elle parut à peine avoir conscience de son geste. Elle lui fit face dans le couloir.

— Que s'est-il passé ? Vous avez l'air très grave.

— Je crains qu'il n'y ait eu un autre décès.

Comment pouvait-il justifier sa visite, à cette heure tardive ?

— Je… nous devons…

— Je comprends, coupa-t-elle, ayant peut-être constaté qu'il avait du mal à s'expliquer. Venez vous asseoir.

Sans l'attendre, elle le précéda dans le salon. Le feu était presque mourant. Il était évident qu'elle le laissait s'éteindre pour la nuit. Peut-être avait-elle eu l'intention de se coucher dans peu de temps. Elle se pencha au-dessus du seau à charbon.

— Permettez-moi, murmura-t-il.

Il s'agenouilla à côté d'elle et lui prit la pince. Il avait conscience de sa proximité, du léger parfum tiède qui émanait d'elle, celui de la vanille ou d'une autre fleur, une senteur propre plutôt que sucrée.

Elle hésita, comme si cela ne la gênait pas d'être si proche de lui. Puis elle se releva et le remercia à voix basse.

Il attisa le feu, veillant à ne pas utiliser tout le charbon restant, puis se redressa et s'assit en face d'elle. Il ne servait à rien de repousser le moment de lui dire la vérité. Il donnerait l'impression qu'il n'avait pas eu de raison pressante de venir.

— La victime était employée à la banque, murmura-t-il. Elle s'appelait Bella Franken…

Il ne s'attendait pas à voir le choc sur son visage, un choc accompagné d'un chagrin qu'elle ne chercha pas à cacher.

— Vous la connaissiez ? demanda-t-il, comprenant avec douleur que c'était le cas.

— Oui… à peine, mais…

Elle prit plusieurs inspirations, s'efforçant de se ressaisir.

— Comment est-ce arrivé ? Je vous en prie… soyez franc avec moi, Mr. Hooper. C'est trop horrible pour que vous cherchiez à m'épargner par pitié. Pauvre Bella, elle était si… pleine de vie !

Un instant, elle ne put masquer sa détresse. Elle porta les mains à son visage et baissa la tête, luttant contre les larmes.

Hooper éprouvait une profonde compassion pour elle. Il s'en voulut de ne pas avoir songé qu'elle pût connaître la victime, cependant ce n'était pas le moment de s'accabler de reproches. Il ne songeait qu'à trouver des mots pour soulager sa peine. Il mourait d'envie de la toucher, de mettre sa main sur la sienne, au moins, mais c'eût été une intrusion inexcusable alors qu'elle était si vulnérable.

— Elle n'a pas souffert, dit-il avec douceur. Elle ne s'est rendu compte de rien. Il a suffi d'un seul coup…

Il pensa à ce qu'elle lirait ou entendrait dire le lendemain.

— Elle a été trouvée dans le fleuve, mais elle ne s'est pas noyée.

Elle leva les yeux lentement.

— Trouvée ?

— Elle avait rendez-vous avec Mr. Monk, elle voulait lui dire quelque chose. Il l'attendait sur la jetée de Greenwich. C'est elle qui avait choisi l'endroit. Mais elle n'est jamais arrivée.

— Lui dire quelque chose ? Au sujet de la banque ?

— Oui.

Elle chercha un mouchoir dans sa poche. Il lui offrit le sien, éprouvant un plaisir absurde à la pensée qu'elle le garderait peut-être.

— Merci, chuchota-t-elle. Je… j'ai peut-être une idée de ce dont elle voulait lui parler.

Une pointe d'intérêt naquit en Hooper.

— Vraiment ?

— Elle soupçonnait des irrégularités à propos de l'héritage…

— Quel héritage ? demanda-t-il, perplexe.

— Celui que Kate allait toucher. C'était une très grosse somme d'argent. Elle devait le recevoir dans un an et demi, environ.

— Où se trouve cet argent ?

— Il était dans un fonds, à la banque de Mr. Doyle. L'administrateur est notre cousin, celui de Kate et le mien, Mr. Maurice Latham. Il le gère. Mais l'argent n'est plus là. Bien sûr, lui et moi avons donné notre accord pour qu'il soit utilisé afin de payer la rançon. De toute façon, il appartenait à Kate. Maurice en avait la responsabilité, mais uniquement de manière temporaire.

Hooper fut sidéré. Au vu de la maison de Celia, des restrictions financières qu'elle s'imposait, il n'avait jamais imaginé qu'elle pût être une héritière. Cette pensée le troubla vaguement. Le passé pesait sur lui telle une cage d'acier. Jamais il n'aurait pu lui demander de l'épouser. Pourtant, il se rendit compte à cet instant que, n'eût été son emprisonnement émotionnel, il l'aurait fait. Mais si c'était une héritière, c'eût été absurde. Elle ne l'aurait jamais considéré comme un prétendant potentiel.

Il baissa les yeux, évitant son regard, s'obligeant à réfléchir à l'affaire.

— L'argent serait revenu à Kate, répéta-t-elle.

— Et qui va hériter, maintenant qu'elle est… morte ?

— Personne, répondit-elle un peu sèchement. Les ravisseurs ont tout pris. Maurice est venu solliciter ma permission par simple courtoisie. J'ai volontiers accepté que la somme soit remise à Harry pour qu'il puisse verser la rançon. Je le répète, cet argent appartenait à Kate.

Une pointe de colère perçait dans sa voix à l'idée qu'il pût en douter.

Soudain, les pièces du puzzle prirent leur place dans la tête d'Hooper. Ainsi, voilà d'où venait l'argent de la rançon : c'était celui de Kate.

— Pourquoi cela aurait-il déplu à Doyle ? s'interrogea-t-il à voix haute. Je comprends que l'amour-propre d'Exeter ait pu être heurté, mais pour quelle raison Doyle ou un autre aurait-il voulu empêcher la police de le savoir ? C'est ce que toute personne décente aurait fait.

— Je ne sais pas, murmura-t-elle. Mais une pensée me vient à l'esprit, Dieu me pardonne si je me trompe. Et si c'étaient les comptes de ce fonds qu'elle apportait à Mr. Monk et… qu'ils n'étaient pas en ordre ?

— Vous voulez dire qu'il y aurait eu fraude ? souffla-t-il.

Elle rougit de honte.

— Peut-être. S'il manquait beaucoup d'argent, peut-être Harry n'avait-il pas la totalité de la somme exigée ? Je suis tellement désolée. C'est une affreuse pensée. Je n'aime pas Maurice, mais je ne souhaiterais à personne d'avoir cette culpabilité sur la conscience.

— Je suis désolé aussi. Mais je dois en informer Monk demain. Avec un peu de chance, les papiers récupérés dans l'eau nous aideront à y voir plus clair. Je suis navré de demander cela, mais Exeter aurait-il pu effectuer des retraits sur ce fonds ?

— Non. Maurice est le seul fiduciaire. Je crois que l'argent a été placé par l'intermédiaire de la banque de Doyle, sur ses conseils. On ne m'a pas donné de détails. Cela ne me concernait pas au premier chef.

Il se leva.

— Je suis désolé… Miss Darwin.

Elle sourit.

— Je vous en prie… ne soyez pas gêné. Vous deviez m'en parler. Trouvez seulement… une sorte de paix pour Kate… non, ce n'est pas ce que je veux dire. Bien sûr que Kate est en paix. Nier cela reviendrait à nier l'existence de Dieu. Trouvez quelque chose qui soulage un peu notre cœur à tous. Alors enfin, nous pourrons cesser de soupçonner des gens à tort.

— Je le ferai, promit-il. Je le ferai.

Elle se leva et le raccompagna à la porte, mais ils n'échangèrent pas d'autres paroles. Il la regarda un instant : elle était debout dans la lumière, les yeux pleins de larmes. Puis il pivota et sortit dans la nuit froide.

15

Le lendemain, Monk passa la journée à travailler avec Runcorn. Ce fut pour lui à la fois un plaisir et, par moments, un effort. Runcorn n'y fit pas allusion de nouveau, mais sa remarque concernant la nécessité de découvrir l'identité du traître était restée gravée dans sa mémoire. Il s'avoua qu'il avait évité d'y penser, repoussant toujours cette question au profit d'une autre, plus pressante. Le meurtre de Bella Franken l'avait profondément bouleversé. S'il s'était arrêté devant le bureau de la jeune femme et avait insisté pour lui donner rendez-vous dans un lieu plus sûr, elle serait peut-être encore en vie à l'heure qu'il était. Il l'avait trouvée sympathique et avait admiré son courage. Il ne parvenait pas à chasser de son esprit la vision de son visage mouillé, meurtri.

Aurait-il dû en être capable ? Aurait-il dû posséder suffisamment de maîtrise de lui-même pour ne plus y penser, et se consacrer à son travail ? Kate Exeter avait été lacérée de coups de couteau ! Cette mort n'était jamais loin de ses pensées non plus, même si elle ne le hantait pas autant que celle de Bella. Le son de l'eau qui gouttait le ramenait droit à l'île Jacob, aux ténèbres, au froid qui glaçait jusqu'à la moelle.

Ces souvenirs tourmentaient-ils les autres hommes ainsi ? Et même celui qui en avait été la cause ? Le traître avait-il eu cette intention ? Ou avait-il eu un autre objectif en tête, tel que la fuite des ravisseurs, rien d'autre ? Eh bien, ils s'étaient échappés, en effet, à l'exception de Lister. Pourquoi pas lui ? Avait-il été trop gourmand ? Avait-il réclamé plus que sa part ?

Ou était-il destiné à mourir de toute façon, dès qu'il aurait rempli sa fonction ? Qui que fût son assassin, il ne s'agissait pas d'Hooper. C'était impossible. Monk était avec lui lorsque Lister avait été assassiné.

Le commissaire s'était renseigné au sujet de ses autres hommes. Aucun ne pouvait être écarté au-delà de tout doute. Laker avait déclaré être avec Bathurst, mais il avait menti. Bathurst, qui était censé être de service, avait prétendu avoir dîné avec sa sœur. D'après lui, elle avait des ennuis et avait besoin de son aide.

Il connaissait le secret de Laker parce que Hester lui en avait parlé et il ne soupçonnait plus ce dernier, pas plus qu'il ne soupçonnait Bathurst, à vrai dire.

— Ne blâmez pas Laker, monsieur, avait plaidé Bathurst. Je me suis absenté. Il a dit ça pour me couvrir.

— Pourquoi votre sœur avait-elle un besoin si urgent de vous ?

Bathurst avait rougi.

— Elle n'a que quinze ans, monsieur, mais elle est très jolie. Elle ne sait pas comment dire « non » à son patron pour qu'il comprenne. Elle ne peut pas se permettre de perdre sa place. Il y a trop de bouches à nourrir…

Sa voix s'éteignit. Monk devina qu'il ne souhaitait pas évoquer la pauvreté de sa famille. C'était trop personnel. Il aurait le sentiment de trahir une confidence, d'exposer une sorte de nudité.

Monk s'en voulut de sa maladresse.

— Je suis désolé, dit-il aussitôt. Une enquête de la brigade fluviale tempérerait-elle son ardeur ?

Bathurst ouvrit de grands yeux.

— Je vous en prie, ne faites pas ça, monsieur, il faut qu'elle garde son travail. Elle apprendra. Il faudra bien. Ma sœur aînée, Edith, elle sait comment… refroidir les gens. Lizzie refuse d'admettre qu'elle ne peut pas le faire toute seule. Laker ne faisait que me couvrir.

— Quelqu'un a averti les ravisseurs de notre plan…

L'expression de Bathurst rappela à Monk combien il était jeune. Il ressemblait à un écolier, à l'âge où la loyauté compte plus que tout.

— Dans ce cas, ce doit être Walcott ou Marbury, monsieur. Ça ne peut être personne d'autre parmi nous.

Il regardait son supérieur droit dans les yeux, sans l'ombre d'une hésitation.

Monk ne protesta pas. Il partageait ce sentiment, sans savoir si c'était la raison ou l'émotion qui le lui dictait. Il avait besoin d'avoir confiance dans les hommes qu'il connaissait. De la sécurité de ce qui était familier. C'est pourquoi il est si difficile d'être un étranger, un nouveau venu : l'inconnu est toujours le premier soupçonné. Peu importe le comportement qu'on a, la personne qu'on est réellement. On a du mal à nouer des liens dans un endroit que l'on ne connaît pas, à comprendre et adopter ses usages, à s'y habituer, à en rire.

— Je vous crois, déclara Monk.

C'était vrai, du moins en partie, mais il l'avait dit parce qu'il savait que Bathurst avait besoin d'entendre ces mots. Quelque chose meurt en nous, une source de courage, quand on ne nous fait pas confiance. C'est une solitude de l'âme.

— Soyez prudent, conseilla-t-il soudain. Ne laissez personne se rendre compte que vous le soupçonnez. Cela serait…

— Je sais, coupa Bathurst. Cela l'inciterait à se retourner contre moi. C'est juste que… j'ai du mal à prendre des initiatives, j'ai peur de ne pas être soutenu… si vous voyez ce que je veux dire.

Runcorn entra, coupant court à la conversation. Son regard alla de l'un à l'autre.

— Oui, monsieur, dit Bathurst docilement avant de s'en aller.

— Il faut en finir, lâcha Runcorn. Vous leur devez à tous de trouver le mouchard ! Ce n'est pas juste de…

— Je sais ! s'irrita Monk. Vous n'avez pas besoin de me le répéter. J'en protège un au détriment des autres. Dites-moi, qui est Fisk ? Que faisait-il avant d'être sous vos ordres ?

— Fisk ? répéta Runcorn, écarquillant les yeux.

— Qu'a-t-il fait dans la vie ? A-t-il travaillé dans la marine marchande ?

La stupeur se lut sur les traits de Runcorn.

— Comment le savez-vous ? Cela remonte à vingt ans au moins. Et quel lien avec tout ceci ?

Monk serra les dents. Il lui répugnait d'avoir à expliquer ses raisons à Runcorn.

— Je l'ai vu dévisager Hooper comme s'il essayait de se rappeler quelque chose.

— Vous soupçonnez Hooper ? Je croyais que c'était votre meilleur agent.

Le visage de Runcorn exprimait un mélange de surprise et de tristesse.

— Il l'est. C'est un des meilleurs hommes que j'aie jamais connus. Il devrait être le premier que j'écarte.

Prononcer ces mots lui était pénible, surtout devant Runcorn. Ils avaient été des ennemis jurés, même si Monk savait à présent que la faute lui en revenait plus qu'à son collègue. La manière dont ce dernier avait été élevé l'avait rendu méfiant, peu enclin ou capable de s'exprimer par des mots. Les règles le rassuraient. Elles étaient comme une armure : gênantes, mais protectrices aussi. Monk en revanche avait été un renégat inné, bagarreur, éloquent, doté d'un humour moqueur. Si Runcorn dissimulait ses incertitudes en se cramponnant au règlement, Monk cachait les siennes en traçant sa propre voie, en essayant d'avoir toujours raison. Avant d'y être contraint par les circonstances, il n'avait même pas cherché à voir les qualités de Runcorn.

— Voulez-vous que je me renseigne ? demanda celui-ci avec une douceur qui prit Monk au dépourvu. Ou préférez-vous parler à Hooper et qu'il vous dise lui-même ce qu'il en est ? Cela n'a probablement aucun rapport avec notre histoire.

— N'importe quoi pourrait être lié à notre histoire, rétorqua Monk, abattu. Tout ce pour quoi un homme peut être soumis à la pression, au chantage, tout ce qui peut tomber entre de mauvaises mains et faire de lui un pion.

— Et quelles mains sont mauvaises, Monk ? Qui est derrière tout cela ? Le gérant de la banque ? Doyle ? Ce serait un maître chanteur hors pair ? Comment diable saurait-il quelque chose à propos d'Hooper qui remonte à vingt ans ? Vous pensez que Fisk le lui a dit ?

— Je n'en ai pas la moindre idée. Peut-être que les gens qui connaissent les dettes et les fortunes des autres entendent toutes sortes de rumeurs.

L'amertume s'entendait dans sa voix, et il en avait conscience. Il suffisait d'un rien pour qu'une foule de choses s'écroulent, des choses qu'il avait tenues pour acquises. Il avait l'impression qu'il venait de baisser les yeux pour la première fois depuis des années et qu'il s'apercevait qu'il marchait au bord d'un précipice. Peut-être un degré d'aveuglement était-il indispensable pour endurer la vie. Il était sidéré de se rendre compte à quel point tout cela lui importait. L'amitié, une cause commune qui valait la peine d'être défendue, les êtres qu'il aimait. Hester, Will (qui avait cessé d'être Scuff dans sa tête), Rathbone ; Hooper ; même les gens qui vivaient en marge de son existence, comme Squeaky Robinson, le régisseur du dispensaire d'Hester. Ancien propriétaire des lieux, il y avait tenu une maison close jusqu'au jour où Rathbone l'avait manipulé pour qu'il cède le bâtiment, et il était resté pour les aider à le transformer en refuge destiné aux femmes malades. Tous faisaient partie d'un ensemble infiniment précieux à ses yeux. Ne préserverait-il son univers qu'en découvrant l'identité du traître ? Avant même de s'être posé la question, il sut la réponse.

— Si je comprends bien, vous pensez que le cerveau pourrait être Doyle, observa Runcorn, coupant court à ses réflexions.

— Oui. Hooper est allé vérifier où il se trouvait au moment de chacun des meurtres…

Runcorn accusa le coup.

— Qu'y a-t-il ? demanda Monk. Ils sont liés. Kate Exeter, Lister, le seul ravisseur que nous connaissions, et Bella Franken.

— D'autres suspects ?

— Personne, sauf peut-être Maurice Latham. Ou l'un d'entre nous.

— Qui diable est Maurice Latham ?

Monk le lui expliqua brièvement.

— Sinon quoi ? Lister aurait été à la solde de l'un des vôtres ? Allons, Monk ! Vous ne pouvez pas croire cela plus que j'y crois. L'instigateur de cette affaire est puissant, intelligent, apte à manipuler autrui. Si vous étiez lucide, cela vous paraîtrait évident à vous aussi. À moins qu'il ne s'agisse d'un individu qui aurait un grief à votre endroit ?

Runcorn s'interrompit.

— Est-ce de cela que vous avez peur ? D'une vieille rancœur surgie du passé ?

Pour une fois, cette éventualité n'était même pas venue à l'esprit de Monk.

— Non. Je n'avais pas pensé qu'il puisse y avoir un rapport avec moi, avoua-t-il avec franchise.

Runcorn le regarda calmement et ce fut comme si un défilé de fantômes passait entre eux.

— Si c'est le cas, dit-il, je vous aiderai à attraper ce salaud. Je n'ai pas peur…

Venant d'un autre que lui, cette déclaration aurait pu paraître pompeuse, teintée d'autocongratulation. De la part de Runcorn, ce n'était rien d'autre que l'affirmation d'un fait, et de son amitié.

Submergé d'émotion, Monk détourna les yeux pour se protéger.

— Merci. Je vais interroger mes hommes. Il faut que je me débarrasse de ce… doute.

Bien décidé à en apprendre davantage sur les documents que Bella Franken lui apportait quand elle était morte, Monk emmena Laker avec lui lors de ses investigations. Ils partirent en barque, parce que cela lui donnerait l'occasion d'être seul avec son collègue, et que nul ne pourrait entendre leur conversation. Cette manœuvre lui répugnait, mais Runcorn avait raison. Tant que ce problème ne serait pas résolu, il s'immiscerait entre eux tel un hôte inopportun.

Le brouillard s'était dissipé, laissant derrière lui une journée froide et humide qu'aucun souffle de vent ne troublait. C'était un temps idéal pour ramer. Ils descendirent le fleuve, portés par la marée qui refluait.

— Vous pensez vraiment qu'on va découvrir quelque chose, monsieur ? demanda Laker. Elle n'a pas été tuée par Doyle, à cause des irrégularités qu'elle avait relevées dans les comptes ? Il les a sans doute falsifiés pour cacher ce qu'il faisait.

— Vous croyez qu'il s'est rempli les poches ?

À dire vrai, c'était précisément son avis. Soit Doyle, soit Latham s'était servi. C'était ce que les chiffres suggéraient, pour autant qu'il pût les comprendre. En tout cas, c'était logique, et bien qu'elle ne l'eût pas dit, il était presque certain que Bella l'avait pensé aussi.

— Et que, se sachant découvert, il l'a tuée ?

— N'est-ce pas ce qu'elle a laissé entendre ? lâcha Laker d'une voix où perçait le dégoût.

— Plus ou moins. Elle m'a expliqué les anomalies. Elles ne sautaient pas aux yeux. Le directeur avait été très prudent. Il y avait quantité de différences insignifiantes, comme si les additions avaient été faites par quelqu'un qui n'était pas doué en arithmétique, ou qui avait travaillé tard le soir, ainsi qu'une foule de corrections. Mais une fois qu'on savait où regarder, tout devenait plus clair.

Ils ramèrent en silence pendant une minute ou deux.

— Qu'allons-nous chercher, dans ce cas ? demanda Laker.

— Comment, d'après vous, Doyle est-il entré en contact avec Lister ou les autres ravisseurs ?

— Il l'a fait ? Vous pensez qu'il a participé à l'enlèvement plutôt que juste… je ne sais pas…

Laker se tut, visiblement déconcerté.

— Pas vous ? insista Monk, feignant la surprise.

Il détestait jouer ainsi au chat et à la souris, mais il n'avait pas le choix. Si Laker savait quelque chose que lui ignorait, alors ce long moment passé seul avec lui, où la conversation avançait d'elle-même, lui permettrait d'en avoir le cœur net.

— Les ravisseurs ont communiqué avec Exeter, reprit-il. Et avec le mouchard. Cet homme connaissait nos plans sur le bout des doigts. Il savait par où nous allions entrer, quels entrepôts nous allions traverser, quels passages nous allions emprunter, à quelle heure.

Laker ne répondit pas tout de suite.

Monk attendit.

— Vous en revenez à la question de savoir lequel d'entre nous l'a fait, hein ? murmura enfin Laker. Si vous pensez que c'est moi, vous vous trompez. Je ne sais pas. J'en ai appris beaucoup sur les autres, mais rien qui me regarde. Il y a des choses que je ne veux pas savoir. Bathurst est sans le sou parce qu'il donne tout ce qu'il peut à sa mère, mais je mettrais ma vie entre ses mains n'importe quand. Pareil pour

Mr. Hooper. J'aurais honte de penser du mal de lui. C'est un des meilleurs hommes que j'aie jamais connus. Il se ferait couper en morceaux plutôt que de nous trahir. Mr. Marbury est prompt à s'emporter si on fait du mal à un animal, mais c'est quelqu'un de bien. Il partagerait son casse-croûte, son verre de bière. Vous donnerait son manteau.

Laker mit tout son poids dans la rame et Monk dut faire de même pour maintenir la trajectoire.

— Que voulez-vous dire ? demanda-t-il au bout d'un moment. Que c'est forcément Walcott ? Juste parce qu'il est un peu en marge de l'équipe ? Chacun a ses points faibles, Laker, des choses auxquelles on tient trop pour accepter de les perdre, des secrets à garder, parfois pas pour ce qu'ils sont mais pour protéger quelqu'un.

— Vous… vous pensez à quelque chose de particulier, monsieur ?

Le ton de Laker avait changé. Il était empreint de peur. Monk ne savait pas lesquelles de ses paroles avaient provoqué cette réaction. Laker pensait-il qu'il parlait de lui-même ? Connaissait-il, d'une manière ou d'une autre, le secret de Monk ? Il était trop tard pour faire marche arrière.

— Je sais ce qu'il en est d'affronter ses pires craintes, celles qu'on n'ose pas nommer, même en pleine nuit, murmura Monk.

Laker tira calmement sur les rames. Hormis le grincement du bateau et le murmure de l'eau, on n'entendait que le silence.

— Comme quand Hester a été enlevée, continua Monk. Et que j'ai pensé qu'on allait la tuer. J'ai compris combien Exeter souffrait.

La culpabilité le glaça de nouveau. Il se remémora le corps sans vie de Kate. Comment aurait-il réagi si ç'avait été Hester ? Il faisait encore des cauchemars où il imaginait le cadavre de Kate se transformant en celui d'Hester, où la douleur du deuil était insoutenable.

Ç'aurait fort bien pu être lui à la place d'Harry Exeter. Pourquoi la femme que Monk aimait avait-elle survécu et l'épouse d'Exeter avait-elle péri – horriblement ? La faute en revenait-elle à Exeter d'une manière ou d'une autre, ou avait-il été victime d'un abominable tour du destin ? Sans doute cela pouvait-il arriver à n'importe quel homme fortuné, puissant, à quiconque détenait des informations qui pouvaient être utilisées ?

En regardant Exeter, c'était lui qu'il voyait, et une vie que la solitude avait dépouillée de son sens. Il se sentait coupable de s'être sauvé et de n'avoir rien pu faire pour cet homme qui avait placé sa confiance en lui.

— Et je sais ce qu'il en est que de vouloir cacher des actes qu'on a commis, payés et avec lesquels on veut en finir, et de vivre dans la hantise de les voir resurgir du passé. C'est déjà terrible de voir ses erreurs exposées à tous les regards, mais ce dont on a le plus peur, c'est de la réaction de ses amis. Je suis au courant de votre dégradation militaire, mais personne d'autre n'a besoin de l'être.

— Merci, monsieur.

Ils gardèrent le silence un instant. Pour finir, ce fut Laker qui le rompit.

— Allons-nous attraper le type qui a tué cette pauvre fille ?

— Nous allons prouver que c'est Doyle le meurtrier, répondit Monk. Pour cela, il nous faut découvrir qui était impliqué en plus de Lister.

Laker ne répondit pas, mais il enfonça de nouveau sa rame profondément dans l'eau, réglant son rythme sur celui de Monk.

16

Monk éliminait des noms, un par un, luttant constamment contre la pensée qu'Hooper pût être coupable. Malgré lui, cette crainte persistait en marge de son esprit. Il savait si peu de chose de cet homme dont, il s'en rendait compte, l'amitié lui était plus précieuse que toute autre, excepté peut-être celle de Rathbone. Certes, chacun gardait en soi une part d'inconnu, y compris lui – surtout lui. Il devait y avoir une autre explication au silence d'Hooper, et pourtant, comment réagirait-il si ce n'était pas le cas ? Comment vivrait-il en sachant cela ?

Hooper, lui, ne lui avait pas tourné le dos ! Sans connaître les détails, il avait accepté sa version. Il n'avait pas même eu à pardonner. Il n'avait pas jugé.

Monk passa en revue tout ce qu'il savait au sujet de Marbury. Il alla même voir son précédent supérieur dans la police, lequel déclara le tenir en haute estime.

— Pourquoi a-t-il quitté votre service ? demanda Monk, qui se sentait obligé de poser la question.

Ils étaient assis dans une taverne de Shoreditch, à une bonne distance au nord du fleuve.

— J'ai été forcé de le lâcher, avoua Reilly avec un sourire empreint de tristesse. Sinon, il aurait eu mon poste. Je ne suis pas prêt à partir en retraite. Il me faut travailler encore quelques années avant d'en avoir les moyens.

— Vous voulez dire qu'il convoite le mien ! s'exclama Monk, surpris.

— J'en doute. Mais il était temps qu'il soit promu, et je n'avais rien à lui proposer. Deux autres hommes avaient plus d'ancienneté que lui, et je me serais vu écarté si je n'avais pas casé un des deux. Marbury, je pouvais le muter sans être injuste avec lui. Je savais qu'il se plairait chez vous. Il est plus actif là-bas. Sa place n'est pas derrière un bureau, à donner des ordres aux autres.

Il ponctua ses paroles d'un petit rire sec avant de poursuivre :

— Il ne s'est jamais remis de la mort de son fils. Sa femme encore moins.

Cela expliquait la solitude que Monk décelait en Marbury, et son affection pour les chiens. Un homme pouvait se montrer affectueux avec un animal, lui parler, sans pour autant passer pour quelqu'un d'étrange.

— Pourquoi me demandez-vous cela ? demanda Reilly. Vous cause-t-il des problèmes ?

Monk avait déjà décidé d'être franc. Il ne pouvait plus se permettre d'éluder les questions par des réponses alambiquées.

— Pas lui particulièrement. Je ne sais pas de qui il s'agit. Il faut que je creuse un peu plus sur chacun.

Reilly prit une inspiration, relâcha son souffle et attendit quelques secondes avant de parler.

— Si c'est une question de malhonnêteté, Marbury n'est pas votre homme. Il est droit. Si c'est une question d'ivrognerie, ce n'est pas lui non plus. Si de l'argent ou des marchandises ont été volées, cela ne peut pas être lui. Je lui confierais tout ce que j'ai – non que je possède grand-chose.

— Mais ?… l'encouragea Monk.

Reilly soupira.

— Son tempérament m'inquiète davantage. Si quelqu'un a fait du mal à une femme ou à un animal, Marbury est capable de l'avoir roué de coups.

Monk ne put réprimer un sourire de soulagement. D'une part, il éprouvait une sympathie instinctive à l'égard de Marbury et, de l'autre, il était heureux que son jugement fût confirmé. Ce n'était pas arrivé très souvent ces derniers temps, et il doutait douloureusement de lui-même. C'était comme un mal qui le rongeait.

— J'en ai eu des aperçus, dit-il. Il ne s'agit pas de cela, mais d'une… trahison…

— Dans ce cas, ce n'est pas Marbury. J'en jurerais, coupa Reilly.

Monk sourit de nouveau. Il croyait Reilly – tout comme il avait cru en son instinct, jusqu'à ce soir fatidique sur l'île Jacob. Il aurait juré connaître ses hommes, tous ses hommes, dans une certaine mesure, et Hooper mieux que tout autre.

Il fallait donc que ce fût Walcott ! Il ne restait personne d'autre.

Il éprouva moins de scrupules à se renseigner au sujet de ce dernier. De tous ceux qui avaient pris part à l'opération sur l'île Jacob, Walcott était celui qu'il aimait le moins. Malgré tout, lorsqu'il se mit en route le lendemain matin, un sentiment de culpabilité le taraudait. Rien ne désignait Walcott, hormis le fait qu'il ne restait que lui – excepté Hooper, que Monk ne pouvait se résigner à croire coupable, quel que fût le secret qu'il cachait, et qui n'avait sans doute aucun rapport avec Exeter ou les meurtres. Un secret indéniablement honteux, du moins à ses yeux, sinon il l'aurait révélé à Monk bien avant, ou en tout cas maintenant que la trahison, tel un gigantesque tourbillon, aspirait tous ceux qui s'en approchaient. Chacun s'appliquait à le contourner, sachant qu'il était là, au cœur des choses, qu'il les poussait en marge, les éloignait les uns des autres.

Une fois que Monk aurait la certitude que Walcott était le traître, même avant de savoir pourquoi, il pourrait au moins lever les soupçons qui pesaient sur ses autres collègues. Cela suffirait-il à effacer le fait qu'ils s'étaient suspectés les uns les autres ? Oublie-t-on jamais, sans parler de pardonner, que des hommes avec qui on a travaillé, ri, partagé son casse-croûte, risqué sa vie, des hommes en qui on avait confiance, ont pu, ne fût-ce qu'un instant, penser que vous les aviez trahis ?

Et ils l'avaient soupçonné, tout comme il les avait soupçonnés, tous sauf Hooper. Hooper n'avait jamais douté de Monk. Et ce fait à lui seul contenait une épouvantable possibilité. Hooper savait-il que Monk était innocent parce qu'il était lui-même coupable ?

Cette pensée était semblable à une plaie infectée qui suppurait et répandait son poison dans toutes les autres parties du corps. Voilà pourquoi Monk devait fouiller le passé de Walcott : afin d'y découvrir une faiblesse qui prouverait sa culpabilité.

Il consacra la journée entière à cette tâche, s'entretenant avec des hommes qui avaient travaillé avec Walcott, et quelques-uns qu'il avait arrêtés. Il parla au tenancier de la taverne qu'il fréquentait, et apprit qu'il était connu pour ses talents de lutteur. C'était un petit homme, à l'aspect soigné, aux gestes rapides, qui possédait un impressionnant crochet du gauche que certains qualifiaient de dévastateur. Il ne se mettait jamais en colère, ne semblait jamais sur le point de perdre son sang-froid. Sa fureur jaillissait de nulle part, sans crier gare. Toutefois, pour autant qu'on le sût, il n'avait jamais tué personne jusqu'alors, même si, lors de bagarres très violentes, il n'en avait pas été loin, en général quand on l'avait attaqué avec un couteau. Il n'aimait pas les gens qui se battaient au couteau. Monk partageait son opinion. Il voyait là une brutalité quasi primitive.

Il ne fut pas surpris de découvrir que Walcott était considéré comme un excellent chanteur. Ainsi que Monk l'avait parfois constaté, il aimait les airs de music-hall, surtout les chansons sentimentales ou humoristiques. Les ballades ordinaires ne l'intéressaient pas.

En fin de compte, ces informations ne prouvaient rien, sinon qu'il y avait peut-être plus de profondeur chez Walcott que Monk ne l'avait pensé. Les autres hommes étaient-ils au courant ? Poussaient-ils la chansonnette avec lui parfois ?

Ce qui comptait, en revanche, c'était que Monk avait pu reconstituer son emploi du temps pendant les moments où aucun de ses hommes ne lui avait connu d'alibi : il se produisait dans une cave à bière et il ne manquait pas de témoins pour le confirmer.

Walcott n'était pas le traître.

Fatigué, en proie à des sentiments mitigés, Monk se rendit au commissariat de Greenwich dans l'espoir de voir Runcorn.

Il n'était là que depuis un quart d'heure quand ce dernier entra, l'air las mais souriant.

— Content que vous soyez là, dit-il en le regardant. Je crois que nous y sommes presque. Encore quelques détails à confirmer, mais nous avons l'essentiel, pas de doute.

Il s'assit lourdement sur la chaise derrière son bureau en poussant un soupir.

— C'est horrible, mais inévitable. Il y a des hommes que je ne comprendrai jamais. Désolé, Monk. Je sais que vous aviez de la compassion pour lui. Je ne peux pas vous le reprocher. Je n'ose même pas imaginer ce que je ressentirais s'il s'était agi de ma femme. Je découvrirais peut-être en moi-même des choses terriblement noires, des choses que je ne reconnaîtrais pas.

— Doyle ? demanda Monk, surpris. Il ne m'était pas sympathique. Du moins pas plus qu'aucun homme qui a gâché sa vie. Et quoi qu'il ait fait, je ne peux pas lui pardonner d'avoir tué Kate Exeter. Pourquoi diable fallait-il qu'il fasse une chose pareille ? Je suppose qu'elle l'a reconnu et qu'elle a tout compris. Il fallait qu'il l'empêche de parler. L'avez-vous dit à Exeter ? Puis-je y aller moi-même ? J'aimerais m'en charger.

Runcorn le regarda, l'air désolé, voire quelque peu perplexe.

— Pardon…

— Quoi ? Vous l'avez déjà averti ? Inutile d'avoir l'air si coupable. C'est vous qui avez éclairci l'affaire. Vous aviez le droit de l'informer…

Il s'efforçait d'être magnanime, même si, au fond, il était contrarié. Il avait voulu tenir ses engagements, du moins être celui qui annoncerait à Exeter que cette partie de l'enquête était terminée. Mais c'était mesquin de sa part. Runcorn méritait cela.

D'ailleurs, l'affaire n'était pas encore terminée. La confrontation avec Hooper restait à venir. Ç'allait être le pire. Monk devinait en lui une terrible peine qui n'avait rien à voir avec le fait que Runcorn avait résolu l'affaire en quelques jours alors que lui-même était à la traîne. L'amitié comptait bien plus que le succès individuel.

Runcorn le fixait à présent.

— Vous pouvez voir Exeter si vous voulez... commença-t-il.

— Que voulez-vous dire ? Comment cela ? Est-il souffrant ?

Une pensée soudaine le frappa.

— A-t-il attaqué Doyle ? Ce serait compréhensible.

— Non. Monk... c'est Exeter qui... qui a tout fait !

Monk le dévisagea, abasourdi.

— Que dites-vous là ? C'est absurde ! D'ailleurs, c'est impossible. Il était avec nous quand Kate a été assassinée.

— Vraiment ? Tout près de vous ? Vous pouviez le voir ?

— Il faisait noir comme dans un four, rétorqua Monk sur un ton sec. Mais il était là. Je sais qu'il ne m'a pas croisé.

— Aurait-il pu vous contourner ? Emprunter un autre passage ?

— Encore aurait-il fallu qu'il connaisse ce fichu endroit comme sa poche ! Il n'y était jamais allé !

— Comment le savez-vous ?

— Il l'a dit. C'était pourquoi il avait besoin de nous...

— Peut-être l'a-t-il dit, mais c'est lui qui a manigancé toute l'affaire, insista Runcorn. Pour s'approprier l'argent. Il est fort possible qu'il se soit attendu à ce que Kate soit libérée – héroïquement sauvée par lui – une fois la rançon remise. Mais on l'a roulé et elle a été tuée. Peut-être a-t-elle vu Doyle et su qui c'était…

— Non !

— C'est Fisk qui a tout compris, continua Runcorn, lui coupant la parole. Lister savait, c'est sans doute pour cela qu'il a été tué. Il aurait fini par faire chanter Exeter. Il est même possible qu'il ait essayé.

— Non ! protesta Monk de nouveau. Pourquoi Exeter aurait-il fait une chose pareille ? Dans quel but ?

— Par intérêt…

— Balivernes ! C'était son argent…

— Non, dit Runcorn fermement. C'était l'héritage de Katherine. Une grande partie de la fortune d'Exeter n'existe que sur le papier. Il faut un expert pour s'en apercevoir, mais les comptes de la banque ont été totalement falsifiés. Miss Franken avait raison. C'est pourquoi il a fallu la tuer.

— C'est Doyle qui l'a tuée, enfin ! Pas Exeter !

— Si, c'est Exeter. Doyle n'avait pas assez de cran pour le faire. Il est cupide et tout à fait capable de maquiller des comptes, mais au fond c'est un lâche.

Abasourdi, Monk se remémorait le chagrin d'Exeter, l'horreur peinte sur ses traits, son désarroi absolu après les faits, avec autant de netteté que si c'était l'air qu'il respirait, qui emplissait son corps.

— Je ne suis pas convaincu. Qui a obtenu les preuves ? Vous ?

— Surtout par l'intermédiaire de Fisk. C'est un bon agent, fiable et honnête. Vous vous souvenez de lui. C'est lui qui dévisageait Hooper...

La mémoire revint soudain à Monk, telle une marée sombre qui envahit tout sur son passage. S'il s'était mépris concernant Exeter, c'était une erreur de jugement inhabituelle chez lui. Mais s'il s'était mépris sur Hooper aussi, c'était une faille profonde, une faute qui touchait au cœur même de toutes ses décisions, de tout ce qu'il croyait savoir.

— Monk, reprit Runcorn avec douceur, Fisk est quelqu'un de bien. Il ne s'est pas trompé. Je lui ai remis les livres de comptes, et il les a fait examiner à un type qu'il connaît, un escroc et un fraudeur de première classe. Il est capable de détecter toutes les magouilles possibles. Il a tout expliqué à Fisk, lequel me l'a expliqué à son tour. Une fois qu'on a compris, c'est clair comme de l'eau de roche. Exeter est sorti de cette affaire en homme riche.

— Doyle aussi, insista Monk, refusant de croire que l'homme dont il avait d'emblée partagé la peine fût un tel imposteur.

— Certes, mais c'est Exeter qui en a profité le plus.

— Je ne crois pas qu'il ait fait cela. Il ne peut pas avoir joué un rôle dans la mort de Kate. Fisk se trompe.

Monk se leva.

— J'irai voir Exeter demain. Je demanderai à Rathbone de le représenter. Ce soir, je veux aller parler à Hooper.

Runcorn se leva à son tour.

— Si vous avez encore certaines choses à éclaircir avec lui, c'est préférable, en effet. Je suis désolé. Je sais que vous aviez confiance en lui.

Une pitié intense se lisait sur son visage.

— C'est la pire chose que je puisse imaginer, d'être trahi par quelqu'un en qui j'avais confiance. C'est à cela que vous pensez, n'est-ce pas ?

— Le traître était un de mes hommes, articula Monk avec difficulté, la gorge nouée. Et nous avons écarté les autres.

Il devait enfin faire face à la réalité. Il y aurait une explication, la vie de quelqu'un était en jeu, peut-être, un prix qu'Hooper ne saurait payer. Monk se refusait à imaginer ce dont il pouvait s'agir.

— Il me cache quelque chose. C'est comme un brouillard dans l'air entre nous. Quelqu'un a dû le faire chanter. Voilà ce qui lui pèse depuis tout ce temps. Il faut qu'il me dise de quoi il retourne. Seigneur, Runcorn, croyez-vous que je ne sache pas ce qu'il en est de suffoquer sous le poids du passé ? Croit-il donc que je n'en sais rien ? Pourquoi ne m'a-t-il pas parlé ? Je l'aurais aidé. Il n'a pas confiance en moi. Il sait tout de moi… tout ce que je sais – non que ce soit grand-chose, mais le vide est quand même plus lourd qu'un manteau de plomb. Ne pouvait-il donc tout me révéler ?

— Vous vous êtes confié à lui parce que vous n'aviez pas le choix, lui fit remarquer Runcorn.

Il n'y avait ni hésitation ni dérobade dans son regard, mais aucun reproche non plus.

— Eh bien, il n'a plus le choix non plus désormais ! rétorqua Monk.

Il était en proie à une telle émotion qu'il titubait presque en sortant de la pièce, et qu'il se retrouva dans la rue sans avoir rien ajouté.

Hooper était au poste de Wapping, le visage blême, l'air transi.

— Venez dans mon bureau ! ordonna Monk. Et fermez la porte derrière vous.

Hooper s'exécuta. Il ne s'assit pas. Monk décida de rester debout, lui aussi.

— Runcorn a arrêté Exeter, annonça-t-il simplement.

— Vraiment ? Pour quelle raison ?

— Fisk a montré les comptes à un fraudeur qu'il connaît. D'après lui, Doyle a récupéré une partie de la rançon, mais c'est Exeter qui a eu la part du lion.

— Ça ne tient pas debout !

Hooper paraissait sidéré. Il avait dû deviner à l'expression de Monk qu'il avait des nouvelles déplaisantes à lui annoncer, mais celle-ci l'avait pris complètement au dépourvu.

— Pourquoi diable voler l'héritage de sa propre femme, qui vous appartiendra de toute manière, et en donner une partie au directeur de sa banque ? Dans quel but ferait-on cela ?

— Vous n'en avez aucune idée ?

— Moi ? Bien sûr que non !

La voix d'Hooper s'était altérée.

— Et vous ?

— Non, je n'en sais rien. Mais Runcorn affirme qu'Exeter s'en est très bien sorti. Qu'il est plus riche maintenant qu'avant.

Hooper garda le silence.

— Il y a une chose que j'ai l'intention de demander à Fisk quand je le verrai, continua Monk. Essaie-t-il d'une manière ou d'une autre de faire d'Exeter le bouc émissaire de cette affaire ?

— Qui ? Fisk ?

— Oui, Fisk. Que savez-vous de lui, Hooper ? Et ne me dites pas que vous ne savez rien. Fisk vous connaît, lui.

Hooper était immobile. Tout chez lui était incroyablement familier pour Monk, comme s'il le connaissait depuis toujours. Ils avaient traversé ensemble victoires et défaites, joies et déceptions. Il se rappelait avoir partagé un sandwich au jambon avec lui après une longue nuit sur le fleuve. Il avait pour la première fois saisi la beauté des oiseaux sauvages lorsque Hooper lui avait montré un couple de cygnes qui traversaient le ciel immaculé de l'estuaire de la Tamise. Pour Monk, ils étaient l'image de la solitude. Hooper, lui, avait vu dans leur vol une certitude, une voie toute tracée.

Ce même Hooper était aussi un inconnu, un inconnu qui souffrait. Pourtant, il n'était plus possible d'éviter cette conversation. Monk avait fait le premier pas. Il devait aller jusqu'au bout.

Il attendit.

Hooper le regarda.

— J'étais marin autrefois.

— Je sais.

Monk s'assit. Hooper prit place à son tour sur l'autre chaise, avec lenteur, comme s'il avait les muscles trop raides pour le faire avec aisance.

— Je suis revenu à terre voilà environ dix-huit ans.

— Cela a-t-il un rapport avec Fisk ?

— Oui. En un sens. Il était marin aussi.

— À bord du même navire, je présume ?

— Oui.

— Poursuivez.

— J'étais le second, à l'époque.

Hooper parlait bas, plus comme s'il effleurait une vieille blessure dont la cicatrice le faisait encore souffrir, que pour ne pas être entendu.

Monk n'était pas surpris. Il avait navigué lui aussi, mais n'en avait conservé que quelques images qui fusaient tels des éclairs dans son esprit et s'évanouissaient aussitôt. Toutefois, il savait que le second venait immédiatement après le capitaine dans la hiérarchie d'un navire.

— Ledburn, le capitaine, était un grand gars blond, assez jeune. Son père avait fait jouer ses relations pour qu'il soit nommé à ce poste. La famille était fortunée. Il n'était pas mauvais, mais pas aussi bon qu'il croyait l'être. Il changeait d'avis quand il aurait dû s'y tenir, et s'obstinait quand il aurait dû en changer. Ce n'est pas un défaut rare. Beaucoup d'entre nous font ça, à un moment ou à un autre.

Monk écoutait, redoutant la suite. Les traits torturés d'Hooper lui disaient que son récit allait être tragique.

— Il tenait le journal de bord, bien entendu, reprit son collègue. Je l'ai prévenu à propos de la façon dont il écrivait ses chiffres. « Mettez une barre au "sept" pour le différencier du "un", lui ai-je dit, et faites aussi attention à bien différencier les "trois" et les "huit". »

Monk ne pouvait pas le brusquer. Il voyait qu'Hooper avait besoin de temps pour en arriver au but.

— Il s'est trompé.

La voix d'Hooper était de plus en plus sourde, et un peu rauque, comme s'il avait mal à la gorge.

— Il a confondu un « sept » avec un « un ». Il l'a compris par la suite. Il nous a fait perdre le cap. Nous nous sommes retrouvés face à une forte houle, et puis le vent a changé et les ennuis ont commencé.

Monk se représentait la scène. Un navire en mer, sans doute assez petit, ayant dévié de sa route. Pas de terre en vue. Le vent qui se lève, la mer agitée, le capitaine certain d'avoir maintenu le bon cap, le second sûr du contraire, les tempéraments qui s'échauffent.

— Où étiez-vous ?

Les yeux d'Hooper étaient fixés sur un point que lui seul voyait, et que Monk ne pouvait qu'imaginer.

— Pour moi, nous étions au large des Açores. Dans l'océan Atlantique, à l'ouest de la côte africaine. Ledburn était certain que nous étions plus au nord.

— Qui avait raison ?

Hooper changea de position sur sa chaise, gêné.

— Cela n'a pas d'importance…

Monk prit une inspiration, prêt à protester, puis se rendit compte que cela n'en avait plus, en effet. Cette histoire était celle d'Hooper, et sa douleur était très profonde. Monk patienta en silence.

Au bout d'un moment, Hooper reprit la parole.

— Le vent forcissait, et les nuages s'accumulaient. Il n'était pas facile de déterminer notre position en se basant sur les étoiles. Je voulais aller plus loin vers le large, jusqu'à ce qu'on puisse être sûrs de nous. Ledburn a affirmé qu'il savait de quoi il parlait.

« Le navire a commencé à tanguer. La mer était grosse, les voiles se gonflaient, on en avait hissé trop. On filait vent arrière. Si le bateau s'était couché, si un mât s'était brisé, il n'y aurait rien eu à faire, et personne pour nous aider. Rien sur la planète n'est aussi seul qu'un navire d'où on n'aperçoit plus la terre. Et Ledburn était le genre d'homme qui ne pouvait admettre sa méprise. Il était encore temps de la rattraper, mais il s'est entêté.

— Importait-elle à ce point face à une tempête ? demanda Monk après un silence.

— La première, non, dit Hooper lentement. Nous aurions retrouvé le cap une fois le beau temps revenu. Ce n'est pas la latitude qui posait problème, mais la longitude, la distance à laquelle nous étions de la côte. Il a donc changé d'autres chiffres pour les faire concorder avec son erreur initiale.

Monk entrevit alors une histoire plus laide que celle qu'il avait imaginée.

— Quand la tempête s'est dissipée, il a voulu la rectifier. Mais nous étions au moins à cinquante miles marins plus à l'est et, après avoir navigué au portant pendant une journée et demie, nous étions beaucoup plus au sud aussi.

— Que s'est-il passé ?

— Il a raconté un mensonge pour en dissimuler un autre. Je voyais bien qu'il avait peur. L'erreur d'origine n'était pas si grave, mais il l'a décuplée. Personne n'osait le lui dire. Il en faisait une question d'obéissance, de loyauté. Il refusait de reconnaître qu'il s'était trompé. Quand un des hommes a exprimé ses doutes devant les autres, le capitaine a ordonné qu'il soit mis aux arrêts pour la nuit. Pour l'équipage, ç'a été la goutte d'eau qui a fait déborder le vase. Les hommes n'ont pas pu en tolérer davantage. Il… il a pris peur et cela l'a rendu agressif. J'ai essayé de le raisonner. Fisk aussi. C'était un marin ordinaire, mais il connaissait son métier. L'équipage n'a pas tardé à se diviser en deux camps, un en faveur du capitaine et l'autre… en la mienne…

Il se tut de nouveau, se refusant encore à regarder Monk, comme s'il n'était pas prêt à faire face à sa réaction.

— De quel côté était Fisk ? demanda Monk tout bas.

— Il savait que le capitaine était dans son tort, répondit Hooper. Mais il y avait un autre homme, un lieutenant qui s'appelait Chester, qui était à la solde du père de Ledburn, et qui soutenait le capitaine coûte que coûte. Je lui ai parlé, en tête à tête, sur le pont, un soir. Je lui ai dit à quel point on avait dévié de notre cap et que, si on continuait ainsi, on allait trop se rapprocher de la côte d'Afrique. Il m'a répondu que s'élever contre le capitaine était un acte de mutinerie. Que la mutinerie était punie par la pendaison. J'ai rétorqué que, si on se noyait tous, ça n'aurait plus guère d'importance.

Les ongles de Monk s'enfonçaient dans la paume de ses mains mais, cette fois, il ne chercha pas à interrompre Hooper. Ce dernier se pencha en avant, les épaules tassées, si tendues que ses muscles devaient lui faire mal.

— Je ne sais pas s'il pensait que ça arrangerait tout, ou s'il voulait mettre le feu aux poudres, reprit-il. Toujours est-il qu'il a tout rapporté à Ledburn. Comme un imbécile, lui n'a pas recalculé notre position. Si on avait pu reprendre le cap, on aurait tous été soulagés et on aurait fait comme si de rien n'était. Au lieu de quoi il nous a accusés d'avoir essayé de fomenter une mutinerie. Il a exigé que je lui présente mes excuses, que j'admette qu'il avait raison et que j'obéisse aux ordres en conséquence.

Hooper ferma les yeux.

— J'étais debout sur le pont. C'était l'aube, le soleil se levait, la lumière dansait sur les vagues, vive, éblouissante. Je distinguais la côte de l'Afrique à l'horizon, à l'est. J'avais une vue excellente à l'époque, mais je sais que certains hommes l'avaient aperçue aussi. Fisk en faisait partie. Ils attendaient tous de voir ce que j'allais faire – si j'avais assez de cran pour dire la vérité ou non. Ledburn a regardé dans son télescope.

« "Sottises, a-t-il dit. Des nuages, voilà tout. Il n'y a pas de terre en vue." "Si, monsieur, ai-je répondu. Nous avons dévié d'environ cent miles marins vers l'est. Si nous persistons, le courant va nous pousser contre la côte." C'était la vérité.

Monk retint son souffle.

— Il a ordonné que je sois fouetté, murmura Hooper dans un souffle, devant tous les hommes.

— Et… l'encouragea Monk dans le silence qui suivit.

Il savait que la punition du fouet pouvait être brutale, voire fatale.

— Ils ont hésité. Fisk s'est avancé et a refusé. Puis un autre a fait pareil, et un troisième… et encore un…

Monk sentait la sueur perler sur sa peau. Hooper était là ; il avait survécu. Fisk aussi. Qui avait péri ? Il était terrifié à l'idée qu'Hooper allait avouer qu'il avait tué le capitaine d'une manière ou d'une autre.

— Continuez ! ordonna-t-il sans aménité.

C'était dur ; ce souvenir-là continuait à hanter Hooper. Cela se voyait à son regard, à sa pâleur, à la tension qui raidissait son corps tout entier. Monk le forçait à revivre le pire moment de son existence. Quelque chose de terrible était tapi dans sa mémoire, hors de vue et hors d'atteinte sinon dans ses cauchemars, prêt à resurgir quand on s'y attendait le moins.

— Hooper… répéta-t-il plus gentiment.

— Une bagarre a éclaté. D'abord entre le capitaine et Fisk, et puis d'autres s'en sont mêlés. J'ai essayé d'intervenir avant que quelqu'un soit tué, ou qu'on soit si occupés à se battre qu'on perde le contrôle du bateau. Le vent se levait, pas beaucoup, mais on apercevait une tempête à l'horizon et elle s'approchait vite.

« Le capitaine a été repoussé jusque sur le gaillard d'arrière. Je suis allé vers lui, j'ai fait face aux hommes, j'ai essayé de les apaiser, mais ils avaient peur. Ils avaient commencé à se mutiner, et il n'y avait qu'une seule issue possible : la pendaison à la vergue, les jambes qui battent l'air quand la corde se resserre autour de votre cou. Le capitaine était terrifié, il distribuait des coups aux hommes les plus proches. Certains ont reculé, ils ne savaient pas trop quoi faire. Tout était si… idiot ! Si seulement il avait admis sa première erreur, le reste ne serait jamais arrivé…

La voix d'Hooper se brisa. Il dut se faire violence pour ne pas céder à l'émotion.

Monk garda le silence. Il avait envie de tendre la main et de le toucher, d'exprimer sa compréhension ainsi car aucun mot n'était approprié. Mais c'eût été un geste trop intime, difficile à oublier.

— Il n'avait pas confiance en moi non plus, reprit Hooper soudain. Il s'est jeté sur moi et nous nous sommes battus. Je hurlais, mais je crois qu'il ne pouvait pas m'entendre par-dessus les cris des hommes, le grincement des cordes dans le vent. Il ne voulait pas me lâcher, il me donnait des coups de poing. J'ai dû riposter sinon il m'aurait assommé. Il était costaud. Et alors les autres se seraient précipités sur le gaillard d'arrière et Dieu sait ce qui serait arrivé. Ils l'auraient tué et nous aurions tous été pendus.

Il prit une profonde inspiration et ferma les yeux.

— Il a glissé, il a été emporté par son élan et il est passé par-dessus le bastingage. J'ai essayé de le retenir. J'ai agrippé un de ses bras, je me suis penché et j'ai réussi à agripper l'autre. Il se débattait, il était terrorisé. Il croyait que j'allais faire exprès de le lâcher. Je n'aurais pas fait ça.

Soudain, il rouvrit les yeux et planta son regard dans celui de Monk.

— Il m'a échappé et il est tombé à l'eau. Je n'ai rien pu faire… personne n'a rien pu faire. On naviguait au portant. Il nous a fallu un quart d'heure, avec la plupart des hommes sur les mâts, pour affaler les voiles et virer de bord. On a essayé, mais il était trop tard, beaucoup trop tard. Il n'y avait aucun signe de lui. Nous avons attendu aussi longtemps que possible, mais la tempête arrivait et nous avons dû ariser les voiles et naviguer vent arrière. Nous l'avons déclaré perdu en mer.

— C'était la vérité, lui fit remarquer Monk. Peut-être pas toute la vérité, mais j'imagine que sa famille préfère de loin ne savoir que cela.

— C'était quand même une mutinerie, rétorqua Hooper, et j'ai pris le parti de l'équipage.

— Les hommes avaient raison.

Monk avait parfaitement conscience de l'énormité de ses propos. Il n'avait aucune preuve de ce qu'il avançait. Il n'avait que la parole d'Hooper, mais il le croyait sans l'ombre d'un doute.

— Fisk ne confirmerait pas vos dires ?

— Je ne sais pas. Je ne lui ai jamais posé la question. Si on ne nous croyait pas, ce serait la corde pour lui aussi.

— Dans le bureau de Runcorn, il vous a reconnu.

— Je le pense.

— Qu'est-il advenu des autres membres d'équipage ?

— Je l'ignore. Cette affaire remonte à vingt ans, ils pourraient être n'importe où.

— Votre nom…

Hooper hésita.

— Votre nom, répéta Monk.

— Jacob Abbott.

— Si j'avais une mémoire, je le reconnaîtrais peut-être, observa Monk, pince-sans-rire. Mais je n'en ai pas. En ce qui me concerne, vous êtes John Hooper. Quel est le vrai nom de Fisk ?

— Twist. Joe Twist.

Monk se demanda subitement si c'était à cause de cet incident qu'Hooper ne s'était jamais marié. De peur d'apporter le déshonneur à une femme qu'il aurait aimée. Sans doute sa famille, ses parents et frères et sœurs avaient-ils dû être abandonnés aussi.

— Vous avez payé cher, dit-il à voix haute. Ne payez pas davantage.

Il offrit sa main à Hooper.

— Compte tenu des circonstances, vous n'auriez pas pu agir d'une autre manière.

Il regarda Hooper calmement. Ses yeux étaient d'un gris si clair que Monk avait l'impression de lire en lui.

— Merci, monsieur.

— Nous ne sommes pas en service, déclara Monk lentement en détachant les mots. Le commissaire

Monk ne sait rien de cette affaire et continuera de n'en rien savoir. William Monk, qui qu'il soit ou qu'il ait été, est fier de vous connaître.

Hooper serra la main de Monk si fort entre les siennes qu'il faillit lui écraser les doigts.

17

Cette nuit-là, Monk dormit mieux qu'il ne l'avait fait depuis quelque temps. Il croyait le récit qu'Hooper lui avait fait de l'incident. En dehors de l'honnêteté dont l'officier avait fait preuve depuis qu'ils servaient ensemble dans la brigade fluviale, sa version concordait avec ce qu'il savait de la discipline maritime, le fait que Fisk avait à l'évidence reconnu Hooper, et le respect avec lequel il l'avait traité au commissariat. De plus, il n'avait à l'évidence rien dit à Runcorn. Par conséquent, il n'avait apparemment aucune intention de dénoncer Hooper.

Quelqu'un d'autre avait-il su ? L'ennemi d'Exeter, l'instigateur de l'enlèvement, qu'il s'agît de Doyle ou d'un autre ? Monk en doutait. Hooper n'avait pas été soumis au chantage. Le traître restait à découvrir.

Monk se rendait compte à présent à quel point il avait été perturbé par l'éventualité qu'Hooper fût coupable, et combien cette pensée l'avait révolté. Sa réaction avait été irrationnelle, émotionnelle, mais il se félicitait de l'avoir eue. Son instinct ne l'avait pas trompé.

Le lendemain matin, il alla voir Exeter, lequel était détenu à la prison de Newgate, près de l'Old Bailey.

Une telle rage l'enflammait qu'il remarqua à peine la température glaciale qui régnait dans le couloir dallé, le vacarme occasionnel d'une porte qui claquait, du fer qui heurtait le mur en pierre.

— Par ici, monsieur. Je ne peux vous accorder que quelques minutes, vu que vous n'êtes pas son avocat, avertit le gardien.

Il connaissait Monk et avait une certaine estime pour la police fluviale.

— Merci. Je vais prévenir son avocat.

Monk recula et attendit qu'on lui ouvrît la porte.

Harry Exeter était debout dans la cellule. Il avait dû entendre leurs pas s'arrêter dans le couloir. Son visage s'éclaira de soulagement à la vue de Monk. Un peu de la tension qui l'habitait sembla le quitter.

— Dieu merci, vous êtes venu, dit-il aussitôt. C'est un cauchemar ! Vous devez m'aider !

La porte se referma derrière Monk. Il entendit une clé tourner, le pêne du verrou qui s'encastrait dans la gâche.

Exeter portait un pantalon usagé et une chemise en flanelle, confortable mais sûrement pas assez épaisse pour le maintenir au chaud dans cette pièce tout en pierre, dépourvue de poêle. Son accablement se lisait dans chaque contour de son corps. Monk se promit de lui apporter des vêtements de rechange – chauds et propres. Toutefois, il savait que rien ne pourrait bannir le froid qui était en lui, hormis une aide pratique. Exeter paraissait assommé par le choc et par la détresse. Trois semaines s'étaient écoulées depuis la mort terrible de sa femme.

— Je vais vous obtenir des habits, dit-il aussitôt. Avez-vous averti Rathbone ?

— Rathbone ? répéta Exeter, l'air perplexe.

— Vous allez avoir besoin d'un bon avocat… enfin, peut-être cette affaire pourra-t-elle être éclaircie rapidement, sans recours à un homme de loi, mais mieux vaut avoir quelqu'un pour vous représenter, quelqu'un d'expérimenté. Avez-vous un avocat habituel que vous préférez ? Si vous me donnez son nom, je veillerai à…

— Non, non, coupa Exeter. Rathbone est le meilleur qui soit. Mon avocat habituel est venu, bien sûr, mais il s'occupe de biens immobiliers, de testaments, de droit civil, ce genre de choses. J'ai besoin de Rathbone, vous avez tout à fait raison.

Il fronça les sourcils.

— Acceptera-t-il, à votre avis ? Le lui demanderez-vous en mon nom ? Seigneur, ceci est un cauchemar ! répéta-t-il. Je n'arrive pas à croire ce qui m'arrive. Comment peut-on m'accuser d'un crime aussi… abject, aussi monstrueux ? C'est absurde…

Il secoua la tête. Comme si, en le faisant assez fort, il pouvait se libérer de cette horreur.

— Je ne sais pas.

Monk s'efforçait de parler d'une voix calme, de se concentrer sur Exeter et l'épreuve qu'il traversait, sans se perdre en conjectures pour deviner les raisons qui avaient poussé Runcorn à le faire arrêter. Qu'est-ce qui lui avait échappé ? Doyle avait-il dit quelque chose pour se disculper et accabler Exeter ? Y avait-il dans les livres de comptes des irrégularités qui le désignaient, lui, plutôt que tout autre ?

— Sans doute le véritable assassin vous a-t-il accusé, répondit-il. Je crains que ce ne soit quelqu'un que vous connaissiez suffisamment pour avoir confiance en lui. Je suis navré.

Exeter le dévisagea.

— Je suppose que c'est le cas, en effet, murmura-t-il. Irez-vous solliciter Rathbone pour moi ? Dites-lui tout ce que vous savez… tout ce que vous pouvez découvrir. S'il vous plaît ? J'ai l'impression qu'un gouffre sans fond s'est ouvert à mes pieds. Je fais un pas, et là où il y avait la terre, il n'y a plus que le vide ! Aidez-moi, Monk ! Je n'ai rien fait ! Peut-être Rathbone pourra-t-il le prouver… peut-être…

— Oui, bien sûr, je vais aller le chercher, promit Monk. Il est mêlé à cette affaire depuis le début. Il aura des questions à vous poser mais, afin de nous faire gagner du temps, pouvez-vous me dire si vous soupçonnez quelqu'un ? Avez-vous des rivaux ? Des gens qui sont jaloux de vous ? Qui vous doivent de l'argent et qui n'auront pas à vous rembourser si vous allez en prison ?

Exeter était visiblement dans tous ses états.

— Pas si je suis pendu, de toute façon ! s'écria-t-il d'une voix trop aiguë.

D'instinct, Monk posa une main sur son épaule.

— Vous ne serez pas pendu. Nous découvrirons le vrai coupable. Réfléchissez et dressez une liste de tous ceux qui seraient susceptibles de bénéficier de votre mort – que ce soit pour des raisons émotionnelles, financières, personnelles. Peu importe qui ils sont, nous pouvons viser les gens les plus haut placés comme les plus modestes. Notez leurs noms et informez-en Rathbone. Il a besoin de savoir tout ce qu'il y a à savoir. Il est impossible de dire où cela va mener, et nous ne pouvons pas nous permettre d'être pris par surprise à cause d'un manque d'information.

Il resserra son étreinte sur l'épaule d'Exeter.

— Nous ignorons qui est le coupable, n'est-ce pas ? Y a-t-il quelque chose que vous savez et dont vous ne m'avez pas parlé ? Par égard pour quelqu'un ? Par souci de protéger sa réputation ?

— Seigneur Dieu ! Vous pensez que je ne vous l'aurais pas dit ? s'indigna Exeter.

Il avait du mal à contrôler sa voix, devenue haut perchée, empreinte de panique.

— J'ai repassé dans ma tête tout ce que j'avais dit à tout le monde… et j'en reviens toujours à l'argent, et à Doyle. Je le connais depuis des années.

Il dévisagea Monk calmement, quêtant sa compréhension.

— Certes, il a un côté arriviste. Il nourrit des ambitions qui, à mon sens, dépassent de loin ce qu'il peut réaliser. Mais il en va ainsi pour la plupart des gens. L'ambition est positive. Ce sont nos rêves qui nous poussent à tenter notre chance. Souvent, nous n'obtenons pas ce que nous voulions, mais nous obtenons autre chose, et cela peut avoir du bon aussi. Au moins, Doyle comprend les aspirations d'autrui. Il a connu le labeur, la déception, il sait quelles qualités sont nécessaires pour réussir, et… à quel point on peut en avoir envie.

Il baissa les yeux.

— Je sais que certains se gaussaient de lui, parfois. Je l'ai fait moi-même. Il lui arrivait d'être… maladroit.

Il releva la tête.

— Mais j'avais confiance en lui et, pour autant que je le sache, il ne m'a jamais trompé.

— Il a eu recours à l'héritage de Katherine pour vous aider à réunir le montant de la rançon.

Exeter rougit légèrement.

— Oui. Il a fallu que je m'en serve. Je n'ai pas tant d'argent que cela. J'ai demandé la permission de Latham, bien entendu. Et celle de Celia. Elle me l'a volontiers accordée. Elle aimait beaucoup Kate. Et puis c'était l'argent de Kate. Doyle m'a facilité les démarches parce qu'il comprenait.

Exeter déglutit avec difficulté.

— Voudriez-vous vraiment que j'envisage la possibilité que Doyle ait manigancé toute cette affaire… la chose la plus terrible qui me soit jamais arrivée… ?

— Qui d'autre ? rétorqua Monk. Quelqu'un l'a fait. Était-ce vous ?

— Bien sûr que non ! Pour qui me prenez-vous ? Pour l'amour du Ciel, Monk…

— Je sais, dit Monk très vite. Cela étant, vous devez accepter qu'il s'agit de quelqu'un d'autre. C'est arrivé. Nous le savons. Et non seulement Kate est morte, mais aussi Lister, le seul ravisseur que nous ayons identifié avec certitude, et cette pauvre Bella Franken. Je veux bien croire que vous ne soyez pas en cause, mais si aucun nom ne vous vient à l'esprit, si vous ne vous battez pas, c'est vous qui serez la prochaine victime.

Exeter ferma les yeux, comme s'il était plus facile de répondre à Monk sans le regarder.

— Je sais, dit-il tout bas.

Sa voix se brisait ; il était à deux doigts de perdre le contrôle de lui-même.

— Je sais, en effet, et je suis terrifié.

Monk devinait l'humiliation qui submergeait cet homme, si peu habitué à admettre la moindre faiblesse devant quiconque. Peut-être avait-il honte de l'avouer, fût-ce à lui-même. Il avait bataillé pour acquérir tout ce qu'il possédait, pour l'obtenir et le garder. Et voilà que, soudain, en moins d'un mois, il risquait de tout perdre, y compris la vie.

— Vous ne pouvez pas baisser les bras, insista Monk.

Il se creusait les méninges pour trouver un véritable espoir à lui offrir, des mots ni vains ni condescendants. Il avait affronté des pensées similaires à un moment donné, et seule la foi qu'Hester plaçait en lui avait alors pu lui donner la force de continuer.

Exeter n'avait même pas cela. Kate était morte, le corps brisé. Exeter avait été trahi. Il s'était plié à toutes les demandes des ravisseurs, et il l'avait perdue quand même.

— Nous découvrirons la vérité, affirma Monk imprudemment. Le nombre de suspects est limité. Nous devons réfléchir. Ces misérables ne doivent pas échapper à la justice, enfin ! Surtout parce qu'ils recommenceront.

Exeter se raidit et releva la tête lentement.

— Vous avez raison. Je dois cesser d'être si… lâche. Je ne peux les laisser gagner. Aidez-moi, Monk… je vous en prie.

Le commissaire ne pouvait qu'imaginer combien il en coûtait à Exeter de prononcer ces mots. Il répondit avant que ce dernier le supplie de nouveau.

— Bien sûr, je vais vous aider. Je veux presque autant que vous que ce salaud soit arrêté.

Dans l'immédiat, il devait sauver Exeter. Son arrestation résultait d'une grave erreur. Elle était logique, peut-être, aux yeux de Runcorn, qui était aussi différent de lui qu'on pouvait l'être. Monk, en revanche, le comprenait. Si les circonstances avaient été autres, sans l'accident qui l'avait privé de sa mémoire, il aurait pu lui ressembler. Il avait la même passion pour la vie, le même courage, le même désir de prendre des risques et de gagner. Ses bribes de souvenirs de la côte de Barbarie, de la ruée vers l'or, de l'immensité de l'océan, du pont qui roulait sous ses pieds en témoignaient.

Monk se reprocha d'avoir perdu le contrôle de l'affaire. S'il n'avait pas pris la décision insensée de se jeter à l'eau pour repêcher Bella Franken… Au moins avait-il sauvé les papiers qu'elle lui apportait, mais il n'avait pu poursuivre l'enquête ce soir-là. Il avait déjà eu de la chance de s'en tirer indemne. Runcorn l'avait remplacé, et avait procédé à l'arrestation.

Le jugement erroné que Monk avait porté sur l'un de ses hommes – il ignorait toujours lequel – était-il à l'origine du deuil qui frappait Exeter et, maintenant, de l'accusation dont il était l'objet ? De l'exécution qui le menaçait ?

Il lui incombait de découvrir la vérité et de la prouver.

— Nous devons fournir un maximum d'informations à Rathbone, répéta-t-il, reprenant le contrôle de lui-même. Revenons sur vos conversations avec Doyle. Pour commencer, que lui avez-vous dit précisément au sujet de l'enlèvement ? Quels détails ?

— Cela importe-t-il à présent ? objecta Exeter, sans espoir. Il est évident qu'il savait tout.

— Cela importe, affirma Monk. Ce qu'il n'a pas appris par vous, il l'a su par quelqu'un d'autre. Si nous pouvons démontrer cela, nous aurons fait un grand pas pour établir sa culpabilité ! Il nous en faudra davantage, mais ce sera plus facile. Concentrez-vous !

Exeter fit un effort visible pour mettre de l'ordre dans ses pensées puis, peu à peu, choisissant ses mots avec soin, il décrivit les dispositions prises avec Doyle. Il évoqua l'état voisin de la panique dans lequel il avait passé en revue ses biens, estimant ce qu'ils rapporteraient s'ils étaient vendus de toute urgence, et ce qu'il avait chargé Doyle de faire en son nom, dans la mesure où il s'en souvenait.

Monk nota le tout, bien qu'il ne comprît pas entièrement.

— Bien, dit-il gravement. Ensuite, songez à ceux que vous avez battus pour obtenir des contrats, que vous avez éclipsés en société ou qui ont postulé des places que vous avez obtenues, ceux dont l'épouse vous admirait – que sais-je ? Aux gens qui vous haïssent, à juste titre ou pas. Surtout s'ils connaissent Doyle, si celui-ci est aussi leur banquier.

Il attendit, le crayon en suspens, observant le visage d'Exeter.

Ce dernier resta un long moment silencieux.

— Pensez-vous pouvoir le trouver ? demanda-t-il enfin d'une voix enrouée. Avant le procès ? Est-ce possible ?

L'espoir qui brillait dans son regard était presque douloureux à voir.

— Il ne faut pas nécessairement que ce soit avant, répondit Monk, cherchant quelque chose à dire. N'importe quelle idée nous sera utile. Et des mobiles éventuels, si insignifiants qu'ils puissent vous paraître : une humiliation sociale, une perte financière lourde de conséquences. Si quelque chose vous vient à l'esprit, dites-le à Rathbone. Nous n'avons pas assez de temps pour démasquer cet homme sans votre aide.

Enfin, la peur quitta le visage d'Exeter. Il respira à fond, et un semblant de sourire éclaira ses traits.

— Je le ferai. J'ai confiance en vous, Monk.

Rathbone était pris toute la journée au tribunal, et Monk ne pouvait se contenter de lui parler pendant quelques minutes dérobées entre deux témoignages. Par conséquent, il consacra son temps à rassembler les documents susceptibles d'être utiles à la défense, à commencer par des preuves des succès obtenus par Exeter au fil de sa carrière, et des jalousies qu'il avait pu susciter. Sa volonté de prendre des risques considérables lui avait permis de rafler des contrats importants avec panache, infligeant des camouflets cinglants à des individus souvent puissants.

La soirée était bien avancée quand Monk arriva enfin chez l'avocat. Au moins savait-il que celui-ci serait à la maison. Rares étaient les dîners qui se terminaient aussi tard, de sorte que, même si Rathbone avait été invité, il serait de retour à cette heure-ci. Le commissaire n'aurait aucun scrupule à le tirer du lit si nécessaire. Le lendemain matin, il ne serait plus temps.

L'esprit aiguisé par la colère et la compassion, Monk se sentait plus lucide que jamais. Il attendit quelques minutes à la porte avant qu'on tire le verrou. Le majordome, qui venait manifestement de se rhabiller à la hâte, entrouvrit le battant.

— Oui, monsieur ? dit-il, avant de reconnaître Monk. Tout va bien, monsieur ? Vous êtes blessé ?

Il s'empressa de le faire entrer, l'arrachant à l'obscurité et au crachin glacial.

— Non, je vous remercie, répondit Monk en refermant la porte derrière lui. Je suis navré de vous faire lever à cette heure. Sir Oliver est-il couché ?

— Je le suppose, monsieur. Tout est éteint au premier étage.

— Oh ! sans doute est-il plus tard que je ne le pensais. Je m'en excuse. Est-il possible de le réveiller ? Mr. Exeter a été arrêté et inculpé du meurtre de son épouse ; l'homme dont la femme a été enlevée et poignardée à mort sur l'île Jacob…

— Oh ! mon… je vous demande pardon, monsieur. C'est… épouvantable. Je vais… Si vous voulez bien vous asseoir dans le salon, il doit y faire encore chaud. Je viendrai ranimer le feu dès que j'aurai réveillé Sir Oliver.

— Je le ferai moi-même, je vous remercie.

L'homme avait dit vrai. Le feu se mourait, mais reprit dès que Monk l'eut attisé et ajouté quelques boulets de charbon. Il venait de terminer quand Rathbone apparut, vêtu d'une robe de chambre bien chaude, parfaitement éveillé. Il referma la porte derrière lui.

— Le majordome va nous apporter du thé et un remontant. Seigneur, c'est affreux !

Il s'assit, invitant d'un geste Monk à prendre place en face de lui.

— Ce n'est pas vous qui l'avez arrêté, j'imagine ? Qui l'a fait ?

— Runcorn. Il a mené l'enquête sur la mort de Bella Franken. Elle a eu lieu sur son secteur. Bien qu'elle ait été repêchée dans le fleuve, il est presque certain qu'elle a été tuée sur la terre ferme, et je n'étais pas en état d'agir sur le moment.

Il lut la perplexité sur le visage de Rathbone et se rendit compte que celui-ci ne savait rien ou presque de l'incident.

— Excusez-moi. Bella Franken était aide-comptable à la banque de Doyle. C'est elle qui a relevé des anomalies dans les comptes. J'avais rendez-vous avec elle à Greenwich. J'ai vu un corps dans l'eau, j'ai craint qu'il ne s'agisse d'elle, et c'était le cas. J'ai failli mourir en la repêchant.

— Quelle horreur ! s'écria Rathbone, atterré. Et Runcorn croit qu'Exeter l'a tuée ? Pourquoi, enfin ? C'est Doyle qui l'a aidé à rassembler la rançon à temps pour la remettre aux ravisseurs… de Kate.

Sa voix s'éteignit. Un instant, il parut submergé par le souvenir de la tragédie.

— Je suppose que vous venez me demander de le défendre. Je le ferai, bien entendu, à moins qu'il ne préfère être représenté par quelqu'un d'autre ?

— Non, bien sûr que non ! Qui pourrait-il bien vous préférer ? Il n'y a pas meilleur avocat en Angleterre, et vous le connaissez. Vous savez comment a débuté cette lamentable affaire. Le pauvre homme est fou de chagrin, et maintenant, de peur. Il est à deux doigts de perdre espoir. Et qui pourrait le lui reprocher ?

On toqua à la porte. Le majordome entra, apportant du thé et une petite carafe de whisky sur un plateau.

— Merci, murmura Rathbone. Maintenant, retournez vous coucher. Nous nous débrouillerons. Je raccompagnerai Mr. Monk lorsque nous aurons terminé. Et ne vous inquiétez pas, je veillerai à tirer le verrou de la porte d'entrée. Bonne nuit.

— Bien, monsieur, si vous êtes sûr ?

— Je le suis.

— Merci. Bonne nuit, messieurs.

Rathbone servit le thé et le whisky, et reprit la parole dès que le majordome eut refermé la porte derrière lui.

— Vous dites qu'il a été inculpé ? Du meurtre de la malheureuse employée de Doyle ? Pourquoi diable l'aurait-il tuée ? En quoi pouvait-elle présenter un danger pour lui ? Cette histoire de fraude ne pouvait pas le concerner !

— Il semblerait que Doyle ait falsifié les comptes dans une certaine mesure, je ne sais pas au juste comment, mais nous avons un expert qui s'en occupe. Bella Franken a été assassinée alors qu'elle m'apportait ces documents. Il est possible que Latham ou lui aient opéré des retraits frauduleux dans l'héritage de Katherine. Peut-être les deux. Cela serait apparu au grand jour tôt ou tard, lorsqu'elle aurait hérité. Doyle devait se protéger. Et il s'est servi au passage, ajouta Monk. Il va falloir nous intéresser à Latham, mais je ne crois pas qu'il soit porté sur la violence.

Rathbone le dévisageait avec intensité.

— C'est logique, observa-t-il. Dans ce cas, Doyle était le plus menacé. Soit il a tué cette jeune femme lui-même, soit il a payé quelqu'un pour le faire. Peut-être est-ce lui qui a fait appel à Lister ?

— Lister était déjà mort quand Bella Franken a été tuée, lui fit remarquer Monk.

— Mais nous savons déjà que d'autres individus étaient impliqués, insista Rathbone patiemment. N'écartez pas Latham trop vite. Quant à Doyle, il pourrait fort bien être le cerveau de l'affaire ! Il est prudent, méticuleux, doué pour les chiffres, il avait accès à l'argent, et il a pu engager quatre voyous pour faire le travail. Lister est mort. Nous n'avons aucune piste pour les trois autres jusqu'à présent… mais l'un d'eux a tué cette malheureuse. Avons-nous des indices les concernant ?

Rathbone avait baissé un peu la voix, comme s'il redoutait une réponse négative.

— Aucun, avoua Monk sur un ton sec. Pas le moindre. Je n'ai pas encore parlé à Runcorn à ce sujet, je suis allé droit à la prison voir Exeter. Il nous faut prouver son innocence, que nous puissions arrêter les coupables ou non. Ce que cet homme a enduré…

L'expression de Rathbone s'adoucit.

— Je sais. Nous le tirerons de là, même si je ne sais pas encore par quel moyen. Trouver le coupable est la meilleure manière d'y parvenir, mais pas la seule. Savez-vous lequel de vos hommes vous a trahis ? Je suis désolé d'être aussi abrupt, mais nous n'avons pas le temps de tergiverser.

— Non.

Monk ne lui dit pas quel poids avait pesé sur lui avant les révélations d'Hooper. Qui que fût le traître, ce serait une blessure.

— Il est possible que ce soit Walcott. J'avoue ne pas comprendre quand au juste la fuite a pu se produire. Forcément ce jour-là, puisque c'est alors que nous avons mis au point les derniers détails. Mais quant à savoir comment les informations ont été transmises, je n'en ai pas la moindre idée. Après notre arrivée sur place, peut-être ? Nous avons tous été seuls pendant quelques minutes. Il commençait à faire nuit et ces vieux entrepôts sont de véritables labyrinthes. Il y a des murs effondrés, toutes sortes de cachettes possibles.

Rathbone garda le silence.

— J'essaie de trouver les ennemis d'Exeter, reprit Monk au bout d'un moment. J'ai une liste de noms. Je vais charger mes hommes de l'éplucher. Runcorn pourra peut-être nous apporter un peu de renfort. Si l'un d'eux est aussi client à la banque de Doyle, quelqu'un qui aurait perdu un gros contrat de construction au profit d'Exeter, par exemple, ça pourrait nous aider.

— Bien. Le doute raisonnable n'est pas suffisant pour sauver la réputation d'un homme, mais il peut lui sauver la vie. C'est peut-être tout ce que nous pouvons espérer – pour le moment.

Monk but une gorgée de thé brûlant, enrichi par le goût du whisky. Il se sentit à la fois réchauffé et plus alerte.

— Exeter était avec vous lorsque vous avez tenté de remettre la rançon, dit Rathbone lentement. Il n'en a pas la preuve, mais il était chez lui lorsque Lister a été tué. Or c'est Lister qui a enlevé Kate, n'est-ce pas ? Oui ? C'est un fait établi, plus ou moins. Il est probable qu'il a été éliminé par ses complices. Et vous l'avez vu juste avant et juste après, de sorte que vous avez une idée précise de l'heure à laquelle le meurtre a eu lieu. D'ailleurs, pourquoi Exeter l'aurait-il tué ? Pour se venger ? Sans chercher à arrêter les autres ravisseurs ni à récupérer son argent ?

— Il n'est pas inculpé du meurtre de Lister. S'il l'était, il bénéficierait certainement de circonstances atténuantes. Il pourrait aussi invoquer la légitime défense, lui fit remarquer Monk. Si on lie tous les meurtres les uns aux autres, celui qui a commis l'un est coupable de tous !

Le visage de Rathbone était sombre.

— Pas si c'est lui qui a engagé Lister.

— Pour qu'il lui vole son argent et tue sa femme ? s'insurgea Monk, avant de prendre une profonde inspiration. Que serait-il advenu de cet argent ? De toute façon, il n'est pas inculpé de cela.

— De quoi l'accuse-t-on ?

— D'après Exeter, du meurtre de Kate.

— Mais à vous tous, vos hommes et vous pouvez attester de ses faits et gestes, non ? En rassemblant tous vos témoignages.

— C'est difficile, avoua Monk avec amertume, si l'un de mes hommes nous a bel et bien trahis. Et pour l'amour du Ciel, ne me dites pas que c'est l'un d'eux qui l'a tuée !

Rathbone le fixa, bouche bée.

— Je… cette idée ne m'était même pas venue à l'esprit ! Mais je suppose que ce n'est pas impossible.

Monk déglutit, horrifié.

— Bon sang, Monk ! Je n'ai pas dit que c'était le cas ! explosa Rathbone. Je veux dire que l'un d'eux pourrait être accusé ! Pas du fait de Runcorn mais il suffirait que la partie civile mette le nez là-dedans… Vous savez que l'émotion est à son comble.

Monk resta silencieux. Les pensées se bousculaient dans sa tête, comme s'il était au cœur d'une tempête, ballotté de-ci de-là, parvenant tout juste à garder les pieds sur terre.

La voix de Rathbone lui parvint de très loin.

— Nous ferions mieux de nous mettre au travail dès maintenant. Notons tout ce dont nous sommes certains, et sur quoi cette certitude est fondée. Puis tout ce qui est ambigu. Et commençons à clarifier ce que nous avons besoin de savoir, en examinant toutes les possibilités, si infimes et si déplaisantes soient-elles. Nous verrons alors ce qui nous reste. Qui a tué Kate ? Qui a l'argent, si tant est qu'il ait jamais existé ? Qui a tué Lister ? Qui a tué cette pauvre Bella Franken ? Et qui essaie de tuer Exeter, par le biais d'un meurtre juridique !

— Et si un de mes hommes est impliqué… et pourquoi, acheva Monk.

— La nuit va être longue, conclut Rathbone en prenant une gorgée de thé, avant d'y ajouter une rasade supplémentaire de whisky.

18

— Je ne sais pas, admit Runcorn, une pointe d'exaspération dans la voix.

C'était la fin de soirée, et Monk et lui étaient assis l'un en face de l'autre dans son bureau.

— Je ne sais pas pourquoi Exeter l'a fait. Je ne suis même pas tout à fait certain, personnellement, qu'il l'ait fait. Mais je ne peux pas ignorer les preuves.

— Quelles preuves ? Il ne peut pas avoir tué Kate. Il était avec nous. Il a été attaqué, lui aussi, et il ne connaît pas plus l'île Jacob que n'importe quel habitant de Londres un tant soit peu fortuné.

— Il n'a pas tué sa femme lui-même, admit Runcorn. Il a payé Lister pour qu'il le fasse. Après l'avoir enlevée sur les bords du fleuve pendant qu'elle se promenait avec Celia Darwin.

— Vous ne suggérez tout de même pas que celle-ci ait été de mèche avec Lister, si ?

— Non, bien sûr. Encore que ce soit une possibilité…

Aux yeux de Monk, cette hypothèse était fort peu probable. Cependant, les gens avaient toutes sortes de faiblesses, de doutes, de craintes. Il aurait dû se renseigner davantage sur la vie de Celia, les pressions éventuelles qui s'exerçaient sur elle, voire l'envie qu'elle pouvait éprouver à l'égard de sa cousine, plus séduisante, plus riche, plus chanceuse qu'elle. Hooper la croyait honnête et avait un grand respect pour elle. Malgré tout, Monk se devait de remédier à sa négligence tant qu'il était encore temps. Il prierait Rathbone d'interroger Exeter à son sujet, notamment concernant son passé, ses ressources, ce que cela signifierait pour elle si elle en venait pour finir à toucher l'héritage. Certains incidents avaient pu la pousser à nourrir une hostilité envers Kate. C'était une pensée troublante, toutefois Runcorn avait raison de l'envisager.

— Je devrais chercher de ce côté-là, reconnut-il. Cela me déplaît, mais je ne peux rien négliger.

— Tout est déplaisant là-dedans, lui fit remarquer Runcorn. Je n'ai rien découvert sur elle.

— Je chargerai Rathbone d'interroger Exeter…

Monk se sentait réticent à le faire, cependant. C'était puéril.

— Toutes les tragédies sont laides, reprit-il. Elles laissent des blessures qui sont parfois au-delà de ce que les gens peuvent endurer. Quand on expose des secrets au grand jour, cela ne touche pas qu'une seule personne.

— Nous n'avons pas le choix. Je ne peux rien tirer de lui. Rathbone semble lui avoir ordonné de garder le silence, et il s'y tient. J'aurais fait pareil si je devais le défendre.

— Qu'avez-vous contre lui ? demanda Monk. Autre que des soupçons ?

— Bien plus que des soupçons, Monk ! Croyez-vous que je l'aie arrêté rien que pour pouvoir affirmer que l'enquête est close ?

— Non. Vous m'avez déclaré que, d'après son majordome, Exeter était sorti le jour où Lister a été tué et le soir où Bella Franken a été tuée. Peut-être a-t-il des griefs envers son employeur. De toute façon, cela ne prouve rien.

— Ses autres serviteurs ne l'ont pas vu non plus durant les heures en question. Quand il est rentré, ses bottes étaient mouillées, et le bas de ses jambes de pantalon aussi.

— Il sera allé poster une lettre et prendre l'air, objecta Monk très vite. Il était cloîtré chez lui depuis des jours avec son chagrin ! Il est sorti à un moment où il savait qu'il n'allait rencontrer personne. Il ne voulait pas avoir à faire la conversation avec ses voisins, à répondre à leurs questions, ni à parler de la pluie et du beau temps ! Il traverse un enfer. Moi non plus, je ne voudrais pas répondre à des questions, si j'étais lui.

— J'ai deux témoins qui affirment l'avoir vu avec Lister.

— Où ?

— Sur un chantier…

— Enfin, Runcorn, Exeter possède des chantiers ! C'est son métier. Peut-être Lister y faisait-il une journée ou deux de travail ? Y avez-vous pensé ?

— Si ce n'est pas Exeter le coupable, qui est-ce ? demanda Runcorn, feignant l'innocence.

— Doyle, qui d'autre ? C'est lui qui a maquillé les comptes, en se servant au passage ! Il pourrait avoir un complice. Certains de mes hommes enquêtent sur cette possibilité, et j'ai une liste de gens auxquels vous pourriez vous intéresser. Exeter est un homme à qui tout réussit. Il a forcément des ennemis.

— Doyle a réuni l'argent de la rançon. Cet argent se trouvait dans sa banque, et il l'a mis à disposition sur-le-champ. En éliminant les démarches administratives, énuméra Runcorn sur ses doigts. Il a prélevé une somme en guise de paiement, ce qui n'est peut-être pas admirable, mais compréhensible.

Monk n'avait pas d'argument à lui opposer, du moins aucun qui pût compter au tribunal.

— Et le doute raisonnable... ? Vous êtes-vous renseigné sur Maurice Latham, l'administrateur du fonds ?

— Peut-être Rathbone va-t-il le faire. À moins qu'il n'ait un lapin à tirer de son chapeau ?

— J'en doute. Avez-vous vérifié les faits et gestes de Latham ?

— Oui. Il a des alibis, répondit Runcorn, morose. Et vous, savez-vous lequel de vos hommes a informé Lister et ses acolytes ?

— Non.

— Vous ne pouvez pas continuer ainsi. L'un d'entre eux l'a fait et vous devez découvrir qui ! Même si vous comprenez ses raisons et que vous auriez peut-être fait la même chose à sa place.

Monk eut un haut-le-corps.

— Il a pu y être contraint par un chantage. Qui n'est pas prêt à tout pour sauver sa famille ? Il n'a pas forcément agi par cupidité, rancœur, jalousie, ou vengeance. Peut-être a-t-il détruit quelqu'un, peut-être se doit-il de protéger quelqu'un, ou a-t-il simplement une dette impossible à rembourser – et que la culpabilité est son paiement. Il vous faut le savoir...

— Très bien ! D'accord, coupa Monk. J'aimerais... non, bien sûr. Peu importe ce que j'aimerais. Nous avons tous des désirs.

Monk passa les jours suivants à examiner la situation sous tous les angles envisageables afin de prouver à la fois l'innocence d'Exeter et la culpabilité de Doyle. Il vérifia même l'emploi du temps de Latham, mais ne parvint pas à y déceler la moindre faille. Le premier jour du procès arriva, et cela sans qu'aucun élément utile n'eût été mis au jour.

— Je viens, déclara Hester.

Elle ne lui demandait pas son avis, n'en faisait pas une question de soutien. C'était la simple affirmation de quelque chose d'indiscutable à ses yeux. Elle portait une jupe et une veste bleues, très sobres, mais très bien coupées. Monk la contempla avec admiration, bien qu'elle ne fût pas belle au sens traditionnel du terme. Son visage était trop résolu pour cela. Seule la courbe délicate de sa bouche révélait une douceur, une passion et une fragilité qui la faisaient paraître d'autant plus adorable aux yeux de son compagnon.

— Merci, dit-il sobrement.

Il serait le premier témoin. Rathbone l'avait averti que l'avocat général était un homme habile, mais surtout, un homme honnête, qui ne serait sensible ni à l'émotion ni à la vanité. Cela faisait de lui quelqu'un de plus difficile à piéger que s'il était avant tout intéressé par sa réputation. En dehors du tribunal, Rathbone le considérait comme un ami.

Monk hésita un instant dans l'entrée. Hester lui souriait, mais son regard était prudent. Elle s'efforçait de ne pas laisser paraître son émotion. Elle avait peur pour lui ; il la connaissait assez bien pour s'en rendre compte. Elle avait peur qu'il ne perdît, et qu'il ne fût blessé par sa défaite. Il se félicita qu'elle ne le dît pas tout haut.

Elle n'était d'aucune manière mêlée à l'affaire, de sorte qu'elle avait le droit d'assister à toutes les audiences, et elle avait promis de venir chaque jour, sauf si sa présence était requise d'urgence au dispensaire. Il n'était pas sûr de s'en réjouir. Ce n'était pas de la sauvagerie du crime qu'il voulait la protéger ; elle avait vu la guerre, des dizaines, voire des centaines de morts, des blessures pires que celles qu'on peut imaginer dans les plus terribles cauchemars. Mais la guerre avait quelque chose d'impersonnel. On était soldat d'un côté ou de l'autre. Là, c'était intime, une personne contre une autre. C'était un drame qui avait frappé par surprise des gens qui se connaissaient.

Surtout, il redoutait que l'examen minutieux des détails ne révélât enfin l'identité de celui qui les avait trahis, et qui était forcément un de ses hommes, peut-être même Hooper. Il ne voyait pas comment quiconque avait pu être au courant de la mutinerie et le faire chanter. Ce ne pouvait pas être Fisk. Hester avait beaucoup d'affection pour Hooper. Elle souffrirait. Quant à Monk, il ne pouvait garantir de dissimuler le désarroi et le chagrin qu'il éprouverait si c'était vrai. Il avait considéré Hooper comme un ami.

Cependant, elle était déjà dehors, attendant la voiture qui devait les emmener à l'Old Bailey. Le vent faisait gonfler ses jupes. Derrière elle, la Tamise était grise, ses flots agités ponctués de crêtes d'écume. Il fallait partir.

Les préliminaires terminés, Monk fut appelé à la barre. Il gravit les marches en colimaçon de la tribune. Celle-ci surplombait le sol, de sorte qu'il dominait Rathbone vêtu de sa tenue officielle, toge noire et perruque argentée.

Face à lui, Harry Exeter était assis dans le box des accusés, lui aussi en hauteur par rapport à la salle. Son apparence était la même que celle que Monk lui avait vue le lendemain de la mort de Kate : un visage de cendre, sans vie. Monk aurait aimé lui adresser un sourire, mais c'eût été maladroit. Il risquait de donner au jury l'impression qu'il le connaissait et même qu'il l'appréciait. Il devait paraître neutre. La vie d'Exeter dépendait peut-être de son témoignage. Qui savait quel mot, quel geste, quelle expression fugitive incitait un homme à croire, ou à ne pas croire ce que vous disiez ?

Après que Monk eut fait le serment de dire la vérité, toute la vérité et rien que la vérité, et qu'il eut décliné ses noms et qualité, ce ne fut pas Rathbone qui l'interrogea, mais l'avocat général, Peter Ravenswood. C'était un homme à l'air doux, que certains auraient pu ne pas prendre très au sérieux n'eût été la vivacité de son regard, et l'humour qu'on percevait dans les rides de son visage. Monk sut aussitôt que le croire inoffensif serait une erreur.

— Commissaire Monk, dit-il calmement, pourriez-vous expliquer à la cour quelles circonstances vous ont amené à être mêlé à cette terrible affaire ? Ce doit être une épreuve pour vous, mais nous avons besoin de le savoir, et la justice n'est pas toujours facile, qui que nous soyons.

On ne décelait aucune émotion dans sa voix. La tâche de Monk aurait peut-être été plus aisée s'il y en avait eu. Il n'avait rien contre quoi lutter. Et pourtant, c'était cet homme qui risquait de tout mal comprendre, et faire pendre Exeter pour un crime qu'il avait désespérément tenté d'éviter et qui lui avait coûté ce qu'il avait de plus cher au monde.

Monk prit une profonde inspiration et commença. Il ne pouvait être impartial. Il se souvenait de la violence des sentiments qui l'avaient assailli ce soir-là.

— Sir Oliver Rathbone, que je connais depuis des années, m'a rendu visite à mon domicile pour me parler de la situation d'un de ses clients. Celui-ci avait besoin de mon aide ou, pour être plus précis, de l'aide de la brigade fluviale. Il était chez Sir Oliver, qui m'a demandé si je pouvais venir sur-le-champ. Je l'ai fait. C'est là que j'ai rencontré Mr. Exeter pour la première fois.

Ravenswood intervint.

— Comment était-il ?

— Il était extrêmement abattu. Il m'a dit que sa femme avait été enlevée et qu'il était prêt à payer la rançon. Si énorme soit-elle, il était parvenu à réunir la somme. Elle devait être remise aux ravisseurs le lendemain. Ce qu'il attendait de moi, c'était que nous l'accompagnions à l'île Jacob, où il redoutait de se rendre seul. Des instructions précises lui avaient été données, qu'il était incapable de suivre puisqu'il n'y était jamais allé. Rares sont les gens qui connaissent ce bas-fond de la Tamise. L'endroit choisi pour l'échange se trouvait au-dessous du niveau de l'eau à marée haute, et le rendez-vous était au crépuscule…

Il fit une pause, laissant l'image s'immiscer dans l'imagination des jurés.

— J'en ai entendu parler, observa Ravenswood. Un quartier abominable, en effet. Je comprends qu'il n'ait pas souhaité y aller seul, même à supposer qu'il ait été capable de le trouver. Et de manœuvrer une barque. Jusqu'où êtes-vous allé ? demanda-t-il, l'air intéressé.

Monk tenta de se remémorer les paroles d'Exeter. Le souvenir du trajet était clair dans son esprit. Le froid, la pénombre, le chuchotement de l'eau à l'étale, les gouttes qui tombaient.

— Jusqu'au bout.

— Vous étiez nombreux. N'aviez-vous pas peur d'être vus par les ravisseurs ?

— Pas si nombreux. Nos barques sont assez grandes, mais aisément manœuvrables à deux, répondit Monk. Et les gens ont l'habitude de les voir sur le fleuve. Il est moins courant de voir une barque avec un seul homme à bord.

— Sauf s'il s'agit d'un pêcheur, objecta Ravenswood, haussant les sourcils.

— Dans le port de Londres ? rétorqua Monk, l'air plus stupéfait encore. Rien n'y vit. Dans l'estuaire, peut-être...

Ravenswood eut un léger sourire, reconnaissant son erreur.

— Combien d'hommes aviez-vous emmenés ?

— Nous étions six au total. Deux qui devaient rester avec les barques, et quatre pour accompagner Mr. Exeter. Il était convenu avec les ravisseurs qu'il ne serait pas seul.

— N'avez-vous pas trouvé cela étrange ?

— Non. Il n'avait aucune intention d'en découdre avec quiconque. Il voulait seulement leur remettre l'argent et récupérer son épouse saine et sauve. C'est tout ce dont il se souciait.

Monk regarda le visage lisse et honnête de Ravenswood et comprit brusquement que ce dernier voulait croire à l'innocence d'Exeter. Cependant, il avait besoin qu'on lui en apportât la preuve.

— J'ai vu l'argent de mes propres yeux, ajouta-t-il. Tout était bien là. S'il avait désiré se battre, il aurait pu engager des hommes de main. Ce n'est pas difficile à trouver sur les quais. Je pense qu'il a amené des policiers pour être sûr que tout se passerait sans encombre.

— Vous l'a-t-il dit ?

— Plus ou moins. Je ne me rappelle pas ses propos exacts.

— Mais c'est ce que vous avez compris ?

— Oui.

— Est-ce ainsi que vous avez agi, lorsque votre épouse a été enlevée ? s'enquit Ravenswood à voix basse, presque gentiment.

Un instant, Monk resta sans voix. Comment diable Ravenswood était-il au courant ? Par Runcorn, bien sûr. Soudain, Monk se sentit vulnérable, comme si cet homme l'avait surpris dans le plus simple appareil, privé du camouflage qui masque souvent les émotions d'un être.

Ravenswood attendait sa réponse. Monk devait-il affirmer qu'il n'y avait même pas pensé ? Que ce fût vrai ou non, cela sonnerait comme un mensonge. Il n'aurait pas d'autre occasion de créer une première impression qui lui fût favorable.

— Si on m'avait demandé de l'argent, j'aurais payé, bien sûr.

— Bien sûr, acquiesça l'avocat. La plupart d'entre nous en feraient autant. C'est la seule chose qu'un homme civilisé puisse envisager.

Sur le point de répondre, Monk fut soudain frappé par l'ambiguïté de sa dernière phrase. Bien sûr que n'importe quel homme dirait cela ! Quels que fussent ses sentiments.

— Il a réuni l'argent, fit-il remarquer à son interlocuteur. Tout ce qu'il a demandé à la police, c'était de lui servir de guide dans un lieu dangereux et inconnu de lui…

— C'est bien naturel, coupa Ravenswood avec un petit sourire où Monk ne détecta aucune ironie. Par conséquent, vous avez décidé de l'y conduire, par égard pour lui et pour Sir Oliver.

— Et pour Mrs. Exeter.

— Tout à fait. Qui était au courant de votre plan ?

— Les hommes que j'ai emmenés.

Déjà, ils frôlaient la blessure encore douloureuse, encore à vif. Monk voyait dans le visage de Ravenswood, dans le soin qu'il mettait à choisir ses mots, qu'il en avait conscience. Cela ne lui plaisait peut-être guère de remuer le couteau dans la plaie, mais il le ferait.

— Je suppose que vous leur avez recommandé de n'en parler à personne ?

— Oui.

— Donc, avant de partir, seuls vos hommes, Mr. Exeter et vous étiez au courant ?

— Oui. Et avant que vous me posiez la question, j'admets que nous avons changé quelques détails à la dernière minute, si bien que, même si quelqu'un d'autre avait été informé du plan à l'origine, il n'aurait pas pu être au fait de ces modifications.

— Par conséquent, Mr. Exeter n'a pu en parler à personne ?

— Non.

— Que s'est-il passé, commissaire Monk ? Racontez-moi, du mieux que vous le puissiez, le déroulement des événements.

Monk avait passé et repassé les faits dans son esprit depuis, et cette évocation lui était toujours aussi pénible. Il respirait encore la puanteur de l'eau dans ces lieux clos.

— Nous avons descendu la Tamise juste avant l'étale. C'était le seul moment où le point le plus bas était accessible. Nous avons pris deux barques. Un homme est resté dans chacune : Bathurst et Walcott. Laker, Exeter et moi sommes passés côté sud. Le jour baissait déjà.

Il se rappelait avec netteté l'odeur fétide du fleuve, les poutres détrempées qui dégouttaient, les petits bruits causés par des rats, par le courant, ou encore par des détritus venus heurter une pièce de bois.

— Nous sommes entrés dans le premier tunnel, une pièce dont les murs latéraux s'étaient effondrés. Nous avions un plan détaillé, et nous l'avons suivi. Notre progression était lente. Nous risquions à tout moment de déloger quelque chose et de voir la bâtisse s'effondrer sur nous. Nous sommes allés vers l'intérieur…

— Vous connaissez bien les lieux, commissaire ? coupa Ravenswood.

— Seulement aussi bien que cela m'est nécessaire. Ils semblent changer à chaque marée. Des poutres cèdent et déplacent la vase, les pierres…

— En somme, le danger y est toujours présent.

— En effet.

— Est-ce pour cette raison que Mr. Exeter désirait être accompagné de quelqu'un d'aussi expérimenté que vous ?

— Peut-être. Et aussi pour s'assurer qu'il ne s'égarait pas et qu'il allait trouver le lieu de rendez-vous choisi par les ravisseurs.

Il s'en souvenait comme si ç'avait été la veille. La crainte, la perplexité dans le regard d'Exeter, sur son visage. Il n'aurait pu s'imaginer alors que tout finirait par une tragédie et qu'il serait accusé de l'avoir provoquée. Y avait-il un homme au monde qui eût assez de force pour affronter cela ? Si ç'avait été Hester, songea Monk, peu lui aurait importé d'être blâmé. Il aurait été écrasé de chagrin. Certes, il aurait dû essayer de ne pas devenir fou, il l'aurait fallu pour Will et pour tous ceux qui avaient aimé Hester. Exeter semblait n'avoir personne pour le soutenir vraiment. Personne n'avait besoin de lui. Pas même Celia Darwin ! Était-il réservé au point d'avoir refusé toute aide ? Qu'elle vînt de Celia ou de quelqu'un d'autre ? En tout cas, il ne paraissait pas avoir une très haute opinion d'elle.

Ravenswood lui avait parlé, et il n'avait pas entendu.

— Je vous demande pardon ?

— Vous êtes-vous séparés durant ce trajet vers l'île Jacob ? répéta l'avocat.

— Non. Je suis resté avec Mr. Exeter. C'était la raison pour laquelle je l'accompagnais. Pour qu'il trouve le chemin.

— Il avait l'argent sur lui ?

— Oui.

— Vous n'avez jamais perdu Mr. Exeter de vue ?

Monk s'efforça de se remémorer la scène avec précision : l'eau qui montait, l'obscurité croissante, ce qu'il avait réellement vu plutôt qu'entendu ou imaginé.

— Non, sauf à la fin. Il a fait seul les derniers mètres pour aller retrouver les ravisseurs.

— Les derniers mètres. Il était hors de vue alors ?

— Il commençait à faire nuit, et j'ai été attaqué. Par-derrière. J'ignore par qui. Je n'ai pas été gravement blessé… mais j'ai… été un peu sonné pendant quelques instants.

C'était un souvenir humiliant.

— Mr. Exeter a-t-il été agressé aussi, le savez-vous ?

La question semblait innocente, mais Monk commençait à se rendre compte que Ravenswood n'était pas aussi inoffensif que ses bonnes manières le suggéraient.

— Quand je l'ai rejoint, ses vêtements étaient sales et il avait manifestement reçu des coups.

— A-t-il disparu longtemps ?

— Non. Il est allé remettre la rançon aux ravisseurs et… récupérer sa femme. Il était prêt à se séparer de l'argent ! Il ne désirait qu'une chose, que sa femme soit libérée…

— C'est ce qu'il vous a dit ? Et vous l'avez cru, car vous vous êtes mis à sa place et vous vous êtes souvenu de ce que vous aviez éprouvé lorsque votre propre épouse avait été capturée.

Ce n'était pas une question, mais une conclusion.

— Tout homme digne de ce nom…

Il se ressaisit, se forçant à adoucir sa voix, par respect pour les souvenirs terribles qu'il avait du corps de Kate.

— Il ne m'a donné aucune raison de douter de sa parole, ni alors, ni par la suite. Il avait rassemblé l'argent, non sans difficulté, me semble-t-il. La somme était énorme. Il l'a emportée pour la verser aux ravisseurs, mais ils avaient déjà tué sa femme. Ils l'ont dépouillé et ils ont pris la fuite. J'ai cru à l'époque que c'était ainsi que les choses s'étaient déroulées, et rien depuis ne m'a incité à changer d'avis.

— S'ils avaient l'argent et qu'ils n'étaient pas en danger imminent d'être arrêtés, pourquoi l'auraient-ils tuée ? demanda Ravenswood, un mélange de tristesse et de perplexité sur ses traits.

Monk s'était posé la même question. Cependant il savait que la défense d'Exeter reposait sur un argument crédible.

— Je suppose qu'elle a reconnu un des leurs.

— Un des ravisseurs ? Est-ce possible ?

Ravenswood parut quelque peu intrigué.

— Vous pensez qu'elle connaissait des gens de ce milieu ? Où aurait-elle donc pu les rencontrer ? Ils ne fréquentaient sans doute pas les mêmes cercles.

Il secoua légèrement la tête.

— Je suppose que vous avez enquêté sur les relations des Exeter, par acquit de conscience…

— Oui. Nous n'avons trouvé personne qui soit susceptible d'être considéré comme suspect, en dépit de recherches méticuleuses. Nous avons aussi interrogé Mr. Exeter, qui n'a pu suggérer personne…

— Vous me pardonnerez de ne pas lui accorder autant de crédibilité que vous, ironisa l'avocat.

— Un seul individu nous a paru digne d'intérêt : Roger Doyle, le directeur de la banque, poursuivit Monk. Il était au courant de la situation financière de Mr. Exeter. Il savait que ce dernier avait les moyens de réunir la somme requise et que c'était là le maximum de ses possibilités. De plus, il connaissait Mr. Exeter personnellement, par conséquent il pouvait être certain que celui-ci ferait appel à lui, et qu'il serait par conséquent informé au fur et à mesure du déroulement de l'affaire.

— Et pourtant, vous n'avez pas procédé à l'arrestation de Mr. Doyle ?

— Je l'aurais fait d'ici un jour ou deux.

Cela sonnait comme une excuse, Monk l'entendait à sa voix.

— Qu'est-ce qui vous a persuadé d'attendre, Mr. Monk ? insista Ravenswood, sur un ton plus curieux que critique.

— Le désir de rassembler assez de preuves pour l'inculper également du meurtre de Bella Franken, son aide-comptable, dont le corps…

Il fut interrompu par un murmure croissant d'horreur dans la galerie, accompagné d'une agitation générale. Pour la première fois, Monk regarda en direction du box des accusés et lut sur le visage blême d'Exeter une surprise qui s'effaça aussitôt.

— Oui ? l'encouragea Ravenswood.

Où était Rathbone dans tout cela ? Il n'avait pas encore articulé un son.

— … dont j'ai repêché le corps dans la Tamise, acheva Monk. Elle était déjà venue me voir à propos d'irrégularités dans les comptes, et elle m'avait convié à un second rendez-vous auquel elle ne s'est pas présentée parce qu'elle était morte.

— Suggérez-vous qu'il y ait un lien entre les deux affaires ?

Monk comprit alors qu'il s'apprêtait à poser prématurément le piège conçu par Rathbone.

— Vous me demandez de faire le travail à votre place, répondit-il sur un ton un peu sec. Vous avez voulu savoir pourquoi je n'avais pas arrêté Roger Doyle. Peut-être devrais-je me contenter de dire que le commissaire Runcorn avait d'ores et déjà arrêté Mr. Exeter.

— En effet. Et je le prierai, le moment venu, de nous donner son témoignage. Dans l'immédiat, reportons-nous, si vous le voulez bien, au soir de la tragédie, sur l'île Jacob.

Ce n'était pas une requête, même si la formulation le laissait entendre. Ravenswood contrôlait la situation.

— Vous dites que vous avez été agressé ?

— Oui.

— Et que Mr. Exeter aussi, pour autant que vous ayez pu en juger ?

— Oui. Il avait des marques de coups au visage, ses vêtements étaient maculés de boue, comme s'il était tombé plusieurs fois, et il avait du sang sur la tête et sur les mains.

— D'autres de vos hommes ont-ils été attaqués ?

— Oui. Tous, sauf les deux qui étaient restés auprès des barques.

La colère perçait dans sa voix. Cette affaire le tourmentait toujours : la douleur de l'échec s'ajoutait au chagrin causé par la mort de Kate, et au goût amer de la trahison.

— En somme, les ravisseurs ont pris l'argent de la rançon et tué leur otage. Une issue tragique à tout point de vue.

— Oui. Quant à imaginer qu'Exeter lui-même ait causé cela, ou qu'il y ait joué le moindre rôle, c'est inconcevable, hormis à la suite d'une terrible erreur de jugement.

— N'en est-il pas de même pour vous, commissaire Monk ? N'avez-vous pas fait confiance à un homme à tort ? Comment les ravisseurs auraient-ils su précisément où vous seriez, comment vous arriveriez à l'endroit désigné pour le rendez-vous, de façon à pouvoir maîtriser vos hommes un à un, si on ne leur avait pas livré ces informations ?

Monk se fit violence pour répondre, envahi par une haine fugitive envers l'avocat général, dont le visage restait si doux, si calme alors qu'il disait de telles horreurs.

— Je ne sais pas. J'ai fouillé le passé, les familles et les situations de chacun des hommes qui se trouvaient là, et je n'en sais rien !

— Vous semblez certain que Mr. Exeter n'est pas coupable et pourtant il demeure un élément crucial de cette affaire qui vous échappe, n'est-ce pas ?

Ravenswood secoua la tête et regarda le juge.

— Votre Honneur, j'aimerais solliciter la permission de rappeler ce témoin à la barre ultérieurement, si possible. Il va peut-être se remémorer ou apprendre des informations utiles. Mais après la suspension de l'audience pour le déjeuner, je souhaite appeler le médecin légiste à venir témoigner des causes du décès de Katherine Exeter.

Le juge suspendit l'audience. Monk quitta la tribune profondément abattu. D'une certaine manière, il lui semblait avoir échoué de nouveau, même s'il ne voyait pas comment il aurait pu donner des réponses différentes aux questions qu'on lui avait posées.

Il n'avait pas faim, et pourtant il mangea, machinalement, parce que la raison lui ordonnait de le faire. Bien qu'Hester fût avec lui, il ne parla guère. C'était comme s'il était entraîné de plus en plus loin vers le large par un courant contre lequel il était impossible de lutter. Libérer un coupable était un acte immensément douloureux, une source de honte. On se sentait moqué, vaincu. Mais cette blessure était plutôt anodine quand on la comparait à la détresse de voir un innocent pendu. Pourrait-il commettre ou provoquer une faute de procédure suffisante pour motiver un appel ?

On n'en était qu'à la première demi-journée du procès ! Et déjà, il redoutait la défaite, et il songeait à un appel !

L'après-midi passa à toute allure. Le témoignage du médecin légiste fut délivré sans émotion, mais en un sens le ton neutre avec lequel il évoqua les blessures de Kate Exeter les rendit plus atroces encore. Nulle horreur ne perçait dans sa voix, rien qu'une intense pitié. À la raideur de sa posture, on sentait qu'il était révolté qu'un être humain, capable de rire, de ressentir de la tendresse et de la peur, eût été victime d'une telle sauvagerie. En décrivant la violence dont elle avait été l'objet, il donna à son cas particulier une dimension universelle – c'eût pu être le sang, la chair et la souffrance de n'importe qui.

Monk sortit dans l'après-midi froid, déjà envahi par les ombres du soir, à côté d'Hester. Il n'avait pas vu Hooper. Ce dernier devait témoigner le lendemain, et par conséquent n'avait pas le droit d'assister à l'audience au cas où il y aurait entendu quelque chose qui eût pu l'influencer.

Et il n'avait pas vu Rathbone, lequel était sans doute occupé à passer en revue les témoignages de la journée. Il n'avait pas fait objection jusqu'alors, mais qu'y avait-il à contester ? Pour l'instant, on n'avait fait que relater les faits. Il n'avait certainement pas voulu prolonger le récit du médecin légiste plus que nécessaire. Monk avait vu sur les visages des jurés une horreur que rien ne pouvait soulager. Traiter la réalité à la légère serait revenu à commettre un crime contre la vie elle-même. Cependant, leur mission consistait à rendre la justice et ils voudraient que quelqu'un paie. S'ils acquittaient Exeter, qui paierait ? Doyle ?

Sauf que la police avait inculpé Exeter. La soif d'action, le désir de punir le meurtre de Kate l'emporteraient-ils sur le bon sens, sur la pitié envers le mari qui la pleurait ?

Ils rentrèrent en fiacre, par Blackfriars Bridge. Il faisait trop froid pour prendre un bac. Ils firent le trajet en silence, chacun perdu dans ses pensées, jusqu'à ce qu'ils arrivent à leur porte. Monk alla chercher du charbon et prépara le feu. Hester avait laissé un ragoût à mijoter sur le fourneau. Elle le réchauffa encore un peu et le servit dans de grandes assiettes creuses. Le repas terminé, ils parlèrent enfin.

— Je ne m'attendais pas à ce que Ravenswood soit… si gentil, si discret, avoua-t-il. Je croyais qu'il attaquerait… davantage.

— Il a attaqué, William, répondit-elle tout bas. Seulement, tu t'en es aperçu un soupçon trop tard pour ajuster tes réponses.

Elle hésita.

— Non que tu aies dû répondre autrement.

— Oliver n'a rien fait !

— Au fond, il n'aurait pas pu tenter grand-chose, lui fit-elle remarquer. Si on conteste le moindre détail, cela donne l'impression qu'on ne sait pas où on va.

C'était vrai, et pourtant, il avait le sentiment de ne pas avoir vraiment lutté. Il se demanda si Exeter était du même avis, s'il avait été déçu par son avocat, s'il pensait que celui-ci était loin d'être aussi brillant que sa réputation le suggérait. Il regarda Hester. Les mêmes pensées lui traversaient-elles l'esprit ?

— Le croit-il ? demanda-t-il.

— Tu veux dire, Oliver croit-il Exeter ? Oh ! je pense que oui. Il me l'a dit, ajouta-t-elle avec certitude. Pourquoi ? Tu t'interroges au sujet d'Exeter à présent ?

Il ne pouvait éluder la franchise de son regard.

— Non. Je me demande comment confondre Doyle. Jamais je ne l'aurais cru aussi habile. Je le considérais comme un gérant de banque ennuyeux, qui ambitionnait de s'élever dans la société, de fréquenter les clubs de gentlemen, sans avoir à dépendre des invitations de ses clients. Je suppose qu'il doit suffisamment souffrir dans son amour-propre de gérer leur argent sans être en plus l'objet de leur condescendance en société.

— S'il voulait de l'argent et se sentir supérieur, pour une fois, pourquoi avoir tué Kate ?

— Parce qu'elle l'a reconnu. Il ne pouvait se permettre de la laisser en vie.

— Et Bella Franken ?

— Parce qu'elle savait qu'il y avait des anomalies dans les comptes.

— Et Lister ?

— Parce qu'il ne voulait pas partager l'argent. Et peut-être même a-t-il tenté de le faire chanter ?

— Qu'en est-il des autres complices ? Il n'y avait pas que Lister. Doyle a-t-il tué Lister seul ? Te paraît-il le genre d'homme capable de s'attaquer à un individu aussi pugnace ?

— Pas du tout. Il a dû le prendre par surprise.

— Je pensais que tu avais dit qu'il était en fuite, à bord d'une barque ?

— En effet, admit-il.

— Par conséquent, ses agresseurs devaient être au moins deux. On ne peut pas laisser un bateau à la dérive pendant qu'on s'arrête pour égorger quelqu'un ! S'il a fait chanter Doyle, c'était stupide de sa part, ajouta-t-elle.

Un froid soudain envahit Monk, comme s'ils avaient laissé une porte ouverte par inadvertance.

— Tu ne crois pas que nous puissions obtenir un acquittement, n'est-ce pas ?

— Je ne sais pas. Je ne crois pas que nous en soyons là pour l'instant, je suis désolée.

Elle avait dit « nous ». C'était une sorte de chaleur, un réconfort.

— Crois-tu qu'Hooper m'ait trahi ?

Il redoutait sa réponse, et pourtant elle comptait tant à ses yeux qu'il ne pouvait plus repousser le moment de poser la question.

— Hooper ? Bien sûr que non ! Comment peux-tu envisager une chose pareille, William ?

Parce que je sais des choses que tu ignores, songea-t-il. *Des choses terribles, qui peuvent coûter à un homme tout ce qu'il a. Et parce que cela me touche plus que je ne l'aurais imaginé, ou que je ne l'aurais désiré. Mais tu ne les entendras pas, parce que ce serait un déchirement pour toi.*

— William ? répéta-t-elle tout bas.

Il ne pouvait répondre honnêtement, si bien qu'il choisit le silence.

19

Le lendemain, Hooper fut le premier à témoigner. Il y avait des années qu'il ne s'était pas senti aussi nerveux. Il n'avait rien à dire qui fût mensonger, rien dont il fût le moins du monde coupable. Il avait suivi les ordres à la lettre. Il ne voyait même rien qui eût pu être fait différemment. Ravenswood poursuivait Exeter, et le faisait jusqu'ici sans accuser la brigade fluviale d'incompétence, encore qu'il eût soulevé la question de la trahison d'un de ses membres. Cette question pesait sur eux depuis le soir où ils étaient rentrés chez eux las et si amèrement vaincus.

Il avait la bouche sèche quand il gravit les marches de la tribune. Il donna son identité et jura de dire la vérité, toute la vérité et rien que la vérité, d'une voix rauque. Par deux fois, il dut se racler la gorge. La vérité, oui. Mais toute la vérité ? Même son nom ? La mutinerie le hantait depuis qu'il savait que d'autres étaient au courant. Fisk, indubitablement. Il savait tout. Il était là.

Monk savait. Du moins, il savait ce qu'Hooper lui avait dit, mais le croyait-il ? Derrière le visage grave d'Hooper, même derrière sa gentillesse, soupçonnait-il désormais un manque de loyauté ?

Était-il déçu bien que la raison lui dictât de ne pas l'être, lui rappelât ses propres points faibles ? Au fond, tout avait commencé par une tentative de compromis qui avait débouché sur une remise en question de l'autorité, et finalement abouti à une indéniable rébellion contre elle. Le renégat que Monk avait été, d'après la description de Runcorn, aurait compris, il aurait été d'accord. Mais qu'en était-il du Monk de maintenant, qui dirigeait la police fluviale ?

Une autre pensée était présente dans l'esprit d'Hooper, et l'affectait plus qu'il ne l'aurait cru : il se souciait de l'opinion que Celia Darwin avait de lui. Il voulait rester à ses yeux un homme loyal et honnête, digne de respect et surtout de confiance, indépendamment de la menace d'inculpation pour mutinerie qui pèserait sur lui jusqu'à la fin de ses jours. Il lui était interdit de la courtiser – bien qu'il le souhaitât plus que tout. Mais il pouvait au moins s'accrocher à l'idée qu'elle avait de l'estime pour lui, qu'il était un homme qu'elle aurait pu aimer, et non quelqu'un avec qui elle n'aurait jamais sciemment eu de relations.

— Mr. Hooper…

La voix de Ravenswood l'arracha à ses réflexions.

— Oui, monsieur, répondit-il en se redressant un peu.

— Sous la direction du commissaire Monk, vous et les autres participants à cette infortunée expédition avez-vous tenté de trouver les ravisseurs et les assassins de Mrs. Exeter ?

— Oui, monsieur.

— C'est-à-dire vous-même, Laker, Marbury, Bathurst et Walcott ? Est-ce exact ?

— Oui, monsieur. Et Mr. Monk lui-même.

— Bien que l'un d'entre vous eût informé les ravisseurs des détails de votre plan ?

— On le dirait, mais nous ne savions pas qui, et nous étions réticents à le croire.

— En ce qui vous concerne, aviez-vous des soupçons ?

Dans quelle mesure devait-il être franc ? Les soupçons n'étaient que des pensées. Il ne s'agissait ni de vérités ni de faits, pas encore. Il s'agissait d'impressions. Les jurés l'observaient, écoutaient le ton de sa voix. Ils le jugeaient, lui, et non ses paroles exactes.

— Je ne pensais pas qu'un des hommes que je connais bien ait pu nous trahir. Je ne pouvais pas croire ça d'aucun d'eux. Par conséquent, je me suis d'abord intéressé aux nouveaux, Marbury et Walcott, admit-il.

Ravenswood eut un sourire morose.

— Si vous m'aviez dit le contraire, je ne vous aurais pas cru, à moins, bien sûr, que vous n'ayez su qu'aucun n'était coupable parce que vous étiez vous-même le traître.

Déjà ! Hooper avait pensé que la question lui serait posée tôt ou tard, mais pas si vite… et sans crier gare. Il devait peser ses mots, néanmoins il ne put empêcher la rougeur d'envahir son visage. Prendraient-ils cela comme une preuve de culpabilité ? Ou reconnaîtraient-ils la peur ? Sauraient-ils seulement faire la distinction entre les deux ?

— Je ne les ai pas trahis, affirma-t-il. Et j'ai du mal à accepter que l'un d'eux l'ait fait.

— Mais vous l'acceptez ? le pressa Ravenswood, d'une voix douce.

— Je crois que je n'ai pas le choix.

— Je verrai si je puis vous en offrir un, le moment venu, répondit l'avocat général avec un sourire sans joie. Dans l'immédiat, penchons-nous sur vos investigations et voyons comment elles vous ont par hasard conduit au seul individu dont la culpabilité semble indiscutable. Décrivez, je vous prie, ce que le commissaire Monk et vous avez fait et dans quel ordre, de façon que nous puissions comprendre.

Détail après détail, Hooper s'exécuta. Son récit était plus simple que la réalité ne l'avait été car, en partant du présent, la progression semblait logique. Il évoqua le raisonnement suivi, le fait qu'ils avaient entendu parler d'un homme qui dépensait sans compter, qu'ils avaient obtenu sa description et s'étaient renseignés sur lui.

— L'avez-vous arrêté, Mr. Hooper ?

— Non, monsieur. Nous espérions qu'il nous mènerait aux autres...

— Et cela s'est-il produit ?

— Non, monsieur.

Hooper s'abstint de mentionner les deux hommes auxquels Monk et lui avaient échappé sur le toit. Il ignorait tout d'eux, et il aurait donné l'impression de vouloir détourner la conversation.

— Nous l'avons découvert à bord d'une barque, monsieur. Il était mort, la gorge tranchée.

— Je vois. Avez-vous découvert qui l'avait tué ?

— Non, monsieur. Nous avons présumé que c'étaient deux hommes que nous avions vus se battre avec lui plus tôt, ou d'autres ravisseurs, mais nous n'avons jamais trouvé de preuve.

— Avez-vous identifié les ravisseurs ? Vous êtes convaincu que Lister en était un, je suppose ?

— Oui, monsieur. Et non, nous n'avons pas réussi à identifier ses complices.

Cela semblait lamentable. Devait-il insister sur les efforts qu'ils avaient accomplis en vain ? Ou cela ne ferait-il que donner du grain à moudre à ceux qui les accusaient d'incompétence ?

— Nous avons jugé plus utile de suivre le cheminement de l'argent. Ce sont les dépenses extravagantes de Lister qui nous ont menées à lui…

— Vous nous l'avez dit. Cela vous a-t-il aidé ?

— Une jeune dame est venue voir le commissaire Monk, en secret. Elle lui a expliqué qu'elle était employée à la banque…

— Vous voulez parler de Bella Franken, de la banque Nicholson ?

— Oui, monsieur.

— Dont Mr. Doyle est le gérant ?

— Oui, monsieur.

— Avez-vous vu cette dame ?

— Non, mais les informations qu'elle nous a fournies nous ont incités à examiner de plus près les comptes de la banque et à en interroger le directeur.

Il s'attendait à demi à voir Rathbone faire objection, mais peut-être comptait-il revenir sur ce point lors du contre-interrogatoire ou l'aborder pendant sa défense. Il s'en servirait de manière à marquer l'esprit des jurés. Monk était-il en ce moment même à la recherche d'une piste qui le mènerait enfin à Doyle, et Doyle le mènerait-il à un autre ennemi d'Exeter ?

— Oui, Mr. Doyle, acquiesça Ravenswood. Miss Franken était son assistante, me semble-t-il ?

— Oui, apparemment.

— Et qu'a-t-elle pu vous apprendre de plus ?

— Rien. Le commissaire Monk avait un second rendez-vous avec elle, mais il a découvert son corps… dans le fleuve. Échoué près de la jetée de Greenwich.

— L'avez-vous vu, Mr. Hooper ?

Ravenswood n'avait pas exprimé sa pitié par des mots, mais elle était reflétée sur son visage.

— Non, monsieur. Le commissaire Monk a alerté la police du quartier.

— C'est-à-dire le commissaire Runcorn ?

— Oui, monsieur.

— Avez-vous continué à enquêter depuis ?

— Oui, monsieur.

— Et avez-vous découvert des éléments utiles ?

— Non, monsieur.

— Merci, Mr. Hooper. Restez ici, je vous prie. Sir Oliver souhaite peut-être vous interroger.

Rathbone se leva, s'avança vers la tribune et leva les yeux vers lui.

— Je n'ai que quelques questions concernant vos observations, Mr. Hooper. Les faits paraissent remarquablement maigres. Vous travaillez en proche collaboration avec le commissaire Monk depuis plusieurs années, n'est-ce pas ?

— En effet, monsieur.

— Avez-vous beaucoup de respect pour lui ?

— C'est le meilleur officier avec qui j'aie travaillé, monsieur.

Il pouvait affirmer cela en toute honnêteté. Monk n'était pas parfait, mais un homme parfait n'aurait pas compris les fragilités ni les erreurs des autres. Il n'aurait pas davantage compris ceux qui, par imprudence ou par cupidité, sombraient dans la délinquance. Il n'aurait été ni un très bon enquêteur ni un très bon ami.

— Lui arrive-t-il souvent de faire des erreurs de jugement, que ce soit concernant des hommes ou des événements ?

— Très rarement. Même si, parfois, les indices nous entraînent sur une mauvaise voie, et qu'il nous faut un certain temps pour les interpréter correctement.

— Vous paraissez très sûr de ses qualités.

— Oui, monsieur.

— Où se trouve Mr. Monk aujourd'hui ? Je ne l'ai pas vu au tribunal.

— Non, monsieur. Il continue à chercher des preuves de l'innocence de Mr. Exeter.

— Il croit toujours que Mr. Exeter est innocent ? se récria Rathbone, feignant la surprise. Et vous ?

— Oui, monsieur. Nous en sommes convaincus tous les deux.

— Sans citer de noms, y a-t-il quelqu'un d'autre que vous soupçonnez ?

— Oui, monsieur.

— Avec raison, même si vous ne pouvez pas encore nous faire part de cette raison ?

— Oui, monsieur.

Rathbone sourit.

— Je vous remercie, vous m'avez été d'une grande aide. Ce sera tout.

Il ne jeta pas même un coup d'œil en direction des jurés. S'il l'avait fait, il aurait été satisfait par les sourires qui se dessinaient sur leurs visages, leur brusque regain d'intérêt.

Hooper se retira et alla s'asseoir dans la galerie. C'était infiniment préférable à être dans la tribune, aussi nerveux qu'un papillon de nuit aveuglé par la lumière. Il prit place au bout d'un des bancs. Il n'y avait pas de place libre à côté d'Hester et d'ailleurs, il préférait ne pas s'installer à côté d'elle. Il ignorait ce que Monk lui avait révélé de la mutinerie ou du reste. Penser à elle et à l'opinion qu'elle avait de lui était au-dessus de ses forces pour le moment. Cela le conduirait à songer à Celia, au changement qui se produirait en elle si elle savait. Son sourire disparaîtrait, et avec lui le calme de son regard, la gratitude qu'elle lui témoignait pour sa compréhension, son amitié.

Il s'obligea à chasser ces pensées de son esprit alors que Doyle prenait la barre. Ce dernier incarnait jusqu'au bout des ongles le personnage qu'il était, au moins professionnellement : un petit directeur de banque des faubourgs, écrasé par les affaires d'une très grande ville. En fait, de la plus grande ville du monde.

Doyle avait-il envisagé cette scène, lorsqu'il avait projeté d'enlever Katherine Exeter ? Avait-il espéré s'approprier son héritage sans qu'il y eût violence, ni succession de meurtres ? Avait-il vraiment eu l'intention de trancher la gorge de Lister, de noyer Bella Franken ? Il était debout dans la tribune des témoins à présent, alors qu'il aurait dû être dans le box des accusés. Et si Exeter venait à être pendu, il serait coupable de sa mort aussi. En un sens, c'était l'aspect le plus affreux de la situation.

Doyle paraissait accablé, effrayé. Il ne cessait de bouger la tête et la mâchoire, comme si son col le serrait trop. Imaginait-il déjà la corde qui se resserrait autour de son cou ?

Ravenswood serait peut-être clément envers lui. Rathbone en aucun cas ! Pourvu que Monk trouve quelque chose ! N'importe quoi, du moment que cela pût soulever un doute raisonnable ! Comme un lien avec un ennemi ruiné par un contrat qu'Exeter avait emporté, un ennemi plein de fiel…

Ravenswood amena gentiment Doyle à évoquer sa carrière à la banque, ses années d'expérience dans la gestion des comptes d'Exeter. Il ne fit qu'effleurer la question des profits et des dépenses, des énormes risques qu'Exeter avait pris, de l'argent qu'il avait gagné, et parfois perdu. Oui, c'était à l'évidence un client qui avait rapporté beaucoup d'argent à la banque. Et oui, la fortune personnelle de Doyle s'était accrue au même rythme que celle d'Exeter. Pas dans les mêmes proportions, naturellement, mais plus que celle de la plupart des gens. Bien plus.

— Par conséquent, vous devez en grande partie votre réussite au fait qu'il compte parmi vos clients ? résuma Ravenswood.

— Oui, monsieur.

Doyle changea de position, comme s'il souffrait du dos.

— S'est-il adressé à vous lorsque sa femme a été enlevée et qu'on a exigé de lui une très forte rançon, comme il l'a affirmé ?

— Oui, monsieur. Il était extrêmement bouleversé.

— L'avez-vous aidé à réaliser ses biens afin de réunir la somme demandée ?

Doyle parut gêné.

— Pas exactement, monsieur, répondit-il, un peu sur la défensive. Il ne disposait pas de liquidités suffisantes. Rares sont les gens qui possèdent autant d'argent en espèces. Vendre des biens immobiliers, même si on est prêt à essuyer des pertes immenses, ne peut se faire en si peu de temps.

Il s'éclaircit la voix.

— Et même si les ravisseurs avaient été préparés à négocier, disons, à attendre une semaine, quel homme laisserait son épouse prisonnière de tels individus ne fût-ce qu'une heure de plus que nécessaire ? Dieu seul sait ce qu'on aurait pu lui faire subir…

Il n'acheva pas sa phrase, laissant la suite à l'imagination. Un seul regard sur les jurés suffit à deviner les pensées cauchemardesques qui les traversaient.

— Certes, admit Ravenswood d'un ton grave. Cela étant, qu'avez-vous fait, Mr. Doyle ?

Doyle s'éclaircit la voix de nouveau.

— Mrs. Exeter avait un fonds très important à son nom, dont elle devait hériter le jour de son trente-troisième anniversaire, dans un peu plus d'un an. Mr. Exeter a demandé à l'administrateur de ce fonds, Mr. Maurice Latham, la permission de l'utiliser pour sauver la vie de son épouse. Ce monsieur a bien sûr donné son accord. Cet argent était déposé dans ma banque. J'ai donc pu y avoir accès sans délai. Je l'ai remis à Mr. Exeter pour qu'il puisse payer la rançon. Je ne pouvais pas faire moins.

— En effet, acquiesça Ravenswood. Et Miss Franken vous a-t-elle secondé lors de… vos préparatifs, Mr. Doyle ?

Le visage de Doyle se figea un instant, comme s'il ne s'était pas attendu à cette question. Ravenswood ne l'avait-il pas averti ? Un bon avocat – à plus forte raison un avocat brillant – ne pose pas de questions auxquelles il ne connaît pas déjà la réponse.

— Je… je ne souhaite pas dénigrer cette malheureuse jeune femme, commença Doyle. Mais elle n'était ni aussi brillante ni aussi expérimentée qu'elle le croyait. Elle est morte, la pauvre. Je peux seulement dire qu'elle était consciencieuse, désireuse d'apprendre, mais qu'elle avait tendance à parvenir à des conclusions hâtives et dénuées de fondement. Elle avait eu l'occasion de rencontrer Mrs. Exeter, qui avait été charmante avec elle. Je crains que Bella n'ait très mal réagi à son décès, et aux circonstances qui l'ont entouré.

— Par conséquent, elle aurait cru voir dans les comptes des choses qui… n'étaient pas là ?

Doyle eut l'air soulagé.

— Oui, en effet, quand je pense aux remarques qu'elle a faites… je crois que c'est le cas. Elle n'appréhendait pas la situation dans son ensemble.

— En somme, Miss Franken n'aurait rien pu dire à Mr. Monk qui puisse nuire à votre réputation à la banque ?

— S'il avait décelé des anomalies, ç'aurait été parce qu'il n'avait pas de connaissances suffisantes en comptabilité. Les chiffres peuvent prêter à confusion quand on n'a pas l'habitude de travailler avec. Par exemple, certains honoraires dus pour des transactions urgentes pourraient apparaître aux yeux d'un non-initié comme des fautes de calcul. Et quand on additionne des colonnes de chiffres plusieurs fois, on a tendance à répéter ses erreurs. Une personne expérimentée vérifie ses additions en les refaisant dans les deux sens. Les livres de comptes doivent s'équilibrer chaque jour. Les inexactitudes sont très vite décelées.

Il se tut, l'air satisfait de sa réponse.

— Et vous n'avez rien révélé à Miss Franken ?

— Concernant le compte privé d'un client ? Certainement pas.

— Parce que vous doutiez de sa probité ?

— Non. Si tel avait été le cas, je n'aurais pas eu recours à ses services. Simplement parce que de tels comptes sont confidentiels, à plus forte raison dans ces circonstances, quand la vie d'une femme est en jeu. Il me semble, monsieur, que c'est une évidence.

En dépit de ses paroles des plus raisonnables, Doyle paraissait mal à l'aise. Il se balançait d'un pied sur l'autre, et tantôt fixait Ravenswood, tantôt évitait son regard.

— Que saviez-vous de sa vie privée, Mr. Doyle ?

La stupeur se lut sur le visage de l'intéressé.

— Seigneur ! Rien ! Pour autant que je le sache et, naturellement, je m'étais renseigné, elle avait la réputation d'être une jeune femme très respectable. Un peu trop… austère… pour attirer l'attention des hommes. Vous voyez ce que je veux dire ?

— Suggérez-vous que sa situation ne lui offrait pas matière à mal se conduire ? demanda Ravenswood.

Son expression était impassible, néanmoins Hooper eut l'impression que l'observation de Doyle lui avait déplu.

— Je… je voulais dire qu'elle n'avait guère de tentations, précisa Doyle, qui s'était ressaisi. Peut-être préférait-elle les livres.

Il prit une brève inspiration, soudain conscient du fait qu'on lui avait offert une explication idéale à la mort de la jeune femme, et qu'il l'avait rejetée.

— Je ne m'intéressais pas du tout à sa vie privée. Peut-être aurais-je dû. Ma foi, je ne sais comment vous répondre.

— Cependant, elle était douée pour les chiffres ?

— Oui. Très.

— Est-il possible qu'elle eût mieux connu Mr. Exeter que vous ne le soupçonniez ?

Cette fois, Doyle saisit la perche qu'on lui tendait.

— Je suppose que oui.

Hooper écoutait, sans rien discerner d'autre qu'un échange prudent d'arguments. En revanche, il percevait une tension certaine chez les membres du public, voire chez les jurés, attentifs et vigilants, les témoins, et chez Harry Exeter, assis blême et hagard dans le box des accusés.

La dernière personne à comparaître fut l'expert-comptable auquel Monk avait eu recours. Cet homme fournit des explications obscures concernant les chiffres figurant dans les livres de comptes, d'où il ressortait que des transactions licites et illicites avaient eu lieu, et qu'une somme d'argent importante avait disparu du fonds destiné à Katherine au fil des années. Il était possible que cet argent eût été placé, mais mal, car il n'avait rien rapporté. Par ailleurs, le compte de Mr. Exeter s'était considérablement étoffé depuis la mort de son épouse. Le compte de Mr. Latham n'avait pu être vérifié, toutefois cette omission allait être réparée.

Rathbone requit par ailleurs l'examen des comptes personnels de Mr. Doyle. Il insista sur ce point, sachant que cela lui permettrait de dénoncer son opportunisme et son âpreté au gain, à tout le moins. De plus, c'était un moyen de jeter le doute sur la culpabilité d'Exeter.

Hooper rapporta tout cela à Monk lorsqu'il le vit ce soir-là, au commissariat de Wapping.

— Vous n'avez rien trouvé ? demanda-t-il quand il eut terminé.

Monk paraissait exténué, et rien dans son attitude ne suggérait qu'il eût une nouvelle idée sur laquelle s'appuyer. La question était de pure forme.

— Non. Je me suis penché davantage sur les complices de Lister. Quelqu'un doit savoir qui l'a tué, mais personne ne dit rien. D'après certains, les coupables se seraient embarqués pour un grand port en Europe. On a toujours besoin de main-d'œuvre là-bas.

— Il n'y a pas beaucoup d'endroits où les étrangers sont les bienvenus, lui fit remarquer Hooper. Il me paraît plus probable qu'ils restent en mer. À supposer que ce soient des marins. Vous n'avez pas de noms ?

Monk secoua la tête.

— Des ennemis d'Exeter qui seraient derrière toute l'affaire ? reprit Hooper. De mèche avec Doyle ou non ?

— Non, répondit Monk sur un ton sec. J'ai des hommes qui cherchent. Runcorn aussi. Nous avons trouvé des gens qui ne l'aiment pas, qui l'envient, qui lui gardent rancune à propos de placements malheureux, mais tous semblent accepter que ce sont les vicissitudes des affaires. Tantôt on gagne, tantôt on perd. Soit Exeter n'est pas haï autant qu'il le craint, soit ses ennemis sont trop discrets pour moi.

Ils parlèrent encore un peu, et finirent par se réfugier dans les souvenirs. Ils évoquèrent Orme et la maison qu'il projetait de construire au bord de l'eau, un peu plus bas sur l'estuaire. Ils songeaient tous les deux à des êtres qui avaient fait partie de leur vie, à la loyauté qui les avait réunis. Ils regrettaient Orme, mais aussi tout ce qu'il représentait. C'était une manière de se réconforter ; le passé offrait des certitudes, même si elles ne pouvaient être que temporaires, impossibles à conserver dans la situation actuelle, avec tout ce qui se passait à l'Old Bailey.

Le lendemain, Hooper retourna au tribunal. Ravenswood avait encore des témoins à appeler pour la partie civile. La concentration intense des jurés frappa Hooper, qui en conclut que Rathbone aurait à batailler ferme pour les convaincre. Cependant, si quelqu'un sur terre en était capable, c'était lui. Par le passé, il avait triomphé dans des affaires qui semblaient désespérées. Or, jusqu'à maintenant, il était à peine intervenu. Assis calmement au premier rang, vêtu de sa toge noire et coiffé de la traditionnelle perruque blanche des avocats, il attendait son tour, l'air parfaitement détendu. Pourvu que ce ne fût pas une simple façade !

Ravenswood appela Runcorn à la barre.

Le policier s'avança et grimpa les marches de la tribune. Grand, large d'épaules, imposant, il était assez bel homme à sa manière, doté d'un visage grave et d'un nez droit et long. Il donnait l'impression de manquer d'humour mais, pour l'avoir vu avec son épouse et sa petite fille, Hooper savait qu'il n'en était rien. Très belle, issue d'un milieu social bien supérieur au sien, sa femme était aussi assez sage pour l'apprécier à sa juste valeur. Quant à Runcorn, il l'adorait, et l'existence même de leur enfant ne cessait de l'émerveiller.

Runcorn déclina son identité et donna son rang dans la police.

Les questions de Ravenswood portèrent d'abord sur Bella Franken. Le policier répondit de manière succincte mais, en dépit de ses efforts, la pitié et l'indignation marquaient ses traits et perçaient dans sa voix. On devinait qu'il avait imaginé, l'espace d'un instant, sa femme ou sa fille à la place de la morte, et que cela lui était insupportable.

— On l'a repêchée dans le fleuve ? demandait Ravenswood.

— Oui, monsieur. Le courant est assez fort à cet endroit-là.

— Et vous dites que c'est le commissaire Monk qui l'a sortie de l'eau ?

— Oui, monsieur. Du moins, pour être plus précis, je suppose qu'il s'est mis à l'eau pour aller la chercher. Elle était hors de portée du quai.

— Il s'est jeté à l'eau ?

— Je ne l'ai pas vu faire, monsieur. Mais c'est plus ou moins ce qui s'est passé. Il l'attendait. Elle avait rendez-vous avec lui pour lui donner des papiers ou quelque chose comme ça. Quand il l'a vue, il a pensé qu'il n'y avait qu'une seule chose à faire…

— Ah bon ?

— Eh bien, il ne pouvait pas la laisser là.

Le visage de Runcorn révélait clairement ce qu'il aurait pensé de quiconque aurait fait ce choix.

— Elle était peut-être encore en vie ! C'était… enfin, c'était une possibilité. Pour l'amour du Ciel, mon cher, vous ne laisseriez pas une femme se noyer, si ? Quel genre d'homme êtes-vous donc ?

— J'espère que je n'en ferais rien, Mr. Runcorn, dit Ravenswood avec douceur. Cela dit, il faut tout de même un certain courage pour entrer dans l'eau noire, en sachant qu'il y a du courant, pour repêcher quelqu'un qui est presque certainement mort.

— Eh bien, Monk est ainsi, répliqua Runcorn sèchement. Et je le connais depuis près de trente ans.

Son regard lançait des éclairs, mettant Ravenswood au défi de le contredire.

— Dans ce cas, comment se fait-il que vous l'ayez remplacé à la tête de l'enquête ? Cette jeune femme a été découverte dans le fleuve. Il la connaissait en tant que témoin dans l'affaire dont il s'occupait, et c'est lui qui l'a repêchée. Pourquoi alors vous charger de l'élucidation de ce meurtre ? Si une affaire a jamais été du ressort de la brigade fluviale, c'est celle-ci.

— Comme il était à moitié noyé et mort de froid, j'ai proposé de prendre la relève, rétorqua Runcorn sur un ton suggérant que sa réponse était une évidence. Il n'était pas en état d'enquêter. Il avait failli attraper la mort dans l'eau. L'assassin aurait encore pu être à proximité.

— Je vois. A-t-il identifié la victime ?

— Oui. Il m'a dit brièvement qui elle était le soir même et m'a donné des détails le lendemain.

— Et une fois rétabli, il n'a pas vu d'inconvénient à vous céder l'affaire ?

— Non, monsieur. Il appréciait mon aide. Il fallait se mettre au travail sans attendre.

Ravenswood fit dire à Runcorn qu'il avait de nouveau interrogé Doyle et passé en revue le dossier de l'enlèvement, y compris la découverte du corps de Lister. Enfin, il évoqua la recherche du meurtrier de Bella Franken, le lien avec la rançon, la manière dont celle-ci avait été réunie et sa disparition.

— Lister avait récupéré une bonne partie de cette somme, non ? N'est-ce pas ce qui a conduit Monk jusqu'à lui ?

— C'était une grosse somme pour un homme tel que Lister. Moins importante pour quelqu'un comme Harry Exeter.

— Certes, acquiesça Ravenswood. Mais pourquoi un homme irait-il voler de l'argent dans le fonds de sa femme alors que, un an plus tard, cet argent lui appartiendrait de fait ?

— Voilà ce qu'il nous faut comprendre, confirma Runcorn. Les documents que Miss Franken avait apportés à l'intention de Mr. Monk étaient enveloppés de soie huilée, et encore lisibles. Ils étaient rédigés à l'encre de Chine. Elle est indélébile, monsieur. Ils expliquaient tout. Si on est assez adroit en matière de tenue de comptes, on peut déplacer une somme et la faire apparaître deux fois au lieu d'une.

— Cela me paraît difficile à croire, Mr. Runcorn. Voulez-vous dire que ce Lister n'a pas reçu beaucoup d'argent ? Dans ce cas, où a-t-il trouvé celui qu'il a dépensé ?

— Il en a reçu, mais juste un peu. Du moins sur le papier. Autant que Mr. Doyle en a reçu pour sa participation. Mais c'est Mr. Exeter qui a eu la majeure partie… enfin, c'est ce que suggéraient les documents.

— C'était l'argent de sa femme de toute façon ! protesta Ravenswood. Il lui serait revenu dans moins d'un an.

— Oui, monsieur. Il semble qu'il en ait eu besoin avant. Les intéressés ne le savent pas encore, mais il a vendu deux fois les parts de l'immeuble qu'il vient de construire.

— Ah ! murmura Ravenswood. Voilà qui est clair. Je crois que nous pouvons tous comprendre cela. Et vous êtes sûr, Mr. Runcorn, que Mr. Exeter a engagé Lister pour jouer les ravisseurs ? Selon vous, celui-ci aurait essayé de l'escroquer et c'est pour cette raison que Mr. Exeter l'aurait tué ? Enfin, il aurait éliminé cette malheureuse Miss Franken quand elle a examiné les comptes et compris ses agissements ?

— Oui, monsieur, j'en suis sûr.

— Pour que tout soit clair, Mr. Monk est-il d'accord avec vos conclusions ?

— Non, monsieur.

— Il reste encore à élucider la question du détournement d'argent dans le fonds de Mrs. Exeter, auquel Mr. Exeter n'avait en principe pas accès. Ces irrégularités seraient apparues au moment où elle aurait reçu son héritage, n'est-ce pas ? Un certain nombre de points obscurs demeurent. Restez à la tribune, je vous prie, Mr. Runcorn. Sir Oliver a peut-être des questions à vous poser.

Cependant, Ravenswood avait déjà attiré l'attention sur la différence d'opinion entre Runcorn et Monk. N'ayant plus rien à demander, Rathbone déclina l'offre. Le juge suspendit la séance jusqu'au lendemain.

Hooper quitta l'Old Bailey et descendit vers la Tamise en se demandant comment diable Rathbone comptait entamer la défense d'Harry Exeter le lendemain. Il aurait beau insister sur cette question du détournement, les allées et venues de Latham étaient documentées, et il avait des alibis solides. C'était peut-être un voleur, mais pas un assassin.

Il ne voyait rien qui n'eût toutes les apparences d'une défense désespérée, et le jury ne s'y tromperait pas.

20

Rathbone commença par appeler Celia Darwin à la barre. Hooper était à la même place que la veille, prêt à emporter un message à Monk en cas de nécessité, et à rapporter la réponse pour Rathbone avec les ultimes éléments qu'il aurait découverts, si minces fussent-ils. Le commissaire se refusait à croire à la culpabilité d'Exeter. La perspective de sa pendaison lui était intolérable, et il demeurait persuadé qu'il devait y avoir un moyen de prouver son innocence. Pour lui, tout désignait Doyle comme étant le coupable.

Hooper regarda Celia qui gravissait les marches de la tribune, la main sur la rampe. Ses gestes étaient un peu gauches et elle trébucha, recouvrant son équilibre de justesse. Hooper, qui s'était levé à demi, se laissa retomber sur sa chaise. Rien ne l'autorisait à aller lui prêter assistance. Il se ridiculiserait et ne ferait qu'attirer l'attention sur elle. À l'évidence, il lui répugnait de devoir revivre l'enlèvement de Kate. La pensée qu'elle n'avait pu l'empêcher devait la hanter à chaque heure de la journée, qu'elle l'admît ou non.

Parvenue sur la plate-forme, Celia se retourna et fit face à la cour avant de prêter serment. À un moment, sa voix frémit et elle s'interrompit, comme si elle avait perdu le fil de ce qu'elle disait. L'huissier dut l'encourager pour qu'elle terminât sa phrase. Pas une seule fois elle ne regarda en direction d'Harry Exeter dans le box des accusés.

Hooper le dévisagea. Il fixait Celia, mais son expression était impénétrable. Était-ce de l'espoir qu'il n'osait montrer, ou sa peur, sa vulnérabilité ? Se sentir si exposé aux regards devait être insupportable. Il ne lui restait rien de sa richesse passée, de sa dignité, de son esprit, de son allure légèrement conquérante.

Rathbone traita Miss Darwin avec respect, du moins en apparence. Cependant, il défendait Exeter, et Hooper savait que Celia et lui ne s'aimaient pas. Kate avait dû insister pour continuer à fréquenter sa cousine. Exeter avait tenté de l'éloigner de toute sa famille, mais surtout de Celia, issue de la branche la plus modeste, celle qui n'avait ni richesse, ni prestige, ni relations. Kate, qui avait trouvé en cette cousine une amie sincère, une confidente, avait refusé de mettre fin à leur amitié.

Quelles questions Rathbone pouvait-il poser à Celia, en dehors de celles qui portaient sur l'enlèvement à proprement parler, dont elle avait été témoin ? Elle avait identifié Lister après sa mort. Allait-il attaquer son témoignage ? C'était probable, sinon pourquoi aurait-il pris la peine de l'interroger ?

Il avait déjà établi quels liens d'amitié l'unissaient à Kate. Elle entama le récit du jour fatidique, expliquant qu'elles se promenaient le long de la rive au soleil, en parlant de sujets personnels.

— Et vous vous êtes détournée un instant ?

— Oui. Je… je souhaitais me moucher, répondit-elle d'un air gêné.

— C'est tout à fait naturel. Que s'est-il passé pendant que votre attention était occupée ailleurs, Miss Darwin ?

— Un jeune homme a gravi la berge, venant du fleuve.

— Comment pouvez-vous savoir de quelle direction il venait ? coupa Rathbone.

— Parce que, s'il avait été dans l'allée ou sur l'herbe, je l'aurais remarqué, répondit-elle poliment, d'une voix on ne peut plus calme.

Seul Hooper qui la connaissait – à cet instant précis, il avait l'impression de très bien la connaître – décelait la tension qui l'habitait. Elle avait peur. De quoi ? Il ne le comprenait pas et cela le troubla. À vrai dire, il ne comprenait pas pourquoi Rathbone l'avait appelée à comparaître. Que Lister eût enlevé Kate au bord de la Tamise n'était mis en doute par personne. Que pouvait-elle savoir de plus qui fût utile à la défense d'Exeter ? Hooper découvrit qu'il s'était tassé sur lui-même, qu'il avait les mains crispées sur ses genoux.

— En effet, admit Rathbone. Qu'avez-vous fait lorsque vous avez vu que Mrs. Exeter s'entretenait avec lui ? Avez-vous été alarmée ?

— Non, pas du tout. Il était bien habillé, et elle ne semblait pas inquiète. Je me suis demandé s'ils avaient déjà été présentés, ou s'il l'avait simplement trouvée attirante et espérait faire sa connaissance.

— Vous avez pensé qu'il appartenait à un milieu social comparable au sien ? Qu'il s'agissait peut-être d'une relation ?

— Oui.

— Et que s'est-il passé ensuite ?

Celia fit un bref récit des faits.

— Qu'avez-vous fait ? Avez-vous… crié ?

— Sur une berge désertée, en plein vent ? Qui donc m'aurait entendue ? rétorqua-t-elle sèchement. Je suis allée chercher de l'aide, en espérant trouver un policier ou quelqu'un qui puisse intervenir. J'ai croisé une nourrice et des enfants, mais elle n'aurait pu m'être d'aucun secours. J'ai fini par trouver un agent à qui j'ai relaté la scène. Il a été très serviable, mais il était déjà trop tard. Le soir même, Harry – Mr. Exeter – avait reçu une demande de rançon.

— En effet. Aviez-vous alors des raisons de soupçonner qu'il était déjà au courant de l'enlèvement, ou qu'il y était mêlé d'aucune manière, Miss Darwin ?

— Pas la moindre, répondit-elle tout bas.

— Et par la suite non plus ?

Elle resta silencieuse pendant quelques instants. Qu'attendait-elle ? Hooper se raidit.

— Non, dit-elle enfin.

— La police vous a-t-elle emmenée voir l'homme que nous connaissons désormais sous le nom de Lister, après sa mort, au cas où vous puissiez l'identifier ?

— Oui. C'était bien lui qui avait abordé Kate sur la rive.

— En êtes-vous tout à fait certaine ?

— Oui.

Rathbone hésita un instant, puis continua.

— Avez-vous revu Mr. Exeter après la mort de Kate, Miss Darwin ? Je veux dire, à aucun moment par la suite ? Pour lui présenter vos condoléances, lui faire part de votre chagrin, lui proposer votre assistance ?

— Bien sûr. Je… plusieurs fois. J'étais très inquiète pour lui.

Elle prit une profonde inspiration, comme si les paroles qu'elle s'apprêtait à prononcer lui étaient pénibles.

— J'ai été témoin de son chagrin et je… j'ai essayé de le réconforter de mon mieux. De… lui confier ma propre peine. Quand il est venu me voir, il était bouleversé.

Stupéfait, Hooper se pencha en avant. Celia avait laissé entendre qu'Exeter ne lui avait presque rien dit de ses sentiments. Avait-elle à dessein tu ce moment de vulnérabilité chez lui ? En avait-elle été surprise, sachant qu'il voyait d'un mauvais œil son amitié avec Kate ? Elle n'avait pas fourni de détails à Hooper sur ce point, n'avait pas donné de raisons. Elle considérait sans doute qu'il était indélicat d'évoquer ces choses-là, voire que c'eût été, d'une certaine manière, déloyal envers Kate. Hooper avait-il pu se méprendre à son sujet ? Si la sensibilité dont elle faisait preuve le touchait, elle le laissait aussi perplexe. Cherchait-elle à protéger Exeter, maintenant qu'il était accusé de meurtre ?

Cela signifiait qu'elle ne le croyait pas coupable. Cependant, de là à mentir… Cela ne ressemblait pas à la femme qu'Hooper avait cru connaître, même s'ils ne s'étaient rencontrés que depuis peu. Mais combien de temps faut-il pour tomber amoureux ? Cela se mesure-t-il jamais ?

Rathbone avait repris la parole.

— Miss Darwin, je me rends compte que cela est difficile pour vous. Votre famille a été durement éprouvée ces derniers mois, mais j'ai besoin de vous interroger en détail, comprenez-vous ? De réfuter le portrait d'Harry Exeter qu'a brossé mon estimé confrère et de le remplacer, dans l'esprit des hommes qui vont le juger, par celui que vous voyez. Vous le connaissez depuis des années. Vous l'avez vu alors qu'il traversait les pires moments de sa vie. Pouvez-vous commencer par décrire sa réaction à la mort de son épouse, s'il vous plaît ?

Quelques secondes s'écoulèrent avant qu'elle répondît. Hooper souffrait pour elle. On lui demandait de revivre sa douleur, et son observation de celle d'Exeter, qui aurait dû rester l'affaire personnelle d'un homme acculé dans les derniers retranchements de son émotion. Cela paraissait être une trahison absolue, et pourtant, il était nécessaire d'en passer par là pour lui sauver la vie.

Hooper jeta un bref coup d'œil vers le box des accusés et perçut la tension d'Exeter. L'observer dans un tel instant semblait très indiscret, voire procéder d'une curiosité malsaine. Il se détourna.

On n'entendait pas un son dans la salle. Pas le moindre froissement de tissu.

Celia commença à voix basse, faisant un effort manifeste pour parler distinctement et assez fort pour être entendue. Peut-être redoutait-elle qu'on lui demandât de se répéter, si elle n'y parvenait pas.

— Au début, il était complètement anéanti. Il ne voulait voir personne. Je crois qu'il ne pouvait pas assimiler ce qui s'était passé, qu'il ne pouvait supporter… les images qui devaient s'être gravées dans son esprit. Se les remémorer était… épouvantable, indicible. Il faut du temps pour affronter… la réalité. Je n'ai pas vu le corps de Kate…

Elle déglutit.

— … poignardé… et…

Elle frissonna et mit quelques secondes à se ressaisir et à recouvrer le contrôle de sa voix.

Hooper aurait donné cher pour pouvoir l'aider, et même pour lui dire qu'elle n'était pas forcée de témoigner. Pourtant, il savait que si. Celia se sentait obligée de dire la vérité sans tenir compte de ses sentiments envers Exeter, qu'elle le trouvât sympathique ou non. Il avait eu la certitude qu'elle ne l'aimait pas, mais elle se refusait à le laisser être exécuté pour un crime dont elle l'estimait innocent. Croyait-elle en la culpabilité de Doyle ? Comme elle devait le haïr ! Et avoir peur de lui, aussi. Malgré tout, elle n'allait pas lui permettre de la réduire au silence.

— Je ne voulais pas le déranger, et je savais que me voir ajouterait à sa détresse, reprit-elle. J'étais moi-même en proie à un affreux chagrin. Kate était…

Les larmes lui montèrent aux yeux, mais elle les refoula.

— Kate était ma seule parente proche et mon amie la plus chère. Elle était comme… une jeune sœur pour moi. Je crois que c'est pour cette raison…

Elle prit une profonde inspiration.

— Ce doit être pour cette raison qu'Harry est venu me voir. Il comprenait ma douleur. Il avait une mine épouvantable. On aurait dit qu'il avait vieilli de vingt ans et qu'il était malade… affreusement malade. Lors de cette première visite, je crois que nous sommes restés silencieux. Plus tard, nous avons parlé de Kate. De ce qu'elle aimait, de ce qui la faisait rire, de ses fleurs préférées, les fleurs sauvages…

Elle avait renoncé à retenir ses larmes à présent, et elles roulaient sur ses joues.

— Elle aimait le parfum de l'aubépine, les abeilles… Et les jacinthes sauvages au printemps, les tapis de fleurs si denses sous les hêtraies qu'on ne savait où poser les pieds, le chant des oiseaux…

— Merci, Miss Darwin, intervint Rathbone. Grâce à vous, nous avons le sentiment de connaître Kate, nous aussi, à présent. Pour résumer, vous avez partagé vos souvenirs heureux de cette femme que vous aviez tous les deux aimée ?

Il fallut quelques secondes à Celia pour maîtriser son émotion. Finalement, elle releva la tête.

— Oui.

— Vous est-il jamais venu à l'esprit qu'Harry Exeter lui-même puisse être responsable de sa mort ?

— Quoi ?

Elle tremblait de tous ses membres.

— Bien sûr que non ! C'est une idée… absurde, et révoltante.

— Connaissiez-vous Miss Bella Franken ?

— Qui ? demanda-t-elle, l'air perplexe.

— L'employée de banque que le commissaire Monk a retrouvée morte dans le fleuve.

— Oui. Je lui avais parlé une ou deux fois. Concernant… le fonds de Kate.

— Je l'ignorais. Elle est morte le 9 novembre, entre six et huit heures du soir. Vous souvenez-vous de ce que vous faisiez ce jour-là ?

Dans la galerie, hommes et femmes étaient aussi immobiles que des statues.

Hooper avait l'impression de suffoquer.

— Oui, murmura Celia. Je rendais visite à Harry… nous avons dîné ensemble… et parlé de Kate, acheva-t-elle dans un murmure.

— Par conséquent, il était chez lui à cette heure-là ? insista Rathbone.

— Oui, confirma-t-elle, luttant pour reprendre le contrôle d'elle-même.

— Merci, Miss Darwin.

Rathbone retourna s'asseoir, invitant d'un signe de tête Ravenswood à lui succéder.

Celui-ci hésita, visiblement dérouté. Il était évident pour Hooper, comme sans doute pour toute la cour, qu'il ne s'était pas attendu à ce témoignage. Allait-il essayer de l'ébranler ? Hooper sentit une vague de colère monter en lui à cette pensée, puis un froid subit. Pourrait-elle résister ? Avait-elle dit la vérité ? Elle n'avait rien confié de tout cela à Hooper. Cependant, il s'agissait de sa vie privée, de sa famille. Pourquoi diable lui aurait-elle dit quoi que ce fût à ce sujet ? Une brusque déception l'envahit alors qu'il y pensait. Ce qu'il avait pris pour des marques d'amitié, de confiance, n'étaient peut-être que de la simple politesse. Celia était une femme bien élevée, courtoise avec tout un chacun. Quelle sottise de sa part ! Il s'était conduit comme un adolescent. Une telle naïveté pouvait être excusée quand on avait dix-neuf ans, pas chez un homme qui en avait plus de cinquante.

Ravenswood se leva enfin.

— Miss Darwin, vous n'avez pas soufflé mot de tout cela lorsque nous nous sommes entretenus. Pourquoi pas ?

Elle parut surprise.

— Ah non ? Je… je suis désolée. J'ai dû oublier. Peut-être n'avais-je pas bien saisi votre question. J'étais très éprouvée par la mort de Kate… dans de telles circonstances. J'avais énormément de peine pour Harry aussi. Je n'avais pas l'intention de vous induire en erreur.

Elle semblait très abattue, en proie à une douleur qui la déchirait, si profonde qu'elle parvenait tout juste à se contrôler.

— Mr. Exeter vous a-t-il demandé de dire que vous étiez chez lui le soir où Bella Franken a été tuée ?

La voix de Ravenswood était douce, mais son expression suggérait qu'il ne tolérerait pas qu'elle éludât la question.

— Réfléchissez bien, je vous en prie.

Elle ferma les yeux, inspira et relâcha son souffle, s'efforçant de rester maîtresse d'elle-même. Puis elle rouvrit les yeux. Ses joues étaient striées de larmes.

— Non, Mr. Ravenswood. J'en suis tout à fait sûre.

Ravenswood hésita, son visage reflétant le scepticisme, la pitié, et enfin la déception.

— Dans ce cas, je n'ai pas d'autres questions. Je vous remercie.

Le juge proposa à Rathbone d'interroger le témoin de nouveau, mais celui-ci n'en fit rien. Il allait l'emporter et il le savait.

La séance fut suspendue pour le déjeuner. Le magistrat pria Rathbone d'appeler son dernier témoin dès la reprise de l'audience, à deux heures.

Hooper songea qu'il devrait aller avertir Monk qu'ils avaient gagné – ou presque. Exeter relaterait son histoire. Il devait se sentir à l'abri du danger désormais. S'il ne commettait pas d'erreur majeure, il serait acquitté. Sans doute Doyle et Maurice Latham seraient-ils arrêtés pour détournement de fonds. Contre toute attente, ils avaient arraché la victoire. Alors pourquoi donc se sentait-il si mal à l'aise ?

Le public quittait la salle. Hooper se leva et suivit le flot de gens qui sortait dans l'air froid de novembre. Celia allait sans doute rentrer chez elle. Il la repéra aisément dans la foule, à cause de sa démarche, de son isolement. Elle ressemblait à quelqu'un qui s'éloigne après les obsèques d'un être aimé. Elle marchait d'un pas plus lent qu'à l'accoutumée, les épaules tassées. Elle devait se diriger vers la Tamise afin de monter à bord d'un bac. À moins qu'elle ne prît un fiacre pour faire la totalité du trajet, en empruntant l'un des nombreux ponts.

Hooper accéléra l'allure pour la rattraper. Dans quel but ? Que pouvait-il lui dire ? Il n'avait pas le droit de dire quoi que ce fût. Néanmoins, il marcha aussi vite qu'il le put jusqu'à ce qu'il l'eût rejointe. L'émotion le submergeait, il ne prit pas même le temps de réfléchir à combien son comportement était déplacé. Tant pis si elle était furieuse contre lui, il n'avait plus rien à perdre. Il la retint par le bras, pas brutalement, mais avec assez de fermeté pour qu'elle s'immobilisât et pivotât vers lui, les yeux pleins de colère et de larmes.

— Je suis désolé, dit-il aussitôt. Je…

Il se tut, ne sachant comment poursuivre. Elle avait menti, il le sentait mais il ne voyait pas pourquoi. Qu'est-ce qui avait pu pousser une femme comme elle à mentir, sous serment de surcroît ? Cela allait à l'encontre de tout ce qu'il savait d'elle. S'était-il mépris à ce point ? Ce n'était pas son visage qui l'attirait, même s'il le trouvait agréable. C'était en partie sa voix, et surtout, sa pureté – quel curieux choix de mot –, son intégrité innée et sa douceur qui lui plaisaient tant. Il devait parler. Il avait passé bien trop de temps à songer à elle, à s'imaginer comment ce serait d'apprendre à la connaître.

— Je vous en prie, laissez-moi, Mr. Hooper, murmura-t-elle. J'ai fait ce que je devais faire. Il n'y a vraiment rien à dire.

— Vous êtes obligée de le protéger ? Pourquoi ? Pour Kate ? Vous pensez sincèrement que c'est ce qu'elle voudrait que vous fassiez ? Va-t-il révéler quelque chose à son sujet qui…

Il entrevit soudain une raison.

— Protégez-vous sa mémoire ? Que pourrait-il dire ? Rien ne peut justifier ce qu'on lui a fait subir…

Elle se détourna, les yeux fixés sur un point droit devant elle.

— Non. Cela n'a rien à voir avec Kate. Vous… vous ne comprenez pas du tout. Je vous en prie… laissez-moi.

Sans réfléchir, il lui barra le chemin. Il ne faisait que réagir à ses propres émotions, aux convictions qu'il avait à son sujet.

— Peut-être est-ce Doyle le coupable.

Elle ne le regardait toujours pas. Il savait qu'Exeter lui était bien trop antipathique pour qu'elle eût partagé son chagrin avec lui. Lorsqu'il l'avait observée à la barre, il avait pensé qu'elle mentait parce qu'elle paraissait avoir presque honte de ce qu'elle disait. Maintenant il en était convaincu. Mais pourquoi ?

— Qui protégez-vous ? s'entêta-t-il en laissant enfin retomber sa main. Pourquoi ? Croyez-vous sincèrement que ce soit Doyle le meurtrier ? D'après ce que vous m'avez dit, Kate était malheureuse, mais vous n'auriez jamais trahi ses confidences…

— Il n'y a pas de solution. Je vous en prie, John, cela ne sert à rien.

C'était la première fois qu'elle l'appelait par son prénom. Cela comptait. C'était l'expression d'un instinct, c'était comme si elle l'avait touché.

— Savez-vous combien il est grave de se parjurer ? reprit-il, radouci.

Elle se tourna à demi vers lui, les yeux brillants de larmes.

— Oui, bien sûr que je le sais. N'insistez pas… c'est tout. Vous ne connaissez pas Harry ! Il fera ce qu'il dit. Il n'a rien à perdre et il ne s'en ira pas seul. Il veillera à ce que tous les autres souffrent s'il le peut !

Elle pleurait désormais, terrifiée.

— C'est lui qui l'a tuée, n'est-ce pas ? Et vous le savez. Comment peut-il vous nuire ? Dites-le-moi. Peut-être puis-je l'en empêcher.

Il parlait gentiment maintenant. Il voulait la protéger, plus que tout au monde.

— Celia ! Que fera-t-il s'il est reconnu coupable ?

— Laissez-moi ! répéta-t-elle.

— S'en prendra-t-il à vous ? S'il est condamné à la pendaison, il ne pourra pas vous faire de mal. S'agit-il de votre maison, dépendez-vous de lui sur le plan financier… ?

— Oh ! pour l'amour du Ciel ! Croyez-vous que je le laisserais échapper à la justice pour cela ?

Elle était furieuse.

— N'insistez pas… c'est tout. N'y a-t-il rien dont vous ayez peur ? Vraiment peur ?

Elle le regardait droit dans les yeux, et les siens lançaient des éclairs.

— Pas assez pour me pousser à sauver un homme qui a fait subir cela à une femme, rétorqua-t-il. Vous n'avez pas vu l'état de son corps.

À peine eut-il prononcé ces paroles qu'il les regretta. Il aurait donné n'importe quoi pour les retirer. Le visage de Celia était de cendre, et elle tremblait. Cependant il était trop tard.

— La pendaison n'est pas une belle mort, chuchota-t-elle d'une voix presque étranglée par l'émotion.

— Je sais. Et je n'aurais pas choisi de le faire pendre, répondit-il tout bas.

Il lui effleura doucement le bras à travers le tissu épais de son manteau.

— Mais cela ne dépend pas de moi. C'est le châtiment qui est infligé aux meurtriers, voilà tout. Ce serait pareil pour Doyle s'il s'agissait de lui.

— Doyle n'a rien à voir là-dedans, lâcha-t-elle sur un ton exaspéré. Il est idiot et cupide, mais il n'a tué personne. Harry est aussi cruel qu'un homme peut l'être. Il a tué Kate et Lister, et cette pauvre jeune femme de la banque. Et il vous tuera tout aussi aisément…

— Moi ? Il ne peut pas me toucher ! Il sera en prison…

— Oh ! pour l'amour du Ciel ! Fisk le peut, et Ledburn…

Hooper se sentit tout à coup comme nu dans le vent mordant. Glacé jusqu'à la moelle. Voilà pourquoi elle avait parlé de la pendaison. On pendait les mutins. Elle s'était parjurée non pour sauver Harry Exeter, mais pour le sauver, lui, John Hooper.

— Comment…

Il balbutiait, et soudain sa gorge sembla se refermer. Il suffoquait.

Elle le fixait maintenant, sans feindre. Même la pudeur qui l'aurait empêchée de lui montrer ses sentiments avait disparu.

— Il avait besoin d'un bouc émissaire parmi les hommes du commissaire Monk. Il cherchait des points faibles.

— Nous… nous n'avons…

— Bien sûr que non. Le traître, c'était lui. Mais il fallait qu'il vous le cache. Il était au courant pour la mutinerie. Il a trouvé la famille de Ledburn. Le capitaine avait un frère plus jeune. Du moins, c'est ce qu'Harry m'a raconté. Il m'a bien expliqué que, s'il était exécuté, vous le seriez aussi. Maintenant, n'insistez plus, je vous en prie. Seulement, si Harry est acquitté, vous devrez veiller à ce que Doyle ne soit pas pendu – il n'a joué aucun rôle là-dedans, sauf en recevant une partie de l'argent.

— Pourquoi ? demanda Hooper, abasourdi. Pourquoi Exeter a-t-il tué Kate ?

— Parce qu'elle commençait à le voir tel qu'il était. À comprendre comment il avait gagné une partie de son argent. Elle l'aurait quitté en emportant son héritage. À présent, laissez-moi. Je vous en supplie.

— Je ne peux pas.

Il avait du mal à croire qu'il avait dit cela, mais il n'avait pas le choix. Le passé l'avait rattrapé, enfin, et il ne lui restait plus qu'à se conduire avec honneur. Il comprit à cet instant combien il tenait à Celia. Qu'elle eût été prête à se parjurer pour le sauver était une inestimable récompense.

— Nous devons tout dire à Monk, et je ferai face aux accusations. Il y a trop longtemps que je fuis. Je n'ai pas tué le capitaine Ledburn. J'ai essayé de le sauver. Si vous me croyez, je prendrai le risque d'aller au tribunal. Fisk sait que je dis la vérité.

Il avait parlé très vite, avant que la réalité de son acte ne s'imposât à lui.

Elle le regarda avec douceur. Par deux fois, elle parut sur le point de parler, puis se ravisa. Qu'y avait-il à dire ?

Lentement, il se pencha vers elle et l'embrassa. Il la tint dans ses bras aussi longtemps qu'il le put, aussi longtemps qu'il l'osait. Ce baiser devrait peut-être durer jusqu'à l'éternité. Puis il lui prit le bras et ils partirent en quête d'un fiacre qui les emmènerait au commissariat de Wapping.

21

— Quoi ?

Monk était abasourdi. Et pourtant, debout dans le commissariat de Wapping, face à Hooper et à Celia Darwin blême et résolue, son combat contre l'acceptation de la réalité avait pris fin avant d'avoir commencé. Pas une seconde il ne douta qu'elle dît la vérité. Le prix à payer serait immense. Elle avait menti sous serment, mais les raisons de sa conduite étaient d'une clarté aveuglante.

Peu à peu, toutes les pièces du puzzle se mirent en place. Exeter était coupable. Dès le début, il avait choisi Monk pour qu'il jouât son rôle. Il était le candidat idéal ! Courageux, intelligent, mais pas assez. Sa propre femme, qu'il aimait peut-être encore plus profondément qu'il ne se l'avouait, avait été enlevée. Il s'était aussitôt identifié à Exeter, parce qu'il comprenait en tout point les émotions que ce dernier avait feint d'éprouver. Ses craintes, puis son sentiment de culpabilité parce que Hester avait été sauvée mais que Kate était morte, d'une mort violente, terrible, avaient été magnifiés. Monk s'était mis à la place d'Exeter, précisément comme celui-ci l'avait prévu.

Il ne s'était pas agi d'un crime passionnel, pas plus que d'un acte motivé par la jalousie ou la rancœur à l'égard d'Exeter. Il s'était agi d'argent, et de la vanité blessée d'un homme que son épouse avait l'intention de quitter, au vu et au su du monde entier.

Il incombait à Monk de changer le cours des choses d'une manière ou d'une autre, sans mentir, sans sacrifier Hooper ni Celia Darwin. Il avait une nuit pour trouver une solution.

Il devait rentrer chez lui – réfléchir ! Toute la nuit s'il le fallait.

En ouvrant la porte d'entrée, il vit la lumière allumée dans la cuisine. Jamais il n'avait été aussi heureux de savoir qu'Hester était à la maison. Un poids tomba de ses épaules, la chaleur l'enveloppa. Elle l'appela et, comme il ne bougeait pas, elle vint à sa rencontre. Un coup d'œil à son expression lui suffit.

— Qu'y a-t-il ? demanda-t-elle en se hâtant vers lui. William ? Que s'est-il passé ?

Sans un mot, il l'attira dans ses bras et la serra étroitement contre lui.

Elle se laissa faire. Au bout d'un moment, cependant, elle se dégagea.

— Qu'y a-t-il ? répéta-t-elle. Vas-tu perdre ? Ou est-ce pire que cela ? Sais-tu lequel de tes hommes t'a trahi ?

Elle fouilla son visage, son regard.

— Pas Hooper. Je n'y crois pas…

Il parla enfin, d'une voix rauque.

— Non. Personne ne nous a trahis. J'aurais dû le savoir depuis le début. Je regrette tellement. Je me suis trompé. Trompé du début à la fin…

Elle fronça les sourcils et recula légèrement, ses yeux soudés aux siens.

— Comment cela ? Tu t'es trompé à propos de quoi ? De qui ?

— De tout, plus ou moins, admit-il. Et à moins que je ne trouve un moyen d'y remédier, le procès sera clos demain et Exeter sera déclaré non coupable. Tu sais qu'il ne pourra jamais être rejugé pour ces meurtres ? Ni pour Kate, ni pour Lister, ni pour Bella Franken – et si Doyle est condamné, pour lui non plus.

— William…

Sa voix se figea. Il lut l'épouvante et un début de compréhension dans son regard. Si elle ne discernait pas clairement ce qu'elle redoutait, elle sentait en revanche qu'il avait peur.

— Il s'en sera sorti impunément. Il les a tous tués, même Kate…

— Mais il était avec toi ! Et tous les autres étaient à proximité…

— Non. Nous y avons longuement réfléchi, Hooper et moi. Nous avons dessiné un plan de l'île Jacob, et nous avons compris ce qui s'était passé.

Elle le regarda d'un air perplexe.

— Suppose que nous ayons tous été attaqués par un seul et même individu ? Ils pouvaient n'être que deux et donner l'impression d'être quatre, si Exeter connaissait l'endroit exact où chacun d'entre nous se trouvait. Et il le savait : il avait dessiné le plan lui-même.

— Tu veux dire qu'il n'y avait qu'Exeter et Lister ?

— Oui…

— Est-ce Lister qui a tué Kate ? Exeter s'est-il vengé de lui ensuite ?

— Non. Je crois que c'est Exeter qui l'a tuée pendant que Lister détournait notre attention. Il a éliminé Lister après, pour le réduire au silence.

— C'est… monstrueux… mais pourquoi ?

Submergée d'horreur, elle hésitait encore à le croire, espérant envers et contre tout qu'il pût y avoir une autre explication.

Il lisait sans peine ses pensées dans son regard, car c'étaient celles qu'il avait éprouvées lui-même en écoutant le récit d'Hooper.

— Parce qu'il est corrompu, qu'elle le savait et qu'elle était sur le point de le quitter et de le dénoncer. Et bien sûr, elle aurait emporté son héritage. De cette façon, elle est morte, l'image du mariage parfait est préservée et il a récupéré l'argent du fonds destiné à Kate, puisqu'il a été versé comme rançon. Personne ne fait pression sur lui pour qu'il paie ses dettes parce que tout le monde sait, ou pense savoir, qu'il n'en a pas les moyens en ce moment. Au contraire, il jouit de la compassion générale.

— Et Bella Franken avait des soupçons ?

— Oui.

— Par conséquent, il l'a tuée et a jeté son corps à l'eau ? Mais, William, Celia Darwin, qui était la cousine de Kate et sa meilleure amie, a affirmé qu'elle se trouvait chez Exeter le soir où Bella est morte. Et elle ne peut pas avoir été tuée avant, car le courant l'aurait emportée…

— Je sais, coupa-t-il. Celia a menti.

— Pourquoi ? demanda Hester, stupéfaite. Il était évident qu'elle répugnait à l'admettre, mais que l'honnêteté l'y poussait…

— Non. L'amour l'y poussait.

— L'amour ? William, elle le hait. Elle le cache bien parce que son éducation lui a appris à réprouver de tels sentiments, et surtout à ne pas les montrer. Mais je le voyais, et je suis sûre que c'était évident pour toutes les femmes qui avaient les yeux ouverts au tribunal !

— Ce que tu as vu, c'est une femme qui était forcée de se parjurer pour sauver l'homme qu'elle aime de la pendaison !

— Elle aime Exeter ? se récria Hester, incrédule. Je n'y crois pas ! Tu as mal compris…

— Non ! rétorqua-t-il, outré. Elle le déteste autant qu'il est possible de détester quelqu'un ! C'est Hooper qu'elle aime.

— Hooper ?

Elle prit une profonde inspiration et s'autorisa à sourire.

— Bien sûr ! Ils sont parfaits l'un pour l'autre, mais…

— Il y a autre chose que je dois te dire, coupa-t-il de nouveau. Une vieille histoire, qu'Exeter menace de révéler si Celia dit la vérité.

— Viens dans la cuisine. Il y fait plus chaud et j'ai de la soupe sur le fourneau. Tu es transi. Et je ne vais pas rester debout dans l'entrée plus longtemps.

Hester se dégagea et Monk en éprouva un vide soudain, douloureux.

Il la suivit et accepta le potage qu'elle lui offrait. Puis il lui raconta la mutinerie, le rôle qu'Hooper y avait joué, et la mort du capitaine Ledburn.

Elle l'écouta, le visage livide, sans prêter attention à son assiette.

— Que pouvons-nous faire ? Hooper sera pendu. La mutinerie est un délit très grave, que les autorités ne peuvent se permettre d'ignorer. Tu ne dois pas laisser faire une chose pareille, pas à Hooper. C'est… un des meilleurs hommes…

— Je sais, coupa-t-il. C'est pour cela que Celia Darwin a menti. Une fois qu'Exeter aura été jugé et acquitté, il sera trop tard. Il ne pourra pas être rejugé. Tout cela est arrivé à cause de moi, Hester. C'est ma faute. Le pire, c'est que, même libre, il pourrait dénoncer Hooper. Il aura cette arme contre nous aussi longtemps qu'il vivra.

— Mais alors nous…

La voix lui manqua.

— Peu importe ce que nous faisons, n'est-ce pas ? Lorsqu'il aura été déclaré non coupable… le salaud ! Le… je ne trouve pas de mot assez vil ! gémit-elle, comme si c'était là un ultime signe de défaite.

— Hooper ne laissera pas Celia le sauver, dit Monk tout bas. Il dira tout si elle ne retire pas son témoignage, et il vaudrait mieux pour elle qu'elle le fasse elle-même. Elle le paiera cher si c'est lui qui avoue. Mais il le fera. Il sait qu'une fois acquitté, Exeter sera hors d'atteinte et que la justice voudra un coupable pour ces meurtres : Doyle risquera d'être pendu. Hooper ne le permettra pas…

L'expression de son ami quand il l'avait affirmé resterait à jamais gravée dans la mémoire de Monk.

— Que pouvons-nous tenter ?

Elle parut sur le point d'ajouter quelque chose, mais n'en fit rien.

— Pour commencer, je vais avertir Rathbone. Il doit connaître la vérité.

Très lentement, Hester secoua la tête.

— C'est impossible. Tu le mettrais dans une situation intenable. Exeter est son client, et il est coupable.

Toi, tu le sais, Oliver non. Il doit le représenter de son mieux…

— Je sais, mais je ne peux pas laisser…

— Si tu parles à Oliver, il saura qu'Exeter lui a menti uniquement parce que tu le lui as dit, pas à l'examen des faits qu'on lui a présentés, lui fit-elle remarquer. Celia a menti aussi, sous serment. Quant à Hooper, il a menti par omission. Je sais que, en un sens, cela ne regardc personne, mais le jury verra-t-il les choses ainsi ? Tu le crois parce que tu le connais.

— Arrête ! dit-il brusquement. Je crois Hooper et Celia Darwin. Il faut que je trouve le moyen de les sauver… des griffes de la justice et, surtout, du sentiment de culpabilité qu'ils éprouveraient à savoir qu'ils ont fait libérer un meurtrier et pendre un innocent à sa place.

Il serra les dents.

— Je n'arrive pas à comprendre que j'aie pu être aussi naïf…

— Tu t'es vu en lui, murmura-t-elle. Il a joué là-dessus. Tu as imaginé sa peine et son chagrin comme si ç'avaient été les tiens. Suppose qu'il ait dit la vérité. Quel genre d'homme aurais-tu été si tu avais réagi autrement… ?

— Ce n'est pas une excuse, rétorqua-t-il, irrité. Il faut quand même que je répare mon erreur – et d'ailleurs, je tiens à le faire. Crois-tu qu'Exeter les épargnera, compte tenu de ce qu'ils savent ? Il a tué Kate, Lister et Bella Franken. Crois-tu qu'il ne tuerait pas Celia ? Elle le déteste et elle le connaît mieux que personne.

Hester était devenue toute pâle. Cette éventualité ne lui était même pas venue à l'esprit, mais elle s'imposa aussitôt.

— Très bien ! Quoi qu'il en soit, nous devons régler cela nous-mêmes. Nous n'avons pas le droit de mettre Oliver dans une situation qui le condamne au déshonneur. Son rôle consiste à défendre Exeter – et non à être son juge. S'il échouait à le faire du mieux de ses capacités, il serait son bourreau.

— Que pouvons-nous faire ? Tous les témoins ont comparu à part Exeter.

— Dans ce cas, c'est lui que nous devons utiliser.

— Comment ? Oliver a pour tâche de l'aider à se disculper. Il ne va pas le pousser à dire quoi que ce soit de compromettant.

Le visage défait d'Hester révélait le désespoir qui la submergeait.

— Eh bien, Ravenswood devra s'en charger. Il ne reste que lui. Tu es sûr pour Hooper, William ? Il risque…

Elle s'interrompit. Ils savaient tous les deux ce qu'elle allait dire, mais elle était incapable de prononcer les mots.

— … la pendaison, acheva-t-il, d'une voix qui s'étrangla dans sa gorge. Je sais. Lui aussi. Il a pris sa décision. Il ne tolérera pas que Celia porte un tel fardeau jusqu'à la fin de ses jours. Je pense qu'il a aussi songé qu'Exeter aurait ce moyen de pression sur elle, jusqu'à ce qu'il trouve un moyen de la tuer sans être inquiété. Et d'une certaine manière, il tiendrait aussi Hooper…

Il n'eut pas besoin d'achever sa phrase.

— … et toi, lui fit-elle remarquer. Tu savais qui était Hooper et tu ne l'as pas dénoncé.

— Le dénoncer !

Horrifié, Monk comprit soudain qu'elle avait raison. Strictement parlant, la loi aurait exigé qu'il laissât à un tribunal le soin de juger si Hooper disait ou non la vérité.

— Non. Tu as raison. Nous devons aller parler à Ravenswood.

— Immédiatement, acquiesça-t-elle. Il n'y a pas de temps à perdre. Où habite-t-il ?

— Oliver le saura. Nous lui poserons la question en route. Cette affaire ne peut attendre. Tant pis s'il faut que nous allions chercher Ravenswood au théâtre ou dans un dîner.

— Il sera à la maison, à préparer l'audience de demain, assura-t-elle. Il sait qu'il est en train de perdre.

Ils trouvèrent l'adresse de Ravenswood sans difficulté. Une heure plus tard, ils étaient introduits dans son cabinet de travail.

— Je n'ai que peu de temps à vous consacrer, Mr. Monk, dit-il, jetant un coup d'œil en direction d'Hester afin de l'inclure dans ses excuses. Je dois conclure demain. Et je n'ai aucune idée de ce que je vais dire. Le témoignage de Miss Darwin m'a pris totalement au dépourvu. Lorsque nous nous sommes entretenus voici quelques jours, elle ne m'a rien dit de tout cela.

Monk, qui s'était demandé ce qu'il allait divulguer à Ravenswood, se décida. En dépit de son désir de protéger Hooper, il devait tout révéler.

— Elle ne voyait pas alors de raison de parler comme elle l'a fait, déclara-t-il. Il ne m'appartient pas de vous conseiller quant à la suite que vous donnerez à cet entretien, mais elle mentait, et je crois que, si vous l'interrogiez de nouveau, elle vous dirait la vérité.

Ravenswood parut sceptique.

Sans hésiter, Monk lui fit le récit de la mutinerie telle qu'Hooper la lui avait relatée, puis évoqua les pressions et menaces qui avaient été exercées sur Celia. Enfin, il expliqua comment, selon lui, s'était déroulé le meurtre de Kate Exeter. Il n'y avait pas de traître parmi ses hommes ; il le savait désormais avec certitude. Exeter avait tout manigancé pour le lui faire croire. Monk en éprouvait un merveilleux soulagement. C'était comme si la lumière de l'aube se répandait sur le monde, révélant ce qui était jusqu'alors invisible, caché sous un voile de suspicion, de méfiance et de chagrin. Comme la mutinerie.

— Ce Fisk dont vous parlez, coupa Ravenswood, confirmerait-il la version d'Hooper ?

— Oui.

— Et le capitaine s'appelait Ledburn ?

— Oui.

— J'ai un vague souvenir de cette affaire. Hooper se rend-il compte qu'il risque la potence, en dépit de tout ce que nous pourrons tenter ?

La douleur se lisait sur ses traits à la lueur de la lampe, et sa voix en était empreinte aussi.

— Oui, répondit Monk d'une voix enrouée. Mais il refuse de vivre avec ce mensonge. Et il ne permettra pas à Miss Darwin de le faire non plus.

— Il doit y avoir un moyen d'agir, intervint Hester. Si Exeter est libre, il pourrait tuer Celia, par précaution, au cas où elle changerait d'avis. Pour… faire le ménage, si je puis dire.

— Oui, j'en ai conscience, Mrs. Monk.

— Exeter va être appelé à témoigner. Il déborde d'assurance, insista-t-elle. Ne pouvez-vous l'amener à… se contredire ? À commettre une erreur ?

Elle se pencha vers lui.

— Il se croit tiré d'affaire. Après trois meurtres ! Sans compter qu'ils devront pendre quelqu'un pour ces crimes, peut-être Doyle. L'opinion publique l'exigera.

La colère rendait sa voix sèche, teintée de désespoir.

Ravenswood réfléchissait.

— Il est vaniteux, reprit-elle en se penchant davantage. Il se croit plus intelligent que nous tous... vous tous, rectifia-t-elle tout de suite. Il pense que Celia est idiote. Inférieure à lui. Et il veut faire croire au monde entier que Kate et lui vivaient la parfaite idylle. Qu'elle l'adorait. Vous devriez pouvoir exploiter cela. Faites-le trébucher. Si vous ne le faites pas, non seulement il ne sera pas châtié pour ses crimes mais d'honnêtes gens – car Hooper est un homme honnête – vont souffrir. Vous...

Ravenswood leva la main.

— Je comprends, Mrs. Monk.

L'ombre d'un sourire flottait sur ses lèvres. Il se tourna vers Monk.

— Êtes-vous prêt à travailler toute la nuit ?

— Oui, répondit aussitôt le commissaire.

— Bien sûr, confirma Hester.

Ravenswood la dévisagea, légèrement décontenancé. Il ouvrit la bouche, mais elle le devança.

— J'étais avec Miss Nightingale en Crimée, dit-elle simplement.

Ce fut suffisant, elle le lut sur son visage. Elle ne lui demanda pas s'il avait perdu un être aimé durant cette guerre sanglante, absurde. Chacun connaissait le nom de Florence Nightingale.

— Très bien, dit-il, un respect nouveau dans la voix. Si nous voulons sauver Hooper, nous devons parler à ce Fisk, ce qui ne devrait pas être difficile puisqu'il travaille sous les ordres de Runcorn. Il nous faut aussi trouver les membres survivants de la famille Ledburn et, si possible, que l'un d'eux admette la vérité à propos du capitaine, ou du moins qu'il en admette assez pour confirmer les dires de Fisk et d'Hooper. Enfin, nous devons persuader Miss Darwin d'amender son témoignage, en dépit de ce que cela pourrait lui coûter. Cela ne sera peut-être pas facile. Elle devra reconnaître avoir menti pour protéger un homme qu'elle aime, mais qui ne s'est pas engagé envers elle. Cela ne va pas plaire à Rathbone, et il sera contraint d'essayer de saper sa crédibilité. Cela signifie qu'il va chercher à l'embarrasser, voire à l'humilier.

Son regard alla de l'un à l'autre.

Monk se tourna vers Hester.

— Le ferait-elle ?

— Nous devons lui poser la question, répondit-elle. Nous ne pouvons faire ce choix à sa place.

— Peut-être ne se rend-elle pas compte… commença Ravenswood.

— C'est très aimable aux hommes de vouloir nous protéger, coupa Hester d'un ton sec, mais c'est aussi extrêmement condescendant. Nous aimerions qu'on nous accorde la dignité de prendre nos propres décisions.

— Même si elles ne sont pas bonnes ? demanda Ravenswood avec douceur.

Elle haussa à peine les épaules.

— Je suis tentée de dire que nous n'avons jamais tort. Ce qui serait ridicule. Nous avons tous tort parfois. Même les hommes ! Mais on ne grandit jamais si on est toujours traité comme un enfant.

— Elle sera peut-être…

Monk s'interrompit en voyant l'expression d'Hester. Il perdait son temps. Et ils n'avaient pas de temps à perdre.

— Nous allons travailler toute la nuit, dit-elle fermement. Par où désirez-vous commencer ?

Le lendemain matin, lorsque Monk et Hester arrivèrent au tribunal, Ravenswood était déjà à sa place, la mine hagarde, des cernes sombres autour des yeux. Monk devina qu'il n'avait pas dû dormir plus d'une heure, et encore.

Rathbone était fidèle à lui-même, mais semblait habité par un regain d'énergie : il était sur le point de triompher alors qu'il s'était attendu à une défaite.

Monk éprouva un vif pincement de culpabilité, un malaise quasi physique. Cependant, avertir Rathbone l'aurait compromis beaucoup plus durablement que ne le ferait la perte de cette bataille – à supposer que cela pût être accompli !

Exeter était à la barre. Bien que pâle, il paraissait infiniment plus animé qu'il ne l'avait été jusqu'alors. Il avait pris un risque colossal et il sentait la victoire proche. Il répondait à une question que Rathbone lui avait posée.

— Ç'a été la pire journée de ma vie, dit-il tout bas.

L'atmosphère dans la salle s'était altérée de manière palpable. Au début, les jurés et le public l'avaient considéré comme un monstre. Ils l'avaient dévisagé avec dégoût, peur, avec haine, même, pendant qu'il était assis dans le box des accusés. En revanche, depuis le témoignage de Celia, il faisait figure de héros, persécuté à tort, méritant toute l'admiration et tout le soutien qu'ils pouvaient lui apporter. Peut-être parce qu'ils n'avaient pas fait mystère de leurs sentiments auparavant, ils étaient désormais tourmentés par le remords et désireux de se racheter.

Monk sentit la main d'Hester se glisser dans la sienne.

Rathbone guida Exeter, l'amenant à décrire les journées de chagrin qui s'étaient succédé à la mort de Kate, les soupçons grandissants de la police et, enfin, son arrestation.

— Oui, dit Exeter. Mais ce n'est pas le commissaire Monk qui m'a arrêté.

— Ah non ? s'écria Rathbone, feignant la surprise. Qui était-ce ?

— Le commissaire Runcorn. Je…

Exeter eut un léger sourire, plein de charme.

— Je ne crois pas que Monk ait jamais honnêtement cru à ma culpabilité. Si pénible que cela ait été pour lui de l'admettre, il savait que c'était un de ses hommes qui nous avait trahis…

Là ! Ravenswood tenait sa chance. S'en rendait-il compte ? Monk serra la main d'Hester avec force, lui écrasant les doigts sans en avoir conscience.

— Cela a dû être un déchirement pour lui, reconnut Rathbone. Vous a-t-il rendu visite en prison ?

— Oui. Il est tout de suite venu me voir, et m'a promis de m'obtenir toute l'aide qu'il pourrait trouver. C'est lui qui vous a averti, me semble-t-il ?

— En effet, confirma Rathbone.

Il pria ensuite Exeter de fournir des détails quant à sa situation financière, et termina en évoquant le témoignage de Celia.

— Cela vous a-t-il surpris que Miss Darwin témoigne en votre faveur ?

— Un peu. Nous n'étions guère proches, mais il est indéniable qu'elle s'est montrée très loyale dans cette épreuve. C'est une femme très modeste, très timide, mais elle était peut-être…

Il parut lutter pour maîtriser ses émotions.

— … la meilleure amie de Kate.

— Pourquoi n'aviez-vous pas parlé de sa visite à la police dès le début ? demanda Rathbone.

— J'aurais dû le faire. J'étais… j'étais encore si bouleversé, je ne m'étais pas rendu compte que Miss Franken avait péri ce soir-là. Je veux dire… je savais quel jour Celia était venue, mais j'ignorais à quel moment cette jeune femme était morte. Le meurtre de Kate… le fait de l'avoir perdue ainsi… j'étais incapable de dominer mes émotions, ma douleur… je me suis aperçu qu'il y avait des lacunes dans mes souvenirs, de petites choses que j'avais oubliées. C'est Celia elle-même, malgré sa propre peine, qui me l'a rappelé.

— Merci, dit Rathbone gravement. Voulez-vous rester à la barre, je vous prie, au cas où mon estimé confrère aurait des questions à vous poser ?

— Bien entendu.

Rathbone regagna sa place. Ravenswood s'avança lentement vers la tribune et leva les yeux vers Exeter.

— Mr. Exeter, vous avez affirmé que le commissaire Monk savait qu'un de ses hommes vous avait trahis ? Vous voulez dire par là qu'il a informé les ravisseurs de la manière dont vous comptiez vous rendre dans les taudis de l'île Jacob ?

— Oui.

— Cela a-t-il fait une grande différence, au fond ? Je sais que la cour a écouté le récit de votre trajet, mais je suis un peu dérouté. Ne vous seriez-vous pas croisés tôt ou tard, de toute façon ? J'ignorais qu'il y avait eu trahison… ajouta Ravenswood, l'air perplexe.

Exeter se pencha en avant.

— Il existe au moins trois moyens d'accéder à cette île, deux par voie de mer et un par voie de terre. Tous débouchent dans des endroits différents. Imaginez une vaste demeure, adjacente à la suivante, dont certains murs ont été en partie emportés, dont les plafonds sont pourris…

— Cela semble abominable ! répondit Ravenswood avec un frisson. Mais vous décrivez très bien la scène. En fait, plutôt mieux que Mr. Monk.

Exeter sourit. Ne se rendait-il pas compte de la précision avec laquelle il venait d'évoquer un lieu où il prétendait n'avoir jamais mis les pieds avant ce soir-là ?

Ravenswood lui rendit son sourire.

— Et l'un des hommes de Monk a expliqué aux ravisseurs par quel chemin vous alliez arriver, de sorte que vous soyez pris en embuscade ?

— Oui…

Exeter avait hésité. Il sentait que quelque chose clochait, sans cependant parvenir à déterminer quoi.

Ravenswood ne porta pas le coup immédiatement.

— A-t-il fini par savoir lequel de ses hommes était coupable ?

Exeter parut surpris.

— Si oui, il ne me l'a pas dit…

— Et vous ne le saviez pas ?

Exeter hésita. Il jeta un regard de biais à Rathbone avant de fixer de nouveau son attention sur Ravenswood.

— Je… j'avais des soupçons.

— Qui soupçonniez-vous ? Mr. Exeter, vous deviez haïr cet homme. N'importe quel être humain digne de ce nom ne l'aurait-il pas tenu pour responsable de la tragédie qui a suivi, et du tourment qui en a résulté ?

Il attendit, haussant les sourcils comme s'il s'agissait d'une vraie question.

Rathbone, qui s'apprêtait à objecter, se ravisa. Il était clair à son expression que les choses ne se déroulaient pas selon ses prévisions. Pour lui, le procès était terminé. Il ne voyait pas où Ravenswood voulait en venir.

Monk détourna les yeux, évitant son regard.

— Pourquoi soupçonniez-vous cet individu en particulier, Mr. Exeter ? Avez-vous fait part de vos impressions à Monk ? L'avez-vous mis au défi de le disculper ? C'est une allégation très grave. Par certains côtés, elle s'apparente à une accusation de meurtre… Je le répète, si cet homme a bel et bien trahi, il est directement responsable de la mort horrible qu'a connue votre femme, n'est-ce pas ?

Monk sentit de nouveau la main d'Hester serrer la sienne. Ravenswood jouait à un jeu dangereux, mais il jouait pour gagner. Monk éprouva un élan de chaleur envers lui.

— Oui, admit Exeter. En effet.

Une fois de plus, il parut en proie à une violente émotion.

Une soudaine bouffée de haine mêlée de fureur submergea Monk. Exeter les avait tous trompés, lui le premier. Et maintenant, il s'apprêtait à jeter Hooper dans la fosse aux lions. La scène venait de revêtir une épouvantable inéluctabilité. Pourvu qu'il eût fait le bon choix !

— Ne faites pas tant de comédie, Mr. Exeter, ordonna Ravenswood avec une désapprobation digne. Nous sommes au tribunal, pas au théâtre.

Le rouge se répandit sur le visage d'Exeter, lui conférant un teint fort peu flatteur.

Rathbone semblait décontenancé. Quelques minutes plus tôt, il avait le contrôle total de la situation. L'acquittement avait été à portée de main. Quelque chose avait radicalement changé, et il n'avait pas encore compris quoi.

Exeter fit mine de répondre, se pencha en avant par-dessus la barre, puis changea d'avis.

— Si vous ne désiriez pas en parler à Monk avant, reprit Ravenswood, parlez-lui-en maintenant. N'a-t-il pas besoin de savoir ? N'avons-nous pas tous besoin de savoir ? Qui que soit cet homme, il a la mort de votre femme sur la conscience ! Qui l'a trahie ? Pourquoi ? Comment le savez-vous ?

— C'était Hooper ! accusa Exeter d'une voix stridente. John Hooper.

Son assurance tranquille, son charme l'avaient déserté.

— Vraiment ! Comment pouvez-vous l'affirmer ?

— Parce que je sais quel genre d'individu il est ! Et peut-être que Doyle, ou je ne sais qui a tué Kate, le savait aussi. Le chantage est une arme puissante quand on connaît un secret qui peut envoyer un homme à la potence.

— Certes, admit Ravenswood, avec une pointe de tristesse.

Il hésita, visiblement aux prises avec une grave décision. Il baissa un instant les yeux, puis les planta droit dans ceux d'Exeter.

— Et ce secret, est-il que John Hooper a servi dans la marine marchande avant d'entrer dans la police ? Qu'il occupait, en fait, le poste de second sur le *Mary Grace* lorsque celui-ci a essuyé une tempête au large des côtes africaines et a failli s'échouer parce que le capitaine avait mal calculé ou mal lu sa position ? Tous les membres de l'équipage le savaient, et ont essayé de le persuader de changer de cap, de filer vers le large afin de prendre la tempête de vitesse. Hooper, en tant que second, lui a tenu tête. Le capitaine l'a attaqué, a été assommé par une vergue alors que le bateau virait de bord, et a été projeté par-dessus le bastingage. Hooper s'est agrippé à lui pendant quelques terribles secondes, mais le capitaine était un homme imposant, corpulent, et il a échappé aux mains d'Hooper.

Un silence s'abattit sur la salle, si tendu que chacun s'entendait respirer.

— Vous vous demandez comment je suis au courant de tout cela ?

La voix de Ravenswood était calme.

— Mon cher, c'est mon travail. Je l'ai appris par la famille du capitaine Ledburn, tout comme vous. Et j'ai su le déroulement des faits par un autre membre d'équipage, qui travaille désormais sous les ordres du commissaire Runcorn. Je l'appellerai à la barre, si monsieur le juge m'y autorise. Ce témoin apportera la preuve que le témoignage de Miss Celia Darwin a été fait sous la pression d'un chantage de votre part, qui menaciez d'envoyer Mr. Hooper à la potence.

Il fut interrompu par des cris étouffés dans la galerie, l'onde de choc traversant le public comme les premiers murmures du tonnerre avant l'orage.

Dans la tribune, Exeter était rigide, le visage pommelé de taches violettes.

Rathbone les regarda tour à tour. Sur ses traits, la stupeur céda bientôt la place à une compréhension atterrée.

La foule s'apaisa, redevint complètement silencieuse, attendant la suite.

Ravenswood poursuivit :

— Comme Mr. Doyle l'aurait été lui-même, s'il avait été reconnu coupable du crime dont on l'aurait accusé.

Monk était déchiré, à la fois excité par la victoire qui se profilait, et tenaillé par le remords vis-à-vis de Rathbone. Il n'avait vu aucun moyen de faire autrement. Exeter, de son côté, semblait presque paralysé par le choc.

Le juge regarda Rathbone.

— Sir Oliver, avez-vous besoin de temps pour consulter votre client ? Désirez-vous appeler ce Mr… euh… Fisk à la barre ?

L'avocat se leva.

— Oui, Votre Honneur. Merci. Je pense qu'il vaut mieux ne laisser aucun doute dans l'esprit des jurés. Mr. Fisk dira peut-être quelque chose de tout à fait différent sous serment. Quoi qu'il en soit, mon client a le droit de faire face à celui qui l'accuse, et de se défendre contre ses accusations.

Il avait parlé sans accorder un regard à Exeter.

Monk connaissait Rathbone depuis des années. Ils avaient défendu et gagné toutes sortes de causes ensemble. L'avocat ne renoncerait pas, quel que fût le désordre qui régnait dans ses pensées à cet instant. Se pouvait-il qu'il continuât à croire à l'innocence d'Exeter ? Il devait lutter de toute manière. Il avait fait le serment de le défendre, indépendamment de l'opinion qu'il avait de lui – à moins d'avoir en sa possession des preuves irréfutables de sa culpabilité. Il veillerait à ne pas se trouver dans une telle situation.

Exeter fut temporairement excusé. Il descendit les marches avec raideur, titubant à demi et, le visage déformé par la rage, fut ramené au box des accusés entre deux gardes.

Fisk fut appelé à la barre. Ainsi que Ravenswood l'avait dit, il attendait dehors, et il ne fallut que quelques minutes à l'huissier pour l'introduire dans la salle.

Il s'avança dans un silence si intense qu'on entendit grincer les baleines du corset d'une femme qui se retournait pour le voir. Il gravit les marches, puis prêta serment, donna son nom et indiqua qu'il était agent dans la police métropolitaine, posté au commissariat de Greenwich.

— Merci, Mr. Fisk, commença Ravenswood. Avant cela, étiez-vous dans la marine marchande ?

— Oui, monsieur.

— Voici une vingtaine d'années, étiez-vous à bord du *Mary Grace*, au large des côtes africaines, sous le commandement du capitaine Ledburn ?

— Oui, monsieur.

— Voudriez-vous, s'il vous plaît, expliquer brièvement à la cour les événements, tels que vous les avez observés personnellement, précédant la tempête et la mort du capitaine Ledburn ? L'amitié et la loyauté sont deux qualités précieuses chez tout homme décent,

Mr. Fisk, mais quand on n'a pas d'intégrité, on n'a rien à offrir à quiconque.

— Oui, monsieur.

Fisk se tenait droit comme un « i » et ne semblait pas très impressionné par Ravenswood. Il entra aussitôt dans le vif du sujet.

— Le capitaine Ledburn s'est trompé en lisant la carte, ou alors il a mal calculé notre position. Mr. Hooper lui a fait remarquer son erreur, mais le capitaine a refusé de l'écouter…

— S'était-il bel et bien trompé ? coupa Ravenswood. Ou vous fiez-vous à la parole de Mr. Hooper ?

— Sur le moment, je me suis fié à sa parole, mais la suite a prouvé qu'il avait raison. Nous nous sommes retrouvés trop près des côtes, si bien que, lorsque le grain est arrivé, nous étions en danger de nous échouer sur les écueils…

— Comment le savez-vous ? coupa Ravenswood de nouveau. La plupart d'entre nous ici sommes des terriens. Sur les mers, nous serions tout à fait incapables de nous orienter.

— On peut voir l'écume, monsieur. Et si le vent souffle de la côte, on entend rugir les vagues contre les rochers.

— Je vois. Je ne peux qu'imaginer combien cela doit être effrayant. Survivrait-on à un naufrage dans ces conditions ?

— Je n'ai jamais connu personne qui l'ait fait.

— Que s'est-il passé ?

— Le capitaine a compris ce qu'il avait fait et il a donné l'ordre d'affaler la grand-voile. Mais on ne peut pas envoyer un homme grimper au mât par un temps pareil. Mr. Hooper a donné l'ordre de virer de bord et de naviguer vent arrière. C'était notre seule chance de nous en sortir.

— Visiblement, vous avez réussi.

— Oui, monsieur. Mais le capitaine était furieux, sans doute parce qu'il avait peur et qu'il ne savait pas quoi faire. Ce n'était pas le moment de se quereller. Avec la pluie, le vent, les vagues… de toute façon, on n'arrivait pas à s'entendre. On a viré de bord brutalement, et un des bouts s'est défait…

— Un des bouts ?

— Un cordage, monsieur. L'un d'eux a cédé sous la tension, la force du vent contre le navire, et l'extrémité a heurté le capitaine. Il a été emporté par-dessus le bastingage et il s'y est cramponné. Mr. Hooper a essayé de le remonter, mais le capitaine était lourd et il n'a pas pu l'empêcher de tomber.

— Dans la mer, précisa Ravenswood.

— Oui, monsieur. Nous l'avons déclaré perdu en mer quand nous sommes rentrés à Londres. Par égard pour sa famille, nous n'avons dit à personne que c'était son erreur de calcul qui avait failli nous coûter la vie à tous. Les propriétaires du navire ont prétendu qu'il s'agissait d'une mutinerie, monsieur, mais c'était faux. Nous avons juste été à l'encontre d'un ordre qui aurait tué le capitaine et causé la perte du navire.

Ravenswood parut incrédule.

— Pourquoi diable avoir déclaré qu'il y avait eu mutinerie ?

— Pour l'assurance, monsieur. La mutinerie étant un délit, ils ne pouvaient pas en être tenus pour responsables, à la différence des erreurs de calcul du capitaine. C'étaient eux qui l'avaient choisi pour ce poste.

— En êtes-vous sûr ?

— C'est la seule raison que je connaisse. Le capitaine n'était pas un mauvais bougre, monsieur, sauf qu'il ne croyait pas assez en lui-même pour admettre qu'il avait tort.

Il y eut un moment de silence, puis Ravenswood hocha la tête.

— Non, en effet, Mr. Fisk. Ce défaut est peut-être la source de tragédies autres que celle-ci. Pour autant que vous le sachiez, qui est au courant de ces événements ?

— La plupart de ceux qui étaient à bord, et les membres de la famille du capitaine Ledburn.

— Êtes-vous certain qu'ils le sachent ?

— Oui, monsieur. Je le leur ai appris moi-même, monsieur. J'ai emmené des témoins avec moi. Je voulais qu'ils connaissent la vérité.

— Quand cela s'est-il passé ?

— Il y a quelques jours à peine, monsieur. Je n'avais jamais rien dit avant. Comme je disais, le capitaine n'était pas mauvais… mais faible. C'était assez dur pour eux de l'avoir perdu. Ils n'avaient pas besoin d'en savoir davantage.

— Qu'est-ce qui vous a fait changer d'avis ?

— Mr. Exeter a eu vent de l'incident et s'en est servi pour forcer Miss Darwin à mentir dans l'espoir de sauver Mr. Hooper, monsieur. Je suppose qu'il s'était renseigné. N'importe qui aurait pu le faire, à condition de connaître les gens qu'il fallait et d'être décidé.

— Seriez-vous prêt à vous parjurer pour sauver Mr. Hooper de la pendaison, Mr. Fisk ?

— Je l'ignore, monsieur. Je crois que personne ne sait ce dont il est capable avant d'être mis à l'épreuve.

Mais je n'ai pas à le faire. J'étais là et je vous ai dit la vérité. Miss Darwin n'était pas là. Et je suppose qu'elle préfère voir un coupable, comme Mr. Exeter, libéré, plutôt qu'un innocent, comme Mr. Hooper, pendu. Est-ce que la loi ne dit pas quelque chose dans ce sens ?

— Si, Mr. Fisk, acquiesça Ravenswood. En fait, elle va plus loin. Elle dit qu'il vaut mieux libérer douze coupables que de pendre un seul innocent. Mais dans cette affaire, nous n'avons qu'un seul coupable. Je n'ai pas d'autres questions à vous poser. Restez ici, je vous prie, au cas où Sir Oliver souhaiterait vous interroger.

Rathbone se leva lentement. Il paraissait abasourdi, comme s'il n'avait rien vu venir.

— Votre Honneur, je n'ai pas de questions à poser à ce témoin. Je ne désire pas davantage rappeler Miss Darwin à la barre. Je comprends pourquoi elle nous a induits en erreur. Elle était aux prises avec un impossible dilemme. Moi aussi, j'aurais peut-être préféré voir un coupable libéré qu'un innocent pendu, que j'aie de l'affection ou non pour lui. J'espère avoir assez foi en moi-même et dans les idéaux que je défends, pour pouvoir admettre que j'ai tort quand c'est le cas.

— De fait, Sir Oliver, vous venez d'en apporter la démonstration, répondit le juge. Quant à moi, je ne vois pas non plus de raison de rappeler Miss Darwin.

Dans son box, Exeter pivota et se pencha en avant, les traits déformés par la rage et l'incrédulité.

— Menteurs ! hurla-t-il. Menteurs ! Tous autant que vous êtes !…

Ses gardes le tirèrent si brutalement en arrière qu'il lâcha un glapissement de douleur, et se tut.

Dans la galerie, Hooper passa un bras d'abord hésitant autour des épaules de Celia, puis – comme elle ne faisait pas mine de se dégager – resserra son étreinte.

Hester glissa la main dans celle de Monk et il s'y cramponna comme à une bouée de sauvetage. Il sentit la force douce et légère qui en émanait alors qu'elle posait son autre main sur la sienne.

Du même auteur
aux Éditions 10/18

À L'OMBRE DE LA GUILLOTINE, n° 3690
DU SANG SUR LA SOIE, n° 4470

Série « Petits crimes de Noël »

LA DISPARUE DE NOËL, n° 3858
LE VOYAGEUR DE NOËL, n° 3961
LA DÉTECTIVE DE NOËL, n° 4068
LE SECRET DE NOËL, n° 4174
LA PROMESSE DE NOËL, n° 4279
LA RÉVÉLATION DE NOËL, n° 4389
UN NOËL PLEIN D'ESPOIR, n° 4496
L'ODYSSÉE DE NOËL, n° 4607
LE SPECTACLE DE NOËL, n° 4770
NOUVEAUX CONTES DE NOËL
UN NOËL À KANPUR, n° 4841
LE CONDAMNÉ DE NOËL, n° 4983
UN NOËL À NEW YORK, n° 5130
UN NOËL EN SICILE, n° 5255
UN NOËL À JÉRUSALEM, n° 5393

Série « Charlotte et Thomas Pitt »

L'ÉTRANGLEUR DE CATER STREET, n° 2852
LE MYSTÈRE DE CALLANDER SQUARE, n° 2853
LE CRIME DE PARAGON WALK, n° 2877
RESURRECTION ROW, n° 2943
RUTLAND PLACE, n° 2979
LE CADAVRE DE BLUEGATE FIELDS, n° 3041
MORT À DEVIL'S ACRE, n° 3092
MEURTRES À CARDINGTON CRESCENT, n° 3196
SILENCE À HANOVER CLOSE, n° 3255
L'ÉGORGEUR DE WESTMINSTER BRIDGE, n° 3326
L'INCENDIAIRE DE HIGHGATE, n° 3370

BELGRAVE SQUARE, n° 3438
LE CRUCIFIÉ DE FARRIERS' LANE, n° 3500
LE BOURREAU DE HYDE PARK, n° 3542
TRAITORS GATE, n° 3605
PENTECOST ALLEY, n° 3665
ASHWORTH HALL, n° 3743
BRUNSWICK GARDENS, n° 3823
BEDFORD SQUARE, n° 3884
HALF MOON STREET, n° 3948
LA CONSPIRATION DE WHITECHAPEL, n° 3987
SOUTHAMPTON ROW, n° 4029
SEVEN DIALS, n° 4086
LONG SPOON LANE, n° 4111
BUCKINGHAM PALACE GARDENS, n° 4227
LISSON GROVE, n° 4333
DORCHESTER TERRACE, n° 4509
BRYANSTON MEWS, n° 4653
L'INCONNUE DE BLACKHEATH, n° 4786
LA DISPARUE D'ANGEL COURT, n° 5043
L'ATTENTAT DE LANCASTER GATE, n° 5178
UN TRAÎTRE À KENSINGTON PALACE, n° 5362

Série « Daniel Pitt »

UN INNOCENT À L'OLD BAILEY, n° 5444
LE MANOIR D'ALDERNEY

Série « William Monk »

UN ÉTRANGER DANS LE MIROIR, n° 2978
UN DEUIL DANGEREUX, n° 3063
DÉFENSE ET TRAHISON, n° 3100
VOCATION FATALE, n° 3155
DES ÂMES NOIRES, n° 3224
LA MARQUE DE CAÏN, n° 3300
SCANDALE ET CALOMNIE, n° 3346
UN CRI ÉTRANGLÉ, n° 3400

MARIAGE IMPOSSIBLE, nº 3468
PASSÉ SOUS SILENCE, nº 3521
ESCLAVES DU PASSÉ, nº 3567
FUNÉRAILLES EN BLEU, nº 3640
MORT D'UN ÉTRANGER, nº 3697
MEURTRES SUR LES DOCKS, nº 3794
MEURTRES SOUTERRAINS, nº 3917
MÉMOIRE COUPABLE, nº 4230
LA FIN JUSTIFIE LES MOYENS, nº 4446
UNE MER SANS SOLEIL, nº 4579
UNE QUESTION DE JUSTICE, nº 4747
DU SANG SUR LA TAMISE, nº 4816
LE COULOIR DES TÉNÈBRES, nº 5101
VENGEANCE EN EAU FROIDE, nº 5228
MEURTRE EN ÉCHO, nº 5376
MARÉE FUNÈBRE, nº 5461

Série « Joseph et Matthew Reavley »

AVANT LA TOURMENTE, nº 3761
LE TEMPS DES ARMES, nº 3863
LES ANGES DES TÉNÈBRES, nº 4009
LES TRANCHÉES DE LA HAINE, nº 4024
À LA MÉMOIRE DES MORTS, nº 4140

MIXTE
Papier issu de
sources responsables
FSC® C003309
FSC
www.fsc.org

10/18, une marque d'Univers Poche,
est un éditeur qui s'engage pour
la préservation de l'environnement
et qui utilise du papier fabriqué à partir
de bois provenant de forêts gérées
de manière responsable.

Imprimé en France par CPI

N° d'impression : 3033630
X07433/01